Das Buch

Del Jordans Kindheit wird von dem Leben auf der Farm ihres Vaters geprägt, von den Menschen in den ärmlichen Häusern der Umgebung und den kleinen Ereignissen am Rande einer kanadischen Provinzstadt. Eine ganz andere Welt eröffnet sich dem heranwachsenden Mädchen, als die Mutter ein Haus in der Stadt mietet. »Das Thema ›Kindheit und Erwachsenwerden‹ ist weder neu noch besonders originell. Um so erstaunter ist man über die Kunstfertigkeit dieses Romans, das alte Thema so aufzubereiten, daß es wieder neu zu faszinieren vermag«, schrieb Ulrich Janetzki im Berliner ›Tagesspiegel‹. »Die Autorin läßt ihre Heldin plaudern, diskutieren und resümieren, sie mischt sich aber stets behutsam ein und gibt die aus heutiger Sicht wahrscheinlichen oder möglichen Beweggründe an. Dies tut sie mit Einfühlungsvermögen und deutlicher Sympathie auch für die Nebenfiguren, so daß man in das Romangeschehen eingetaucht wird und gespannt erwartet, was sich weiter ereignen wird ... Aus einer barocken Fülle von Einzelheiten entsteht das Bild einer jungen Frau, die der provinziellen Enge entwächst und sich den engstirnigen Erwartungshaltungen und Gepflogenheiten widersetzt.«

Die Autorin

Alice Munro, geboren 1931, stammt aus Ontario. Sie ist eine der bekanntesten Autorinnen Kanadas. Zweimal wurde ihr der wichtigste kanadische Literaturpreis, der Governor General's Award, verliehen. Werke u. a.: ›Das Bettlermädchen‹ (1981), ›Die Jupitermonde‹ (1986).

Alice Munro:
Kleine Aussichten
Ein Roman von Mädchen und Frauen

Deutsch von Hildegard Petry

Klett-Cotta
im
Deutschen
Taschenbuch
Verlag

dtv

Für Jim

Ungekürzte Ausgabe
Juli 1988
Deutscher Taschenbuch Verlag GmbH & Co. KG, München
Lizenzausgabe mit freundlicher Genehmigung der Ernst Klett Verlage GmbH u. Co. KG, Stuttgart

Titel der amerikanischen Originalausgabe: ›Lives of Girls and Women‹

ISBN 3-608-95013-3
Umschlaggestaltung: Celestino Piatti unter Verwendung des Gemäldes ›Girl at the Mirror‹ von Norman Rockwell (© 1954 Estate of Norman Rockwell. Reproduktion mit freundlicher Genehmigung des Estate of Norman Rockwell)
Gesamtherstellung: C. H. Beck'sche Buchdruckerei, Nördlingen
Printed in Germany · ISBN 3-423-10916-5

Inhalt

Die Flats Road 7
Die Erben des menschlichen Körpers 35
Prinzessin Ida 72
Alter der Gläubigkeit 101
Veränderungen und Zeremonien................ 127
Das Leben von Mädchen und Frauen 154
Taufe 190
Epilog: Der Fotograf 259

Dieser Roman ist zwar in der Anlage autobiografisch, nicht aber in den Details. Weder meine Familie noch meine Nachbarn oder Freunde dienten als Vorlage. A. M.

Die Flats Road

Wir verbrachten ganze Tage am Wawanash und halfen Onkel Benny beim Fischen. Wir fingen die Frösche für ihn. Wir jagten sie, beschlichen sie, krochen ihnen nach unter den Weiden am schlammigen Flußufer und in den sumpfigen Löchern voller Wolfsdisteln und Riedgras, das haarfeine, zunächst unsichtbare Schnitte auf unseren nackten Beinen hinterließ. Alte Frösche waren schlau genug, uns aus dem Weg zu gehen, aber sie wollten wir auch nicht; hinter den schmächtigen jungen, grünen waren wir her, den prächtigen Halbwüchsigen, die kühl und schleimig waren; wir ließen sie lustvoll durch unsere Hände glitschen, dann in einen Honigeimer plumpsen und setzten den Deckel darauf. Dort blieben sie, bis Onkel Benny soweit war, sie an den Haken zu stecken.

Er war nicht unser Onkel und auch nicht der Onkel von sonst irgend jemand.

Er stand ein Stück weit draußen in dem seichten braunen Wasser, wo der schlammige Grund in Kiesel und Sand übergeht. Jeden Tag, sein Leben lang, trug er die gleichen Sachen, wo man ihn auch sah – Gummistiefel, Overall, kein Hemd, einen verschossenen schwarzen Sakko, der zugeknöpft war und ein V von grober roter Haut mit einem feinen weißen Rand sehen ließ. Dem Filzhut auf seinem Kopf waren ein schmales Band und zwei kleine Federn geblieben, die vom Schweiß dunkel geworden waren.

Obwohl er sich nie umdrehte, wußte er doch, ob wir einen Fuß ins Wasser gesetzt hatten.

»Ihr Gören wollt im Schlamm rumplanschen und mir die Fische verscheuchen, verschwindet und macht das woanders, geht von meinem Ufer weg.«

Es gehörte ihm nicht. Genau hier, wo er gewöhnlich fischte, gehörte das Ufer uns. Aber daran dachten wir nie. In seiner Vorstellung gehörten der Fluß und das wilde Buschland und der Grenochsumpf mehr oder weniger ihm, weil er dies alles kannte, besser als sonst irgend jemand. Er behauptete, er sei der einzige, der den Sumpf vollständig durchquert und nicht bloß kleine Vorstöße an den Rändern unternommen habe. Er sagte, dort drinnen gebe es eine Stelle mit »Quicksand« (Treibsand), wo ein Zweitonnen-Laster wie ein Bissen zum Frühstück verschwinden würde. (Im Geist sah ich es glänzen und sich träge fließend bewegen – ich hatte es mit Quecksilber verwechselt.) Er sagte, es gebe im Wawanash Stellen, die auch mitten im Sommer zwanzig Fuß tief seien. Er sagte, er könnte uns dorthin mitnehmen, aber er tat es nie.

Er war immer drauf und dran, beim leisesten Schimmer von Zweifel beleidigt zu sein.

»Ihr werdet noch in so'n Ding reinfallen, dann glaubt ihr es.«

Er hatte einen mächtigen schwarzen Schnurrbart, wilde Augen, ein schlaues Räubergesicht. Er war nicht so alt, wie man nach seinen Kleidern, seinem Schnurrbart, seinem Verhalten denken mochte; er gehörte zu der Sorte, die bereits unerschütterliche Exzentriker werden, noch bevor sie zwanzig sind. In allen seinen Äußerungen, Vorhersagen, Urteilen lag eine geballte Leidenschaft. Auf unserem Hof schaute er einmal zu einem Regenbogen hinauf und rief: »Weißt du, was das ist? Das ist das Versprechen des Herrn, daß es keine Sintflut mehr geben wird!« Er erschauerte über die Tragweite dieses Versprechens, als sei es eben erst gemacht worden und als sei er selbst sein Überbringer.

Wenn er die Fische gefangen hatte, die er haben wollte (er warf Schwarzbarsche zurück, behielt aber Döbel und Rotflosser und sagte, der Rotflosser sei ein schmackhafter Fisch, obwohl er so voller Gräten sei wie ein Nadelkissen voller Nadeln), kletterten wir aus der schattigen Ufermulde heraus und liefen über die Felder zu seinem Haus. Owen und ich gingen auch barfuß mühelos über Stoppeln. Manchmal folgte uns unser ungeselliger Hund Major in einigem Abstand. Drüben am Rand des Dickichts – des Dickichts, das eine Meile weiter in den Sumpf überging – war Onkel Bennys Haus, groß und silbergrau, aus alten ungestrichenen Brettern, die im Sommer trocken gebleicht wurden, und dunkelgrünen, zerschlissenen und zerfetzten Sonnenblenden, die an allen Fenstern heruntergelassen waren. Das Gestrüpp dahinter war schwarz, heiß, dornenverfilzt und erfüllt von Insekten, die in Myriaden herumschwirrten.

Zwischen dem Haus und dem Buschland standen mehrere Gehege, in denen er immer ein paar gefangene Tiere hielt – ein halbzahmes goldfarbiges Frettchen, ein Paar Wildnerze, eine Rotfüchsin, deren Bein in einer Falle verletzt worden war. Sie hinkte und heulte bei Nacht und hieß Duchess. Für die Waschbären brauchte er kein Gehege. Sie lebten rund um den Hof und in den Bäumen, zahmer als Katzen, und kamen an die Tür, um sich füttern zu lassen. Sie mochten Kaugummi. Auch Eichhörnchen kamen und saßen keck auf den Fenstersimsen und stöberten auf der Veranda in den Packen von Zeitungen.

Es gab außerdem noch eine Art flaches Gehege, eine Art Höhle in der Erde neben der Hauswand, die auf den drei freien Seiten fast zwei Fuß hoch mit festgenagelten Brettern umgeben war. Dort hatte Onkel Benny die Schildkröten gehalten. Eines Sommers hatte er alles andere aufgegeben, um Schildkröten zu fangen. Er sagte, er werde sie einem Amerikaner aus Detroit verkaufen, der ihm fünfunddreißig Cents für das Pfund bezahlen wolle.

»Macht man Suppe draus«, sagte Onkel Benny, während er sich über das Gehege für die Schildkröten beugte. So sehr ihn das Zähmen und Füttern der Tiere freute, so freute ihn doch auch ihr unerfreuliches Schicksal.

»Schildkrötensuppe!«

»Für Amerikaner«, sagte Onkel Benny, als ob das alles erklärte. »Ich selber würde sie nicht anrühren.«

Entweder erschien der Amerikaner nicht, oder er wollte nicht bezahlen, was Onkel Benny verlangte, oder er war ohnehin nur ein Gerücht gewesen; der Plan führte zu nichts. Ein paar Wochen später schaute Onkel Benny ausdruckslos drein, wenn man die Schildkröten erwähnte; er sagte dann: »Ach, ich zerbrech mir nicht mehr den Kopf darüber«, als ob er einen bedauerte, daß man so weit hinter der Zeit zurück war.

Wenn er auf seinem Lieblingsstuhl gleich neben unserer Küchentür saß – er saß immer dort, als habe er kaum Zeit sich zu setzen, wolle niemanden stören, würde in einer Minute wieder fort sein –, war Onkel Benny immer voller Neuigkeiten über irgendeine Geschäftsspekulation, immer etwas Ungewöhnliches, mit dem die Leute gar nicht weit weg, unten im Süden des County oder noch näher im Bezirk von Grantly, unglaubliche Summen verdienten. Sie züchteten Chinchillas. Sie züchteten Wellensittiche. Sie verdienten zehntausend Dollar im Jahr und brauchten kaum dafür zu arbeiten. Wahrscheinlich war der Grund, warum er immer weiter bei meinem Vater arbeitete, obwohl er nie auf Dauer in einem anderen Job arbeitete, daß mein Vater Silberfüchse züchtete, und in einem solchen Beruf gab es etwas Unsicheres und Ungewöhnliches, eine zauberhafte und ungreifbare, eine nie verwirklichte Hoffnung auf Reichtum.

Er nahm die Fische auf seiner Veranda aus, und wenn ihm nach Essen zumute war, briet er schnell ein paar in einer Pfanne, in der noch das alte verbrannte Fett war. Er aß aus der Pfanne. Ganz gleich, wie heiß und hell es draußen war, er hatte immer ein Licht brennen, eine einzige Birne, die von der Decke hing. Die vielen, vielen Schichten von Gerümpel und der Schmutz in dem Haus verschluckten Licht.

Wenn Owen und ich heimgingen, versuchten wir manchmal die Dinge aufzuzählen, die er in seinem Haus oder nur in seiner Küche hatte.

»Zwei Toaster, einen mit Klappen und einen, wo man das Brot drauflegt.«

»Einen Autositz.«

»Eine aufgerollte Matratze. Ein Akkordeon.«

Aber wir schafften nicht einmal die Hälfte, das wußten wir. Die Gegenstände, an die wir uns erinnerten, hätte man aus dem Haus fortnehmen können, und sie wären nie vermißt worden; sie waren nur einige erkennbare und identifizierbare Gegenstände zuoberst auf einem riesigen Haufen, einem vielfältigen, dunklen, verrottenden Durcheinander von Teppichen, Linoleum, Möbelteilen, Maschinenteilen, Nägeln, Draht, Werkzeugen, Geräten. Dies war das Haus, in dem Onkel Bennys Eltern während der ganzen Zeit ihrer Ehe gewohnt hatten. (Ich konnte mich noch vage an sie erinnern, wie sie alt und schwer und halb blind, in viele dunkle Schichten sich auflösender Kleider gehüllt, auf der Veranda in der Sonne saßen.) Ein Teil der angehäuften Dinge ging also auf fünfzig oder mehr Jahre des Familienlebens zurück. Sie bestanden aber auch aus den weggeworfenen Sachen anderer Leute, die sich Onkel Benny erbat und heimbrachte oder die er gar vom Müllplatz von Jubilee holte. Er hoffte, die Sachen zusammenzuflicken und wieder brauchbar zu machen und sie dann zu verkaufen, wie er sagte. Wenn er in einer Stadt gewohnt hätte, hätte er einen riesigen Trödelladen geführt; er hätte sein Leben zwischen fleckigen Möbeln und Bergen verschlissener Geräte, angeschlagener Schüsseln und verstaubter Bilder von Verwandten anderer

Leute verbracht. Er schätzte Abfall um seiner selbst willen und gab nur vor, sowohl sich selbst als auch anderen gegenüber, daß er vorhabe, irgendeinen praktischen Nutzen daraus zu ziehen.

Aber was ich am meisten an seinem Haus mochte, und wessen ich nie müde wurde, waren die Zeitungen, die auf der Veranda aufgestapelt waren. Er hielt nicht den ›Herald-Advance‹ aus Jubilee, noch die Stadtzeitung, die mit einem Tag Verspätung in unseren Briefkasten kam. Er bestellte nicht den ›Family Herald‹ oder die ›Saturday Evening Post‹. Seine Zeitung kam einmal in der Woche und war schlecht und auf schlechtes Papier gedruckt, mit drei Zoll hohen Schlagzeilen. Dies war seine einzige Informationsquelle über die Welt draußen, da er selten ein Radio hatte, das funktionierte. Es war eine ganz andere Welt als die, über die meine Eltern in der Zeitung lasen oder von der sie in den Tagesnachrichten hörten. Die Schlagzeilen hatten nichts mit dem Krieg zu tun, der um diese Zeit begann, oder mit Wahlen oder Hitzewellen oder Unfällen, sondern lauteten folgendermaßen:

VATER VERFÜTTERT ZWILLINGSTÖCHTER AN SCHWEINE
FRAU BRINGT MENSCHLICHEN AFFEN ZUR WELT
JUNGFRAU AM KREUZ VON TOLLEN MÖNCHEN GESCHÄNDET
RUMPF DES EHEMANNS MIT DER POST VERSCHICKT

Ich saß oft am Rand der abschüssigen Veranda und las, während meine Füße die Federnelken streiften, die Onkel Bennys Mutter gepflanzt haben mußte. Schließlich sagte Onkel Benny: »Du kannst die Zeitungen mit heimnehmen, wenn du willst. Ich hab sie schon ausgelesen.«

Ich war klug genug, dies nicht zu tun. Ich las schneller und schneller, was ich nur aufnehmen konnte, und wirbelte dann hinaus in die Sonne, auf den Weg, der quer über die Felder zu unserem Haus führte. Ich war geschwellt und schwindlig von der Erkenntnis des Bösen, seiner Vielseitigkeit und großartigen Erfindungskraft und seinem erschreckenden Übermut. Aber je näher ich unserem Haus kam, um so mehr verblaßte diese Vision. Wie kam es, daß die nüchterne Rückwand des Elternhauses, die blassen bröckelnden Backsteine, die zementierte Plattform vor der Küchentür, die an Nägeln aufgehängten Waschzuber, die Pumpe, der Fliederbusch mit den braunfleckigen Blättern es zweifelhaft erscheinen ließen, daß eine Frau tatsächlich den Rumpf ihres Mannes, in Weihnachtspapier eingewickelt, mit der Post an seine Freundin in Süd-Carolina schicken würde?

Unser Haus stand am Ende der Flats Road, die westlich von Buckles Laden verlief, am Rande der Stadt. Dieser rachitisch aussehende hölzerne Laden, der von vorn nach hinten so schmal war, daß er wie ein aufgestellter Pappkarton wirkte, und der aufs Geratewohl bepflastert war mit Metallschildern und gemalten Plakaten, die Mehl, Tee, Haferflocken, Erfrischungsgetränke, Zigaretten anpriesen, war für mich immer das Zeichen, daß die Stadt zu Ende war. Gehsteige, Straßenlampen, schattenspendende Baumreihen, Milch- und Eiskarren, Vogelbäder, Blumenrabatten, Veranden mit Korbstühlen, von denen Damen die Straße beobachteten – all diese zivilisierten, begehrenswerten Dinge waren vorbei, und wir gingen (Owen und ich, wenn wir aus der Schule kamen, meine Mutter und ich, wenn wir Samstagnachmittag vom Einkaufen kamen) auf der breiten, gewundenen Flats Road, die von Buckles Laden bis zu unserem Haus schattenlos war, zwischen Feldern, die von Unkraut überwuchert und je nach Jahreszeit gelb von Löwenzahn, wildem Senf oder Goldruten waren. Die Häuser hier lagen weiter auseinander und sahen überhaupt vernachlässigter, ärmlicher und bizarrer aus, als es bei Stadthäusern jemals der Fall sein könnte; die Hälfte einer Wand mochte angestrichen sein, und dann hatte man die Arbeit aufgegeben, die Leiter stand noch da; die Spuren einer abgerissenen Veranda blieben sichtbar, eine Vordertür ohne Stufen, drei Fuß über dem Boden; Fenster mochten mit vergilbten Zeitungen statt mit Blenden abgedeckt sein.

Die Flats Road gehörte nicht zur Stadt, aber sie gehörte auch nicht zum Land. Die Biegung des Flusses und der Grenochsumpf schnitten sie von der Siedlung ab, zu der sie dem Namen nach gehörte. Es gab dort keine richtigen Farmen. Es gab die Anwesen von Onkel Benny und den Potters, fünfzehn und zwanzig Morgen, das von Onkel Benny reichte bis zum Buschland. Die Pottersöhne züchteten Schafe. Wir hatten neun Morgen und züchteten Füchse. Die meisten Leute hatten ein oder zwei Morgen und etwas Vieh, gewöhnlich eine Kuh und Hühner und manchmal etwas Ausgefalleneres, was man nicht auf einer normalen Farm fand. Die Potters besaßen eine Ziegenfamilie, die sie frei laufen ließen, damit sie längs der Straße grasen konnte. Sandy Stevenson, ein Junggeselle, hielt einen kleinen grauen Esel, der wie eine Illustration zu einer biblischen Geschichte in der steinigen Ecke eines Feldes weidete. Das Unternehmen meines Vaters war hier nichts Ungewöhnliches.

Mitch Plim und die Potters waren die Schwarzbrenner in der Flats Road. Ihre Lebensweisen waren unterschiedlich. Die beiden Potters waren fröhlich, jedoch gewalttätig, wenn sie betrunken waren. Sie nahmen Owen und mich in ihrem Lieferwagen von der Schule mit nach Hause; wir saßen hinten und wurden von einer Seite auf die andere geschleudert, weil sie so schnell und durch so viele Schlaglöcher fuhren; meine Mutter schnappte nach Luft, als sie davon hörte. Mitch Plim wohnte in dem Haus, das Zeitungen an den Fenstern hatte; er trank selbst nicht, war durch Rheumatismus verkrüppelt und sprach mit niemandem; seine Frau kam zu jeder Tageszeit in einem zerfetzten, mit Volants besetzten Morgenrock und barfuß zum Briefkasten. Ihr ganzes Haus schien soviel Böses und Geheimnisvolles zu verkörpern, daß ich es nie ansehen mochte und mit streng geradeaus gerichtetem Gesicht vorbei ging, während ich meinen Impuls fortzulaufen unterdrückte.

Es gab außerdem zwei Schwachsinnige in der Straße. Der eine war Frankie Hall; er wohnte bei seinem Bruder Louie Hall, der eine Uhrenreparatur in einem ungestrichenen, mit einer falschen Fassade verkleideten Lagerschuppen neben Buckles Laden betrieb. Er war dick und bleich wie etwas, das aus Seife geschnitzt ist. Er saß draußen in der Sonne neben dem schmutzigen Ladenfenster, in dem Katzen schliefen. Die andere war Irene Pollox, und sie war nicht so freundlich oder so schwachsinnig wie Frank; sie jagte oft den Kindern auf der Straße nach oder hing über ihrem Gartentor und krähte und schlug mit den Armen wie ein betrunkener Hahn. So war es auch gefährlich, ihr Haus zu passieren, und man mußte einen Vers hersagen, den jedermann kannte:

»Verschwinde, Irene, verschwinde
Oder ich häng dich an den Titten in die Linde!«

Ich sagte ihn her, wenn ich mit meiner Mutter vorbeiging, aber ich war schlau genug, die Titten in Füße umzuwandeln. Woher kam dieser Vers? Sogar Onkel Benny sagte ihn. Irene war weißhaarig, nicht wegen ihres Alters, sondern weil sie so geboren war, und ihre Haut war auch so weiß wie Gänsefedern.

Die Flats Road war der letzte Ort, wo meine Mutter leben wollte. Sobald sie den Gehsteig der Stadt betrat und den Kopf hob, dankbar für den Schatten in der Stadt nach der Sonne auf der Flats Road, ging ein Gefühl der Erleichterung, ein neues Gefühl von Wichtigkeit von ihr aus. Sie schickte mich oft zu Buckles Laden, wenn ihr etwas ausgegangen war, aber ihre richtigen Einkäufe machte sie in der Stadt. Charlie Buckle schnitt manchmal Fleisch im hinteren Raum, wenn wir vorbeigingen; wir konnten ihn durch den dunklen Windschutz wie eine halbverdeckte Figur in einem Mosaik sehen, und wir senkten die Köpfe und gingen schnell und hofften, daß er uns nicht bemerkte.

Meine Mutter korrigierte mich, wenn ich sagte, wir wohnten in der Flats Road; sie sagte, wir wohnten *am Ende* der Flats Road, als ob das ein Unterschied wäre. Später würde sie meinen, sie gehöre auch nicht zu Jubilee, aber im Augenblick nahm sie es dankbar und mit Freude an und sorgte dafür, daß es sie auch zur Kenntnis nahm, indem sie Damen, die sich dann mit überraschten, aber doch freundlichen Gesichtern umdrehten, laute Grüße zurief, oder, wenn sie in den dunklen Kurzwarenladen ging, sich auf einen der schmalen Hocker setzte und nach jemandem rief, der ihr doch bitte ein Glas Wasser geben solle nach diesem heißen, staubigen Weg. Bisher folgte ich ihr ohne Verlegenheit und freute mich über das Aufsehen.

Meine Mutter war in der Flats Road nicht beliebt. Sie sprach mit den Leuten hier nicht so freundlich, wie sie es in der Stadt tat, betont höflich und irgendwie auffallend korrekt. Mit Mitch Plims Frau – die früher, obwohl ich es damals nicht wußte, in Mrs. McQuades Bordell gearbeitet hat – sprach sie überhaupt nicht. Sie war auf seiten aller armen Leute, auf seiten der Neger und der Juden und der Chinesen und der Frauen, aber sie konnte Trinkereien nicht ertragen, nein, und sie konnte keine sexuelle Zügellosigkeit, keine ordinäre Sprache, kein ungeregeltes Leben, keine selbstgefällige Dummheit ertragen; und so mußte sie die Leute von der Flats Road aus der Reihe der Unterdrückten und Besitzlosen, der wirklich Armen, die sie immer noch liebte, ausnehmen.

Mein Vater war anders. Jeder mochte ihn. Er mochte die Flats Road, obwohl er selbst kaum trank, sich Frauen gegenüber nicht gehenließ noch ordinär redete, und obwohl er die Arbeit hochhielt und ständig hart arbeitete. Er fühlte sich hier wohl, während er sich mit Männern aus der Stadt, überhaupt mit allen Männern, die bei der Arbeit Hemd und Krawatte trugen, unwillkürlich verunsichert fühlte, ein wenig stolz und empfindlich gegen Beleidigungen, und das mit jener feinen, besonderen Bereitschaft, Anmaßung zu wittern, für die manche Leute vom Land eine besondere Begabung haben. Er war (wie meine Mutter, aber sie hatte all das hinter sich gelassen) auf einer Farm mitten auf dem Land aufgewachsen; aber er fühlte sich auch dort nicht zu Hause in den starren Traditionen, der stolzen Armut und der Monotonie des Farmlebens. Die Flats Road war ihm gut genug; Onkel Benny genügte ihm als Freund.

An Onkel Benny war meine Mutter gewöhnt. Er aß jeden Mittag an unserem Tisch, außer sonntags. Er klebte seinen Kaugummi auf das Ende der Gabel, und nach der Mahlzeit nahm er ihn ab und zeigte uns das Muster, das so hübsch in den zinnfarbigen Gummi eingegraben war, daß es ein Jammer war, ihn wieder zu kauen. Er goß den Tee in seine Untertasse und blies darauf. Mit einem auf eine Gabel gespießten Stück Brot wischte er seinen Teller so sauber wie den einer Katze. Er brachte einen Geruch mit in die Küche, der mir nicht mißfiel, nach Fisch, Pelztieren, Sumpf. Er erinnerte sich seiner ländlichen Manieren und bediente sich nie selbst oder nahm ein zweites Mal nach, ehe man ihn dreimal aufgefordert hatte.

Er erzählte Geschichten, in denen fast immer etwas geschah, was nach der festen Überzeugung meiner Mutter nicht geschehen sein konnte, wie in der Geschichte von Sandy Stevensons Hochzeit.

Sandy Stevenson hatte eine dicke Frau weit aus dem Osten, bereits außerhalb des County, geheiratet; sie hatte zweitausend Dollar auf der Bank, und sie besaß einen Pontiac. Sie war Witwe. Kaum war sie vor zwölf, fünfzehn Jahren hergekommen, um mit Sandy in der Flats Road zu wohnen, begann sich allerlei zu ereignen. Geschirr zerbrach nachts von selbst auf dem Fußboden. Ein Ragout flog von selbst vom Herd und bespritzte die Küchenwände. Sandy wachte in der Nacht auf und spürte, daß ihn etwas wie eine Ziege durch die Matratze anstieß, aber als er nachsah, war nichts unter dem Bett. Das beste Nachthemd seiner Frau wurde von oben bis unten aufgeschlitzt und mit der Schnur der Jalousie verknotet. Am Abend, wenn sie friedlich dasitzen und sich ein bißchen unterhalten wollten, klopfte es an die Wand, so laut, daß man sein eigenes Wort nicht verstehen konnte. Schließlich sagte die Frau zu Sandy, sie wisse, wer das tue. Es sei ihr toter Mann, der wütend auf sie sei, weil sie wieder geheiratet habe. Sie erkenne ihn an seinem Klopfen, das seien eindeutig seine Knöchel. Sie versuchten, ihn nicht zu beachten, aber das nützte nichts. Sie beschlossen, mit dem Wagen eine kleine Reise zu machen, um zu sehen, ob ihn das nicht davon abbringen würde. Aber er kam mit. Er saß oben auf dem Dach. Er trommelte mit den Fäusten auf das Dach des Wagens und stieß und schlug und schüttelte ihn so, daß Sandy ihn kaum auf der Straße halten konnte. Sandys Nerven gaben schließlich nach. Er fuhr an den Rand und sagte der Frau, sie solle das Steuer übernehmen, er werde aussteigen und zu Fuß nach Hause gehen oder sich von jemand mitnehmen lassen. Er riet ihr, in ihre Stadt zurückzufahren und zu versuchen, ihn zu vergessen. Sie brach in Tränen aus, stimmte aber zu, daß das das einzige sei, was man tun könne.

»Aber Sie glauben das doch nicht, oder?« sagte meine Mutter mit heiterem Nachdruck. Sie fing an zu erklären, warum das alles Zufall, Einbildung, Autosuggestion gewesen sei.

Onkel Benny warf ihr einen wilden und mitleidigen Blick zu.

»Gehen Sie und fragen Sie Sandy Stevenson. Ich hab die Flecken gesehen, ich hab sie selber gesehen.«

»Was für Flecken?«

»Na, wo es ihn unter der Matratze gestoßen hat.«

»Zweitausend Dollar auf der Bank«, überlegte mein Vater, um zu verhindern, daß dieser Streit weiterging. »Das ist mir eine Frau. Du solltest dich nach so einer Frau umsehen, Benny.«

»Genau das werd ich tun«, sagte Onkel Benny, der in den gleichen spaßig-ernsthaften Ton verfiel. »Dieser Tage, wenn ich mal dazu komme.«

»So eine Frau um sich zu haben müßte eine feine Sache sein.«

»Genau das sag ich auch immer.«

»Die Frage ist nur: eine dicke oder eine dünne? Dicke sind gute Köchinnen, aber sie essen vielleicht eine Menge. Aber das tun auch manche von den mageren, schwer zu sagen. Manchmal erwischt man eine große, die mehr oder weniger von ihrem eigenen Fett lebt, die wäre wirklich sparsam für die Brieftasche. Paß auf, daß sie gute Zähne hat, entweder das oder alle raus und eine gute Garnitur falsche. Am besten, sie hat auch den Blinddarm und die Galle raus.«

»Du redest, als wolltest du eine Kuh kaufen«, sagte meine Mutter. Aber das machte ihr nicht wirklich etwas aus; sie hatte diese unvorhersehbaren Momente der Nachsicht, die sich später verloren, wo sogar die Umrisse ihres Körpers weicher zu werden schienen und ihre gleichgültigen Bewegungen, mit denen sie die Teller wegnahm, eine natürliche Überlegenheit hatten. Sie war eine vollere, hübschere Frau, als sie es später war.

»Aber sie könnte dich zum Narren halten«, fuhr mein Vater nüchtern fort. »Dir sagen, ihre Gallenblase und ihr Blinddarm sind raus, und sie sind doch noch drin. Laß dir besser die Narben zeigen.«

Onkel Benny bekam einen Schluckauf, wurde rot, lachte fast unhörbar und beugte sich tief über seinen Teller.

»Kannst du schreiben?« fragte mich Onkel Benny in seinem Haus, als ich auf der Veranda las und er Teeblätter aus einer blechernen Teekanne schüttete; sie trieften über das Geländer.

»Wie lang bist du schon in der Schule? In welcher Klasse bist du?«

»In der vierten, wenn sie wieder anfängt.«

»Komm hier rein.«

Er führte mich zum Küchentisch, räumte ein Bügeleisen, das er reparierte, und einen Kochtopf mit löchrigem Boden weg, brachte einen neuen Schreibblock, Tintenflasche, einen Füllfederhalter. »Jetzt übst du hier mal ein bißchen schreiben.«

»Was soll ich denn schreiben?«

»Das ist mir gleich. Ich will nur sehen, wie du es machst.«

Ich schrieb seinen vollen Namen und seine Adresse:

Mr. Benjamin Thomas Poole, Flats Road, Jubilee, Wawanash, Provinz Ontario, Kanada, Nordamerika, Westliche Hemisphäre, Erde, Sonnensystem, Universum. Er las über meine Schulter und sagte scharf: »Wo ist das im Verhältnis zum Himmel? Du bist nicht weit genug raus gegangen. Ist der Himmel nicht außerhalb vom Universum?«

»Universum bedeutet alles. Es ist alles, was es gibt.«

»Na gut, du meinst, du weißt so viel, was ist da, wenn du ans Ende von all dem kommst? Da muß irgendwas sein, sonst gäbe es kein Ende, es muß etwas anderes da sein, damit es ein Ende gibt, oder nicht?«

»Da ist nichts«, sagte ich unschlüssig.

»O ja, da ist etwas. Da ist der Himmel.«

»Na, und was ist da, wenn du ans Ende vom Himmel kommst?«

»Du kommst nie ans Ende vom Himmel, weil der Herr dort ist!« sagte Onkel Benny triumphierend und betrachtete meine Schrift eingehend, die rund, zittrig und unsicher war. »Na, das kann jeder ohne Schwierigkeiten lesen. Ich möchte, daß du dich dahin setzt und einen Brief für mich schreibst.« Er konnte sehr gut lesen, aber er konnte nicht schreiben. Er sagte, die Lehrerin in der Schule habe ihn geschlagen und geschlagen, um das Schreiben in ihn hineinzuprügeln, und er achte sie deshalb, aber es habe zu nichts geführt. Wenn er einen Brief geschrieben haben wollte, bat er gewöhnlich meinen Vater oder meine Mutter darum.

Er beugte sich über mich, um zu sehen, was ich oben hinschrieb: *Flats Road, Jubilee, 22. August 1942.* »Das ist richtig, so macht man's! Jetzt fang an. *Werte Dame.*«

»Man fängt mit *Liebe* an, und dann kommt der Name der Person«, sagte ich, »außer wenn es ein Geschäftsbrief ist, und dann muß man mit *Sehr geehrter Herr* anfangen oder mit *Sehr geehrte Frau,* wenn es eine Dame ist. Ist es ein Geschäftsbrief?«

»Es ist einer und doch keiner. Schreib hin *Sehr geehrte Dame.*«

»Wie heißt sie?« sagte ich widerspenstig. »Ich könnte ebensogut ihren Namen hinsetzen.«

»Ich weiß ihren Namen nicht.« Ungeduldig brachte mir Onkel Benny die Zeitung, seine Zeitung, blätterte sie von hinten auf, bei den Chiffreanzeigen, zu denen ich nie vordrang, und hielt sie mir unter die Nase:

»Dame mit Kind sucht Stellung im Haushalt bei Mann in ruhigem Haus auf dem Land. Liebt Landleben. Gegebenenfalls Heirat.«

»Das ist die Dame, der ich schreibe, also was kann ich anderes tun, als sie Dame nennen?«

Ich gab nach und schrieb es hin, malte ein großes, sorgfältiges Komma und wartete darauf, den Brief unter dem *h* von *Sehr* anzufangen, wie man es uns beigebracht hatte.

»Sehr geehrte Dame«, sagte Onkel Benny ungerührt, »ich schreibe diesen Brief –

Ich schreibe diesen Brief in Antwort auf das, was Sie in die Zeitung gesetzt haben, die ich mit der Post bekomme. Ich bin ein Mann von siebenunddreißig Jahren, lebe allein in meinem eigenen Anwesen, das fünfzehn Morgen groß ist, draußen am Ende der Flats Road. Es steht ein gutes Haus darauf mit Steinfundament. Es ist dicht am Buschland, so daß wir im Winter nie Mangel an Brennholz haben. Es ist ein guter Brunnen da, der sechzig Fuß tief gebohrt ist, und eine Zisterne. Im Busch gibt es mehr Beeren, als man essen kann, und guten Fisch im Fluß, und man könnte einen schönen Gemüsegarten haben, wenn man die Kaninchen fernhalten könnte. Ich habe einen zahmen Fuchs in einem Gehege beim Haus, auch ein Frettchen und zwei Nerze, und es gibt die ganze Zeit Waschbären und Eichhörnchen und Erdhörnchen in der Gegend. Ihr Kind wird willkommen sein. Sie sagen nicht, ob es ein Junge oder ein Mädchen ist. Wenn es ein Junge ist, könnte ich ihm beibringen, ein guter Trapper und Jäger zu werden. Ich habe einen Job bei einem Mann auf dem nächsten Anwesen, der Silberfüchse züchtet. Seine Frau ist gebildet, falls Sie Lust haben, Besuche zu machen. Ich hoffe, ich werde bald einen Brief von Ihnen bekommen.
Mit den besten Grüßen

Benjamin Thomas Poole.«

Innerhalb einer Woche hatte Onkel Benny eine Antwort:

»Sehr geehrter Mr. Benjamin Poole!
Ich schreibe im Namen meiner Schwester Miss Madeleine Howey, um Ihnen zu sagen, daß sie sich freuen wird, Ihr Angebot anzunehmen, und bereit ist, jederzeit nach dem

1. September zu kommen. Wie sind die Bus- oder Bahnverbindungen nach Jubilee? Oder vielleicht wäre es besser, wenn Sie hierherkämen, ich schreibe unsere volle Adresse ans Ende des Briefes. Unser Haus ist nicht schwer zu finden. Das Kind meiner Schwester ist kein Junge, es ist ein Mädchen von 18 Monaten und heißt Diane. In Erwartung, von Ihnen zu hören, verbleibe ich
Ihr sehr ergebener

Mason Howey
Chalmers Street 121
Kitchener, Ont.«

»Na, das ist eine Möglichkeit«, sagte mein Vater, als Onkel Benny uns den Brief am Abendbrottisch zeigte. »Wieso denkst du, daß das diejenige ist, die du haben willst?«

»Ich sehe nichts Schlimmes darin, sie mal anzusehen.«

»Mir kommt es vor, als wäre der Bruder ganz schön darauf aus, sie loszuwerden.«

»Bringen Sie sie zu einem Arzt, zu einer ärztlichen Untersuchung«, sagte meine Mutter fest.

Onkel Benny sagte, das würde er bestimmt tun. Die Vorbereitungen gingen von da an rasch voran. Er kaufte sich neue Kleider. Er fragte, ob er den Wagen leihen könne, um nach Kitchener zu fahren. Er fuhr früh am Morgen weg in einem hellgrünen Anzug, einem weißen Hemd, einer grün, rot und orangefarbenen Krawatte, einem dunkelgrünen Filzhut und braun-weißen Schuhen. Er hatte sich die Haare schneiden lassen und seinen Schnurrbart gestutzt, und er hatte sich gewaschen. Er sah fremd aus, blaß und opferbereit.

»Nur Mut, Benny«, sagte mein Vater. »Du gehst nicht zu deiner eigenen Hinrichtung. Wenn dir die Sache dort nicht gefällt, dreh um und komm nach Hause.«

Meine Mutter und ich gingen mit einem Mop, einem Besen, einer Kehrschaufel, Seife und Scheuerpulver über die Felder. Aber meine Mutter war nie vorher in dieser Küche gewesen, nie richtig drin, und es warf sie um. Sie fing an, Sachen auf die Veranda zu werfen, aber nach einer Weile sah sie, daß es hoffnungslos war. »Man müßte eine Grube graben und alles hineinwerfen«, sagte sie, setzte sich auf die Stufen und hielt den Besenstiel unter dem Kinn wie eine Hexe in einer Geschichte, und sie lachte. »Wenn ich nicht lachen würde, müßte ich weinen. Stell dir vor, sie kommt hierher. Sie wird keine Woche bleiben. Sie wird nach Kitchener zurückgehen, und wenn sie zu Fuß gehen muß. Entweder das, oder sie stürzt sich in den Fluß.«

Wir scheuerten den Tisch und zwei Stühle und den Mittelteil des Fußbodens und rieben den Ofen mit Brotpapier ab und holten die Spinnweben über der Lampe herunter. Ich pflückte einen Strauß Goldruten und stellte sie mitten auf den Tisch. »Wozu das Fenster putzen«, sagte meine Mutter, »und noch mehr von dem Durcheinander hier drin beleuchten?«

Zu Hause sagte sie: »Also, ich denke, jetzt gehört meine Sympathie der Frau.«

Als es bereits dunkel geworden war, legte Onkel Benny die Schlüssel auf den Tisch. Er sah uns mit dem Blick eines Menschen an, der von einer langen Reise heimkommt und dessen Abenteuer nie zutreffend berichtet werden können, obwohl er weiß, daß er es wird versuchen müssen.

»Ist alles gut gelaufen?« fragte mein Vater ermutigend. »Hat der Wagen irgendwelche Schwierigkeiten gemacht?«

»Nee, nee. Ist prima gelaufen. Einmal bin ich von der Straße abgekommen, aber es hat nicht lang gedauert, bis ich gemerkt habe, was los war.«

»Hast du auf die Karte gesehen, die ich dir gegeben habe?«

»Nein, ich hab jemanden auf einem Traktor gesehen und ihn gefragt, und er sagte, ich soll zurückfahren.«

»Also bist du richtig hingekommen?«

»Ja, ja, ich bin richtig hingekommen.«

Meine Mutter schaltete sich ein. »Ich dachte, Sie würden Miss Howey auf eine Tasse Tee mitbringen.«

»Na, sie ist wohl müde von der Fahrt und allem und will jetzt das Kind ins Bett bringen.«

»Das Kind!« sagte meine Mutter reumütig. »Ich habe das Kind vergessen! Wo wird das Kind denn schlafen?«

»Wir werden irgendwas zurechtmachen. Ich glaube, ich habe ein Kinderbett irgendwo drüben, wenn ich da ein paar neue Leisten reinmache.« Er nahm seinen Hut ab, so daß ein roter Streifen über der schweißnassen Stirn sichtbar wurde: »Was ich sagen wollte, sie ist nicht mehr Miss Howey, sie ist Mrs. Poole.«

»Na, Benny, Glückwunsch. Wünsch dir alles Gute. Hast dich in dem Augenblick entschlossen, als du sie gesehen hast, war es so?«

Onkel Benny kicherte nervös.

»Also, sie waren alle da. Sie waren alle für die Hochzeit vorbereitet. Hatten es schon gemacht, bevor ich hinkam. Sie hatten den Prediger da und den Ring gekauft und irgendeinen Burschen organisiert, um in aller Eile die Genehmigung zu beschaffen. Ich konnte sehen, daß sie alle entschlossen waren. Alles für eine Hochzeit vorbereitet. Jawoll. Sie haben nichts ausgelassen.«

»Du bist jetzt ein verheirateter Mann, Benny.«

»Jaja, verheirateter Mann ist schon richtig.«

»Sie müssen Ihre Braut herbringen«, sagte meine Mutter energisch. Es war überraschend, wie sie das Wort *Braut* gebrauchte, das doch an lange weiße Schleier, Blumen, Feierlichkeiten erinnerte, an die man hier gar nicht dachte. Onkel Benny sagte, daß er dies tun wolle. Er sagte, ja, das werde er ganz bestimmt tun. Sobald sie sich von der Reise wieder erholt hätte, ja, er würde das bestimmt tun.

Er tat es aber nicht. Es gab kein Anzeichen von Madeleine. Meine Mutter dachte, daß er jetzt zum Essen heimgehen würde, aber er kam zu uns in die Küche wie gewöhnlich. Meine Mutter sagte: »Wie geht es Ihrer Frau? Wie kommt sie zurecht? Kennt sie sich mit diesem Ofen aus?«, und er antwortete auf alles mit unklarer Zustimmung, kicherte und schüttelte den Kopf.

Am späten Nachmittag, als er seine Arbeit beendet hatte, sagte er zu mir: »Wollt ihr was sehen?«

»Was?«

»Kommt nur mit, dann werdet ihr schon sehen.«

Owen und ich folgten ihm über die Felder. Er drehte sich um und hielt uns vor seinem Hof zurück.

»Owen möchte das Frettchen sehen«, sagte ich.

»Er wird auf ein anderes Mal warten müssen. Kommt nicht näher als bis hierher.«

Nach einiger Zeit kam er aus dem Haus mit einem kleinen Kind. Ich war enttäuscht; das war es also. Er stellte es auf den Boden. Es beugte sich unsicher vor und hob eine Krähenfeder auf.

»Sag, wie du heißt«, sagte Onkel Benny schmeichelnd. »Wie heißt du? Heißt du Di-ane? Sag den Kindern, wie du heißt.«

Sie wollte es nicht sagen.

»Sie kann gut sprechen, wenn sie will. Sie kann Mama und

Benny und Di-ane sagen und Wassa tinken. Na? Wassa tinken?«

Ein Mädchen in einer roten Jacke kam auf die Veranda.

»Du kommst jetzt rein!«

Rief sie Diane oder Onkel Benny? Ihre Stimme war drohend. Onkel Benny nahm das kleine Mädchen auf und sagte sanft zu uns: »Ihr lauft jetzt besser nach Hause. Ihr könnt ein anderes Mal kommen und das Frettchen sehen« und wandte sich zum Haus.

Wir sahen sie von weitem, in der gleichen roten Jacke, als sie die Straße hinunter zu Buckles Laden ging. Ihre Hände steckten in den Taschen der Jacke, ihr Kopf war gebeugt, ihre langen Beine wirkten wie eine Schere. Meine Mutter traf sie dann im Laden. Sie machte was draus. Sie sah Onkel Benny vor der Tür, der Diane trug, und sie fragte ihn, was er dort mache, und er sagte: »Wir warten nur auf ihre Mama.«

Also ging meine Mutter hinein bis zum Ladentisch, wo das Mädchen wartete, während Charlie Buckle ihre Rechnung schrieb.

»Sie müssen Mrs. Poole sein.« Sie stellte sich vor.

Das Mädchen sagte nichts. Sie schaute meine Mutter an, sie hörte, was sie sagte, aber sie selbst sagte nichts. Charlie Buckle warf meiner Mutter einen Blick zu.

»Ich nehme an, Sie haben viel zu tun gehabt, um sich einzurichten. Sie müssen mal herüberkommen und mich besuchen, wann immer Sie Lust haben.«

»Ich gehe nirgendwohin über Schotterstraßen, wenn ich nicht muß.«

»Sie könnten über das Feld kommen«, sagte meine Mutter, nur weil sie nicht hinausgehen und dem Mädchen das letzte Wort lassen wollte.

»Sie ist ein Kind«, sagte sie zu meinem Vater. »Sie ist nicht älter als siebzehn, keinesfalls. Sie trägt eine Brille. Sie ist sehr dünn. Sie ist nicht schwachsinnig, deshalb haben sie sie nicht loswerden wollen, aber sie ist vielleicht seelisch gestört oder nahe daran. Na, der arme Benny. Immerhin ist sie an den richtigen Ort gekommen. Sie paßt gut in die Flats Road!«

Man begann sie dort langsam kennenzulernen. Sie hatte Irene Pollox zurück in ihren eigenen Garten und die Stufen hinaufgejagt, sie auf die Knie gezwungen und ihr babyhaft weißes Haar mit beiden Händen gepackt. Das sagten die

Leute. Meine Mutter sagte: »Geht nicht rüber, laßt das Frettchen, ich möchte nicht, daß jemand zum Krüppel geschlagen wird.«

Ich ging trotzdem. Ich nahm Owen nicht mit, weil er es erzählen würde. Ich überlegte mir, ich würde an die Tür klopfen und sehr höflich fragen, ob es recht wäre, wenn ich die Zeitungen auf der Veranda läse. Aber noch ehe ich bis zu den Stufen kam, ging die Tür auf, und Madeleine kam heraus mit einem Schürhaken in der Hand. Sie mochte wohl gerade einen Ofenring hochgehoben haben, als sie mich hörte, sie hatte ihn vielleicht nicht absichtlich in die Hand genommen, aber ich konnte ihn nur als Waffe verstehen.

Einen Augenblick lang schaute sie mich an. Ihr Gesicht war wie das Dianes, mager, weiß, unbestimmt zuerst. Ihr Zorn kam nicht augenblicklich. Sie brauchte Zeit, sich seiner zu erinnern, Kräfte zu sammeln. Nicht, daß es, vom Augenblick an, wo sie mich erblickte, eine andere Möglichkeit gegeben hätte als Zorn. Zorn oder Schweigen schienen das einzige zu sein, zwischen dem sie wählen konnte.

»Was kommst du hier herumspionieren? Warum spionierst du um mein Haus herum? Du verschwindest besser von hier.« Sie kam die Stufen herunter. Ich zog mich so schnell vor ihr zurück, wie es nötig war, ich war fasziniert. »Du bist ein dreckiges kleines Luder. Ein dreckiges kleines Luder von einem Spion. Ein dreckiges kleines Spionier-Luder, das bist du.« Ihr kurzes Haar war nicht gekämmt, sie trug ein zerrissenes bedrucktes Kleid auf ihrem flachen jungen Körper. Ihre Heftigkeit schien gewollt, theatralisch; man wollte am liebsten stehenbleiben und zuschauen, als wäre es ein Schauspiel, und doch gab es keinen Zweifel, daß sie, wenn sie den Schürhaken über den Kopf hob, ihn auf meinen Schädel herunterkrachen lassen würde, wenn ihr danach zumute war – das heißt, wenn sie glaubte, daß die Szene es erforderte. Sie beobachtet sich selbst, dachte ich, und sie kann jeden Moment aufhören, gleichgültig werden oder prahlen wie ein Kind: »Siehst du, wie ich dich erschreckt habe? Du hast nicht gewußt, daß ich nur Spaß mache, oder?«

Ich wünschte, ich könnte diese Szene mit mir nehmen, um zu Hause davon zu erzählen. Geschichten über Madeleine wurden auf der Straße ausgetauscht. Irgend etwas hatte sie im Laden geärgert, und sie hatte eine Schachtel Camelia nach Charlie Buckle geworfen. *(Zum Glück hatte sie nicht gerade eine Dose Sirup in der Hand!)* Onkel Benny lebte unter einem Hagelschauer von Schimpfereien, man konnte es von der Straße aus hören. »Da hast du dir einen Hitzkopf hergeholt, nicht, Benny?« sagten die Leute, und dann kicherte er und nickte beschämt, als ob er Glückwünsche entgegennähme. Nach einer Weile fing er an, selbst Geschichten zu erzählen. Sie hatte den Kessel durchs Fenster geworfen, weil kein Wasser darin war. Sie hatte die Schere genommen und seinen grünen Anzug zerschnitten, den er nur einmal bei seiner Hochzeit getragen hatte; er wußte nicht, was sie dagegen hatte. Sie hatte gesagt, sie würde das Haus in Brand stecken, weil er ihr die falsche Zigarettenmarke gebracht hatte.

»Glaubst du, daß sie trinkt, Benny?«

»Nein, das tut sie nicht. Ich habe nie eine Flasche nach Hause gebracht, und wie soll sie sich selbst etwas besorgen, und außerdem, ich würde die Flasche auf ihrem Kopf zerschmettern.«

»Kommst du ihr jemals nahe genug, um es zu riechen, Benny?«

Onkel Benny senkte den Kopf und kicherte.

»Kommst du ihr jemals so nahe, Benny? Ich wette, sie kämpft wie ein Rudel Wildkatzen. Du mußt sie mal anbinden, während sie schläft.«

Als Onkel Benny zum Abziehen der Felle zu uns kam, brachte er Diane mit. Er und mein Vater arbeiteten in unserem Keller, häuteten die Füchse ab, drehten die Innenseite der Bälge nach außen und spannten sie auf lange Bretter zum Trocknen. Diane krabbelte die Kellerstufen hinauf und hinunter oder saß auf der obersten Stufe und schaute zu. Sie wollte nie mit jemand anderem als Onkel Benny sprechen. Sie mißtraute den Spielsachen, den Plätzchen, der Milch, allem, was wir ihr anboten, aber sie weinte oder schrie nie. Wenn man sie anfaßte oder umarmte, ließ sie es sich zwar gefallen, doch sie zitterte aus Angst, und ihr Herz schlug heftig wie das eines Vogels, den man in der Hand gefangen hält. Aber sie lag gern in Onkel Bennys Schoß oder schlief gegen seine Schulter gelehnt ein, schlaff wie gekochte Spaghetti. Seine Hand verdeckte die blauen Flecken an ihren Beinen.

»Drüben bei mir rennt sie ständig in irgendwas rein. Ich hab soviel Zeug herumstehen, daß sie einfach immer in irgendwas reinrennen muß und irgendwo raufklettert und fällt.«

Im zeitigen Frühjahr, ehe der Schnee ganz weg war, kam er eines Tages, um zu sagen, daß Madeleine weg sei. Als er am Tag zuvor abends heimgekommen war, war sie weggewesen. Er hatte gedacht, sie sei vielleicht in Jubilee, und er hatte auf ihre Rückkehr gewartet. Dann hatte er bemerkt, daß auch ein paar Sachen weg waren – eine Tischlampe, die er hatte richten wollen, ein hübscher kleiner Teppich, ein paar Schüsseln und eine blaue Teekanne, die seiner Mutter gehört hatte, und zwei noch tadellose Klappstühle. Diane hatte sie natürlich auch mitgenommen.

»Sie muß mit einem Lastwagen weggefahren sein, das konnte sie doch gar nicht alles in einem Auto unterbringen.«

Da erinnerte sich meine Mutter, daß sie einen Lieferwagen gesehen hatte, sie meinte, er sei grau gewesen, und er sei am Tag zuvor etwa um drei Uhr nachmittags in Richtung Stadt gefahren. Aber sie hatte sich nicht dafür interessiert und auch nicht bemerkt, wer darin saß.

»Ein grauer Lieferwagen! Ich wette, das war sie! Sie könnte die Sachen hinten drauf geladen haben. War eine Plane darüber, haben Sie das gesehen?«

Meine Mutter hatte nicht darauf geachtet.

»Ich muß ihr nach«, sagte Onkel Benny aufgeregt. »Sie kann nicht so verschwinden mit Sachen, die ihr nicht gehören. Immer sagt sie mir, nimm diesen Trödel hier raus, räum den Trödel hier raus! Na, es sieht wohl nicht nach Trödel aus, wenn sie selbst was davon haben will. Nur, wie kann ich wissen, wo sie hin ist? Ich sollte mich an diesen Bruder wenden.«

Nach sieben Uhr, als der Billigtarif begann, stellte mein Vater – auf unserem Telefon, Onkel Benny hatte keins – das Ferngespräch mit Madeleines Bruder durch. Dann gab er Onkel Benny den Hörer.

»Ist sie zu Ihnen runtergekommen?« schrie Onkel Benny augenblicklich. »Sie ist mit einem Lieferwagen weggefahren. Ist sie dort bei euch aufgetaucht?« Am anderen Ende der Leitung schien Verwirrung zu herrschen; vielleicht schrie Onkel Benny zu laut, als daß ihn jemand verstehen konnte. Mein Vater mußte rangehen und geduldig erklären, was geschehen war. Es stellte sich heraus, daß Madeleine nicht nach Kitchener gefahren war. Ihr Bruder zeigte kein großes Interesse dafür, wohin sie gegangen war. Er hängte auf, ohne sich zu verabschieden.

Mein Vater versuchte Onkel Benny davon zu überzeugen, daß es am Ende gar nicht so schlecht war, Madeleine los zu sein. Er wies darauf hin, daß sie keine besonders gute Hausfrau gewesen war und daß sie Onkel Bennys Leben nicht gerade bequem und heiter gemacht hatte. Er machte das ganz diplomatisch und vergaß nicht, daß er über die Frau eines anderen Mannes sprach. Er sprach nicht von ihrer mangelnden Schönheit oder ihren schlampigen Kleidern. Was die Sachen anging, die sie mitgenommen hatte – *gestohlen,* sagte Onkel Benny –, nun, das war schon schlimm und eine Schande (mein Vater war klug genug, nicht anzudeuten, daß diese Sachen von geringem Wert waren), aber vielleicht war das der Preis dafür, daß er sie los wurde, und auf die Dauer gesehen würde Onkel Benny vielleicht finden, daß er Glück gehabt hat.

»Das ist es nicht«, sagte meine Mutter plötzlich. »Es ist das kleine Mädchen. Diane.«

Onkel Benny kicherte kläglich.

»Ihre Mutter schlägt sie, nicht wahr?« rief meine Mutter, die plötzlich verstand und bestürzt war. »Das ist es. So sind die blauen Flecken an ihren Beinen –«

Onkel Benny hatte angefangen zu kichern, er konnte nicht aufhören, es war wie ein Schluckauf.

»Ja. Ja, sie –«

»Warum haben Sie uns das nicht gesagt, als sie hier war? Warum haben Sie es uns nicht schon letzten Winter gesagt? Warum habe ich nicht selbst daran gedacht? Wenn ich es gewußt hätte, ich hätte sie angezeigt –«

Onkel Benny schaute bestürzt auf.

»Sie bei der Polizei anzeigen! Wir hätten eine Strafanzeige erwirken können. Wir hätten erreichen können, daß ihr das Kind weggenommen wird. Aber was wir jetzt tun müssen, ist, die Polizei auf ihre Spur setzen. Die werden sie finden. Keine Angst.«

Onkel Benny sah nicht glücklich oder erleichtert aus bei dieser Beteuerung. Er sagte vorsichtig: »Woher sollen sie wissen, wo sie suchen müssen?«

»Die Polizei weiß das schon, die wüßte es. Die kann in der ganzen Provinz arbeiten. Im ganzen Land, wenn nötig. Die wird sie finden.«

»Halt mal einen Augenblick«, sagte mein Vater. »Wieso denkst du, die Polizei wäre bereit, das zu tun? Auf die Weise verfolgen sie nur Verbrecher.«

»Und was ist eine Frau, die ein Kind schlägt, anderes als eine Verbrecherin?«

»Du mußt einen Grund haben. Du mußt Zeugen haben. Wenn du so etwas behauptest, mußt du Beweise haben.«

»Benny ist der Zeuge. Er kann es ihnen sagen. Er könnte gegen sie aussagen.« Sie wandte sich an Onkel Benny, der wieder seinen Schluckauf bekam und einfältig sagte: »Was soll ich denn tun?«

»Für einen Augenblick ist genug darüber geredet worden«, sagte mein Vater. »Wir werden es abwarten.«

Meine Mutter stand auf, gekränkt und verwirrt. Sie hatte noch etwas zu sagen, und so sagte sie, was alle wußten.

»Ich weiß nicht, was diese Verzögerung soll. Mir ist es kristallklar.«

Aber was meiner Mutter kristallklar war, war für Onkel Benny offensichtlich unklar und erschreckend. Ob er Angst vor der Polizei hatte oder nur Angst vor dem öffentlichen und amtlichen Anschein eines solchen Vorgehens, den Worten, die darum gemacht wurden, den fremden Orten, an die es ihn bringen würde, konnte man unmöglich sagen. Was es auch war, er brach zusammen und wollte nicht mehr über Madeleine und Diane sprechen.

Was war zu tun? Meine Mutter brütete über dem Gedanken, selbst die Initiative zu ergreifen, aber mein Vater sagte zu ihr: »Du hast von Anfang an Schwierigkeiten, wenn du dich in die Angelegenheiten anderer Leute einmischst.«

»Trotzdem weiß ich, daß ich recht habe.«

»Du magst recht haben, aber das heißt nicht, daß du da irgend etwas tun kannst.«

Zu dieser Zeit des Jahres bekamen die Füchse ihre Jungen. Wenn ein Flugzeug vom Luftwaffenausbildungslager am See zu niedrig herüberflog, wenn ein Fremder in der Nähe der Gehege auftauchte, wenn irgend etwas Überraschendes oder Störendes geschah, konnten sie sie einfach töten. Niemand wußte, ob sie das aus blinder Panik taten oder aus aufgestörten, erschreckten mütterlichen Gefühlen – konnten sie den Wunsch haben, ihre Jungen, die noch nicht einmal die Augen geöffnet hatten, aus der gefährlichen Lage herauszubringen, in die sie sie ihrem Gefühl nach in diesen Gehegen gebracht hatten? Sie waren nicht wie zahme Tiere. Sie hatten nur sehr wenige Generationen lang in Gefangenschaft gelebt.

Um meine Mutter noch weiter zu überzeugen, sagte mein Vater, Madeleine sei vielleicht in die Staaten gegangen, wo niemand sie finden würde. Viele schlechte und verrückte und auch ruhelose und ehrgeizige Leute gingen schließlich dorthin.

Aber Madeleine war nicht dorthin gegangen. Später im Frühjahr kam ein Brief. Sie hatte die Stirn zu schreiben, sagte Onkel Benny und brachte den Brief und zeigte ihn vor. Ohne Anrede schrieb sie: *Ich habe meinen gelben Pullover und einen grünen Regenschirm und Dianes Decke in Deinem Haus gelassen, schick sie mir. Ridlet St. 1249, Toronto, Ont.*

Onkel Benny hatte sich bereits entschlossen, hinzufahren. Er fragte, ob er den Wagen leihen könne. Er war noch nie in Toronto gewesen. Auf dem Küchentisch breitete mein Vater die Straßenkarte aus und zeigte ihm, wie er dorthin käme, obwohl er sagte, er frage sich, ob das tatsächlich eine gute Idee sei. Onkel Benny sagte, er habe vor, Diane zu nehmen und sie mitzubringen. Mein Vater und meine Mutter wiesen beide darauf hin, daß das gesetzwidrig sei, und rieten ihm ab. Aber Onkel Benny, der sonst solche Angst vor rechtlichen und amtlichen Dingen hatte, machte sich keinerlei Gedanken darüber, daß er etwas unternahm, was sich als Kindesraub erweisen konnte. Er erzählte jetzt auch Geschichten über Dinge, die Madeleine getan hatte. Sie hatte Dianes Beine mit Lederriemen an die Stangen des Bettchens gebunden. Sie hatte sie mit einer Schindel verprügelt. Sie hatte womöglich noch Schlimmeres getan, wenn er nicht da war. Spuren vom Schürhaken, glaubte er, waren auf dem Rücken des Kindes gewesen. Während er all das erzählte, überkam ihn sein entschuldigendes Kichern; er mußte den Kopf schütteln und es hinunterschlucken.

Er war zwei Tage fort. Mein Vater schaltete die Zehn-Uhr-Nachrichten ein und sagte: »Wir werden sehen, ob der alte Benny aufgegriffen worden ist!« Am Abend des zweiten Tages fuhr er den Wagen in unseren Hof und blieb einen Augenblick sitzen, ohne uns anzusehen. Dann stieg er langsam aus und kam würdig und müde auf das Haus zu. Er hatte Diane nicht bei sich. Hatten wir je erwartet, daß er sie bekommen würde?

Wir saßen auf dem zementierten Platz vor der Küchentür. Meine Mutter saß in ihrem bequemen Segeltuchstuhl, der sie an städtischen Rasen und städtische Muße erinnern sollte, und mein Vater saß auf einem gradlehnigen Küchenstuhl. Es gab nur wenige Insekten so früh im Jahr. Wir betrachteten den Sonnenuntergang. Manchmal versammelte meine Mutter alle, damit sie den Sonnenuntergang betrachteten, gerade so, als wäre er etwas, das sie eigens in Szene gesetzt hätte, und das verdarb die Sache ein bißchen – etwas später weigerte ich mich, überhaupt hinzuschauen –, aber trotzdem gab es auf der Welt keinen besseren Platz, um den Sonnenuntergang zu betrachten, als das Ende der Flats Road. Meine Mutter sagte das selbst.

Mein Vater hatte an diesem Tag die Fliegentür angebracht. Owen schaukelte ungehorsam darauf, um das alte vertraute Geräusch der sich dehnenden und dann zurückschnappenden Feder zu hören. Man würde ihm sagen, er solle das nicht tun, er würde aufhören und sehr vorsichtig hinter dem Rükken meiner Eltern von neuem anfangen.

Um Onkel Benny lag eine so unerschütterliche Schwermut, daß sogar meine Mutter ihn nicht direkt befragen wollte. Mein Vater sagte leise zu mir, ich solle einen Stuhl aus der Küche holen.

»Benny, setz dich. Bist du müde von der Fahrt? Wie ist der Wagen gelaufen?«

»Er ist prima gelaufen.«

Er setzte sich. Er nahm den Hut nicht ab. Er saß steif da, als wäre er an einem ungewohnten Platz, wo er ein Willkommen nicht erwarten oder gar wünschen durfte. Schließlich sprach meine Mutter mit ihm, in einem Ton angestrengter Beiläufigkeit und Fröhlichkeit.

»Nun. Ist es ein Haus oder eine Wohnung, wo sie leben?«

»Ich weiß nicht«, sagte Onkel Benny abweisend. Nach einiger Zeit fügte er hinzu: »Ich hab es gar nicht gefunden.«

»Sie haben gar nicht herausgefunden, wo sie wohnen?«

Er schüttelte den Kopf.

»Also haben Sie sie gar nicht gesehen?«

»Nein, hab ich nicht.«

»Hatten Sie die Adresse verloren?«

»Nein. Ich hab sie auf dieses Stück Papier geschrieben. Ich hab es hier.« Er zog seine Brieftasche heraus und holte ein Stück Papier hervor und zeigte es uns, dann las er: »Ridlet

Street 1249.« Er faltete es zusammen und steckte es zurück. Alle seine Bewegungen schienen verlangsamt, förmlich und voll Bedauern zu sein.

»Ich konnte es nicht finden. Ich konnte den Platz nicht finden.«

»Aber haben Sie sich einen Stadtplan besorgt? Erinnern Sie sich, wir sagten, Sie sollen zu einer Tankstelle gehen und nach einem Plan der Stadt Toronto fragen.«

»Das hab ich getan«, sagte Onkel Benny mit einer Art finsterem Triumph. »Drauf können Sie wetten. Ich ging zu einer Tankstelle und fragte nach, und sie sagten, sie hätten keine Stadtpläne. Sie hatten Karten, aber nur von der Provinz.«

»Sie hatten ja schon eine Karte von der Provinz.«

»Ich sagte auch, daß ich eine hätte. Ich sagte, ich wollte einen Stadtplan von Toronto. Sie sagten, sie hätten keinen.«

»Haben Sie es bei einer anderen Tankstelle versucht?«

»Wenn es an der einen keine gab, hab ich angenommen, daß es an keiner welche gab.«

»Sie hätten einen in einem Geschäft kaufen können.«

»Ich wußte nicht, in was für einem Geschäft.«

»Ein Papierwarengeschäft! Ein Kaufhaus! Sie hätten an der Tankstelle fragen können, wo man einen kaufen kann.«

»Ich dachte, statt überall in der Stadt rumzurennen und zu versuchen, einen Stadtplan zu finden, wäre ich besser dran, wenn ich einfach Leute fragte, wie ich dorthin kommen könnte, wo ich doch die Adresse schon hatte.«

»Es ist sehr riskant, *Leute* zu fragen.«

»Wem sagen Sie das«, sagte Onkel Benny.

Als er das Herz dazu hatte, begann er mit seiner Geschichte.

»Erst hab ich einen Burschen gefragt, der hat mir gesagt, ich soll über diese Brücke da fahren, und das hab ich getan, und ich komme an eine rote Ampel und sollte nach links abbiegen, so hat er mir gesagt. Aber als ich hinkam, wußte ich nicht, wie das ging. Ich konnte nicht rausfinden, sollst du nach links abbiegen, wenn eine rote Ampel vor dir ist, oder sollst du nach links abbiegen, wenn eine grüne Ampel vor dir ist.«

»Man biegt bei Grün nach links ab«, rief meine Mutter verzweifelt. »Wenn man bei Rot links abbiegt, kommt man quer zum Verkehr.«

»Ja, ich weiß, das würde passieren, aber wenn man bei einer grünen Ampel nach links abbiegt, kommt man quer zum Verkehr, der einem *entgegen* kommt.«

»Man muß warten, bis sie einen durchlassen.«

»Da hätte ich den ganzen Tag warten können, sie lassen einen nicht durch. Also, ich wußte nicht, ich wußte nicht, was ich jetzt machen sollte, und ich saß da und versuchte zu überlegen, und alle fingen hinter mir an zu hupen, also dachte ich mir, gut, ich fahre rechts rum, das geht einfach, und dann werd ich umdrehen und den Weg, den ich gekommen bin, zurückfahren. Dann müßte ich in der richtigen Richtung sein. Aber ich hab keinen Platz zum Umdrehen gefunden, also bin ich immer weitergefahren. Dann bin ich in eine Straße gebogen, die quer verlief, und bin weitergefahren, bis ich dachte, jetzt hab ich völlig den Weg verloren, den der erste Bursche mir beschrieben hat, also sollte ich doch jemand anders fragen. Also hielt ich an und fragte diese Dame, die da mit ihrem Hund an der Leine ging, aber sie sagte, sie hätte nie von der Ridlet Street gehört. Sie hätte nie davon *gehört.* Sie sagte, sie wohne seit zweiundzwanzig Jahren in Toronto. Sie rief einen Jungen auf einem Fahrrad herüber, und *er* hatte davon gehört, er sagte, es sei ganz auf der anderen Seite der Stadt, und ich komme aus der Stadt raus, wenn ich so weiterfahre. Aber ich hab angenommen, es wäre vielleicht einfacher, um die Stadt herumzufahren, statt durch sie durch, auch wenn es länger dauert, und ich blieb auf meiner Straße, ich hatte das Gefühl, sie macht einen Bogen um die Stadt, und da merkte ich, daß es dunkel wurde, und ich dachte, es ist verdammt noch mal besser, ich fahre weiter, ich will rausfinden, wo die Straße ist, ehe es dunkel wird, weil ich keine Lust hatte, dort im Dunkeln rumzufahren –«

Es endete damit, daß er an der Straße vor einem Fabrikhof im Wagen schlief. Er hatte sich verfahren zwischen Fabriken, Sackgassen, Güterschuppen, Schrottplätzen, Eisenbahngleisen. Er beschrieb uns jede Kurve, die er gemacht hatte, und jeden Menschen, den er nach der Richtung gefragt hatte; er berichtete, was jeder von ihnen gesagt hatte und was er dann gedacht hatte, die anderen Möglichkeiten, die er sich überlegte, warum er sich jeweils entschlossen hatte, es so oder so zu machen. Er erinnerte sich an alles. In seinem Kopf war ein Plan dieser Reise eingebrannt. Und während er sprach, erschien eine andere Landschaft – Autos, Plakattafeln, Industriegebäude, Straßen und verschlossene Tore und hohe Drahtzäune, Eisenbahnschienen, Schlackenhalden, Wellblechschuppen, Gräben mit braunem Wasser, auch Blechdosen, zerdrückte Pappkartons, alle Arten von verklumptem oder einfach herumliegendem Unrat – vor unseren Augen, die von seiner monotonen, haargenau sich erinnernden Stimme geschaffen wurde, und wir konnten das alles sehen, wir konnten sehen, wie es war, dort verirrt zu sein, wie es einfach nicht möglich war, irgend etwas zu finden oder weiterzusuchen.

Trotzdem protestierte meine Mutter: »Aber so sind Städte eben! Deshalb sollten Sie ja einen Stadtplan kaufen!«

»Na, ich bin heut morgen dort aufgewacht«, sagte Onkel Benny, als hätte er sie nicht gehört, »und ich wußte, das Beste war, daß ich dort rauskam, gleich wie.«

Mein Vater seufzte; er nickte. Es war wahr.

So war Onkel Bennys Welt, obwohl sie ganz nahe an unserer Welt lag, wie ein verwirrendes, entstelltes Spiegelbild, die gleiche, aber niemals ganz die gleiche. In dieser Welt konnten Leute im Treibsand versinken, konnten von Geistern oder schrecklichen, gewöhnlichen Städten überwältigt werden; Schicksal und Bosheit waren gigantisch und nicht vorherzusagen; nichts war verdient, alles konnte geschehen; Niederlagen wurden mit irrsinniger Befriedigung aufgenommen. Es war sein Triumph, von dem er nicht wissen konnte, daß er uns das sehen ließ.

Owen schaukelte an der Fliegentür und sang in einer vorsichtigen und abfälligen Weise, wie er es machte, wenn lange Gespräche stattfanden:

»Land of Hope and Glory
Mother of the Free
How shall we ex-tore thee
Who are bo-orn of thee?«

Ich hatte ihn das Lied gelehrt – in dem Jahr sangen wir jeden Tag solche Lieder in der Schule, um England vor Hitler retten zu helfen. Meine Mutter sagte, es heiße *extol,* aber ich wollte das nicht glauben, denn wie würde es sich sonst reimen?

Meine Mutter saß in ihrem Segeltuchstuhl und mein Vater auf einem hölzernen; sie sahen sich nicht an. Aber sie waren verbunden, und diese Verbindung war klar wie der Tag, sie bestand zwischen uns und Onkel Benny, uns und der Flats Road, sie würde zwischen uns und allen Dingen bestehenbleiben. Es war das gleiche wie manchmal im Winter, wenn sie die Karten austeilten und sich an den Küchentisch setzten und zu zweit spielten, während sie auf die Neun-Uhr-Nachrichten warteten und uns nach oben zu Bett geschickt hatten. Und der Oberstock schien Meilen über ihnen zu liegen, dunkel und erfüllt vom Brausen des Windes. Dort oben entdeckte man, woran man sich unten in der Küche nie erinnerte – daß wir in einem Haus lebten, so klein und in sich verschlossen wie ein Schiff auf See, inmitten einer brüllenden Wetterflut. Sie schienen weit weg in einem winzigen Lichtfleck zu sprechen, Karten zu spielen, belanglos; doch dieser Gedanke an sie, banal wie ein Schluckauf, vertraut wie der eigene Atem, war es, was mich hielt, was mir aus der Tiefe des Brunnens zublinkte, wenn ich einschlief.

Onkel Benny hörte nie mehr etwas von Madeleine, und wenn doch, so erwähnte er es nicht. Wenn man ihn nach ihr fragte oder ihn ihretwegen hänselte, schien er sie sich ohne Bedauern ins Gedächtnis zu rufen, mit ein bißchen Geringschätzung, als sei sie etwas oder jemand, der schon längst aufgegeben worden war wie die Schildkröten.

Nach einer Weile lachten wir alle einfach, wenn wir uns an Madeleine erinnerten, wie sie die Straße hinunterging in ihrer roten Jacke und mit ihren scherenartigen Beinen und Mißachtung über die Schulter auf Onkel Benny schleuderte, der mit dem Kind hinter ihr herschlich. Wir lachten bei dem Gedanken, wie sie sich verhalten hatte und was sie mit Irene Pollox und Charlie Buckle gemacht hatte. Onkel Benny hatte die Prügel vielleicht erfunden, sagte meine Mutter schließlich und nahm das als Trost; wie konnte man ihm trauen? Madeleine selbst war ja auch etwas, das er hätte erfinden können. Wir erinnerten uns an sie wie an eine Geschichte, und da wir nichts anderes zu geben hatten, gaben wir ihr unseren seltsamen, verspäteten, herzlosen Beifall.

»Madeleine! Diese Wahnsinnige!«

Das Haus an der Jenkin's Bend trug diesen Namen auf einem Schild – Onkel Craigs Leistung –, das an der vorderen Veranda zwischen einer roten Flagge und dem Union Jack hing. Das Haus sah aus wie ein Musterungslokal oder eine Zollstation an der Grenze. Es war einstmals ein Postamt gewesen und schien immer noch eine Art amtliche, halböffentliche Stelle zu sein, weil Onkel Craig der Stadtsekretär von Fairmile war, und es kamen Leute zu ihm, um Heiratsgenehmigungen oder andere Arten von Erlaubnisscheinen zu bekommen; der Stadtrat trat in seiner Diele oder seinem Büro zusammen, das mit Aktenschränken, einem schwarzen Ledersofa, einem großen Rollschreibtisch, weiteren Fahnen, einem Bild der Konföderationsväter und einem anderen vom König und der Königin und den kleinen Prinzessinnen, alle in ihrem Krönungsstaat, ausgestattet war. Es gab auch eine gerahmte Fotografie von einem Blockhaus, das an der Stelle dieses großen und schönen einfachen Backsteinhauses gestanden hatte. Dieses Bild schien aus einem anderen Land zu sein, wo alles viel niedriger, schmutziger und dunkler war als hier. Verdrecktes Buschland mit unzähligen schwarzfleckigen Nadelhölzern reichte bis dicht an die Gebäude, und die Straße im Vordergrund war aus Baumstämmen.

»Was man einen Knüppeldamm nannte«, belehrte mich Onkel Craig.

Mehrere Männer in Hemdsärmeln, mit hängenden Schnauzbärten und grimmigem, aber irgendwie hilflosem Gesichtsausdruck standen um ein Pferd und einen Wagen herum. Ich beging den Fehler, Onkel Craig zu fragen, ob er auch auf dem Bild sei.

»Ich dachte, du kannst lesen«, sagte er und deutete auf das Datum, das unter die Räder des Wagens gekritzelt war: *10. Juni 1860.* »Mein Vater war zu der Zeit noch nicht mal ein erwachsener Mann. Da ist er, hinter dem Kopf des Pferdes. Er hat erst 1875 geheiratet. Ich wurde 1882 geboren. Beantwortet das deine Frage?«

Er war unzufrieden mit mir, nicht weil er empfindlich wegen seines Alters gewesen wäre, sondern wegen meiner ungenauen Kenntnisse der Zeit und der Geschichte. »Zu der

Zeit, als ich geboren wurde«, fuhr er ernst fort, »sollte das ganze Buschland, das du auf dem Bild siehst, bereits verschwunden sein. Diese Straße war verschwunden. Da war dann eine Schotterstraße.«

Sein eines Auge war blind, es war operiert worden, blieb aber dunkel und trübe; das Augenlid hing bedrohlich herab. Sein Gesicht war eckig und faltig, sein Körper gedrungen. Es gab noch eine andere Fotografie, nicht in diesem Zimmer, sondern im Vorderzimmer auf der anderen Seite des Flurs, das ihn auf einer Decke ausgestreckt vor seinen sitzenden, ältlich wirkenden Eltern zeigte – einen blonden, plumpen, selbstzufriedenen Jungen, den Kopf auf einen Ellbogen gestützt. Tante Grace und Tante Elspeth, die jüngeren Schwestern, saßen mit gekräuselten Ponyfrisuren und Matrosenkleidern an seinem Kopf und seinen Füßen. Mein eigener Großvater, der Vater meines Vaters, der 1918 an Grippe gestorben war, stand aufrecht hinter den Stühlen der Eltern, an einer Seite Tante Moira (damals schlank!), die in Porterfield lebte, auf der anderen Tante Helen, die einen Witwer geheiratet hatte und um die Welt gereist war und jetzt als reiche Frau in Britisch-Kolumbien lebte. »Schau deinen Onkel Craig an!« sagten Tante Elspeth oder Tante Grace, wenn sie das Bild abstaubten. »Sieht er nicht selbstzufrieden aus? Wie die Katze, die den ganzen Rahm aufgeschleckt hat!« Sie sprachen, als sei er immer noch der Junge, der dort in spielerischer Ungezwungenheit lag, damit sie ihn verwöhnen und über ihn lachen konnten.

Onkel Craig erzählte; einiges interessierte mich, einiges war mir gleichgültig. Ich wollte erfahren, wie Jenkin's Bend seinen Namen bekommen hatte, nach einem jungen Mann nämlich, der nur ein kleines Stück weiter oben an der Straße durch einen fallenden Baum getötet worden war; er war noch keinen Monat im Land gewesen. Als Onkel Craigs Großvater, mein Ururgroßvater, das Haus hier gebaut, sein Postamt eröffnet und das gegründet hatte, was seiner Hoffnung und seinem Glauben nach einmal eine bedeutende Stadt werden würde, hatte er ihm den Namen dieses jungen Mannes gegeben, denn wie sollte man sich sonst eines jungen Mannes, eines Junggesellen, erinnern?

»Wo ist er umgekommen?«

»Die Straße rauf, keine Viertelmeile.«

»Kann ich hingehen und sehen, wo es war?«

»Da ist nichts angezeichnet. Das ist nichts, wofür man ein Schild anbringt.«

Onkel Craig sah mich mit Mißbilligung an; er neigte nicht zur Neugier. Er hielt mich oft für fahrig und dumm, und ich machte mir nicht viel daraus; in seinem Urteil lag etwas Großzügiges und Unpersönliches, das mir meine Freiheit ließ. Er selbst war in keiner Weise ärgerlich oder berührt durch meine Unzulänglichkeit, obwohl er darauf hinzuweisen pflegte. Hier lag der große Unterschied, ob man ihn enttäuschte, oder ob man jemanden wie meine Mutter oder gar meine Tanten enttäuschte. Seine männliche Egozentrik machte ihn gelassen.

Die andere Art Auskunft, die er mir gab, hatte mit der politischen Entwicklung des Wawanash County zu tun, der Verbundenheit von Familien, damit, wie Leute miteinander verwandt waren, und damit, was bei den Wahlen geschah. Er war der erste Mensch, den ich kannte, der wirklich an die Welt der öffentlichen Ereignisse, der Politik, glaubte, der nicht daran zweifelte, daß er ein Teil davon war. Obwohl meine Eltern immer die Nachrichten hörten und von dem, was sie hörten, entmutigt oder erleichtert waren (meist entmutigt, denn das war zu Anfang des Krieges), hatte ich den Eindruck, daß für sie wie für mich alles, was in der Welt geschah, außerhalb unserer Möglichkeiten lag, unwirklich, aber unheilvoll. Onkel Craig war nicht so verschüchtert. Er sah eine einfache Verbindung zwischen sich selbst, wie er die Geschäfte der Gemeinde führte, und dem Premierminister in Ottawa, der die Geschäfte des Landes führte. Und er hatte eine optimistische Ansicht über den Krieg, eine große Eruption im normalen politischen Leben, die von alleine ausbrennen mußte; er war wirklich mehr daran interessiert, wie der Krieg sich auf die Wahlen auswirken würde und was der Dienstpflichterlaß bei der Liberalen Partei bewirken würde, als daran, wie er weiterging. Trotzdem war er ein Patriot; er zog die Fahne auf, er verkaufte Kriegsanleihen.

Wenn er nicht für die Gemeinde arbeitete, war er mit zwei Plänen beschäftigt – einer Geschichte des Wawanash County und einem Stammbaum der Familie, der bis nach Irland von 1670 zurückreichte. Niemand in unserer Familie hatte etwas Bemerkenswertes geleistet. Sie hatten alle wiederum irische Protestanten geheiratet und hatten große Familien. Einige heirateten nicht. Einige der Kinder starben jung. Vier aus einer Familie kamen bei einem Brand um. Ein Mann verlor zwei Frauen im Kindbett. Einer heiratete eine römisch-katholische Frau. Sie kamen nach Kanada und lebten in der gleichen Weise weiter, und oft heirateten sie schottische Presbyterianer. Und es erschien Onkel Craig notwendig, daß die Namen all dieser Leute, ihre Verbindungen untereinander, die drei großen Daten der Geburt, der Hochzeit und des Todes, wenn das alles sein sollte, was mit ihnen geschehen war, ausfindig gemacht wurden, oft mit großer Mühe und einer erstaunlichen Menge weltweiter Korrespondenz (er vergaß den Zweig der Familie nicht, der nach Australien gegangen war), und daß sie ordentlich hier in seiner sorgfältigen Handschrift niedergeschrieben wurden. Er verlangte von niemandem in der Familie, daß er etwas Interessanteres oder Skandalöseres getan hatte, als eine römisch-katholische Frau zu heiraten (die Religion der Frau wurde mit roter Tinte unter ihrem Namen vermerkt); tatsächlich hätte es wohl seinen Bericht aus dem Gleichgewicht gebracht, wenn jemand dergleichen getan hätte. Nicht die einzelnen Namen waren wichtig, sondern das ganze feste und verwickelte Gefüge von Lebensläufen, die uns aus der Vergangenheit heraustrugen.

Es war das gleiche mit der Geschichte des County, das erschlossen und besiedelt worden war und das gewachsen war und seinen jetzigen langsamen Abstieg mit nur bescheidenen Katastrophen begann – dem Brand in Tupperton, dem regelmäßigen Hochwasser des Wawanash, einigen schrecklichen Wintern, ein paar wenig geheimnisvollen Morden; und es hatte nur drei bemerkenswerte Menschen hervorgebracht – einen Richter am Obersten Gericht, einen Archäologen, der indianische Dörfer an der Georgian Bay ausgegraben und ein Buch darüber geschrieben hatte, und eine Frau, deren Gedichte in den Zeitungen ganz Kanadas und der Vereinigten Staaten veröffentlicht wurden. Auf sie kam es nicht an; das tägliche Leben war es, worauf es ankam. Onkel Craigs Ordner und Schubladen waren voll von Zeitungsausschnitten, Briefen mit Berichten über die Witterung, einem Bericht über ein entlaufenes Pferd, Listen von Leuten, die bei Beerdigungen anwesend waren – eine Anhäufung der allergewöhnlichsten Tatsachen, die zu ordnen seine Aufgabe war. Alles mußte in seinen geschichtlichen Überblick eingehen, damit es die vollständige Geschichte des Wawanash

County wurde. Er konnte nichts auslassen. Das war der Grund dafür, daß er erst bis zum Jahr 1909 gekommen war, als er starb.

Als ich Jahre später über die Natascha in ›Krieg und Frieden‹ las und wie sie, obwohl sie kein Verständnis dafür hatte, *dem abstrakten intellektuellen Streben ihres Mannes eine ungeheure Bedeutung beimaß*, mußte ich an Tante Elspeth und Tante Grace denken. Es hätte keinen Unterschied ausgemacht, ob Onkel Craig tatsächlich »abstraktes, intellektuelles Streben« besessen oder ob er den Tag damit verbracht hätte, Hühnerfedern zu sortieren; sie waren bereit, an das zu glauben, was er tat. Er hatte eine alte schwarze Schreibmaschine mit Metallringen um die Tasten, deren lange schwarze Hebelarme offen lagen; wenn er mit seinem langsamen, geräuschvollen, stockenden, aber entschiedenen Tippen begann, dämpften sie die Stimmen, sie zogen alberne, tadelnde Gesichter, wenn auch nur ein Topf klapperte. *Craig arbeitet!* Sie wollten mich nicht auf die Veranda lassen, weil sie fürchteten, ich würde an seinem Fenster vorbeigehen und ihn stören. Sie achteten die Arbeit der Männer über alles; sie lachten auch darüber. Das war seltsam; sie konnten uneingeschränkt an deren Wichtigkeit glauben und gleichzeitig die Ansicht vermitteln, daß sie von einem gewissen Standpunkt aus wertlos und unwesentlich war. Und sie würden sich nie, nie einmischen; zwischen der Arbeit der Männer und der Arbeit der Frauen war eine absolut klare Linie gezogen, und jedem Überschreiten dieser Linie, jeder Andeutung, sie überschreiten zu wollen, würden sie mit diesem leichten, erstaunten, bedauernd überlegenen Lachen begegnen.

Am Nachmittag saßen sie auf der Veranda, nachdem sie ihre morgendliche Dauerleistung an Bodenschrubben, Gurkenhacken, Einmachen, Pökeln, Waschen, Stärken, Wäschesprengen, Bügeln, Wachsen, Backen hinter sich hatten. Sie saßen dort nicht müßig; sie hatten den Schoß voller Arbeit – Kirschen, die entsteint, Erbsen, die enthülst, Äpfel, die entkernt werden mußten. Ihre Hände, ihre alten, dunklen Schälmesser mit den Holzgriffen bewegten sich mit wunderbarer, fast rachsüchtiger Schnelligkeit. Zwei oder drei Wagen kamen in der Stunde vorbei, verlangsamten gewöhnlich die Fahrt, und die Stadtleute, mit denen sie besetzt waren, winkten. Tante Elspeth oder Tante Grace riefen dann die Formel ländlicher Gastfreundschaft: »Kommt doch eine

Weile herein, weg von dieser staubigen, heißen Straße!«, und die Leute im Wagen riefen zurück: »Täten wir, wenn wir Zeit hätten! Aber sagt, wann kommt ihr denn mal bei *uns* vorbei?«

Tante Elspeth und Tante Grace erzählten Geschichten. Es wirkte nicht, als ob sie sie mir erzählten, um mich zu unterhalten, sondern als ob sie sie auf jeden Fall zu ihrem eigenen Vergnügen erzählt hätten, auch wenn sie allein gewesen wären.

»Oh, der Arbeiter, den Vater hatte, weißt du noch, der Ausländer, er hatte ein Temperament wie ein Teufel, entschuldige den Ausdruck. Was war er, Grace, war er nicht ein Deutscher?«

»Er war Österreicher. Er kam einfach von der Straße herein und suchte Arbeit, und Vater stellte ihn an. Mutter hat die Angst vor ihm nie überwunden, sie traute Ausländern nicht.«

»Na, kein Wunder.«

»Sie ließ ihn im Speicher schlafen.«

»Er schrie und fluchte die ganze Zeit auf Österreichisch, weißt du noch, als wir über seine Kohlköpfe sprangen? Dieser Strom von fremdländischen Flüchen konnte einem das Blut gefrieren lassen.«

»Bis ich mich entschlossen habe, es ihm mal zu zeigen.«

»Was hat er damals verbrannt, er war unten im Obstgarten und verbrannte einen Haufen Zweige –«

»Zeltspinnerraupen.«

»Das war's, er verbrannte die Zeltspinnerraupen, und du hast einen von Craigs Overalls und ein Hemd angezogen und dich mit Kissen ausgestopft und dein Haar unter einen von Vaters Filzhüten gesteckt, und du hast dir die Hände und das Gesicht schwarz gemacht, damit du wie ein Neger aussahst –«

»Und ich hab das Metzgermesser genommen, das schreckliche lange Messer, das wir immer noch haben –«

»Und bist durch den Obstgarten hinuntergeschlichen, hast dich hinter den Bäumen versteckt, und Craig und ich schauten die ganze Zeit vom oberen Fenster aus zu –«

»Mutter und Vater können nicht dagewesen sein.«

»Nein, nein, sie waren in der Stadt! Sie sind mit dem Pferd und dem Wagen nach Jubilee gefahren!«

»Ich kam bis auf ungefähr fünf Meter an ihn heran, und

ich schlüpfte hinter einem Baumstamm hervor und – O ihr Heiligen, hat er einen Schrei losgelassen! Er schrie und rannte zur Scheune. Er war ein Feigling durch und durch!«

»Dann bist du ins Haus, hast die Sachen ausgezogen und dich sauber geschrubbt, ehe Vater und Mutter aus der Stadt zurückkamen. Und dann saßen wir alle um den Abendbrottisch und warteten auf ihn. Insgeheim hofften wir, er sei weggelaufen.«

»Ich nicht. Ich hab das nicht gehofft. Ich wollte die Wirkung sehen.«

»Er kam bleich wie ein Laken und finster wie der Satan herein und setzte sich und sagte nicht ein Wort. Wir rechneten damit, daß er wenigstens erwähnen würde, es laufe ein verrückter Schwarzer frei im County herum. Er hat nie was gesagt.«

»Wollte nicht merken lassen, was er für ein Feigling gewesen war, natürlich!«

Sie lachten, bis ihnen das Obst vom Schoß fiel.

»Ich war es aber nicht immer, ich war nicht die einzige, die sich Streiche ausdenken konnte! Du bist auf die Idee gekommen, die Blechdosen über der Eingangstür aufzuhängen, als ich damals zum Tanzen gegangen war! Das wollen wir nicht vergessen.«

»Du warst mit Maitland Kerr aus. (Armer Maitland, er ist tot.) Du bist zu einem Ball in Jericho gegangen –«

»Jericho! Es war ein Ball in der Stone-Schule!«

»Ja, gut, wo auch immer, jedenfalls du wolltest ihn in den Flur bringen, um gute Nacht zu sagen, oh, du hast ihn hereingeschmuggelt, still und leise wie zwei Lämmchen –«

»Und da kamen sie herunter –«

»Es klang, als ob eine Lawine heruntergekommen wäre. Vater sprang aus dem Bett und packte seine Schrotflinte. Weißt du noch, die Schrotflinte in ihrem Zimmer, sie stand immer hinter der Tür? Was für ein Durcheinander! Und ich lag unter den Laken und hatte mir das Kissen in den Mund gestopft, damit mich niemand lachen hörte!«

Sie hatten noch nicht aufgehört, einander Streiche zu spielen. Tante Grace und ich gingen in das Schlafzimmer, in dem Tante Elspeth ihr Nickerchen machte, flach auf dem Rücken liegend und unter kräftigem Schnarchen, und wir hoben die Bettdecke ganz vorsichtig hoch und banden ihr die Fußgelenke mit einem roten Band zusammen. Eines Sonntagnachmittags, als Onkel Craig in seinem Büro auf dem Ledersofa schlief, wurde ich hineingeschickt, um ihn aufzuwecken und ihm zu sagen, es sei ein junges Paar draußen, das gekommen sei, um eine Heiratserlaubnis zu beantragen. Er stand mürrisch auf, ging nach hinten in die Küche und wusch sich am Ausguß, befeuchtete und kämmte sein Haar, zog Krawatte, Weste und Jacke an – er hätte niemals ohne die passende Kleidung eine Heiratserlaubnis ausgestellt – und ging zur Eingangstür. Dort stand eine alte Dame in einem langen karierten Rock, einen Schal um den Kopf, vornübergebeugt, auf einen Stock gelehnt und ein ebenfalls gebeugter alter Mann, der einen fadenscheinigen Anzug und einen altmodischen Filzhut trug. Onkel Craig war noch benommen vom Schlaf; er sagte unschlüssig: »Nun, guten Tag –«, ehe er polternd losschimpfte: »Elspeth! Grace! Ihr zwei Teufelsweiber!«

Zur Melkzeit banden sie sich Tücher ums Haar, deren Enden wie kleine Flügel herunterhingen, und zogen alle möglichen zerrissenen und geflickten Kleidungsstücke an, und dann gingen sie die Kuhpfade entlang und hoben irgendwo auf ihrem Weg ein Holzstöckchen auf. Ihre Kühe hatten schwere, klingende Glocken um den Hals hängen. Einmal folgten Tante Elspeth und ich dem vereinzelten trägen Klang dieser Glocken bis zum Rand des Buschlands, und dort sahen wir ein Reh, das zwischen den Baumstümpfen und den schweren Farnen reglos dastand. Tante Elspeth sagte kein Wort, streckte aber ihr Stöckchen aus wie ein Herrscher und befahl mir so, still zu sein, und wir schauten das Tier ein Weilchen an, ehe es uns sah und aufsprang, so daß sein Körper einen Halbkreis in der Luft zu beschreiben schien, wie bei einem Tänzer, und davonsprang und sich in den tiefen Busch flüchtete. Es war ein heißer und vollkommen stiller Abend, das Licht lag in Streifen auf den Baumstämmen, golden wie Aprikosenschalen. »Früher einmal konnte man sie regelmäßig sehen«, sagte Tante Elspeth. »Als wir jung waren, ja, da haben wir sie immer auf dem Weg zur Schule gesehen. Aber jetzt nicht mehr. Das war das erste, das ich in – ich weiß nicht wie vielen Jahren – gesehen habe.«

Im Stall zeigten sie mir, wie man melkt, was nicht so leicht ist, wie es aussieht. Abwechselnd spritzten sie Milch in das Maul einer Scheunenkatze, die sich ein paar Fuß entfernt auf die Hinterbeine hob. Es war ein schmutzig aussehender gestreifter Kater, der Robber hieß. Onkel Craig kam herunter, er trug noch sein gestärktes Hemd mit den hochgerollten Ärmeln, in der Tasche seiner Weste mit dem abgetragenen Rücken waren noch Federhalter und Bleistift festgeklemmt. Er führte die Aufsicht an der Zentrifuge. Tante Elspeth und Tante Grace sangen gern beim Melken. Sie sangen: ›Triff mich in St. Louis, Louie, triff mich auf der Dult!‹ und ›Ich hab 'nen Groschen, 'nen feinen, feinen Groschen‹ und ›Von den blauen Bergen kommen wir –‹ Sie sangen oft verschiedene Lieder, und eine versuchte die andere zu übertönen und beklagte sich: »Ich weiß nicht, wie diese Frau auf die Idee kommt, daß sie singen kann!« Die Melkzeit machte sie keck und übermütig. Tante Grace, die Angst hatte, in den Vorratsraum des Hauses zu gehen, weil dort vielleicht eine Fledermaus sein könnte, lief durch den Scheunenhof, boxte die großen, langgehörnten Kühe energisch in die Hinterteile und scheuchte sie durch das Tor und zurück auf die Weide. Tante Elspeth hob die Sahnekannen hoch mit einer starken und mühelosen, fast verächtlichen Bewegung wie ein junger Mann. Und doch waren das die gleichen Frauen, die im Haus meiner Mutter mürrisch, hinterhältig, ältlich wurden und nur darauf lauerten, daß sie etwas übelnehmen konnten. Außer Hörweite meiner Mutter waren sie imstande, zu mir zu sagen: »Ist das die Bürste, die du für deine Haare benutzt? Oh, wir dachten, sie sei für den Hund!« Oder: »Trocknest du damit das Geschirr ab?« Sie beugten sich über die Pfannen und kratzten und kratzten auch das letzte bißchen Schwarz ab, das sich seit ihrem letzten Besuch festgesetzt hatte. Was meine Mutter zu sagen hatte, nahmen sie gewöhnlich mit einem kleinen verblüfften Lächeln auf; deren Offenheit, deren Ungeniertheit lähmten sie für den Augenblick, und sie konnten ihr nur schnell und hilflos zublinzeln, als stünden sie einem grausamen Licht gegenüber.

Die nettesten Dinge, die sie sagte, waren die verkehrtesten. Tante Elspeth konnte nach dem Gehör Klavier spielen; sie setzte sich hin und spielte die wenigen Stücke, die sie kannte: ›My Bonny is over the Ocean‹ und ›Road to the Isles‹. Meine Mutter bot ihr an, sie Noten lesen zu lehren.

»Dann kannst du wirklich gute Sachen spielen.«

Tante Elspeth lehnte ab, mit einem gezierten, unnatürlichen Lachen, als habe ihr jemand angeboten, ihr Billardspielen beizubringen. Sie ging hinaus und fand ein vernachlässigtes Blumenbeet und kniete sich in der heißen Mittagssonne in den Schmutz und begann Unkraut zu rupfen. »Das Blumenbeet, um das kümmere ich mich nicht mehr. Ich hab es aufgegeben«, rief meine Mutter lebhaft und warnend von der Küchentür her. »Es steht nichts darauf als dieser alte Steinbrech, und den werd ich nächstens sowieso ausreißen!« Tante Elspeth jätete weiter, als habe sie überhaupt nichts gehört. Meine Mutter machte ein verzweifeltes, schließlich abweisendes Gesicht und setzte sich augenblicklich in ihren Segeltuchstuhl, lehnte sich zurück und schloß die Augen und blieb unter ärgerlichem Lächeln etwa zehn Minuten untätig sitzen. Meine Mutter ging direkt vor. Tante Elspeth und Tante Grace flatterten um sie herum, aus und ein, zogen sich zurück und verschwanden und kamen wieder, flink und mit sanften Stimmen und hartnäckig. Sie schob sie von sich weg, als wären sie Spinnweben; ich wußte besser Bescheid.

Als sie wieder zu Hause in Jenkin's Bend waren – sie nahmen mich zum langen Sommerbesuch mit –, waren sie erfrischt und tauchten auf, als hätte man sie ins Wasser geworfen. Ich konnte zusehen, wie sich die Änderung vollzog. Auch ich tauschte, mit einigen Stichen wegen meiner Treulosigkeit, die Welt meiner Mutter mit ihren ernsten skeptischen Fragen, der endlosen, aber irgendwie vernachlässigten Hausarbeit, den Klumpen im Kartoffelbrei und den verwirrenden Gedanken gegen ihre Welt der Arbeit und Fröhlichkeit, der Behaglichkeit und Ordnung, der verwickelten Förmlichkeit ein. Man mußte in ihrem Haus eine ganz neue Sprache lernen. Die Gespräche dort hatten viele Abstufungen, nichts durfte unmittelbar ausgesprochen werden, jeder Scherz konnte auch in die umgekehrte Richtung stoßen. Die Mißbilligung meiner Mutter war offen und unverkennbar wie ein heraufziehendes Unwetter; die ihre kam wie feine Schnitte mit dem Rasiermesser mitten in ihrer Freundlichkeit. Sie hatten die irische Begabung für ausgelassenen Spott, der mit Ehrerbietung verbrämt war.

Die Tochter der Familie vom Nachbarhof hatte einen Rechtsanwalt, einen Mann aus der Stadt, geheiratet, auf den die Familie sehr stolz war. Sie brachten ihn herüber, um ihn vorzustellen. Tante Elspeth und Tante Grace hatten für diesen Besuch gebacken und das Silber geputzt und ihre handbemalten Teller und ihre kleinen Messer mit den Perlmuttgriffen herausgeholt. Sie boten Mürbekuchen, Nußbrot,

Torte an. Er war ein gieriger oder vielleicht ein entsetzlich verschreckter junger Mann, der aus Nervosität aß. Er nahm ganze Kuchenstücke, und sie zerbröckelten, als er sie in den Mund steckte; der Guß verklebte seinen Schnurrbart. Beim Abendessen begann Tante Grace, ohne ein Wort, eine Nachahmung seiner Eßweise zum besten zu geben, wobei sie zunehmend übertrieb, gierige Geräusche machte und imaginäre Dinge von ihrem Teller grapschte. *»Oh, der Rechts-anwalt!«* rief Tante Elspeth vornehm, und sie lehnte sich über den Tisch und fragte: »Haben Sie sich – immer – für *das Landleben* interessiert?« Nach ihrer bewundernswerten Höflichkeit ihm gegenüber fand ich das ziemlich niederdrückend; es war eine Warnung. *Hielt er sich nicht tatsächlich für jemand Besonderen!* Das war ihre endgültige Verurteilung, vorsichtig gesagt. *Er hält sich für jemand. Halten die sich nicht für etwas Besonderes.* Anmaßung gab es überall.

Nicht daß sie etwas gegen Begabung hatten. Sie anerkannten sie in ihrer eigenen Familie, unserer Familie. Aber es schien das Richtige zu sein, sie mehr oder weniger geheim zu halten. Beunruhigt wurden sie durch Ehrgeiz, denn ehrgeizig sein hieß, das Scheitern herausfordern und riskieren, sich selbst zum Narren zu machen. Das Schlimmste, so folgerte ich, das Schlimmste, was einem in diesem Leben geschehen konnte, war, daß die Leute über einen lachten.

»Dein Onkel Craig«, sagte Tante Elspeth zu mir, »dein Onkel Craig ist einer der klügsten und der beliebtesten und am meisten geachteten Männer im Wawanash County. Er hätte in die Regierung gewählt werden können. Er hätte im Kabinett sein können, wenn er gewollt hätte.«

»Wurde er nicht gewählt, Onkel Craig?«

»Sei nicht albern, er hat sich nie darum bemüht. Er wollte seinen Namen nicht aufstellen lassen. Es war ihm lieber so.«

Da war sie, die geheimnisvolle und für mich neuartige Andeutung, daß es am Ende mehr Weisheit und Selbstachtung bewies, wenn man sich entschloß, Dinge nicht zu tun, als wenn man sich entschloß, sie zu tun. Sie mochten Leute, die Dinge ablehnten, die ihnen angeboten wurden, Heirat, Stellungen, günstige Gelegenheiten, Geld. Meine Kusine Ruth McQueen, die in Tupperton lebte, sollte ein Stipendium für das College bekommen, denn sie war sehr klug, aber sie überlegte es sich und lehnte ab; sie beschloß, zu Hause zu bleiben.

»Sie wollte lieber nicht.«

Warum war es so bewundernswert, das zu tun? Wie manche musikalischen oder farblichen Harmonien lagen die Reize des Negativen jenseits meiner Vorstellung. Aber ich war nicht bereit, wie meine Mutter abzuleugnen, daß es sie gab.

»Hat Angst, den Kopf aus dem eigenen Bau herauszustrecken«, war der Kommentar meiner Mutter über Ruth McQueen.

Tante Moira war mit Onkel Bob Oliphant verheiratet. Sie wohnten in Porterfield und hatten eine einzige Tochter, Mary Agnes, die ziemlich spät in ihrer Ehe geboren wurde. Während des Sommers fuhr Tante Moira manchmal die dreizehn Meilen von Porterfield nach Jenkin's Bend, um einen Nachmittagsbesuch zu machen, und brachte Mary Agnes mit. Tante Moira konnte Auto fahren. Tante Elspeth und Tante Grace hielten das für sehr mutig (meine Mutter lernte gerade unseren Wagen zu fahren, und das fanden sie leichtsinnig und überflüssig). Sie warteten, daß ihr altmodisches Auto mit dem eckigen Dach über die Brücke kam und die Straße vom Fluß herauffuhr, und gingen dann hinaus, um sie mit ermutigenden, bewundernden, freudigen Rufen zu begrüßen, als hätte sie eben den Weg durch die Sahara bewältigt und nicht die heißen, staubigen Straßen von Porterfield.

Die flinke Bosheit, die unter ihrer verbindlichen Art aller Welt gegenüber lauerte, fehlte völlig in ihren Beziehungen zueinander, zu Bruder und Schwester. Füreinander kannten sie nur Zärtlichkeit und Stolz. Und auch für Mary Agnes Oliphant. Ich fand, daß sie sie mir vorzogen. Ich wurde zwar freudig willkommen geheißen, aber ich war durch andere Einflüsse und durch die Hälfte meiner Erbmasse belastet; meine Erziehung war durchsetzt von Ketzerei, so daß es niemals wieder zu reparieren war. Mary Agnes, so schien mir, wurde mit einer weniger gemischten, mit einer strahlenden, vertrauensvollen Zuneigung empfangen.

In Jenkin's Bend wurde nie erwähnt, daß etwas mit Mary Agnes los sei; sie war so ziemlich wie andere Leute auch. Nur daß man sich nicht vorstellen konnte, daß sie allein in einen Laden gehen und etwas kaufen würde, daß sie überhaupt allein irgendwohin gehen würde; sie mußte bei ihrer Mutter bleiben. Sie war nicht schwachsinnig, sie war nicht wie Irene Pollox und Frankie Hall in der Flats Road, sie war sicherlich nicht schwachsinnig genug, daß man sie den ganzen Tag umsonst auf dem Kirmes-Karussell hätte fahren lassen, wie es bei den beiden der Fall war – selbst vorausgesetzt, daß Tante Moira ihr erlaubt hätte, sich so zur Schau zu stellen, was sie niemals getan hätte. Ihre Haut wirkte staubig, als ob eine dünne fleckige Glasscheibe oder ein helles Wachspapier darüber läge.

»Sie bekam nicht genug Sauerstoff«, sagte meine Mutter und schöpfte eine gewisse Befriedigung daraus wie immer, wenn sie etwas erklärte. »Sie bekam nicht genug Sauerstoff im Geburtskanal. Onkel Bob Oliphant hielt auf dem Weg zum Krankenhaus Tante Moiras Beine zusammen, weil der Arzt ihnen gesagt hatte, sie könnte Blutungen bekommen.«

Ich wollte nichts weiter hören. In erster Linie scheute ich vor der Folgerung zurück, daß das etwas war, das jedem passieren konnte, daß ich selbst behindert sein könnte, und das nur durch Mangel an einer nennbaren, meßbaren, völlig normalen Sache wie Sauerstoff. Und das Wort Geburtskanal ließ mich an einen Strom von Blut mit glatten Ufern denken. Ich dachte an Onkel Bob Oliphant, wie er Tante Moiras schwere, von Venen gezeichneten Beine zusammenhielt, während sie schwer atmete und zu gebären versuchte; ich konnte ihn später nie mehr ansehen, ohne daran zu denken. Immer wenn wir ihn in seinem eigenen Haus sahen, saß er am Radio, zog an seiner Pfeife und hörte ›Boston Blackie‹ oder ›Police Patrol‹, Reifen kreischten und Pistolen krachten, während er mit seinem völlig kahlen Kopf ernsthaft nickte. Ob er seine Pfeife im Mund hatte, als er Tante Moiras Beine hielt, ob er ihrer Aufregung dieselbe gleichgültige Zustimmung entgegenbrachte wie den Boston Blackies?

Vielleicht schien es mir wegen dieser Geschichte, daß die Schwermut, die von Tante Moira ausging, einen gynäkologischen Ruch hatte wie der der faserigen, gummierten Bandagen an ihren Beinen. Sie war eine Frau, die ich heute als jemand erkennen würde, der dazu neigt, an Krampfadern, Hämorrhoiden, Gebärmuttersenkung, Ovarialzysten, Entzündungen, Ausfluß, Knoten und Steinen an verschiedenen Stellen zu leiden, eine der schweren, sich vorsichtig bewegenden, zerrütteten Überlebenden weiblichen Daseins, die allerlei zu erzählen hatte. Sie saß auf der Veranda in dem geflochtenen Schaukelstuhl und trug trotz des heißen Wetters ein vornehmes gefüttertes Kleid, das dunkel war und vor Glasperlen zitterte, einen breiten Hut wie einen Turban, erdfarbene Strümpfe, die sie manchmal herunterrollte, damit die Bandagen »atmen« konnten. Man konnte wirklich nicht viel zugunsten der Ehe sagen, wenn man sie mit ihren Schwestern verglich, die noch so schnell aufspringen konnten, die frisch und gesund rochen und die gelegentlich mißbilligend die Maße ihrer Taillen erwähnten. Selbst wenn sie aufstand oder sich niedersetzte oder sich im Schaukelstuhl bewegte, ließ Tante Moira ein klagendes Grollen hören, das unabsichtlich und deutlich war wie Verdauungsgeräusche oder Blähungen.

Sie erzählte von Porterfield. Es war keine langweilige Stadt wie Jubilee, es hatte zwei Bierhallen, die einander gegenüber an der Hauptstraße lagen, in jedem der Hotels eine. Manchmal gab es am Samstagabend oder am frühen Sonntagmorgen einen schrecklichen Straßenkampf. Tante Moiras Haus lag nur einen halben Block von der Hauptstraße entfernt und nahe am Gehsteig. Hinter ihren verdunkelten Vorderfenstern hatte sie Männer beobachtet, die wie die Wilden heulten, hatte sie gesehen, wie ein Wagen zur Seite trudelte und in einen Telefonmast krachte, wobei das Lenkrad dem Fahrer ins Herz drang; sie hatte zwei Männer gesehen, die ein Mädchen mit sich schleiften, das betrunken war und nicht mehr stehen konnte, und das Mädchen urinierte auf der Straße, in seine Kleider. Sie hatte das Erbrochene von Betrunkenen von ihrem gestrichenen Zaun abgekratzt. Das alles war nur, was sie erwartete. Und es waren nicht nur die Betrunkenen vom Samstagabend, sondern auch Krämer und Nachbarn und Botenjungen, die betrogen, die grob waren, Gewalttaten begingen. Wenn Tante Moira diese Dinge behaglich erzählte, breitete sich ihre Stimme über den Tag, über den Hof aus wie schwarzes Öl, und Tante Elspeth und Tante Grace stimmten mit ihr überein.

»Also nein, man konnte nicht erwarten, daß du das hinnimmst!«

»Wir wissen gar nicht, wie gut wir es hier haben.«

Und dann liefen sie aus und ein mit Tassen voll Tee, Gläsern voll Limonade, frischen gebutterten Backpulverplätzchen, Martha-Washington-Kuchen, Scheiben von Rührkuchen mit Rosinen, kleinen Konfektstückchen aus kandierten Früchten, die in Kokosnuß gehüllt und herrlich zum Knabbern waren.

Mary Agnes saß lauschend und lächelnd da. Sie lächelte

mir zu. Das war kein argloses Lächeln, sondern das Lächeln eines Menschen, der willkürlich, ja eigenmächtig einem Kind all die Ungezwungenheit zukommen läßt, die weder aus Angst noch aus Gewohnheit jemand anderem zukommen kann. Sie trug ihr schwarzes Haar in einem Knoten, auf ihrem olivfarbenen Nacken zeigten sich Haarstoppeln; sie trug eine Brille. Tante Moira kleidete sie wie ein High-School-Mädchen, das sie nie gewesen war, in karierte Faltenröcke, die lose in der Taille saßen, und zu große, langärmelige, sorgfältig gebügelte weiße Blusen. Sie trug kein Make-up, keinen Puder, um die weichen dunklen Härchen an ihren Mundwinkeln zu tönen. Sie sprach zu mir in dem harten, großspurigen, unsicheren Ton eines Menschen, der einen nicht wirklich neckt, sondern die Neckerei nachmacht, indem sie die Art nachmachte, in der sie manche Leute, vielleicht Ladeninhaber, mit Kindern hatte sprechen hören.

»Wozu machst du das?« Sie kam und überraschte mich dabei, wie ich durch die kleinen Scheiben aus buntem Glas an der Eingangstür schaute. Sie legte ihr Auge an die rote Scheibe.

»Der Hof brennt!« sagte sie, lachte mir aber zu, als hätte ich es gesagt.

Bei anderen Gelegenheiten versteckte sie sich im dunklen Flur und sprang heraus und packte mich von hinten, während sie mir die Hände über die Augen legte. »Wer bin ich, wer bin ich?« Sie drückte und kitzelte mich, bis ich schrie. Ihre Hände waren heiß und trocken, ihr Zugriff ungestüm. Ich kämpfte gegen sie mit aller Kraft, aber ich konnte ihr keine Schimpfnamen geben, wie ich es bei jemand in der Schule gemacht hätte, konnte sie nicht anspucken und ihr die Haare ausreißen wegen ihres Alters – sie galt als Erwachsene – und ihrer geschützten Stellung. So hielt ich sie für eine Rauferin und sagte – aber nicht in Jenkin's Bend –, daß ich sie haßte. Gleichzeitig war ich neugierig und keineswegs unzufrieden bei der Entdeckung, daß ich in einer Art, die ich nicht einmal begreifen konnte, so wichtig für jemand sein sollte, der für mich überhaupt nicht wichtig war. Sie rollte mich oft über den Flurteppich, kitzelte mich wild am Bauch, als wäre ich ein Hund, und ich war jedesmal ebenso von Verwunderung überwältigt wie von ihrer unvorhersehbaren Kraft und ihren gemeinen Tricks; ich war verwundert, wie es Leute sein müssen, die ergriffen und entführt werden und die erkennen, daß sie in der fremden Welt ihrer Entführer einen Wert besitzen, der in keinerlei Verbindung mit irgend etwas steht, das sie über sich selbst wissen.

Ich wußte außerdem etwas, das mit Mary Agnes passiert war. Meine Mutter hatte es mir erzählt. Vor Jahren war sie einmal im Vorgarten ihres Hauses in Porterfield gewesen, während Tante Moira im Keller Kleider wusch, und es waren ein paar Jungen vorbeigekommen, fünf Jungen. Sie überredeten sie, mit ihnen spazierenzugehen, und sie nahmen sie mit hinaus auf den Kirmesplatz und zogen ihr alle Kleider aus und ließen sie in dem kalten Dreck liegen, und sie bekam eine Bronchitis und wäre fast gestorben. Deshalb mußte sie jetzt warme Unterwäsche tragen, auch im Sommer.

Ich vermutete, daß die Erniedrigung – denn meine Mutter erzählte mir die Geschichte, um mich zu warnen, daß eine Erniedrigung möglich sei, wenn man sich überreden ließ, mit Jungen wegzugehen – darin lag, daß ihr alle Kleider weggenommen wurden, daß sie nackt war. Selbst nackt sein zu müssen, der Gedanke, nackt zu sein, traf mich voller Scham in die Magengrube. Jedesmal, wenn ich daran dachte, wie mir der Arzt die Hose herunterzog und mir seine Nadel in die Hinterbacken stieß, wegen der Windpocken, fühlte ich mich geschändet, wahnsinnig, unerträglich, geradezu aufs äußerste erniedrigt. Ich dachte an Mary Agnes' Körper, der ausgesetzt auf dem Kirmesplatz lag, an ihre prickelnden, kalten Hinterbacken, die sie herausstreckte – sie schienen mir tatsächlich der beschämendste und der am hilflosesten wirkende Teil eines jeden Körpers zu sein –, und ich dachte, wenn es mir passiert wäre, daß man mich so gesehen hätte, hätte ich danach nicht mehr leben können.

»Del, du und Mary Agnes, ihr solltet einen Spaziergang machen.«

»Ihr solltet mal um die Scheune herumgehen und sehen, ob ihr Robber nicht findet.«

Ich stand gehorsam auf, und als ich um die Verandaecke herum war, schlug ich in wütender Niedergeschlagenheit mit einem Stock gegen das Gitter. Ich wollte nicht mit Mary Agnes gehen. Ich wollte bleiben und essen und noch mehr über Porterfield hören, diese verderbte, düstere Stadt voller unzuverlässiger, gangsterhafter Leute. Ich hörte, daß Mary Agnes mit ihrem schweren stolpernden Schritt hinter mir herkam.

»Mary Agnes, bleib aus der Sonne. Plansch nicht im Fluß. Du kannst dir zu jeder Jahreszeit eine Erkältung holen!«

Wir gingen die Straße hinunter und das Flußufer entlang. In der Hitze der trockenen Stoppelfelder, der ausgetrockneten Bachbetten, der weißen staubigen Straßen bildete der Wawanash eine kühle Mulde. Der Schatten kam von dünnen Weidenblättern, die das Sonnenlicht wie ein Sieb zurückhielten. Der Schlamm längs der Ufer war trocken, aber noch nicht zu Staub getrocknet; er war wie Eistorte, oben zart verkrustet, aber darunter feucht und kühl, wunderbar, um darauf zu gehen. Ich zog die Schuhe aus und ging barfuß. Mary Agnes schrie: »Das werd ich aber sagen!«

»Sag es, wenn du willst.« Ich nannte sie leise ein Luder.

Es waren Kühe unten am Fluß gewesen und hatten die Abdrücke ihrer Hufe im Schlamm zurückgelassen. Sie hinterließen auch Kuhfladen, die hübsch rund waren und die, wenn sie trocken waren, wie Kunstwerke, wie handgemachte Deckel aus Lehm aussahen. Am Rand des Wassers breiteten sich auf beiden Seiten Teppiche von Lilienblättern aus, und hier und da stand eine gelbe Wasserlilie, die so bleich, still und erstrebenswert aussah, daß ich mein Kleid in meinen Schlüpfer stopfen und zwischen den saugenden Wurzeln in den schwarzen Schlamm hineinwaten mußte, der zwischen meinen Zehen aufquoll, das Wasser trübte und die Blätter und Blüten der Lilien beschmutzte.

»Du wirst ertrinken, du wirst ertrinken«, schrie Mary Agnes ärgerlich und erregt, obwohl ich kaum bis über die Knie drin war. Als ich die Blumen ans Ufer brachte, erschienen sie gewöhnlich und abstoßend und begannen sofort zu verwelken. Ich ging weiter, vergaß sie und zerdrückte die Blütenblätter in meiner Faust.

Wir stießen auf eine tote Kuh, die mit den Hinterbeinen im Wasser lag. Schwarze Fliegen krochen und wimmelten auf ihrem braun-weißen Fell, glänzten wie Perlenstickerei, wo die Sonne sie traf.

Ich nahm einen Stock und klopfte auf das Fell. Die Fliegen stoben auf, kreisten und kamen zurück. Ich sah, daß das Fell der Kuh eine Landkarte war. Die braune Fläche konnte das Meer sein, die weiße die treibenden Kontinente. Mit einem Stock folgte ich ihren seltsamen Umrissen, ihren geschwungenen Ufern und versuchte meinen Stock genau zwischen der weißen und der braunen Fläche zu halten. Dann führte ich meinen Stock den Hals hinauf, einen straffen Muskelstrang entlang – die Kuh war mit ausgestrecktem Hals gestorben, als ob sie sich nach dem Wasser ausgestreckt hätte, aber dafür lag sie falsch herum – bis zum Kopf. Ich traute mich nicht so recht, das Gesicht zu berühren. Ich traute mich nicht, das Auge anzuschauen.

Das Auge war weit offen, dunkel, eine glatte, blicklose Kugel mit einem Glanz wie Seide und einem rötlichen Schimmer, einer Widerspiegelung des Lichts. Eine in einen schwarzen Seidenstrumpf gesteckte Orange. Fliegen hatten sich in einem Augenwinkel niedergelassen, wunderbar zusammengedrängt wie eine schillernde Brosche. Ich hatte den heftigen Wunsch, mit meinem Stock in das Auge zu stechen, um zu sehen, ob es zusammensinken würde, ob es zittern und zerspringen würde wie Gallert, ob es zeigen würde, daß es durch und durch die gleiche Zusammensetzung hatte, oder ob die Haut über der Oberfläche platzen und alle Arten von verfaultem Dreck freigeben würde, der über das Gesicht fließen würde. Ich fuhr mit dem Stock rund um das Auge, ich zog ihn zurück, aber ich brachte es nicht fertig, ich konnte nicht hineinstechen.

Mary Agnes kam nicht nahe heran. »Laß sie in Ruhe«, warnte sie. »Die alte tote Kuh. Sie ist schmutzig. Du wirst dich auch schmutzig machen.«

»Tooote Kuh«, sagte ich und dehnte das Wort genüßlich. »Tooote Kuh, tooote Kuh.«

»Du kommst jetzt«, kommandierte mich Mary Agnes, hatte aber, wie ich meinte, Angst näherzukommen.

Da sie tot war, forderte sie zur Entweihung auf. Ich wollte sie stechen, auf ihr trampeln, auf sie pinkeln, alles um sie zu strafen, um zu zeigen, welche Verachtung ich dafür hatte, daß sie tot war. Auf sie schlagen, sie zerstören, auf sie spukken, sie zerreißen, sie wegwerfen! Aber sie hatte noch Macht, wie sie dalag, mit einer leuchtenden seltsamen Landkarte auf dem Rücken, ihrem angespannten Hals, dem sanften Auge. Ich hatte noch nie eine lebende Kuh angesehen und gedacht, was ich jetzt dachte: Warum sollte es eigentlich eine Kuh geben? Warum mußten die weißen Flecken gerade in dieser Weise geformt sein und nie mehr auf einer anderen Kuh oder einer anderen Kreatur genau gleich aussehen? Während ich den Umrissen eines Kontinents erneut folgte, den Stock eindrückte und eine durchgehende Linie zu erreichen versuchte, achtete ich auf seine Form, wie ich manchmal auf die Form wirklicher Kontinente oder Inseln auf wirklichen Landkarten achtete, als sei die Form selbst eine Offenbarung über die Worte hinaus, und als könnte ich ihnen einen Sinn geben, wenn ich es nur energisch genug versuchte und Zeit hätte.

»Traust du dich, sie anzufassen?« fragte ich Mary Agnes verächtlich. »Faß mal eine tote Kuh an.«

Mary Agnes kam langsam näher, und zu meiner Verwunderung beugte sie sich, zwar brummend, herunter, schaute auf das Auge, als wüßte sie, daß ich mir Gedanken darüber gemacht hatte, und sie legte die Hand – sie legte die Innenfläche ihrer Hand – darüber, über das Auge. Sie tat das ernsthaft, widerwillig, und doch mit einer sanften Gelassenheit, die ihr nicht ähnlich sah. Aber sobald sie es getan hatte, stand sie auf und hielt ihre Hand vors Gesicht, die Handfläche mir zugekehrt, die Finger gespreizt, so daß sie wie eine riesige Hand aussah, größer als ihr ganzes Gesicht und dunkel. Sie lachte mich richtig aus.

»Du hättest Angst, dich jetzt von mir anfassen zu lassen«, sagte sie, und das hatte ich auch, ging aber so unbefangen von ihr weg, wie ich nur konnte.

Es schien oft, daß außer mir niemand wußte, was vorging oder was jemand war. Zum Beispiel sagten die Leute »arme Mary Agnes« oder deuteten es durch ein Absinken des Tonfalls, einen gedämpften, beschützenden Klang der Stimme an, als hätte sie keine Geheimnisse, keinen eigenen Platz für sich selbst, und das war nicht wahr.

»Dein Onkel Craig starb heute nacht.«

Die Stimme meiner Mutter, die mir das sagte, war fast verlegen.

Ich aß gerade mein bevorzugtes, aber unerlaubtes Frühstück – in schwarzem Sirup schwimmenden Puffweizen – und saß in der Morgensonne auf dem Zementboden vor unserer Tür. Es war zwei Tage her, seit ich von Jenkin's Bend zurückgekommen war, und als sie sagte *Onkel Craig*, dachte ich an ihn, wie ich ihn gesehen hatte, als er in seiner Weste und in Hemdsärmeln im Türeingang stand und mir liebevoll, vielleicht auch ungeduldig nachwinkte.

Die aktive Form des Verbs verwirrte mich. Er *starb*. Es klang wie etwas, das er zu tun willens war, das er sich vorgenommen hatte. Als hätte er gesagt: »Jetzt will ich sterben.« In diesem Fall hätte es nicht so endgültig sein können. Aber ich wußte doch, daß es dies war.

»In der Orange Hall in Blue River. Er spielte gerade Karten.«

Der Kartentisch, die helle Orange Hall. (Obwohl ich wußte, daß es in Wirklichkeit die Orang*isten* Hall war, hatte der Name nichts mit der Farbe zu tun, nicht mehr als daß Blue River bedeutete, daß der Fluß blau war.) Onkel Craig teilte gerade Karten aus in seiner schwerlidrigen, ernsthaften Art. Er trug seine Satin-Weste mit den in der Tasche festgeklemmten Federhaltern und Bleistiften. *Nun?*

»Er hatte eine Herzattacke.«

Herz*attacke.* Es klang wie eine Explosion, wie ein Feuerwerk, das losgeht und Lichtstreifen in alle Richtungen schießt – Onkel Craigs Herz oder seine Seele –, hoch in die Luft, wo er herunterfiel und erlosch. War er aufgesprungen, hatte er die Arme hochgeworfen, geschrien? Wie lange hatte es gedauert, hatten sich seine Augen geschlossen, hatte er gewußt, was geschah? Die sonstige Bestimmtheit meiner Mutter schien überschattet; meine kalte Gier nach Einzelheiten verwirrte sie. Ich folgte ihr rund ums Haus, finster, hartnäckig und wiederholte meine Fragen. Ich wollte es wissen. Es gibt keinen Schutz, außer im Wissen. Ich wollte den Tod hinter einer Mauer von Tatsachen und Umständen festgenagelt und isoliert haben, nicht frei umherschweifend, unbeachtet, aber mächtig und darauf wartend, irgendwo einzudringen.

Aber am Tag der Beerdigung hatten sich die Dinge gewandelt. Meine Mutter hatte wieder Vertrauen geschöpft; ich hatte mich beruhigt. Ich wollte nichts weiteres mehr über Onkel Craig oder über den Tod wissen. Meine Mutter hatte mein kariertes Kleid mit den Black-Watch-Farben aus der Mottenkiste geholt, es gebürstet und auf der Leine gelüftet.

»Das ist richtig für den Sommer, kühler als Baumwolle, diese leichte Wolle. Auf jeden Fall ist es das einzige dunkle Stück, das du hast. Mir macht es ja nichts aus. Wenn es auf mich ankäme, könntest du knallrot tragen. Wenn sie wirklich an das Christentum glaubten, würden sie das alle tragen. Es würde nur Tanz und Freude geben – schließlich verbringen sie ihr ganzes Leben damit, zu singen und zu beten, wie sie aus dieser Welt heraus und auf den Weg zum Himmel kommen wollen. Ja. Aber ich weiß, deine Tanten, die werden dunkle Kleidung erwarten, konventionell bis zum Letzten!«

Sie war nicht überrascht, als sie hörte, daß ich nicht gehen wollte.

»Das will niemand«, sagte sie ehrlich. »Das will nie jemand. Du mußt aber trotzdem. Du mußt lernen, den Dingen ins Auge zu sehen.«

Es gefiel mir nicht, wie sie das sagte. Ihre Lebhaftigkeit und ihr Eifer schienen mir falsch und gemein. Ich traute ihr nicht. Immer wenn einem die Leute sagen, man müsse einer Sache einmal ins Auge sehen, wenn sie einen nüchtern auf irgendeine Qual oder eine Obszönität oder eine unwillkommene Enthüllung zu drängen, die einen erwartet, ist da diese Grenze zum Verrat, dieser kalte, verborgene, nur unvollkommen versteckte Jubel in ihren Stimmen, etwas, das danach giert, einen zu verletzen. Ja, bei Eltern auch; bei Eltern besonders.

»Was ist der Tod?« fuhr meine Mutter mit unheilvoller Heiterkeit fort. »Was heißt es, tot zu sein?«

»Nun, zuerst einmal, was ist ein Mensch? Ein großer Prozentsatz Wasser. Einfach gewöhnliches Wasser. Nichts an einem Menschen ist so sehr bemerkenswert. Kohlenstoff. Die einfachsten Elemente. Was sagen sie doch? Ein Wert von achtundneunzig Cent. Das ist alles. Die Art der Zusammensetzung ist bemerkenswert. Die Art der Zusammensetzung, wir haben das Herz und die Lungen. Wir haben die Leber. Bauchspeicheldrüse. Magen. Gehirn. All diese Dinge, was sind sie denn? Verbindungen von Elementen! Vereinige sie – vereinige die Verbindungen –, und du erhältst einen Menschen! Wir nennen ihn Onkel Craig oder deinen Vater oder mich. Aber es sind nur diese *Verbindungen*, die zusammengefügt sind und für die bestehende Zeit in einer gewissen, ganz bestimmten Weise funktionieren. Was dann geschieht, ist, daß eines dieser Teile ausfällt, zusammenbricht. In Onkel Craigs Fall das Herz. Also sagen wir, Onkel Craig ist tot. Der Mensch ist tot. Aber das ist nur unsere Art, es zu sehen. Das ist nur unsere menschliche Art. Wenn wir nicht die ganze Zeit an Menschen dächten, wenn wir an die Natur dächten, die ganze Natur, die immer weiterlebt, auch wenn Teile von ihr sterben – nun, nicht sterben, sich verwandeln, *verwandeln* ist das Wort, das mir gefällt, sich verwandeln in etwas anderes, und all diese Elemente, die den Menschen bildeten, verwandeln sich und kehren wieder in die Natur zurück und erscheinen überall neu in Vögeln und Tieren und Blumen – Onkel Craig muß nicht Onkel Craig bleiben! Onkel Craig, das sind Blumen!«

»Mir wird im Auto schlecht«, sagte ich. »Ich muß mich sicher übergeben.«

»Das wirst du nicht.« Meine Mutter, im Schlüpfer, rieb Kölnisch Wasser auf ihre bloßen Arme. Sie zog sich ihr marineblaues Kreppkleid über den Kopf. »Komm und mach mir das zu. Was für ein Kleid bei dieser Hitze. Ich kann noch die Reinigung riechen. Die Hitze bringt den Geruch heraus. Laß dir von einem Artikel erzählen, den ich erst vor ein paar Wochen gelesen habe. Er paßt genau zu dem, was ich jetzt sagen will.«

Sie ging in ihr Zimmer und brachte ihren Hut mit, den sie vor meinem kleinen Kommodenspiegel aufsetzte, wobei sie die Stirnhaare hastig darunterschob und ein paar Strähnen hinten nicht beachtete. Es war ein Pillbox-Hut in einer scheußlichen Farbe, die während des Krieges sehr beliebt war – luftwaffenblau.

»Menschen sind aus Teilen zusammengesetzt«, fuhr sie fort. »Wenn nun jemand stirbt – wie wir sagen –, kann es sein, daß nur ein Teil oder ein paar Teile verschlissen sind. Einige der anderen Teile könnten noch dreißig, vierzig Jahre weiterleben. Onkel Craig zum Beispiel – er hat vielleicht noch völlig gute Nieren gehabt, die ein junger Mensch mit kranken Nieren gebrauchen könnte. Und in diesem Artikel hieß es – eines Tages werde man diese Teile benutzen! So wird es einmal sein. Komm jetzt nach unten.«

Ich folgte ihr hinunter in die Küche. Sie begann, vor dem dunklen Spiegel über dem Ausguß Rouge aufzulegen. Aus irgendeinem Grund bewahrte sie ihre Schminksachen dort auf, auf einem klebrigen Blechsims über dem Ausguß, in einem Durcheinander von Flaschen mit alten dunklen Pillen und Rasierklingen und Zahnpulver und Vaseline, alles ohne Deckel.

»Sie transplantieren! Zum Beispiel Augen. Man ist schon imstande, Augen zu transplantieren, nicht die ganzen Augen, aber die Hornhaut, soviel ich weiß. Das ist nur der Anfang. Eines Tages wird man imstande sein, Herzen und Lungen zu transplantieren und alle Organe, die der Körper braucht. Sogar Gehirne – ich frage mich, ob sie auch Gehirne transplantieren könnten? Auf diese Weise werden alle diese Teile gar nicht sterben, sondern als Teil von jemand anderem weiterleben. Teil einer anderen Verbindung. Dann wird man, genau genommen, überhaupt nicht mehr vom Tod sprechen können. ›Erben des menschlichen Körpers.‹ So hieß der Artikel. Wir würden alle gegenseitig Erben unserer Körper sein, wir würden auch alle Spender sein. Der Tod, wie wir ihn jetzt kennen, wäre damit erledigt!«

Mein Vater war in seinem schwarzen Anzug heruntergekommen.

»Hattest du vor, diese Ideen mit den Leuten bei der Beerdigung zu besprechen?«

Mit ernüchterter Stimme sagte meine Mutter: »Nein.«

»Weil sie ja andere Vorstellungen haben, und sie könnten leicht aus der Fassung geraten.«

»Ich habe nie die Absicht, jemanden aus der Fassung zu bringen«, rief meine Mutter. »Das tue ich nie! Ich meine, es ist ein schöner Gedanke. Er hat eine eigene Art von Schönheit! Ist er nicht besser als Himmel und Hölle? Ich kann die Leute nicht verstehen, ich kann nie herausfinden, was sie wirklich glauben. Denken sie, dein Onkel Craig trägt eine Art weißes Nachthemd und fliegt jetzt in dieser Minute in der Ewigkeit herum? Oder denken sie, sie haben ihn in die Erde gelegt, und er verwest?«

»Sie denken beides«, sagte mein Vater, und mitten in der Küche legte er die Arme um meine Mutter und hielt sie leicht und ernsthaft fest, sorgfältig darauf achtend, daß er ihren Hut und ihr frisch rosageschminktes Gesicht nicht beschädigte.

Ich hatte mir oftmals gerade dies gewünscht, zu sehen, daß meine Eltern durch Blicke oder Umarmungen bestätigten, daß eine Romanze – ich dachte nicht an Leidenschaft – sie einstmals gefangen und aneinander gebunden hatte. Aber in diesem Augenblick, als ich meine Mutter sanft werden sah und verwirrt – ihr Rücken, der sich entspannte, zeigte das, was ihre Worte niemals zeigen würden –, und als mein Vater sie so zart, mitfühlend und kummervoll berührte, und sein Kummer hatte nicht viel mit Onkel Craig zu tun, da war ich beunruhigt, ich wollte ihnen zurufen, sie sollten aufhören und sich wieder in getrennte, einzelne Wesen verwandeln. Ich hatte Angst, sie würden weitermachen und mir etwas zeigen, was ich genausowenig sehen wollte, wie ich den toten Onkel Craig sehen wollte.

»*Owen* braucht nicht zu gehen«, sagte ich verdrießlich und schob meine Nase zwischen die lockeren Maschen des Fliegengitters, als ich ihn in seiner alten Karre auf dem Hof sitzen sah, mit nackten Beinen, schmutzig, weit entfernt und vorgebend, etwas anderes zu sein, irgend etwas – ein Araber in einer Karawane oder ein Eskimo auf einem Hundeschlitten.

Das brachte sie auseinander, und meine Mutter seufzte.

»Owen ist noch klein.«

Das Haus ähnelte einem dieser Häuser in Geduldspielen, dieser Irrgärten auf Papier, die einen schwarzen Punkt in einem der Quadrate, oder der Zimmer, haben; es wurde von einem erwartet, daß man den Weg hinein oder hinaus fand. Der schwarze Punkt war in diesem Fall Onkel Craigs Leichnam, und meine einzige Sorge war, den Weg zu ihm nicht zu finden, sondern ihm auszuweichen, keine noch so ungefährlich aussehende Tür zu öffnen, aus Angst vor dem, was ausgestreckt hinter ihr liegen mochte.

Die Heuhaufen waren noch da. Letzte Woche, als ich zu Besuch war, wurde das Gras geschnitten, bis hin zu den Stufen der Veranda, und zu weichen, tadellosen Bienenstökken aufgeschichtet, die höher waren als die Köpfe der Leute. Am Abend wirkten diese Heuhaufen, die zuerst lange, gestreckte Schatten warfen und dann, als die Sonne unterging, grau und dicht wurden, wie ein Dorf, oder wenn man um die Hausecke auf das Feld schaute, wie eine ganze Stadt von verschwiegenen, purpurgrauen Hütten. Aber einer war umgefallen, einer war weich und zerfallen, für mich übriggelassen zum Hineinspringen. Ich stellte mich an den Stufen auf und lief dann mit leidenschaftlich ausgebreiteten Armen los und landete tief im frischen Heu, das noch warm war, noch seinen grasigen frischen Duft hatte. Ich war bedeckt mit getrockneten Blumen, rotes und weißes Pfennigkraut, gelbes Leinkraut, kleine blaue Blumen, deren Namen niemand kannte. Meine Arme und Beine und mein Gesicht waren mit Kratzern übersät, und als ich mich aus dem Heu herausarbeitete, stachen oder glühten diese Kratzer an mir in dem aufkommenden Wind vom Fluß her.

Tante Elspeth und Tante Grace waren gekommen und

auch in das Heu gesprungen, ihre Schürzen flogen, und sie lachten über sich selbst. Wenn der Augenblick kam, zögerten sie und sprangen mit nicht ganz ausreichendem Schwung, so daß sie in einer sittsamen sitzenden Stellung landeten, mit ausgebreiteten Händen, als prallten sie auf ein Kissen, oder hielten sich die Haare.

Als sie zurückkamen und mit Schüsseln voll Erdbeeren, die für Marmelade geputzt werden sollten, auf der Veranda saßen, sprach Tante Grace atemlos, aber mit ruhiger, nachdenklicher Stimme.

»Wenn ein Auto vorbeigekommen wäre, hättest du nicht am liebsten sterben mögen?«

Tante Elspeth nahm die Nadeln aus ihrem Haar und ließ es über die Stuhllehne hängen. Wenn ihr Haar aufgesteckt war, sah es fast völlig grau aus, aber wenn es lose war, zeigte es sehr viel dunkles seidiges Braun, die Farbe von Nerzen. Mit kleinen schnaubenden Lauten des Vergnügens schüttelte sie den Kopf nach vorn und hinten und fuhr sich mit gespreizten Fingern durch das Haar, um die kleinen Heuhalme, die aufgeflogen waren und darin steckten, loszuwerden.

»Verrückt sind wir!« sagte sie.

Wo war Onkel Craig währenddessen? Er schrieb unerschütterlich hinter seinen geschlossenen Fenstern und heruntergezogenen Blenden.

Der unordentliche Heuhaufen lag noch genauso da. Aber es gingen Leute über die Grasstoppeln, alle schwarz gekleidet wie Krähen, und unterhielten sich. Ein Kranz aus weißen Lilien hing an der Vordertür, die halb offenstand. Mary Agnes kam mit fröhlichem Lächeln, und ich mußte stillstehen, während sie meine Schärpe wieder und wieder band. Haus und Hof waren voller Leute. Verwandte aus Toronto saßen auf der Veranda und schauten wohlwollend drein, blieben aber absichtlich abseits. Ich wurde hingebracht und mußte mit ihnen sprechen, und ich vermied es, in die Fenster hinter ihnen zu schauen, wegen Onkel Craigs Leichnam. Ruth McQueen kam mit einem Weidenkorb voll Rosen heraus, den sie auf das Geländer der Veranda setzte.

»Es sind mehr Blumen da, als je ins Haus hineingehen«, sagte sie, als sei das etwas, worüber wir alle trauern müßten. »Ich dachte, ich stelle sie hier heraus.« Sie war hellhaarig, taktvoll, absichtsvoll besorgt – schon jetzt eine alte Jungfer. Sie kannte die Namen von allen. Sie stellte meine Mutter und mich einem Mann und einer Frau aus dem südlichen Teil des Countys vor. Der Mann trug ein Jackett und einen Overall.

»Er hat unsere Heiratserlaubnis ausgestellt«, sagte die Frau stolz.

Meine Mutter sagte, sie müsse in die Küche gehen, und ich ging ihr nach und dachte, daß sie Onkel Craig dort wenigstens nicht hingelegt haben konnten, von wo der Duft von Kaffee und Essen kam. Auch im Flur waren Männer, wie Baumstämme, zwischen denen man sich durcharbeiten mußte. Beide Türen des Vorderzimmers waren geschlossen, und es stand ein Korb mit Gladiolen davor.

Tante Moira, mit Schwarz drapiert wie eine mächtige öffentliche Säule, stand über den Küchentisch gebeugt und zählte Teetassen.

»Ich habe dreimal gezählt, und jedesmal bekomme ich eine andere Zahl heraus«, sagte sie, als sei das ein besonderes Mißgeschick, das nur ihr passieren konnte. »Mein Kopf ist heute außerstande zu arbeiten. Ich kann nicht mehr länger auf den Füßen stehen.«

Tante Elspeth, in einer wunderschönen gestärkten und gebügelten Schürze, küßte meine Mutter und mich. »Na also«, sagte sie, als sie sich mit einem Seufzer der Befriedigung wieder aufrichtete. »Grace ist oben, macht sich die Augen frisch. Wir können es einfach nicht glauben, so viele Leute! Grace sagte zu mir, ich glaube, das halbe County ist da, und ich sagte, was meinst du damit: das halbe County, ich würde mich nicht wundern, wenn es das ganze County wäre! Helen vermissen wir allerdings. Sie hat einen ganzen *Busch* Lilien geschickt.«

»Es sollten genug sein, du lieber Gott!« sagte sie vernünftig und schaute auf die Teetassen. »Alle unsere guten und die aus der Küche und die, die wir von der Kirche ausgeliehen haben!«

»Mach es wie die bei der Beerdigung von Pooles«, flüsterte eine Dame am Tisch. »Sie haben ihre guten weggestellt, sie eingeschlossen und die von der Kirche benutzt. Sie sagte, sie wollte ihr Porzellan nicht riskieren.«

Tante Elspeth rollte zustimmend ihre rotgeränderten Augen – ihr üblicher Ausdruck, nur jetzt durch die Umstände gemildert.

»Das Essen wird auf jeden Fall reichen. Ich glaube, es ist genug da, um die Fünftausend zu speisen.«

Das dachte ich auch. Wo ich hinschaute, sah ich Speisen. Ein kalter Schweinebraten, fette gebratene Hühnchen, die wie glasiert aussahen, feingeschnittene knusprige Kartoffeln, Tomatengemüse, Kartoffelsalat, Gurken- und Rote-Bete-Salat, ein rosiger Schinken, Brötchen, Backpulverplätzchen, runde Brote, Nußbrot, Bananenkuchen, Obstkuchen, Marmorkuchen, Zitronenmeringen und Apfel- und Hagebuttenkuchen, Schüsseln mit eingemachtem Obst, zehn oder zwölf verschiedene Arten von Essiggemüse und Appetitanregern. In Essig eingelegte Wassermelonenschalen, die Onkel Craig am liebsten mochte. Er sagte immer, daraus könnte er eine ganze Mahlzeit machen, mit nur einem Butterbrot dazu.

»Nicht mehr als genug«, sagte Tante Moira düster. »Sie bringen zu Beerdigungen alle Appetit mit.«

Im Flur gab es Unruhe; Tante Grace ging durch, die Männer machten ihr Platz, sie dankte ihnen, demütig und dankbar, als wäre sie eine Braut. Der Priester folgte ihr. Er sprach mit verhaltener Herzlichkeit zu den Frauen in der Küche.

»Nun, meine Damen! Meine Damen! Es sieht nicht aus, als hätten Sie die Hände in den Schoß gelegt. Arbeit ist ein gutes Opfer, Arbeit ist ein gutes Opfer in Zeiten des Kummers.«

Tante Grace beugte sich herunter und küßte mich. Es lag ein schwacher saurer Geruch unter ihrem Kölnisch Wasser, wie eine Warnung. »Möchtest du deinen Onkel Craig sehen?« flüsterte sie, zärtlich und lebhaft, als ob sie eine Belohnung verspräche. »Er ist im Vorderzimmer, er sieht so schön aus unter den Lilien, die Tante Helen geschickt hat.«

Also. Einige Damen sprachen mit ihr, und ich ging weg. Ich ging wieder durch den Flur. Die Türen des Vorderzimmers waren immer noch verschlossen. Am Fuß der Treppe neben der Eingangstür schritten mein Vater und ein Mann, den ich nicht kannte, gemessen auf und ab, drehten wieder um, nahmen taktvoll mit den Händen Maß.

»Das wird die heikle Stelle sein. Hier.«

»Nehmen wir die Tür raus?«

»Dafür ist es zu spät. Man möchte doch kein Durcheinander machen. Es könnte die Damen aufregen, wenn sie sehen, wie wir sie herausnehmen. Wenn wir hier so herumgehen –«

Drüben im Seitenflur unterhielten sich zwei alte Männer. Ich tauchte zwischen ihnen durch.

»Nicht wie im Winter, denk an Jimmy Pooles Beerdigung.

Der Boden war wie ein Fels. Man konnte mit keinem Werkzeug auch nur eine Kerbe einritzen.«

»Mußte über zwei Monate warten, bis es taute.«

»Damals müssen drei oder vier so gewartet haben. Laß mal sehen. Da war Jimmy Poole –«

»Ja, er sicher. Dann Mrs. Fraleigh senior –«

»Halt, halt, sie starb vor dem Frost, bei ihr war es in Ordnung.«

Ich ging durch die Tür am Ende des Seitenflurs in den alten Teil des Hauses. Dieser Teil wurde Vorratsraum genannt; von außen sah er aus wie ein kleines Blockhaus, das an die Seite des großen Backsteinhauses angehängt war. Die Fenster waren klein und viereckig und ein bißchen schief eingesetzt wie die nie ganz überzeugenden Fenster in einem Puppenhaus. Es kam kaum Licht herein wegen des düsteren sich türmenden Gerümpels, das überall, selbst vor den Fenstern, aufgehäuft war – das Butterfaß und die alte Waschmaschine, die mit der Hand betrieben wurde, auseinandergenommene hölzerne Betten, Koffer, Kübel, Sensen, ein Kinderwagen, plump wie eine Galeone, der wie betrunken auf der Seite lag. Dies war der Raum, in den Tante Grace nicht gehen wollte; Tante Elspeth mußte immer gehen, wenn sie etwas von dort brauchten. Sie stand dann am Eingang, schnupperte mutig und sagte: »Was für ein Ort! Hier ist es wie in einer Gruft tief im Schoß der Erde!«

Ich mochte den Klang dieser Worte, als ich sie zum ersten Mal hörte. Ich wußte nicht genau, was sie bedeuteten, und ich sah uns im Inneren einer Art hohlen Marmoreis, das mit blauem Licht erfüllt war, das nicht von draußen hereindrang.

Mary Agnes saß auf dem Butterfaß und sah nicht überrascht aus.

»Weshalb kommst du hier herein?« fragte sie sanft. »Du wirst dich verlaufen.«

Ich antwortete ihr nicht. Ohne ihr den Rücken zuzuwenden, wanderte ich durch den Raum. Wie mir einfiel, hatte ich mich oft gefragt, ob irgend etwas in diesem Kinderwagen sei. Natürlich war etwas darin; ein Stoß alter ›Family Heralds‹. Ich hörte die Stimme meiner Mutter, die meinen Namen rief. Es klang ein bißchen ängstlich, gegen ihren Willen nachgiebig. Ich machte kein Geräusch und Mary Agnes auch nicht. Was hatte sie hier getan? Sie hatte ein Paar altmodische Damenstiefel gefunden, die vorn geschnürt und mit Pelz besetzt waren, und sie hielt sie fest. Sie rieb ihr Kinn an dem Pelz.

»Kaninchenpelz.«

Jetzt kam sie und hielt mir die Stiefel vors Gesicht.

»Kaninchenpelz?«

»Ich will sie nicht haben.«

»Komm und schau Onkel Craig an.«

»Nein.«

»Du hast ihn noch nicht gesehen.«

»Nein.«

Sie wartete, in jeder Hand einen Stiefel, und versperrte mir den Weg, dann sagte sie noch einmal mit einer so hinterhältigen, einladenden Stimme: »Komm und schau Onkel Craig an.«

»Ich will nicht.«

Sie ließ die Stiefel fallen und legte mir die Hand auf den Arm, grub ihre Finger ein. Ich versuchte sie abzuschütteln, und sie erwischte mich mit der anderen Hand und zog mich zur Tür. Für jemand so Unbeholfenen, jemand, der dreimal fast an Bronchitis gestorben wäre, hatte sie eine erschreckende Kraft. Sie schob ihre Hand zu meinem Handgelenk herunter, und mit einem Griff wie ein Bär packte sie meine Hand. Ihre Stimme war immer noch gelöst, milde und freundlich.

»Du sollst kommen und – Onkel Craig – *sehen*.«

Ich senkte den Kopf und bekam ihren Arm mit meinem offenen Mund zu fassen, packte ihren festen molligen Arm direkt unterhalb des Ellbogens, und ich biß zu und biß durch die Haut, und im Gefühl einer grenzenlosen Freiheit und überzeugt, daß ich nun das Schlimmste getan hatte, was ich je tun würde, schmeckte ich Mary Agnes Oliphants Blut.

Ich mußte bei der Beerdigung nicht dabeisein. Niemand versuchte, mich dazu zu bringen, daß ich Onkel Craig ansah. Ich wurde in sein Büro gebracht, auf das Ledersofa, auf dem er seine Nickerchen gemacht hatte und auf dem die Paare gesessen hatten, wenn sie auf ihre Heiratsgenehmigung warteten. Ich hatte trotz des warmen Tages eine Decke über den Knien und eine Tasse Tee neben mir. Ich hatte auch ein Stück Rührkuchen bekommen, hatte es aber augenblicklich aufgegessen.

Als ich Mary Agnes biß, dachte ich, ich könnte mich so von allem losbeißen. Ich dachte, ich brächte mich aus allem heraus, dahin, wo keine Strafe je ausreichend sein würde, wo niemand je wieder wagen würde, mich aufzufordern, einen toten Mann oder irgend etwas sonst anzuschauen. Ich dachte, sie würden mich alle hassen, und Haß schien mir in diesem Augenblick so begehrenswert zu sein wie Flügel, die man mir schenkte.

Aber nein; die Freiheit kommt nicht so leicht. Denn Tante Moira, die später immer sagte, sie habe mich, mit Blut am Mund, von Mary Agnes' Arm wegzerren müssen (eine Lüge – ich war schon weg, und Mary Agnes, deren ganze dämonische Macht verpufft war, kauerte überrascht und weinend dort), umklammerte mich und schüttelte meine Schultern, wobei sie mich so hielt, daß mein Gesicht kaum ein paar Zentimeter von ihren gepanzerten Brüsten entfernt war, und ihr Körper bebte und zitterte über mir wie ein Denkmal, das gleich explodieren wird.

»Tolle Hunde! Tolle Hunde beißen so! Deine Eltern sollten dich einsperren!«

Tante Elspeth legte ein Taschentuch auf Mary Agnes' Arm. Tante Grace und andere Damen umarmten und streichelten sie.

»Ich werde sie zum Arzt bringen müssen. Sie wird genäht werden müssen. Ich werde Spritzen für sie brauchen. Dieses Kind könnte tollwütig sein. Es gibt so etwas wie tollwütige Kinder.«

»Liebe Moira. Liebe Moira. Nein. Sie hat ja nur die Haut verletzt. Es tut nur einen Augenblick weh. Ein bißchen Waschen und ein Pflaster, und dann ist es wieder in Ordnung.« Tante Elspeth und Tante Grace wandten beide ihre Aufmerksamkeit von Mary Agnes zu ihrer Schwester und blieben ihr zugewandt und beschwichtigten sie von beiden Seiten, als ob sie versuchten, ihre Einzelteile zusammenzuhalten, bis die Explosionsgefahr vorbei war. »Kein bleibender Schaden, Liebes, kein bleibender Schaden.«

»Mein Fehler, ganz und gar mein Fehler«, sagte die klare und gefährliche Stimme meiner Mutter. »Ich hätte dieses Kind heute keinesfalls hierherbringen dürfen. Sie ist so leicht erregt. Es ist barbarisch, einem Kind eine Beerdigung zuzumuten.« Unvorhersehbar, unberechenbar, selbst im ausgefallensten Moment jemand, für den man dankbar sein mußte, bot sie Verständnis, Erlösung, als es genaugenommen nicht mehr von großem Nutzen war.

Aber sie erzielte eine Wirkung – obwohl sie manchmal, nur durch den Gebrauch eines Wortes wie *barbarisch*, einen Kreis des Schweigens, der Bestürzung um sich her schaffen konnte. Diesmal fand sie Sympathie, und mehrere der Damen nahmen ihre Erklärung eifrig auf und sprachen darüber.

»Sie hat nicht gewußt, was sie tat, vermutlich.«

»Sie war hysterisch durch diese Anspannung.«

»Ich habe selbst bei einer Beerdigung durchgedreht, damals, als ich noch nicht verheiratet war.«

Ruth McQueen legte den Arm um mich und fragte, ob ich ein Aspirin haben wolle.

Und während Mary Agnes getröstet und gewaschen und verbunden wurde und Tante Moira sich beruhigt hatte (sie war es, die das Aspirin und noch ein paar besondere Pillen – *für das Herz* – aus ihrer Handtasche holte), wurde auch ich umsorgt und gepflegt, in dieses Zimmer geleitet und auf das Sofa gelegt, zugedeckt, als wäre ich krank, und mit Kuchen und Tee versorgt.

Mein Verhalten hatte die Beerdigung nicht gestört. Die Tür war verschlossen, ich konnte nichts davon sehen, aber ich konnte die singenden Stimmen hören, holperig zuerst und dann mit immer größerer Anstrengung, Sehnsucht und Überzeugung:

»Vor dir sind tausend Jahre wie die Stunde
Wenn sich der Abend neigt.
So kurz nur wie der Augenblick am Morgen
Bevor die Sonne steigt.«

Das Haus war voll von Leuten, die sich zusammendrängten, die zusammenschmolzen wie stumpfe alte Zeichenstifte, warm, ergeben, singend. Und ich war mitten unter ihnen, obwohl ich hier allein eingeschlossen war. Solange sie lebten, würden die meisten von ihnen sich erinnern, daß ich Mary Agnes Oliphant bei Onkel Craigs Beerdigung in den Arm gebissen hatte. Und gleichzeitig würden sie sich auch daran erinnern, daß ich überspannt, sprunghaft und schlecht erzogen oder ein *Grenz-Fall* war. Aber sie würden mich nicht ausschließen. Nein. Ich würde ein überspanntes, sprunghaftes, schlecht erzogenes *Mitglied der Familie* sein, was etwas ganz anderes ist.

Wenn einem verziehen wird, entsteht eine eigentümliche Scham. Mir war heiß, und nicht nur wegen der Decke. Ich fühlte mich eingeschlossen, erstickt, als wäre es keine Luft, durch die ich in dieser Welt gehen und sprechen mußte, sondern etwas so Dichtes wie Watte. Diese Scham war körperlich, ging aber weit über sexuelle Scham, meine frühere Scham über Nacktheit, hinaus; es war jetzt, als ob nicht der nackte Körper, sondern alle Organe in ihm – Magen, Herz, Lungen, Leber – nackt und hilflos offengelegt wären. Was nach allem, was ich je gekannt hatte, dem am nächsten kam, war das Gefühl, das mich überkam, wenn ich bis zur Unerträglichkeit gekitzelt wurde – das grausige, wollüstige Gefühl des Ausgesetztseins, der Machtlosigkeit, des Selbstverrats. Und die Scham verbreitete sich von mir durch das ganze Haus und überdeckte alle, selbst Mary Agnes, selbst Onkel Craig in seinem jetzigen verfügbaren, verlassenen Zustand. Aus Fleisch geschaffen zu sein war eine Erniedrigung. Ich war in einer Vision gefangen, die in gewisser Weise das genaue Gegenteil der unausdrückbaren Vision eines Mystikers von Ordnung und Licht war; eine ebenfalls unausdrückbare Vision von Verwirrung und Obszönität – von Hilflosigkeit, die sich als das Obszönste zeigte, das es geben konnte. Aber wie die andere Art Vision war dies nicht länger als einen oder zwei Augenblicke lang zu ertragen, sie zerbarst an ihrer eigenen Intensität und konnte nie mehr wiederhergestellt oder wirklich geglaubt werden, nachdem sie einmal vorüber war. Als sie den letzten Choral bei der Beerdigung begannen, war ich wieder ich selbst, nur einfach schwach, wie es jeder sein würde, der in einen menschlichen Arm gebissen hat, und die Konföderationsväter mir gegenüber hatten ihre Kleider und ihre glaubhafte Würde wieder angenommen, und ich hatte die ganze Tasse Tee getrunken und seinen reifen, ungewohnten, bedeutenden Geschmack erfahren.

Ich stand auf und öffnete langsam die Tür. Die Türen des Vorderzimmers standen beide offen. Leute bewegten sich, langsam, und ihre gebeugten, betrübt aussehenden Rücken entfernten sich von mir.

»Jesus ruft uns durch das laute Tosen,
Durch die wilden Wogen unseres Lebensmeeres.«

Ich betrat den Raum unbemerkt und drängte mich in die Reihe vor einer freundlichen, schwitzenden Dame, die mich nicht kannte und sich herunterbeugte und ermutigend flüsterte: »Du kommst gerade recht zum Letzten Blick.«

Alle Blenden waren heruntergelassen, um die Nachmittagssonne abzuhalten; das Zimmer war heiß und düster, von einzelnen Lichtpfeilen durchschossen wie ein Heuschober an einem glühend heißen Nachmittag. Es roch nach Lilien, wächsernen, ganz weißen Lilien und gleichzeitig wie in einem Rübenkeller. Ich wurde mit den anderen Leuten vorwärtsgeschoben, bis ich die Ecke des Sarges erreichte, der vor dem Kamin stand – dem nie benutzten schönen Kamin, dessen Kacheln wie Smaragde glänzten. Innerhalb des Sarges war alles weißer Satin, gekräuselt und plissiert wie das prächtigste Kleid. Die untere Hälfte von Onkel Craig war mit einem polierten Deckel zugedeckt; die obere Hälfte – von den Schultern bis zur Taille – war unter Lilien verborgen. Gegen all das Weiß wirkte sein Gesicht kupferfarben, hochmütig. Er sah nicht aus, als ob er schliefe; er sah überhaupt nicht aus, wie er ausgesehen hatte, als ich an einem Sonntagnachmittag in das Büro ging, um ihn aufzuwecken. Die Lider lagen zu leicht auf seinen Augen, die Furchen und Falten in seinem Gesicht waren zu flach geworden. Er selbst war ausgelöscht; dieses Gesicht war wie eine zarte Maske aus Haut, glasiert und über das wirkliche Gesicht – oder über gar nichts – gelegt, bereit zu zerspringen, wenn man mit dem Finger hineinstach. Ich hatte tatsächlich diesen Impuls, aber auf einer weit, weit von der Möglichkeit entfernten Ebene, so wie man den Impuls haben könnte, ein Stromkabel zu berühren. So war Onkel Craig unter seinen Lilien, auf seinem Satinkissen; er war der schreckliche, schweigende gleichgültige Herr über Kräfte, die im Augenblick aufflammen, ganz wirklich durch dieses Zimmer flackern, und uns schwarz zurücklassen konnten. Ich wandte mich mit einem Summen in den Ohren ab, war aber erleichtert, froh, daß ich es schließlich doch getan und überlebt hatte und nun durch das überfüllte, singende Zimmer auf meine Mutter zuging, die allein am Fenster saß – mein Vater war bei den anderen Sargträgern –, sie sang nicht, biß sich auf die Lippen und sah unsinnig hoffnungsvoll aus.

Danach verkauften Tante Elspeth und Tante Grace das Haus in Jenkin's Bend, auch das Land und die Kühe, und zogen nach Jubilee. Sie sagten, sie hätten Jubilee lieber als Blue River gewählt, wo sie mehr Leute kannten, oder Porterfield, wo Tante Moira war, weil sie nach Kräften meinem Vater und seiner Familie von Nutzen sein wollten. Und sie saßen wirklich in ihrem Haus auf einem Hügel am Nordende der Stadt wie erstaunte und gekränkte, aber pflichtgetreue Wächterinnen, bedacht auf unser Wohlergehen, voller Bedenken über unser Leben. Sie stopften die Socken meines Vaters, der sich angewöhnt hatte, sie ihnen zu bringen; sie hielten noch einen Garten und besorgten das Einmachen für uns; sie flickten und strickten und buken für uns. Ich besuchte sie ein- oder zweimal in der Woche, zuerst bereitwillig genug, obwohl es teilweise wegen des Essens war; als ich aufs Gymnasium ging, besuchte ich sie immer widerwilliger. Jedesmal wenn ich kam, sagten sie: »Wo hast du so lange gesteckt? Du bist ja eine ganz Fremde hier!« Sie saßen dann auf ihrer kleinen dunklen, abgeschirmten Veranda, wenn das Wetter schön war, und warteten auf mich, als hätten sie die ganze Woche gewartet; sie konnten hinaussehen, aber niemand, der vorbeikam, konnte hereinsehen.

Was hätte ich jemals sagen können? Ihr Haus wurde zu einem winzigen, versiegelten Land mit seinen eigenen gezierten Bräuchen und seiner vornehmen, lächerlich komplizierten Sprache, wo echte Nachrichten aus der Welt draußen nicht gerade verboten, aber immer schwieriger anzubringen waren.

Im Badezimmer über der Toilette hing ihr alter Hinweis in Kreuzstichstickerei:

»Mach's Fenster auf, laß' Luft herein,
Der Nächste wird Dir dankbar sein.«

Ein Behälter mit ungebrauchten Streichhölzern hing darunter. Ich fühlte mich immer beschämt, ertappt, wenn ich das las, aber ich zündete immer ein Streichholz an.

Sie erzählten ihre gleichen Geschichten, sie trieben ihre gleichen Scherze, die jetzt ausgetrocknet, brüchig vom häufigen Gebrauch erschienen; mit der Zeit erschien jedes Wort, jeder Gesichtsausdruck, jede hastige Handbewegung als etwas vor langer Zeit Gelerntes, makellos Erinnertes, und jede wirkte wie etwas, das mit schrecklicher Sorgfalt konstruiert war; je älter sie wurden, desto zerbrechlicher und bewundernswerter und unmenschlicher erschien diese Konstruktion. Das wurde aus ihnen, als sie keinen Mann mehr um sich hatten, den sie ernähren und bewundern konnten, und als sie von dem Ort entfernt waren, an dem ihre Künstlichkeit in natürlicher Weise blühte. Tante Elspeth wurde allmählich taub, und Tante Grace hatte Sorgen wegen der Arthritis in ihren Händen, so daß sie schließlich alles außer den gröberen Näharbeiten aufgeben mußten, aber sie waren nicht völlig preisgegeben oder geschädigt oder verändert; mit soviel Anstrengung, mit einem äußersten Pflichtgefühl hielten sie ihr Bild intakt.

Sie hatten Onkel Craigs Manuskript bei sich und sprachen von Zeit zu Zeit davon, es jemandem zu zeigen, vielleicht Mr. Buchanan, dem Geschichtslehrer am Gymnasium, oder Mr. Fouks vom ›Herald-Advance‹. Aber es sollte nicht aussehen, als bäten sie um einen Gefallen. Und wem konnte man trauen? Einige Leute könnten es an sich reißen und es veröffentlichen, als wäre es ihr eigenes.

Eines Nachmittags brachten sie die rot-goldene Dose mit dem Bild der Königin Alexandra, voll mit runden Hafermehlplätzchen, die mit Dattelpaste zusammengesetzt waren, und auch eine große schwarze Blechkassette, feuerfest und mit einem Vorhängeschloß versehen.

»Onkel Craigs Geschichte.«

»Fast tausend Seiten.«

»Mehr Seiten als ›Vom Winde verweht‹!«

»Er hat so schön geschrieben, keine Fehler.«

»Nimm sie heraus«, forderten sie mich auf. »Sieh sie dir an.« Genau wie sie die Plätzchen anboten.

Ich blätterte schnell bis zur letzten Seite durch.

»Lies ein bißchen«, sagten sie. »Das wird dich interessieren. Hattest du nicht immer gute Noten in Geschichte?«

»Während des Frühjahrs, des Sommers und des frühen Herbstes dieses Jahres wurde in den Städten Fairmile, Morris und Grantly viel gebaut. An der Ecke von Concession Five mit der River Sideroad in Fairmile wurde eine Methodistenkirche errichtet, die einer großen und noch wachsenden Gemeinde in dieser Gegend dienen sollte. Diese war als die Weiße Backsteinkirche bekannt und sollte unglücklicherweise nur bis 1924 stehen, als sie durch einen ungeklärten Brand zerstört wurde. Der Schuppen, obwohl aus Holz gebaut, blieb erhalten. Auf der gegenüberliegenden Ecke erbaute und eröffnete Mr. Alex Hedley einen Gemischtwarenladen, starb aber zwei Monate nach der Eröffnung an einem Schlag, und das Geschäft wurde von seinen Söhnen Edward und Thomas weitergeführt. Es war auch eine Hufschmiede weiter unten an der Fifth Concession in Betrieb, der Name der Leute, denen sie gehörte, war O'Donnell. Diese Ecke war als Hedley's Corners oder als Church Corners bekannt. Zur jetzigen Zeit ist nichts auf diesem Grundstück als das Gebäude dieses Geschäfts, das eine Familie gepachtet hat und bewohnt.«

Während ich das las, sagten sie mir mit einem kleinen Zögern – wegen der Überraschung –, daß das Manuskript mir gehöre. »Und alle seine alten Ordner und Zeitungen gehen an dich, wenn wir – hinübergehen, oder schon vorher, darauf braucht man ja nicht zu warten! – wenn du dafür bereit bist.«

»Weil wir hoffen – weil wir hoffen, daß du eines Tages imstande sein wirst, das zu Ende zu führen.«

»Wir haben immer daran gedacht, es Owen zu geben, weil er der Junge ist –«

»Aber du bist diejenige, die die Begabung zum Schreiben von Aufsätzen hat.«

Es würde eine schwierige Arbeit sein, sagten sie, und es verlangte eine Menge von mir, aber sie dachten, ich würde es leichter finden, wenn ich das Manuskript jetzt mit nach Hause nahm und behielt, um es von Zeit zu Zeit durchzulesen, damit ich ein Gefühl für Onkel Craigs Schreibweise bekäme.

»Er hatte die Begabung. Er konnte alles drin unterbringen und es doch so machen, daß es sich leicht las.«

»Vielleicht könntest du lernen, seine Art nachzumachen.«

Sie sprachen zu jemand, der glaubte, die einzige Pflicht eines Schriftstellers sei es, ein Meisterwerk hervorzubringen.

Als ich wegging, trug ich die Kassette bei mir, ungeschickt unter den Arm geklemmt. Tante Elspeth und Tante Grace standen feierlich an der Tür, um mir nachzusehen, und ich kam mir vor, als wäre ich ein Schiff, beladen mit ihren Hoffnungen, und verschwände hinter dem Horizont. Ich stellte die Kassette zu Hause unter mein Bett; ich war nicht bereit, mit meiner Mutter darüber zu sprechen. Ein paar Tage später dachte ich, es wäre ein guter Platz, um die wenigen Gedichte und Teile eines Romans, die ich geschrieben hatte, aufzubewahren; es war mir lieb, sie irgendwo verschlossen zu halten, wo niemand sie finden konnte und wo sie im Falle eines Brandes sicher wären. Ich hob die Matratze hoch und holte sie hervor. Dort hatte ich sie bisher aufgehoben, in ein großes flaches Exemplar von ›Sturmhöhe‹ gelegt.

Ich wollte Onkel Craigs Manuskript nicht zusammen mit den Sachen, die ich geschrieben hatte, zurücklegen. Es erschien mir so tot, so schwer und langweilig und nutzlos, daß ich dachte, es würde meine Sachen auch tot machen und mir Unglück bringen. Ich brachte das Manuskript deshalb hinunter in den Keller und steckte es in einen Pappkarton.

In meinem letzten Frühjahr in Jubilee, als ich für meine Abschlußprüfungen lernte, stand der Keller einige Zentimeter hoch unter Wasser. Meine Mutter rief mich, ich solle ihr helfen, und wir gingen hinunter und öffneten die Hintertür und fegten das kalte Wasser mit seinem morastigen Geruch zu einem Abflußgraben. Ich fand die Schachtel und das Manuskript darin, das ich völlig vergessen hatte. Es war nur noch ein großes Bündel durchweichtes Papier.

Ich schaute nicht nach, um zu sehen, wieweit es verdorben war, oder ob man es retten konnte. Es schien mir von Anfang bis Ende falsch gewesen zu sein.

Ich dachte an Tante Elspeth und Tante Grace. (Tante Grace lag zu dieser Zeit im Krankenhaus von Jubilee und erholte sich, wie man dachte, von einer gebrochenen Hüfte, und Tante Elspeth besuchte sie jeden Tag und saß neben ihr und sagte zu den Krankenschwestern – die sie beide liebten –: »Sollte man es für möglich halten, wozu manche Leute imstande sind, liegen im Bett und lassen sich pflegen!«) Ich dachte an sie, wie sie zusahen, als das Manuskript in seiner verschlossenen Kassette ihr Haus verließ, und ich hatte Gewissensbisse, Gewissensbisse auf deren anderer Seite eine brutale, unverhüllte Befriedigung liegt.

Jetzt verkaufte meine Mutter Enzyklopädien. Tante Elspeth und Tante Grace nannten das »auf die Straße gehen«!

»Geht deine Mutter zur Zeit viel auf die Straße?« fragten sie mich, und ich sagte dann nein, oh, nein, sie geht nicht mehr viel aus, aber ich wußte, sie wußten, daß ich log. »Nicht viel Zeit zum Bügeln«, mochten sie dann mitleidig fortfahren, während sie den Ärmel meiner Bluse untersuchten. »Nicht viel Zeit zum Bügeln, wo sie doch auf die Straße hinaus muß.«

Ich spürte, wie die Überspanntheiten meiner Mutter, das Absurde und Befremdliche, das sie umgab – die Tanten zeigten mir dies nach und nach –, auf meine eigenen feigen Schultern herabsank. Ich wünschte mir, sie zu verleugnen, mich in Gunst einzuschleichen, verwaist, verlassen, mit meinen zerknitterten Ärmeln. Gleichzeitig wünschte ich, sie zu beschützen. Sie hätte niemals verstanden, daß sie Schutz brauchte gegenüber zwei alten Damen mit ihrem milden, bestürzenden Humor, mit ihren sanften Umgangsformen. Sie trugen dunkle Baumwollkleider mit frischen, tadellos gestärkten und gebügelten weißen Batistkragen, Porzellanbroschen mit Blumen. In ihrem Haus hatten sie ein Glockenspiel, das zart die Viertelstunden schlug; dazu bewässerte Farne, afrikanische Veilchen, gehäkelte Tischläufer, Blenden mit Fransen und über allem den sauberen, vorwurfsvollen Geruch nach Wachs und Zitrone.

»Sie war gestern hier, um die Weizenkuchen abzuholen, die wir für euch gemacht haben. Waren sie denn richtig, wir fragen uns, ob sie auch leicht waren? Sie sagte, sie sei auf der Jericho Road steckengeblieben. Sie ganz allein in der Jericho Road steckengeblieben! Arme Ada! Aber der Schmutz, den sie an sich hatte – haben wir gelacht!«

»Wir mußten das Linoleum im Flur schrubben«, sagte Tante Grace mit einem Hauch von Entschuldigung, als sei das etwas, was sie mir nicht gern erzählte.

Von einem so überlegenen Standpunkt aus schien meine Mutter wirklich eine Wilde zu sein.

Sie fuhr unseren siebenunddreißiger Chevy über Fernstraßen und Nebenstraßen im Wawanash County, fuhr ihn über

Schotterstraßen, Schlammstraßen, Kuhpfade, wenn sie dachte, sie führten sie vielleicht zu Kunden. Sie hatte im Kofferraum einen Wagenheber und eine Schaufel und zwei kurze Bretter, um aus Schlammlöchern heraus zu kommen. Sie fuhr die ganze Zeit, als wäre sie nicht überrascht, den Boden zehn Meter vor ihren Rädern bersten zu sehen; sie betätigte verzweiflungsvoll die Hupe an unübersichtlichen Ecken auf dem Land, sie machte sich dauernd Sorgen, die Holzbrücken könnten nicht halten, und sie ließ sich durch nichts auf die verräterischen, bröckligen Seitenstreifen der Straße zwingen.

Der Krieg dauerte damals noch an. Die Bauern machten endlich Geld, sie machten es mit Schweinen oder Zuckerrüben oder Mais. Möglicherweise hatten sie nicht vor, es für Enzyklopädien auszugeben. Ihnen stand der Sinn nach Kühlschränken, nach Autos. Aber diese Dinge waren nicht zu haben, und in der Zwischenzeit war da meine Mutter, die beherzt ihre Bücherkiste schleppte, sich Eingang in ihre Küchen verschaffte, in ihre kalten, nach Beerdigung riechenden Vorderzimmer, und vorsichtig, aber optimistisch das Feuer in Sachen Bildung eröffnete. Ein kühler Artikel, den die meisten Leute, wenn sie erwachsen sind, nicht brauchen. Aber niemand wird abstreiten, daß es eine feine Sache für Kinder ist. Darauf setzte meine Mutter ihre Hoffnung.

Und wenn Glück in dieser Welt bedeutet, daß man an das glaubt, was man verkauft, nun, dann war meine Mutter glücklich. Bildung war für sie nicht kalt; nein, sie war warm und wunderschön. Selbst in diesem Abschnitt ihres Lebens war es die reine Freude für sie, die Lage der Celebes-See und des Palazzo Pitti zu kennen, die Frauen Heinrichs VIII. in die richtige Reihenfolge zu bringen, über das Gesellschaftssystem der Ameisen, die rituellen Schlachtungen bei den Azteken, den Leitungsbau in Knossos unterrichtet zu sein. Sie konnte in Begeisterung geraten, wenn sie von solchen Dingen erzählte, und sie erzählte sie jedem. »Deine Mutter weiß eine solche Menge, du lieber Gott«, sagten Tante Elspeth und Tante Grace, leichthin, neidlos, und ich sah, daß für manche Leute, vielleicht für die meisten Leute, Bildung einfach Wunderlichkeit war, sie fiel auf wie Warzen.

Aber ich teilte die Begierde meiner Mutter, ich konnte nichts dagegen machen. Ich liebte die Bände der Enzyklopädie, ihr Gewicht (das Gewicht des Geheimnisses, der herrlichen Belehrung), wenn sie sich auf meinem Schoß öffneten;

ich liebte ihren beruhigenden dunkelgrünen Einband, die spinnenartigen, verschwiegen wirkenden Goldbuchstaben auf ihrem Rücken. Sie konnten sich öffnen und mir einen Stahlstich von einer Schlacht zeigen, die, sagen wir, im Moor stattfand, mit einem Schloß im Hintergrund, oder im Hafen von Konstantinopel. All das Blutvergießen, Ertrinken, Kopfabhacken, der Todeskampf der Pferde war mit einer Art opernhaftem Schwulst abgebildet, eine herrliche Unwirklichkeit. Und ich hatte den Eindruck, daß zu historischen Zeiten das Wetter immer theatralisch, unheildrohend war; Landschaften blickten finster, Meere schimmerten in verschiedenen stumpfen oder metallischen Schattierungen von Grau. Hier war Charlotte Corday auf dem Weg zur Guillotine, die Schottenkönigin Mary auf dem Weg zum Schafott, Erzbischof Laud, der Stafford seinen Segen durch die Gitterstäbe seines Gefängnisfensters hindurch erteilte – niemand konnte daran zweifeln, daß sie genauso ausgesehen hatten, schwarze Gewänder, erhobene Hände und weiße Gesichter, gelassen, heroisch. Die Enzyklopädie bot natürlich auch andere Dinge, die man ansehen konnte: Käfer, verschiedene Arten von Kohle, Zeichnungen des Inneren von Maschinen, Fotografien von Amsterdam oder Bukarest, die an trüben, dunklen Tagen in den zwanziger Jahren aufgenommen worden waren (man konnte es an den kleinen, hohen, eckigen Autos erkennen). Mir war Geschichte lieber.

Zufällig zuerst und dann absichtlich lernte ich aus der Enzyklopädie. Ich hatte ein ungewöhnliches Gedächtnis. Das Lernen einer Liste von Tatsachen war eine unwiderstehliche Probe für mich, wie wenn ich versuchte, einen Block weit auf einem Bein zu hüpfen.

Meine Mutter kam auf den Gedanken, ich könnte ihr bei ihrer Arbeit nützlich sein.

»Meine eigene Tochter hat diese Bücher gelesen, und ich bin ganz erstaunt, was sie alles behalten hat. Das Gedächtnis von Kindern ist wie ein Fliegenfänger, wissen Sie, was man ihnen gibt, bleibt hängen. Del, zähl die Präsidenten der Vereinigten Staaten von George Washington bis zum heutigen Tag auf, kannst du das?« Oder: Zähl die Länder und Hauptstädte von Südamerika auf. Die großen Entdecker, sag, woher sie kamen und wohin sie gingen. Bitte auch die Daten. Ich saß in einem fremden Haus und rasselte Fakten herunter. Ich nahm einen scharfsinnigen, ernsthaften, eifrigen Blick an, aber das war eigentlich nur der Wirkung wegen. Ich wußte, daß ich es wußte. Und wer vermochte es, mich nicht zu lieben, da ich doch wußte, wo Quito lag?

Tatsächlich vermochten es einige. Aber woher bekam ich den ersten Hinweis? Vielleicht als ich aufschaute und bemerkte, wie Owen, der, soweit man wußte, keine zwei Daten oder Hauptstädte oder tote Präsidenten aufsagen mußte, versunken, heimlich ein langes Stück ausgelutschten Kaugummi um den Finger wickelte. Vielleicht durch die abgewendeten Gesichter der Landkinder mit ihrer feinen, komplizierten Verlegenheit. Eines Tages wollte ich es nicht mehr machen. Der Entschluß war körperlicher Art; die Erniedrigung wirkte auf meinen Magen. Ich wollte sagen: »Ich weiß es nicht –«, war aber zu elend, zu beschämt, um diese Lüge auszusprechen.

»George Washington, John Adams, Thomas Jefferson –«

Meine Mutter sagte scharf: »Wird dir etwa schlecht?«

Sie fürchtete, ich müßte mich gleich erbrechen. Owen und ich konnten beide völlig absichtlich und spontan erbrechen. Ich nickte und glitt vom Stuhl und ging und versteckte mich im Wagen und hielt mir den Magen. Als meine Mutter kam, hatte sie schon erraten, daß mehr dahinter war.

»Du wirst befangen«, sagte sie in praktischem Ton. »Ich dachte, es macht dir Spaß.« Das Zwicken fing wieder an. Das war es gerade, es hatte mir Spaß gemacht, und es war nicht taktvoll von ihr, es auszusprechen. »Schüchternheit und Befangenheit«, sagte meine Mutter ziemlich würdevoll, »das sind die Luxusdinge, die ich mir nie leisten konnte.« Sie ließ den Wagen an. »Immerhin kann ich dir sagen, es gibt Mitglieder der Familie deines Vaters, die den Mund nicht in der Öffentlichkeit aufmachen würden, um zu sagen, daß ihr Haus brennt.«

Wenn ich danach gefragt wurde – leichthin gefragt –: »Möchtest du heute ein paar Fragen beantworten?«, fiel ich im Sitz zusammen und schüttelte den Kopf und griff nach meinem Magen, um die mögliche rasche Rückkehr meiner Krankheit anzudeuten. Meine Mutter mußte nachgeben, und wenn ich jetzt am Samstag mit ihr fuhr, fuhr ich wie Owen als freie und nutzlose Fracht und war nicht mehr Teilhaber ihrer Unternehmungen. »Du willst aus reinem Eigensinn deinen Verstand unter einem Scheffel verstecken, aber das ist nicht meine Sache«, sagte sie. »Mach es eben, wie du willst.«

Ich hatte immer noch unbestimmte Hoffnungen auf Abenteuer, die Owen teilte, wenigstens auf einer mehr materiellen Ebene. Wir hofften beide, Tüten voll einer bestimmten Art goldbrauner Bonbons zu kaufen, die wie Zement in Brocken zerbrochen waren und fast sofort auf der Zunge zergingen, die in einem bestimmten mit Pferdegeschirr dekorierten und nach Pferden riechenden Laden auf dem Land verkauft wurden. Wir hofften, daß wir wenigstens an einer Stelle tanken würden, wo kalte Brause verkauft wurde. Ich hoffte, bis nach Porterfield oder Blue River zu kommen, Städte, die ihren Zauber einfach davon herleiteten, daß sie Orte waren, die wir nicht kannten und in denen wir nicht bekannt waren, da sie nicht Jubilee waren. Wenn ich durch die Straßen einer dieser Städte ging, spürte ich meine Anonymität wie einen Schmuck, wie ein Pfauenrad. Aber irgendwann am Nachmittag verebbten diese Hoffnungen, vielleicht waren auch einige erfüllt worden, was ja immer eine Lücke hinterläßt. Auch bei meiner Mutter gab es dann ein Abebben jener hellen, grausamen Kräfte, die sie in erster Linie hier herausgetrieben hatten. Wenn die Dunkelheit nahte und kalte Luft durch ein Loch im Boden des Wagens hereindrang, versöhnten uns das müde Geräusch des Motors, die Gleichgültigkeit der Landschaft wieder miteinander und erfüllten uns mit Sehnsucht nach zu Hause. Wir fuhren durch ein Land, von dem wir nicht wußten, daß wir es liebten – nicht wellig oder flach, sondern uneben und ohne erkennbaren Rhythmus; niedrige Hügel, Senken voll Gebüsch, Sumpf und Busch und Felder. Hohe Ulmen, einzeln stehend, deren jede ihre Umrisse deutlich zeigte, verloren, aber das wußten wir auch nicht. Sie hatten eine Form wie leicht geöffnete Fächer, manchmal wie Harfen.

Jubilee war von einer Anhöhe aus in etwa drei Meilen Entfernung von der Fernstraße Nr. 4 aus zu sehen. Zwischen uns und der Stadt lagen die Flußniederungen, die jedes Frühjahr überschwemmt waren, und der versteckte Bogen des Wawanash mit der Brücke darüber, silbern gestrichen, die wie ein Käfig in der Dämmerung hing. Die Fernstraße Nr. 4 war auch die Hauptstraße von Jubilee. Wir konnten die Türme des Postamts und des Rathauses sehen, die einander gegenüberstanden, das Rathaus mit seiner fremdartigen

Kuppel, die die sagenhafte Glocke barg (sie wurde zu Beginn und Ende des Krieges geläutet und war bereit, im Fall eines Erdbebens oder bei einer Sintflut geläutet zu werden), das Postamt mit seinem Uhrturm, rechtwinklig, nützlich, selbstverständlich. Die Stadt lag fast gleichmäßig zu beiden Seiten der Hauptstraße ausgebreitet. Ihr Umriß, der zur Zeit unserer Rückkehr gewöhnlich durch Lichter bestimmt wurde, zeigte sich mehr oder weniger als der einer Fledermaus, mit einem leicht angehobenen Flügel, der auf seiner Spitze den unbeleuchteten, undeutlichen Wasserturm trug.

Meine Mutter ließ diesen Ausblick nie vorbeigehen, ohne etwas zu sagen. »Dort ist Jubilee«, konnte sie dann einfach sagen, oder: »Dort drüben also liegt die Metropole«, oder sie mochte sogar undeutlich ein Gedicht rezitieren, in dem es hieß, daß sie zur gleichen Tür hineinging, aus der sie herausgekommen war. Und durch diese Worte, ob sie nun müde, ironisch oder echt dankbar waren, schien mir Jubilee seine Existenz zu erhalten. Als ob ohne ihre Nachsicht, ihre Billigung diese Straßenlampen und Gehsteige, die Festung in der Wildnis, das offene und geheime Muster der Stadt – eine Zuflucht und ein Geheimnis – nicht dort liegen würden.

Über jede Fahrt und jede Heimkehr und über die Welt draußen übte sie diese geheimnisvolle, erschreckende Macht aus, und man konnte nichts dagegen tun, noch nicht.

Meine Mutter mietete ein Haus in der Stadt, und wir wohnten dort von September bis Juni und gingen nur während des Sommers zu dem Haus am Ende der Flats Road hinaus. Mein Vater kam zum Abendessen und blieb über Nacht, bis der Schnee kam; dann kam er, wenn er konnte, Samstag abends und einen Teil des Sonntags.

Das Haus, das wir mieteten, lag unten am Ende der River Street, nicht weit vom Bahnhof. Es war eins der Häuser, die größer aussehen, als sie sind; es hatte ein hohes, aber abschüssiges Dach – das Obergeschoß war aus Holz, das Erdgeschoß aus Backstein – und ein hervortretendes Erkerfenster im Eßzimmer und eine Veranda an der Vorder- und Rückseite; die vordere Veranda hatte einen nutzlosen und tatsächlich unzugänglichen kleinen Balkon auf dem Dach. Alle Holzteile des Hauses waren grau gestrichen, wahrscheinlich weil grau nicht so oft nachgestrichen werden muß wie weiß. Bei warmem Wetter hatten die Fenster des unteren Stockwerks gestreifte und sehr verschossene Markisen; dann erinnerte mich das Haus mit seinem ausgeblichenen grauen Anstrich und den abschüssigen Veranden an einen Strand – die Sonne, das rauhe, windgepeitschte Gras.

Und doch war es ein Haus, das zu einer Stadt gehörte; manches an ihm deutete Unterhaltung und Förmlichkeit einer Art an, die draußen in der Flats Road nicht möglich war. Ich dachte manchmal an unser altes Haus, seine leblose graue Fassade, die Zementplattform vor der Küchentür mit einem hoffnungslosen, etwas schuldvollen zarten Schmerz, wie man an einen einfachen alten Großvater denken könnte, über dessen Unterhaltungen man hinausgewachsen ist. Mir fehlte die Nähe des Flusses und des Sumpfs, ebenso die wirkliche Anarchie des Winters, die Blizzards, die uns fest im Haus einschlossen, als lebten wir in der Arche. Aber ich liebte die Ordnung, die Geschlossenheit, die komplizierte Struktur des Stadtlebens, die nur ein Außenseiter sehen konnte. Wenn ich an Winternachmittagen von der Schule nach Hause ging, konnte ich die ganze Stadt um mich herum spüren, all die Straßen, die River Street, Mason Street, John Street, Victoria Street, Huron Street und, seltsamerweise, Khartoum Street hießen; die Abendkleider, duftig und blaß wie Krokusse, im Schaufenster von Kralls Damenbekleidungsgeschäft; den Chor der Baptistenmission, der im Untergeschoß der Kirche sang: »Ein neuer Name wird in Glorie geschrieben, und er ist Mein, Mein, Mein!« Die Kanarienvögel in ihren Käfigen in Selrites Geschäft und die Bücher in der Buchhandlung und die Post im Postamt und die Bilder von Olivia de Havilland und Errol Flynn in Piraten- und Damenkostümen vor dem Lyzeumkino – all diese Dinge, Rituale und Zerstreuungen, zerbrechlich und hell, ineinanderverwoben – Stadt! In der Stadt waren Soldaten auf Urlaub in ihren Khaki-Uniformen, die ein Fluidum anonymer Brutalität um sich hatten wie den Geruch eines Brandes; es gab schöne, strahlende Mädchen, deren Namen jeder kannte – Margaret Bond, Dorothy Guest, Pat Mundy – und die ihrerseits niemandes Namen kannten, es sei denn sie wollten es; ich beobachtete, wie sie in ihren pelzbesetzten Samtstiefeln den Hügel vom Gymnasium herunterkamen. Sie kamen in einem kleinen Schwarm daher, strahlten einen Glanz aus wie eine Nachtlaterne, der sie für den Rest der Welt blind machte. Doch eines Tages hatte eine von ihnen – Pat Mundy – mir im Vorbeigehen zugelächelt, und ich malte mir in Tagträumen aus, daß sie mich vor dem Ertrinken rettete, daß sie Krankenschwester würde und mich pflegte, ihr Leben riskierte, während sie mich in ihren Samtarmen wiegte, als ich fast an Diphterie starb.

Wenn es Mittwochnachmittag war, war die Untermieterin meiner Mutter, Fern Dogherty, zu Hause, trank Tee, rauchte, unterhielt sich mit meiner Mutter im Eßzimmer. Fern sprach leise, sie plauderte und seufzte und lachte gegen den schärferen, sparsameren Kommentar meiner Mutter an. Sie erzählten Geschichten über Leute in der Stadt, über sich selbst; ihr Gespräch war ein Fluß, der nie austrocknete. Es war das Drama, das Ferment des Lebens, das weit außerhalb meiner Reichweite lag. Ich ging dann zu dem tiefen Spiegel im eingebauten Geschirrschrank und schaute auf das Spiegelbild des Zimmers – all die dunkle Täfelung, die dunklen Balken, der Leuchter aus Messing, der wie ein kleiner steifer Baum aussah, der falsch herum gewachsen ist, mit seinen fünf steif gebogenen Zweigen, die in gläsernen Blumen endeten. Wenn ich meine Mutter und Fern Dogherty an eine bestimmte Stelle des Spiegels brachte, konnte ich sie dehnen wie Gummibänder, wabernd und hysterisch, und ich konnte mein Gesicht auf einer Seite unheilvoll herabhängen lassen, als hätte ich einen Schlaganfall gehabt.

Ich sagte zu meiner Mutter: »Warum hast du das Bild nicht mit hergebracht?«

»Welches Bild? *Welches Bild?*«

»Das über der Couch.«

Weil ich an unsere Küche draußen auf der Farm gedacht hatte – ich mußte so oft daran denken –, wo mein Vater und Onkel Benny in diesem Augenblick wahrscheinlich Kartoffeln zum Abendessen brieten, in einer ungespülten Pfanne (warum sollte man gutes Fett wegwaschen?), während Fausthandschuhe und Schals dampfend über dem Herd trockneten. Major, unser Hund – der während der Herrschaft meiner Mutter nicht ins Haus durfte –, schlafend auf dem schmutzigen Linoleum vor der Tür. Zeitungen auf dem Tisch statt eines Tischtuchs, Decken voller Hundehaare auf der Couch, Gewehre und Schneeschuhe und Waschzuber an den Wänden. Muffige Behaglichkeit von Junggesellen. Über der Couch hing ein Bild, das tatsächlich von meiner Mutter gemalt war, in den längst vergangenen frühen Tagen – den wahrscheinlich müßigen, sonnigen, liebevollen Tagen – ihrer

Ehe. Es zeigte eine steinige Straße und einen Fluß zwischen Bergen und Schafe, die von einem kleinen Mädchen in einem roten Umschlagtuch die Straße entlanggetrieben wurden. Die Berge und die Schafe sahen gleich aus, schwerfällig, wollig, purpurgrau. Vor langer Zeit hatte ich geglaubt, daß das junge Mädchen tatsächlich meine Mutter war und daß dies das trostlose Land ihres frühen Lebens war. Dann erfuhr ich, daß sie die Szene aus dem ›National Geographic‹ kopiert hatte.

»Das meinst du? Willst du es hier drin haben?«

Ich wollte es nicht wirklich. Wie so oft in unseren Gesprächen versuchte ich eine Richtung anzugeben, um dann die Antwort oder die Enthüllung zu bekommen, die ich mir besonders wünschte. Ich wollte, daß sie sagte, sie habe es für meinen Vater dort gelassen. Ich erinnerte mich, daß sie gesagt hatte, sie habe es für ihn gemalt, er sei es gewesen, dem diese Szene gefallen habe.

»Ich möchte nicht, daß es irgendwo hängt, wo die Leute es sehen«, sagte sie. »Ich bin keine Künstlerin. Ich habe es nur gemalt, weil ich nichts zu tun hatte.«

Sie gab ein Damenkränzchen, zu dem sie Mrs. Coutts, manchmal Mrs. Rechtsanwalt Coutts genannt, Mrs. Best, deren Mann der Leiter der Handelsbank war, verschiedene Damen, die sie nur von Gesprächen auf der Straße kannte, ebenso wie Nachbarinnen, Fern Doghertys Kolleginnen aus dem Postamt und natürlich Tante Elspeth und Tante Grace einlud. (Sie bat sie, Pastetchen mit Hühnerfrikassee und Zitronenkuchen und Hochzeitskuchen zu backen, was sie auch taten.) Die ganze Einladung war vorgeplant. Sobald die Damen in den Flur kamen, mußten sie raten, wie viele Bohnen in einem Krug waren, und die geratene Zahl auf ein Stück Papier schreiben. Der Abend ging weiter mit Ratespielen, Frage- und Antwortspielen, die mit Hilfe der Enzyklopädie ausgedacht waren, Scharaden, die nie richtig vorangingen, weil man vielen Damen nicht klarmachen konnte, wie man sie spielte, und weil sie auch zu schüchtern waren, und einem Spiel mit Bleistift und Papier, bei dem man den Namen eines Mannes aufschreiben, das Papier falten, weitergeben, ein Verb schreiben, es wieder falten, den Namen einer Dame schreiben mußte, und so immer weiter, und zum Schluß wurden die Zettel alle aufgemacht und vorgelesen. In einem rosa Wollrock und einem Bolero reichte ich vergnügt Erdnüsse herum.

Tante Elspeth und Tante Grace waren eifrig in der Küche

tätig, lächelnd und gekränkt. Meine Mutter trug ein rotes Kleid, halb durchsichtig und mit kleinen schwarzen und blauen Stiefmütterchen wie mit einer Stickerei bedeckt. »Wir dachten, es seien Käfer, die sie auf diesem Kleid hat«, flüsterte mir Tante Elspeth zu. »Hat uns das erschreckt!« Danach erschien es mir, als sei die Party weniger schön, als ich angenommen hatte; ich bemerkte, daß einige der Damen keine Spiele mitspielten, daß das Gesicht meiner Mutter fiebrig vor Aufregung und ihre Stimme voll organisatorischen Eifers war, daß, als sie Klavier spielte und Fern Dogherty – die Gesang studiert hatte – sang: ›Was ist das Leben ohne meinen Liebsten?‹, die Damen sich zurückhielten und aus einem gewissen freundlichen Abstand klatschten, als ob dies Angeberei sei.

Tante Grace und Tante Elspeth sagten doch tatsächlich während des nächsten Jahres immer wieder zu mir: »Wie geht es dieser Untermieterin? Wie findet sie das Leben ohne ihren Liebsten?« Ich erklärte ihnen dann, daß dies ein Lied aus einer Oper sei, eine Übersetzung, und sie riefen: »Oh, *so was* ist das? Und wir haben sie die ganze Zeit so bedauert!«

Meine Mutter hatte gehofft, daß ihr Kränzchen die anderen Damen ermutigen würde, ähnliche Einladungen zu geben, aber das war nicht der Fall, oder wenn doch, so hörten wir nichts davon; sie gaben weiterhin Bridge-Partys, von denen meine Mutter sagte, sie seien dumm und snobistisch. Nach und nach gab sie das gesellschaftliche Leben auf. Sie sagte, Mrs. Coutts sei eine dumme Frau, sie habe in einem der Ratespiele nicht gewußt, wer Julius Cäsar war – sie habe gedacht, er sei ein Grieche –, und sie mache auch Grammatikfehler, sie verwechsle mir und mich – ein häufiger Fehler bei Leuten, die sich für vornehm hielten.

Sie trat in die Literarische Diskussionsgruppe ein, die sich während des Winters jeden zweiten Donnerstag in den Sitzungsräumen des Rathauses traf. Der Gruppe gehörten fünf weitere Leute an, einschließlich eines Arztes im Ruhestand, Dr. Comber, der sehr gebrechlich, liebenswürdig und, wie sich herausstellte, diktatorisch war. Er hatte schneeweißes seidiges Haar und trug einen Ascot-Schal. Seine Frau hatte über dreißig Jahre in Jubilee gelebt und wußte immer noch kaum die Namen von Leuten oder die Lage bestimmter Straßen. Sie war Ungarin. Sie hatte einen wundervollen Namen, den sie den Leuten manchmal darbot wie einen Fisch auf einer Platte mit all seinen silbrigen schuppigen Silben, aber es nützte nichts, niemand in Jubilee konnte ihn aussprechen oder behalten. Zuerst war meine Mutter erfreut über dieses Paar, das sie schon immer hatte kennenlernen wollen. Sie war hocherfreut, in ihr Haus eingeladen zu werden, wo sie Fotos von ihren Flitterwochen in Griechenland betrachtete und Rotwein trank, um sie nicht zu beleidigen – obwohl sie nicht trank –, und hörte den komischen und schrecklichen Geschichten zu, die ihnen in Jubilee passiert waren, weil sie Atheisten und Intellektuelle waren. Ihre Bewunderung hielt während der ›Antigone‹ an, wurde bei ›Hamlet‹ etwas gedämpft, wurde matter und matter im Laufe von ›Die Republik‹ und ›Das Kapital‹. Niemand, so schien es, konnte irgendwelche Meinungen haben außer den Combers; die Combers kannten Griechenland, sie hatten Vorlesungen von H. G. Wells gehört, sie hatten immer recht. Mrs. Comber und meine Mutter hatten eine Meinungsverschiedenheit, und Mrs. Comber brachte die Tatsache zur Sprache, daß meine Mutter nicht an der Universität und nur in einer *Hinterrwäldler-* (meine Mutter ahmte ihren Akzent nach) -Schule gewesen war. Meine Mutter prüfte einige der Geschichten, die sie ihr erzählt hatten, nach und entschied, daß sie unter Verfolgungswahn litten (»Was ist das?« fragte Fern, denn solche Ausdrücke kamen zu der Zeit gerade in Mode) und daß sie möglicherweise sogar ein bißchen verrückt waren. Auch sei in ihrem Haus ein unangenehmer Geruch gewesen, den sie damals uns gegenüber nicht erwähnt hatte, und die Toilette, die sie benutzen mußte, nachdem sie diesen Rotwein getrunken hatte, sei gräßlich und eklig gelb gewesen. »Was nützt es, wenn man Plato liest und seine Toilette nie saubermacht?« fragte meine Mutter und zog sich damit auf die Wertvorstellungen von Jubilee zurück.

Im zweiten Jahr ging sie nicht wieder in die Literarische Gruppe. Sie buchte bei der Universität von West-Ontario einen Fernkurs mit dem Titel ›Große Denker der Geschichte‹, und sie schrieb Briefe an die Zeitungen.

Meine Mutter hatte nichts einfach laufen lassen. Innerhalb der Person, die wir kannten, die zuzeiten ein bißchen undeutlich oder abwegig erscheinen mochte, erhielt sie ihre jüngeren Erscheinungsformen rastlos und hoffnungsvoll aufrecht; Szenen aus der Vergangenheit waren dazu da, jederzeit plötzlich wie Lichtbilder vor der zerknitterten Leinwand der Gegenwart aufzuspringen.

Am Anfang, am wirklichen Anfang von allem stand das Haus. Es stand am Ende eines langen Weges, mit Drahtzäunen, absackenden vergitterten Fenstern auf beiden Seiten, inmitten der Felder, wo die Felsen – ein Teil des Präkambrischen Schilds – durch den Boden stachen wie Knochen durch Fleisch. Das Haus, von dem ich nie eine Fotografie gesehen hatte – vielleicht war nie eine gemacht worden – und das ich meine Mutter nie anders als in einer ungeduldigen, nüchternen Weise hatte beschreiben hören (»Es war eben ein altes Holzhaus – es war nie gestrichen worden«), erschien dennoch in meinem Geist so deutlich, als hätte ich es in der Zeitung gesehen – das kahlste, düsterste, größte aller alten Holzhäuser, einfach und vertraut, und doch von etwas Schrecklichem umgeben, Schlimmes bergend wie ein Haus, in dem ein Mord begangen worden ist.

Und meine Mutter, damals einfach ein kleines Mädchen namens Addie Morrison, spindeldürr, wie ich glaube, mit kurzgeschorenem Haar, weil ihre Mutter sie vor der Eitelkeit bewahren wollte, ging den langen beunruhigenden Weg herauf von der Schule nach Hause und schlug die Schmalzdose, die ihr Frühstücksbrot enthalten hatte, gegen ihre Beine. War nicht immer November, der Boden hart, splitterndes Eis in den Pfützen, abgestorbenes Gras in den Drähten? Ja, und das Buschland war nahe und spukhaft, mit seltsamen böigen Winden, die die Zweige einzeln erfassen. Sie ging dann ins Haus und fand das erloschene Feuer, den kalten Herd, das Fett vom Essen der Männer erstarrt in Tellern und Pfannen.

Kein Anzeichen von ihrem Vater oder ihren Brüdern, die älter waren und die Schule beendet hatten. Sie waren nicht in der Nähe des Hauses. Sie ging durch das Vorderzimmer in das Schlafzimmer ihrer Eltern und fand dort fast immer ihre Mutter auf den Knien, über das Bett gebeugt, im Gebet. Viel deutlicher als das Gesicht ihrer Mutter konnte sie sich jetzt diesen gebeugten Rücken vorstellen, schmalschultrig in einem grauen oder bräunlichen Pullover über einem schmutzigen Kimono oder Hauskleid, den Hinterkopf mit dem von der Mitte her dicht zusammengenommenen dünnen Haar, den Schädel von einem ungesunden Weiß. Er war weiß wie Marmor, weiß wie Seife.

»Sie war eine religiöse Fanatikerin«, sagt meine Mutter über diese kniende Frau, die man zu anderen Zeiten flach und auf dem Rücken liegend und weinend vorfand – aus Gründen, auf die meine Mutter nicht eingeht –, während sie ein feuchtes Tuch auf die Stirn preßte. Einmal in den letzten, wahnsinnigen Stadien der Christlichkeit ging sie zur Scheune hinunter und versuchte, ein kleines Stierkalb im Heu zu verstecken, als die Leute des Schlächters kamen. Wenn meine Mutter diese Dinge erzählt, ist ihre Stimme hart in der Gewißheit, daß sie betrogen worden ist, in dem unverminderten Gefühl von Ärger und Verlust.

»Weißt du, was sie getan hat? Hab ich dir erzählt, was sie getan hat? Habe ich dir von dem Geld erzählt?« Sie atmet tief ein, um sich zu beruhigen. »Ja. Also. Sie erbte etwas Geld. Ein paar aus ihrer Familie hatten Geld, sie lebten im Staat New York. Sie erbte zweihundertfünfzig Dollar, nicht sehr viel Geld, damals mehr wert als heute, und du weißt, wir waren arm. Du glaubst, das hier ist arm. Das hier ist *nichts* im Vergleich dazu, wie arm wir waren. Das Wachstuch auf unserem Tisch, ich erinnere mich daran, war durchgewetzt, so daß man die blanken Bretter sehen konnte. Es hing in Fetzen herunter. Es war ein Lumpen, kein Wachstuch. Wenn ich jemals Schuhe trug, trug ich Jungenschuhe, abgelegte von meinen Brüdern. Es war eine von den Farmen, auf der man nicht einmal Vogelmiere anpflanzen konnte. Zu Weihnachten bekam ich einen marineblauen Schlüpfer. Und das will ich dir sagen, ich war *froh* darüber. Ich wußte, was frieren heißt.

Also. Meine Mutter nahm ihr Geld, und sie bestellte eine große Kiste mit Bibeln. Sie kamen per Expreß. Sie waren von der teuersten Sorte, die Karten vom Heiligen Land und die goldgeränderten Seiten und die Worte Christi waren alle rot markiert. *Selig sind die Armen im Geiste.* Was ist so bemerkenswert daran, arm im Geiste zu sein? Sie gab jeden Pfennig aus.

Wir mußten dann hingehen und sie verteilen. Sie hatte sie gekauft, um sie unter die Heiden zu verteilen. Ich glaube, meine Brüder haben ein paar davon im Kornspeicher versteckt. Ich weiß, daß sie es taten. Aber ich war viel zu dumm, um daran zu denken. Ich ging im Alter von acht Jahren zu Fuß über Land, in Jungenschuhen und ohne ein Paar Handschuhe zu besitzen, und verteilte Bibeln.

Eins ist sicher, das kurierte mich für das ganze Leben von der Religion.«

Einmal aß sie Gurken und trank Milch darauf, weil sie gehört hatte, daß diese Zusammenstellung giftig sei, und sie sterben wollte. Sie war eher neugierig als niedergeschlagen. Sie legte sich hin und hoffte, im Himmel wieder aufzuwachen, von dem sie soviel gehört hatte, aber statt dessen öffnete sie ihre Augen am nächsten Morgen. Das hatte Auswirkungen auf ihren Glauben. Sie sagte es damals niemandem.

Der ältere Bruder brachte ihr manchmal Bonbons aus der Stadt mit. Er rasierte sich am Küchentisch vor einem gegen die Lampe gelehnten Spiegel. Er war eitel, dachte sie, er hatte einen Schnurrbart, und er bekam Briefe von Mädchen, die er nie beantwortete, die er aber herumliegen ließ, so daß jeder sie lesen konnte. Meine Mutter schien dies gegen ihn auszulegen. »Ich habe keine Illusionen über ihn«, sagte sie, »obwohl ich glaube, daß er nicht anders war als die meisten.« Er lebte jetzt in New Westminster und arbeitete auf einer Fähre. Der andere Bruder lebte in den Staaten. Zu Weihnachten schickten sie Karten, und sie schickte ihnen auch Karten. Sie schrieben nie Briefe und meine Mutter auch nicht.

Den jüngeren Bruder haßte sie. Was hatte er getan? Ihre Antworten waren nicht gänzlich zufriedenstellend. Er war böse, eingebildet, grausam. Ein grausamer fetter Junge. Er fütterte Katzen mit Knallfröschen. Er band eine Kröte fest und zerhackte sie in Stücke. Er ertränkte das Kätzchen meiner Mutter, das Misty hieß, im Kuhtrog, obwohl er es später abstritt. Er fing auch meine Mutter ein und band sie in der Scheune fest und quälte sie. Quälte sie? Er *folterte* sie.

Womit? Aber meine Mutter sagte nie mehr – nie mehr als dieses Wort *folterte,* das sie ausspuckte wie Blut. So mußte ich sie mir also vorstellen, wie sie in der Scheune angebunden war wie an einem Marterpfahl, während ihr Bruder, ein fetter Indianer, um sie herumhüpfte und heulte. Aber sie war schließlich entkommen, unskalpiert, unverbrannt. An diesem Punkt der Geschichte erklärte nichts ihr dunkel gewordenes Gesicht, ihre Art *gefoltert* zu sagen. Ich hatte noch nicht gelernt, die Düsternis zu erkennen, die sie im Zusammenhang mit sexuellen Dingen überkam.

Ihre Mutter starb. Sie ließ sich operieren, aber sie hatte große Knoten in beiden Brüsten, und sie starb, wie meine Mutter immer sagte, auf dem Tisch. Auf dem *Operations-*

tisch. Als ich noch jünger war, stellte ich sie mir immer vor, wie sie ausgestreckt auf einem gewöhnlichen Tisch lag zwischen Teetassen und Ketchup und Marmelade.

»Warst du traurig?« fragte ich hoffnungsvoll, und meine Mutter sagte ja, natürlich sei sie traurig gewesen. Aber sie verweilte nicht bei dieser Szene. Es kamen wichtige Ereignisse. Bald war sie mit der Schule fertig, sie hatte ihre Aufnahmeprüfungen bestanden, und sie wollte aufs Gymnasium gehen, in der Stadt. Aber ihr Vater sagte nein, sie müsse zu Hause bleiben und im Haushalt arbeiten, bis sie heirate. (»Wen in Gottes Namen hätte ich heiraten können?« schrie meine Mutter jedesmal zornig, wenn sie zu dieser Stelle der Geschichte kam, »da draußen am Ende der Welt, wo alle vor lauter Inzucht schielen?«) Nach zwei Jahren, die sie elend zu Hause verbracht hatte, wobei sie auf eigene Faust einiges aus den alten Schulbüchern lernte, die ihrer Mutter gehört hatten (sie war selbst Lehrerin gewesen, bevor Ehe und Religion sie übermannt hatten), forderte sie ihren Vater heraus, sie ging den Weg von neun Meilen in die Stadt, versteckte sich jedesmal in den Sträuchern an der Straße, wenn sie ein Pferd herankommen hörte, aus Angst, sie würden es sein mit dem alten Wagen, um sie wieder nach Hause zurückzubringen. Sie klopfte an der Tür einer Pension, die sie vom Eierverkaufen kannte, und fragte, ob sie ein Zimmer und Essen haben könne, wenn sie Küchenarbeit mache und bei Tisch bediene. Und die Frau, die das Haus führte, nahm sie auf – sie war eine gütige alte Dame mit rauher Stimme, die alle Grandma Seeley nannten – und schützte sie vor ihrem Vater, bis einige Zeit vergangen war, sie gab ihr sogar ein kariertes Kleid, aus kratziger Wolle und zu lang, das sie an jenem ersten Morgen in der Schule trug, als sie vor ihrer Klasse aufstand, in der alle zwei Jahre jünger waren als sie, und Latein vorlas, das sie so aussprach, wie sie es sich selbst zu Hause beigebracht hatte. Natürlich lachten alle.

Und meine Mutter konnte es nicht verhindern, sie konnte es nie, daß sie weich und erregt wurde, wenn sie sich daran erinnerte; sie war voller Staunen über ihr altes, junges Selbst. Oh, wenn es einen Augenblick außerhalb der Zeit geben könnte, einen Augenblick, in dem wir uns entschließen könnten, gerichtet zu werden, völlig nackt, belagert, triumphierend, dann wäre das ihr Augenblick. Später kommen dann Kompromiß und Irrtum, vielleicht; dann ist sie absurd und unangreifbar.

In der Pension beginnt ein ganzes neues Kapitel im Leben. Aufstehen in der Dunkelheit des Morgens, um das Gemüse zu putzen, es in kaltes Wasser zu legen bis zum Mittagessen. Die Nachttöpfe saubermachen, sie mit Talkum ausstreuen. Keine Wasserklosetts in dieser Stadt. »Ich habe Nachttöpfe saubergemacht, um meine Ausbildung zu ermöglichen!« sagte sie oft, und ohne Rücksicht darauf, wer ihr zuhörte. Aber sie wurden von einer feinen Klasse von Leuten benutzt. Bankangestellte. Der Telegrafist der CNR. Die Lehrerin, Miss Rush. Miss Rush brachte meiner Mutter das Nähen bei, gab ihr einen wundervollen Stoff aus Merinowolle für ein Kleid, gab ihr einen gelben Schal mit Fransen (»Was ist nur daraus *geworden*?« fragte meine Mutter in verbittertem Kummer), gab ihr Kölnisch Wasser. Meine Mutter liebte Miss Rush, sie putzte Miss Rushs Zimmer und hob die Haare von ihrem Frisiertisch auf, die Reste aus ihrem Kamm, und als sie genug hatte, machte sie eine kleine Haarkordel, die sie zur Schleife drehte, um sie um den Hals zu tragen. So liebte sie sie. Miss Rush lehrte sie Noten lesen und auf Miss Rushs eigenem Klavier, das in Grandma Seeleys Vorderzimmer stand, die Lieder spielen, die sie immer noch spielen konnte, obwohl sie das kaum jemals tat. ›Trink mir nur mit deinen Augen zu‹ und ›Die Harfe, die einst in Taras Hallen‹ und ›Bonny Mary von Argyle‹.

Was geschah dann mit Miss Rush, mit ihrer Schönheit und ihrer Stickerei und ihrem Klavierspiel? Sie hatte geheiratet, ziemlich spät, und starb bei der Geburt eines Kindes. Das Kind starb auch und lag in einem langen Kleidchen in ihrem Arm wie eine Wachspuppe; meine Mutter hatte es gesehen.

Geschichten aus der Vergangenheit konnten so ablaufen, immer im Kreis und bis hin zum Tod; ich war darauf gefaßt. Grandma Seeley zum Beispiel wurde an einem Sommermorgen tot im Bett aufgefunden, gerade als meine Mutter vier Jahre lang das Gymnasium besuchte und Grandma Seeley ihr versprochen hatte, ihr Geld für das Lehrerseminar zu geben, ein Darlehen, das zurückgezahlt werden sollte, wenn sie Lehrerin geworden wäre. Es gab irgendwo ein Stück Papier, auf dem etwas Derartiges geschrieben stand, aber es wurde nie gefunden. Oder vielmehr glaubte meine Mutter, daß es von Grandma Seeleys Neffen und seiner Frau gefunden wurde, die ihr Haus und Geld bekamen; sie mußten es vernichtet haben. Die Welt ist voll von solchen Leuten.

So mußte meine Mutter arbeiten gehen; sie arbeitete in einem großen Geschäft in Owen Sound, wo sie bald die Abteilung für Kurz- und Galanteriewaren leitete. Sie verlobte sich mit einem jungen Mann, der schattenhaft blieb – sicherlich kein eindeutiger Schuft wie ihr Bruder oder Grandma Seeleys Neffe, aber auch nicht strahlend und geliebt, nicht wie Miss Rush. Aus geheimnisvollen Gründen war sie gezwungen, das Verlöbnis zu brechen. (»Es stellte sich heraus, daß er nicht die Art Mann war, für den ich ihn gehalten hatte.«)

Später, eine unbestimmte Zeit später, begegnete sie meinem Vater, der sich offenbar als die Art Mann herausstellte, für den sie ihn hielt, denn sie heiratete ihn, obwohl sie sich selbst immer geschworen hatte, sie würde nie einen Farmer heiraten (er war Fuchsfarmer und hatte einmal gedacht, er würde dabei reich werden; machte das einen Unterschied?), und seine Familie hatte schon angefangen, ihr gegenüber Bemerkungen zu machen, die nicht wohlmeinend waren.

»Aber du hast dich in ihn verliebt«, erinnerte ich sie streng, ängstlich und in der Erwartung, daß es gut ausgehen würde.

»Du hast dich verliebt.«

»Ja, natürlich hab ich das.«

»Warum hast du dich verliebt?«

»Dein Vater war immer ein Gentleman.«

War das alles? Ich war verwirrt von ihrem Mangel an Ausgeglichenheit, obwohl schwer zu sagen war, was fehlte, was falsch war. Am Anfang ihrer Geschichte standen düstere Gefangenschaft, Leid, dann Mut und Trotz und Flucht. Kampf, Enttäuschung, noch mehr Kampf, Patinnen und Schurken. Nun erwartete ich wie in allen bedeutenden, befriedigenden Geschichten – den Ausbruch der Herrlichkeit, die Belohnung. Die Ehe mit meinem Vater? Ich hoffte, daß sie das war. Ich wünschte, sie würde mich nicht im Zweifel darüber lassen.

Als ich jünger war, draußen am Ende der Flats Road, beobachtete ich oft ihren Gang über den Hof, wenn sie das Spülwasser ausgoß, wie sie die Spülschüssel hoch trug wie eine Priesterin, ruhig und majestätisch ging und das Spülwasser mit einer großartigen Bewegung über den Zaun schüttete. Da hatte ich sie für mächtig gehalten, für eine Herrscherin, auch für zufrieden. Sie hatte immer noch Macht, aber nicht soviel, wie sie vielleicht dachte. Sie hatte einen laut knurrenden Magen, dessen Botschaften sie belachte oder überhörte, der mich aber in unerträgliche Verlegenheit versetzte. Ihr Haar wuchs in kleinen wilden graubraunen Büscheln und Strähnen hervor; jede Dauerwelle wurde bei ihr zu einer Krause. Mußten alle ihre Geschichten schließlich einfach mit ihrer Person enden, so wie sie jetzt war, einfach meine Mutter in Jubilee?

Eines Tages kam sie als Vertreterin des Enzyklopädieverlages in die Schule, um einen Preis für den besten Aufsatz über das Thema ›Warum wir Kriegsanleihen kaufen sollen‹ auszusetzen. Sie mußte ebenfalls in die Schulen von Porterfield, Blue River, Stirling gehen; es war eine stolze Woche für sie. Sie trug ein schreckliches, unweibliches, marineblaues Kostüm mit einem einzigen Knopf in der Taille und einen kastanienbraunen Filzhut, ihren besten, auf dem ich voller Qual feinen Staub zu sehen glaubte. Sie hielt eine kleine Rede. Ich heftete meine Augen auf den Pullover des Mädchens vor mir – blaßblau, aus dem kleine knotige Wollenden herausschauten –, als könnte die Beschäftigung mit solchen gleichgültigen Kleinigkeiten mich davor bewahren, vor Scham zu versinken. Sie war so anders, das war alles, so munter und hoffnungsvoll und arglos in ihrem kastanienbraunen Hut, machte kleine Scherze und hielt sich für brillant. Für zwei Cent hätte sie sich auf die Geschichte ihrer eigenen Ausbildung geworfen, neun Meilen zur Stadt und die Nachttöpfe. Wer sonst hatte eine solche Mutter? Die anderen warfen mir hinterlistige und schadenfrohe und mitleidige Blicke zu. Plötzlich konnte ich nichts an ihr mehr ertragen – den Ton ihrer Stimme, die unbekümmerte fahrige Art, mit der sie sich bewegte, ihre lebhaften sinnlosen Bewegungen (sie konnte jetzt jeden Moment die Tintenflasche vom Tisch des Rektors herunterstoßen) und am allerwenigsten ihre Einfalt, ihre Art, es nicht zu bemerken, wenn die Leute lachten, zu denken, sie könne damit durchkommen.

Ich haßte es, daß sie Enzyklopädien verkaufte und Reden hielt und diesen Hut trug. Ich haßte es, daß sie Briefe an die Zeitungen schrieb. Ihre Briefe über örtliche Probleme oder die, in denen sie für Bildung und Frauenrechte eintrat und den obligatorischen Religionsunterricht in der Schule bekämpfte, wurden unter ihrem eigenen Namen im ›Herald-Advance‹ in Jubilee veröffentlicht. Andere erschienen auf einer Seite der Stadtzeitung, die weiblichen Korrespondenten überlassen worden war, und für diese benutzte sie das Pseudonym *Prinzessin Ida,* das sie von einer Figur bei Tennyson, den sie bewunderte, übernommen hatte. Sie waren voll langer ausgeschmückter Beschreibungen des platten Landes, von dem sie geflohen war *(Heute morgen entzückt ein wundervoller Silberfrost auf jedem Zweig und jedem Telefondraht das Auge und macht die Welt zu einem wahrhaftigen Märchenland –)* und enthielten sogar Anspielungen auf Owen und mich *(meine Tochter, die bald kein Kind mehr sein wird, vergißt ihre neuerworbene Würde und tollt im Schnee herum),* die meine Zahnwurzeln vor Beschämung schmerzen ließen. Andere Leute als bloß Tante Elspeth und Tante Grace sagten zu mir: »Ich habe diesen Brief von deiner Mutter in der Zeitung gesehen«, und ich konnte dann spüren, wie geringschätzig, wie überlegen und schweigsam und beneidenswert sie waren, diese Leute, die ihr ganzes Leben lang stillbleiben konnten, ohne das Bedürfnis, irgend etwas Bemerkenswertes zu tun oder zu sagen.

Ich selbst war gar nicht so sehr anders als meine Mutter, verbarg es aber, da ich wußte, welche Gefahren darin lagen.

In diesem zweiten Winter, den wir in Jubilee verbrachten, hatten wir Besuch. Es war Samstagnachmittag, und ich schaufelte unseren Gehsteig frei. Ich sah einen großen Wagen, der sich fast geräuschlos zwischen den Schneemauern vorwärtsschob wie ein frecher Fisch. Amerikanische Nummernschilder. Ich dachte, es sei jemand, der sich verfahren habe. Die Leute fuhren bis zum Ende der River Street – die sich nirgends die Mühe machte, ein Warnschild aufzustellen, daß dies eine Sackgasse war – und begannen sich bereits zu wundern, wenn sie unser Haus erreichten.

Ein Fremder stieg aus. Er trug einen Überzieher, einen grauen Filzhut, einen Seidenschal im Winter. Er war groß und schwer; sein Gesicht war düster, stolz, schwer. Er streckte in beängstigender Weise die Arme nach mir aus.

»Komm hierher und sag mir guten Tag. Ich weiß deinen Namen, aber ich wette, du weißt meinen nicht!«

Er kam direkt auf mich zu – ich stand stocksteif mit der Schaufel in der Hand da – und küßte mich auf die Wange.

Ein süßlich-saurer männlicher Geruch; Rasierwasser, nervöser Magen, sauberes gestärktes Hemd und eine heimliche haarige Unsauberkeit. »War der Name deiner Mama Addie Morrison? Hieß sie so, wie?«

Niemand nannte meine Mutter jetzt noch jemals Addie. Sie wirkte dadurch anders – runder, unordentlicher, einfacher.

»Deine Mama heißt Addie, und du bist Della, und ich bin dein Onkel Bill Morrison. Hallo, ich hab dir einen Kuß gegeben und du nicht. Nennt ihr das hierzulande anständig?«

Jetzt kam meine Mutter mit einem frischen zufälligen Strich Lippenstift auf dem Mund aus dem Haus.

»Ja Bill. Du hältst nichts von einer vorherigen Benachrichtigung, nicht wahr? Macht nichts, wir freuen uns, dich zu sehen.« Sie sagte das mit einer gewissen Strenge, als ob sie ein Thema erörterte.

Es war tatsächlich ihr Bruder, der Amerikaner, mein leiblicher Onkel.

Er drehte sich um und winkte zum Wagen hin. »Du kannst jetzt rauskommen. Niemand wird dich hier beißen.«

Die Tür auf der anderen Seite des Wagens öffnete sich, und eine große Dame stieg aus, langsam, sie hatte Schwierigkeiten mit ihrem Hut. Dieser Hut ging auf der einen Seite des Kopfes nach oben und auf der anderen nach unten; grüne, hochstehende Federn machten ihn noch höher. Sie trug einen dreiviertellangen Silberfuchsmantel und ein grünes Kleid und grüne Schuhe mit hohen Absätzen, keine Gummistiefel.

»Das ist deine Tante Nile«, sagte Onkel Bill, als ob sie nicht hören könnte oder nicht Englisch verstünde, als ob sie ein Ding wäre, das eine Erklärung verlangte. »Du hast sie noch nie gesehen. Mich hast du gesehen, aber du warst noch zu klein, um dich zu erinnern. Sie hast du noch nie gesehen. Ich hab sie selbst erst letzten Sommer getroffen. Ich war mit deiner Tante Callie verheiratet, als ich dich damals sah, und jetzt bin ich mit deiner Tante Nile verheiratet. Ich lernte sie im August kennen, im September habe ich sie geheiratet.«

Der Gehsteig war noch nicht frei geschaufelt. Tante Nile stolperte mit ihren hohen Absätzen und jammerte, weil sie Schnee in ihrem Schuh spürte. Sie jammerte erbärmlich wie ein Kind, sie sagte zu Onkel Bill: »Ich hätte mir fast den

Knöchel verstaucht«, als ob sonst niemand in der Nähe wäre. »Nicht weit zu gehen«, sagte er ermutigend und nahm ihren Arm und stützte sie auf dem Rest des Weges den Gehsteig hinauf und die Stufen hinauf und über die Veranda, als sei sie eine chinesische Dame (ich hatte gerade ›Die gute Erde‹ gelesen, aus der Stadtbücherei), für die das Gehen eine seltene und unnatürliche Tätigkeit ist. Meine Mutter und ich, die keinen Gruß mit Nile getauscht hatten, folgten, und in dem dunklen Flur sagte Mutter: »Nun denn, willkommen!«, und Onkel Bill half Nile aus dem Mantel und sagte zu mir: »Also hier, nimm ihn und häng ihn auf. Häng ihn irgendwo getrennt auf, nicht neben irgendwelche Stalljakken!« Meine Mutter berührte den Pelz und sagte zu Nile: »Du solltest auf unsere Farm hinausgehen, da kannst du einige von ihnen lebend sehen.« Ihr Ton war spaßig und unnatürlich.

»Sie meint Füchse«, sagte Onkel Bill zu Nile. »Wie die, aus denen dein Mantel ist.« Er sagte zu uns: »Ich glaube nicht, daß sie überhaupt weiß, daß Pelze von Tieren stammen. Sie denkt wohl, man stellt sie einfach im Laden her!« Nile sah dabei erstaunt und unglücklich aus wie jemand, der nie auch nur von fremden Ländern gehört hat und plötzlich fortgetragen und in einem solchen abgesetzt wird, wo alle um ihn herum eine Sprache sprechen, von der er nie geträumt hat. Anpassungsfähigkeit konnte keine ihrer Stärken sein. Warum auch? Es würde ihre Vollkommenheit in Frage stellen. Sie war vollkommen und jünger, als ich zuerst gedacht hatte, vielleicht erst zwei- oder dreiundzwanzig; ihre Haut war ohne Makel, wie eine rosa Teetasse; ihr Mund hätte aus burgunderfarbigem Samt ausgeschnitten und aufgeklebt sein können. Ihr Duft war unmenschlich süß, und ihre Fingernägel – ich sah dies mit Schrecken, Freude und leichtem Zweifel, als ob sie vielleicht zu weit gegangen wäre – waren *grün* lackiert, so daß sie zu ihrer Kleidung paßten.

»Es ist ein sehr schöner Mantel«, sagte meine Mutter, jetzt mit mehr Würde.

Onkel Bill schaute sie bedauernd an. »Dein Mann wird in dieser Branche nie Geld machen, Addie, es wird alles von Juden kontrolliert. Na, hast du so etwas wie eine Tasse Kaffee im Haus? Damit ich und meine kleine Frau uns aufwärmen können?« Die Schwierigkeit war, daß wir dies eben nicht hatten. Meine Mutter und Fern Dogherty tranken Tee, der billiger war, und morgens Ersatzkaffee. Meine Mutter führte alle ins Eßzimmer, und Nile setzte sich, und meine Mutter sagte: »Möchtet ihr nicht eine heiße Tasse Tee? Mir ist der Kaffee ausgegangen.«

Onkel Bill nahm das leicht. Keinen Tee, sagte er, aber wenn sie keinen Kaffee im Haus habe, werde er welchen holen. »Habt ihr irgendwelche Lebensmittelgeschäfte in dieser Stadt?« sagte er zu mir. »Ihr müßt doch ein oder zwei Lebensmittelgeschäfte in dieser Stadt haben. Eine so große Stadt, sie hat sogar Straßenlaternen, ich habe es gesehen. Du und ich, wir werden uns ins Auto setzen und losfahren und ein paar Lebensmittel kaufen und diese beiden Schwägerinnen alleinlassen, damit sie sich kennenlernen.«

Neben ihm schwebte ich in seinem großen creme- und schokoladenfarbenen, sauber riechenden Auto die River Street hinunter, die Mason Street hinunter, die Hauptstraße von Jubilee hinunter. Wir parkten vor dem Red Front-Laden hinter einem Schlittengespann.

»Das ist ein Lebensmittelgeschäft?«

Ich legte mich nicht fest. Angenommen, ich sagte ja, und dann gab es nichts von den Dingen, die wir wollten?

»Kauft deine Mama hier ein?«

»Manchmal.«

»Dann denke ich, muß es auch gut genug für uns sein.«

Von diesem Wagen aus sah ich das Schlittengespann mit den Futtersäcken und das Lebensmittelgeschäft und die ganze Straße anders. Jubilee schien nicht einmalig und dauerhaft, wie ich gedacht hatte, sondern eher dürftig und schäbig; es konnte gerade angehen.

Das Geschäft war eben in einen Selbstbedienungsladen umgewandelt worden, den ersten in der Stadt. Die Zwischengänge waren zu eng für Karren, aber es gab Körbe, die man über dem Arm trug. Onkel Bill wollte eine Karre. Er fragte, ob es andere Läden in der Stadt gebe, wo Karren zur Verfügung standen, und man sagte ihm, es gebe keine. Als das klargestellt war, ging er die Gänge auf und ab und nannte laut die Namen der Waren. Er benahm sich, als ob sonst niemand in dem Geschäft wäre, als ob die Dinge nur zum Leben kämen, wenn er rief, um sie etwas zu fragen, als ob das ganze Geschäft nicht wirklich, sondern in dem Augenblick zusammengewürfelt worden wäre, in dem er sagte, er brauche eines.

Er kaufte Kaffee und Dosen mit Obst und Gemüse und

Käse und Datteln und Feigen und Puddingpulver und Makkaronifertiggerichte und Schokoladenpulver und Austern in Dosen und Sardinen. »Magst du das?« fragte er immer wieder. »Magst du das hier? Magst du Rosinen? Magst du Cornflakes? Magst du Eis? Schokolade? Magst du Schokolade am liebsten?« Schließlich hatte ich Angst, etwas anzusehen, weil er es sonst kaufen würde.

Er blieb vor dem Fenster von Selrite stehen, wo Kästen mit unverpackten Süßigkeiten standen. »Ich wette, du magst Süßigkeiten. Was willst du haben? Lakritze? Fruchtgelee? Kandierte Erdnüsse? Wir wollen eine Mischung nehmen, wir wollen alle drei nehmen. Wird dich das nicht durstig machen, all diese kandierten Erdnüsse? Wir holen besser noch Brause.«

Das war noch nicht alles. »Habt ihr einen Bäckerladen in dieser Stadt?« sagte er, und ich führte ihn zu McArters Bäkkerei, wo er zwei Dutzend Buttertörtchen und zwei Dutzend Krapfen mit Zuckerglasur und Nüssen und einen Kokoskuchen kaufte, der sicher fünfzehn Zentimeter hoch war. Das war genau wie in einer kindischen Geschichte, die ich zu Hause hatte, in der ein kleines Mädchen es erreicht, daß seine Wünsche erfüllt werden, eine Woche lang jeden Tag einer, und es sich natürlich herausstellt, daß das alles sie nur elend macht. Ein Wunsch war, daß sie alles bekommen sollte, was sie sich je zu essen gewünscht hatte. Ich suchte mir gewöhnlich die Stelle heraus und las die Beschreibung der Lebensmittel immer wieder, nur zum Vergnügen, ohne auf die Strafen zu achten, die bald folgten und von übernatürlichen Mächten verhängt wurden, die immer auf der Ausschau nach Gefräßigkeit waren. Aber ich sah jetzt, daß zuviel wirklich zuviel sein konnte. Selbst Owen wäre am Ende von dieser idiotischen Freigebigkeit niedergedrückt worden, die das ganze bekannte System von Belohnungen und Freuden aus den Fugen brachte.

»Du bist wie ein Märchenonkel«, sagte ich zu Onkel Bill. Ich wollte, daß das unkindlich, leicht ironisch klingen sollte; auch wollte ich in dieser übertriebenen Weise die Dankbarkeit ausdrücken, die ich nicht ausreichend zu fühlen fürchtete. Aber er nahm es als einfachste Kindlichkeit und wiederholte es meiner Mutter, als wir nach Hause kamen.

»Sie sagt, ich bin ein Märchenonkel, aber ich mußte bar bezahlen!«

»Ja, ich weiß gar nicht, was ich mit all dem machen soll, Bill. Du wirst etwas davon mit heimnehmen müssen.«

»Wir sind noch nie von Ohio bis hierher gefahren, um unsere Lebensmittel einzukaufen. Räum sie weg. Wir brauchen sie nicht. Solange ich mein Schokoladeneis zum Nachtisch bekomme, kümmere ich mich nicht darum, was ich sonst habe oder nicht habe. Mein Leckermaul ist bisher noch nie enttäuscht worden. Aber ich habe etwas Gewicht verloren, weißt du. Ich habe seit dem letzten Sommer dreißig Pfund abgenommen.«

»Du bist deswegen noch lange nicht kriegsuntauglich.«

Meine Mutter nahm das Tischtuch mit den Tage alten Tee- und Ketchup-Flecken weg und legte ein frisches auf, eines, das sie das Madeira-Tuch nannte, das Glanzstück unter ihren Hochzeitsgeschenken.

»Du weißt, zu einer bestimmten Zeit war ich dick. Ich war ein mageres Baby. Als ich zwei Jahre alt war, wäre ich fast an Lungenentzündung gestorben. Mama hat mich durchgebracht, und sie fing an, mich zu füttern. Über lange Zeit hatte ich keinerlei Bewegung, und ich wurde dick. Mama«, sagte er mit einer düsteren Art von Überschwenglichkeit. »War sie nicht so etwas wie eine Heilige auf Erden? Ich sage Nile immer, sie hätte sie kennenlernen sollen.«

Meine Mutter warf Nile einen erschrockenen Blick zu (waren diese beiden Schwägerinnen miteinander bekannt geworden?), sagte aber nicht, ob sie das eine gute Idee fand.

Ich sagte zu Nile: »Möchtest du einen Teller mit Vögeln drauf oder den mit den Blumen?« Ich wollte sie einfach zum Reden bringen.

»Das ist mir gleich«, sagte sie zaghaft und schaute auf ihre grünen Fingernägel hinunter, als wären sie ein Talisman, der sie an diesem Ort festhalten könnte.

Meiner Mutter war es nicht gleich. »Stell Teller auf den Tisch, die zusammenpassen, wir sind nicht so verarmt, daß wir nicht eine Garnitur Teller besitzen.«

»Trägst du nilgrün, weil du Nile heißt?« sagte ich, immer noch ermunternd. »Ist das nilgrün?« Ich dachte, sie sei dumm, und bewunderte sie doch wahnsinnig, war dankbar für jedes kleine farblose Bröckchen von einem Wort, das sie fallenließ. Sie erreichte einen extremen Grad von weiblicher Dekorativität, vollkommener Künstlichkeit, von dem ich nicht einmal gewußt hatte, daß es so etwas gab; als ich sie sah, begriff ich, daß ich nie schön sein würde.

»Es ist nur ein Zufall, daß ich Nile heiße.« (Sie hätte sogar *Zerfall* gesagt haben können.) »Es war meine Lieblingsfarbe schon lange, bevor ich auch nur gehört hatte, daß nilgrün eine Farbe ist.«

»Ich wußte nicht, daß man grünen Nagellack kaufen kann.«

»Man muß ihn bestellen.«

»Mama hoffte, wir würden auf der Farm bleiben, so wie sie uns aufgezogen hatte«, sagte Onkel Bill, der seinen eigenen Gedanken nachging.

»Ich möchte niemandem wünschen, daß er auf einer solchen Farm leben muß. Man konnte da nicht einmal Vogelmiere anpflanzen.«

»Der finanzielle Aspekt ist nicht immer das einzige, Addie. Man ist der Natur näher. Ohne all das – du weißt, herumrennen, tun, was nicht gut für einen ist, fröhlich leben. Die Christenheit vergessen. Mama spürte, daß es ein gutes Leben war.«

»Was ist so gut an der Natur? Natur heißt nur, daß eins das andere frißt, auf der ganzen Linie. Natur ist nur ein Haufen Verschwendung und Grausamkeit, vielleicht nicht vom Gesichtspunkt der Natur aus, aber vom menschlichen Gesichtspunkt aus. Grausamkeit ist das Gesetz der Natur.«

»Aber ich meine es nicht so, Addie. Ich meine nicht wilde Tiere und all das. Ich meine unser Leben, das wir zu Hause hatten, wo wir nicht zuviel Komfort hatten, das will ich zugeben, aber wir hatten ein einfaches Leben und harte Arbeit und frische Luft und ein gutes geistiges Beispiel in unserer Mama. Sie starb jung, Addie. Sie starb unter Schmerzen.«

»Unter Betäubungsmitteln«, sagte meine Mutter. »Also hoffe ich, daß sie nicht unter Schmerzen starb.«

Während des Abendessens erzählte sie Onkel Bill davon, daß sie Enzyklopädien verkaufe.

»Ich habe letzten Herbst drei komplette verkauft«, das sagte sie, obwohl sie in Wirklichkeit nur eine verkauft hatte und noch an zwei recht vielversprechenden Fällen arbeitete. »Es ist jetzt Geld im Land, weißt du. Das kommt durch den Krieg.«

»Du wirst zu nichts kommen, wenn du bei den Farmern hausieren gehst«, sagte Onkel Bill, der tief über seinem Teller hing und stetig aß, wie es die alten Leute machen. »Was sagtest du, daß du verkaufst?«

»Enzyklopädien. Bücher. Es ist eine sehr schöne Reihe. Ich hätte meinen rechten Arm dafür gegeben, eine solche Buchreihe im Haus zu haben, als ich ein Kind war.« Das war vielleicht das fünfzigste Mal, daß ich sie diese Feststellung machen hörte.

»Du hast deine Ausbildung bekommen. Ich machte es ohne. Das hat mich nicht aufgehalten. Du wirst keine Bücher an die Farmer verkaufen. Sie haben zuviel Verstand. Sie halten ihr Geld fest. Das Geld liegt nicht in solchen Dingen. Das Geld liegt in Eigentum und Investitionen, wenn man weiß, was man tut.« Er begann eine lange Geschichte mit komplizierten Rückblenden und Korrekturen von Einzelheiten über den Kauf und Verkauf von Häusern. Kaufen, Verkaufen, Kaufen, Bauen, Gerüchte, Bedrohungen, Gefahren, Sicherheit. Nile hörte überhaupt nicht zu, sondern schob den Dosenmais auf ihrem Teller umher und spießte die Körner einzeln mit ihrer Gabel auf – ein kindisches Spiel, mit dem nicht einmal Owen durchgekommen wäre. Owen selbst sagte nicht ein Wort, sondern aß und hatte seinen Kaugummi auf dem Daumennagel; meine Mutter hatte es nicht bemerkt. Fern Dogherty war nicht da; sie war ins Kreiskrankenhaus gegangen, um ihre Mutter zu besuchen. Meine Mutter hörte ihrem Bruder mit einem Blick zu, der eine Mischung aus Mißbilligung und teilnahmsvoller Schlauheit war.

Ihr Bruder! Das war die Sache, die unverdauliche Tatsache. Dieser Onkel Bill war der Bruder meiner Mutter, der schreckliche fette Junge, so begabt für Grausamkeit, so schlau, schnell, teuflisch, so sehr zum Fürchten. Ich schaute ständig auf ihn und versuchte, den Jungen aus diesem gelblichen Mann herauszuschälen. Aber ich konnte ihn dort nicht finden. Er war verschwunden, erstickt, wie eine kleine gefleckte Schlange, einst giftig und flink, in einem Sack voll Mehl begraben wird.

»Denkst du noch an die Raupen, wie sie immer an die Wolfsmilch gingen?«

»Raupen?« sagte meine Mutter ungläubig. Sie stand auf und brachte einen kleinen Handfeger und eine Schaufel mit Messingstielen, auch ein Hochzeitsgeschenk. Sie begann die Krumen vom Tischtuch zu fegen.

»Sie kamen im Herbst an die Wolfsmilch. Sie sind hinter der Milch her, weißt du – dem Saft. Sie trinken ihn ganz aus und werden fett und schläfrig und gehen in ihren Kokon. Nun, sie fand eine, die auf der Wolfsmilch saß, und sie brachte sie ins Haus –«

»Wer?«

»*Mama* natürlich, Addie. Wer sonst würde sich die Mühe machen? Das war noch vor deiner Zeit. Sie fand also eine und nahm sie mit rein und setzte sie oben über der Tür hin, wo ich nicht dran konnte. Ich hätte nichts Böses im Sinn gehabt, aber ich war, wie eben Jungen sind. Sie ging in ihren Kokon und blieb den ganzen Winter über drin. Ich vergaß, daß sie da war. Dann saßen wir alle nach dem Essen am Ostersonntag da – Ostersonntag, aber draußen war ein Blizzard –, und Mama sagt: ›Schaut!‹ *Schaut,* sagt sie, also schauten wir, und oben über der Tür begann sich dieses Ding zu rühren. Es schabte den Kokon einfach ab, zog und arbeitete an der Innenseite, wurde müde und hörte auf und ging wieder an die Arbeit. Es brauchte eine halbe Stunde, vielleicht vierzig Minuten, und wir hörten nicht auf zuzusehen. Dann sahen wir den Schmetterling herauskommen. Es war, als ob der Kokon einfach nachgab, abfiel wie ein alter Lappen. Es war ein gelber Schmetterling, ein kleines geflecktes Ding. Seine Flügel waren ganz mit Wachs verklebt. Er mußte ziemlich arbeiten, um sie loszukriegen. Arbeitet an dem einen, macht ihn frei, schwingt ihn hoch. Arbeitet weiter am anderen. Kriegt ihn hoch, fliegt ein Stückchen. Mama sagt: ›Seht euch das an. Vergeßt es nie. Das habt ihr an Ostern gesehen.‹ Vergeßt es nie. Ich habe es jedenfalls nie vergessen.«

»Was wurde aus ihm?« sagte meine Mutter unbeteiligt.

»Das weiß ich nicht mehr. Wird nicht lange gedauert haben bei dem Wetter. Es war schon komisch anzusehen – arbeitet an dem einen Flügel, arbeitet weiter am anderen. Fliegt ein Stückchen. Das erste Mal, daß er seine Flügel gebrauchte.« Er lachte mit einem entschuldigenden Unterton, die erste und letzte Entschuldigung, die wir von ihm hören sollten. Aber dann schien er müde, auf unbestimmte Art enttäuscht, und faltete die Hände über dem Bauch, aus dem würdevolle, notwendige Verdauungsgeräusche drangen.

Das war in dem gleichen Haus. In dem gleichen Haus, in dem meine Mutter gewöhnlich das Feuer erloschen und ihre Mutter im Gebet vorfand, und wo sie Milch und Gurken zu sich nahm in der Hoffnung, in den Himmel zu kommen.

Onkel Bill und Nile blieben über Nacht, sie schliefen auf

der Couch im Vorderzimmer, die man ausziehen und in ein Bett verwandeln konnte. Niles lange, wohlduftende, marmorne Glieder lagen so nahe bei dem schwerfälligen Fleisch meines Onkels, in seinem Geruch. Ich stellte mir nichts weiter vor, was sie noch tun mochten, weil ich dachte, das jukkende, heiße Sexspiel gehöre zur Kindheit und sei bei anständigen Erwachsenen abgelegt, die ihre unwahrscheinliche Verbindung nur aufnahmen, um ein Kind zu zeugen.

Am Sonntagmorgen, sobald sie gefrühstückt hatten, fuhren sie weg, und wir haben keinen von ihnen je wiedergesehen. Ein paar Tage später schleuderte mir meine Mutter entgegen: »Dein Onkel Bill ist ein sterbender Mann.«

Es war fast Zeit zum Abendessen; sie kochte Würstchen. Fern war noch nicht von der Arbeit zurück. Owen war eben vom Hockey-Training gekommen und ließ seine Schlittschuhe und seinen Stock im Flur zu Boden fallen. Meine Mutter kochte die Würstchen immer, bis sie hart und glänzend und außen sehr dunkel waren; ich hatte sie nie anders gegessen.

»Er ist ein sterbender Mann. Er saß am Sonntagmorgen hier, als ich herunterkam, um den Kessel aufzusetzen, und er sagte es mir. Er hat Krebs.«

Sie fuhr fort, mit einer Gabel die Würstchen umzudrehen, und sie hatte das Kreuzworträtsel aus der Zeitung herausgerissen und halb gelöst auf dem Tisch liegen, der neben dem Herd stand.

Ich dachte an Onkel Bill, wie er in die Stadt fuhr und Buttertörtchen und Schokoladeneis und Kuchen kaufte und dann nach Hause kam und aß. Wie konnte er das?

»Er hatte immer großen Appetit«, sagte meine Mutter, als ob ihre Gedanken die gleichen Wege gingen, »und die Aussicht auf den Tod scheint ihn nicht verringert zu haben. Wer weiß? Vielleicht hätte er mit weniger Essen bis ins hohe Alter leben können.«

»Weiß es Nile?«

»Was macht es schon aus, was sie weiß. Sie hat ihn nur geheiratet, um versorgt zu sein. Sie wird gut dastehen.«

»Haßt du ihn immer noch?«

»Natürlich hasse ich ihn nicht«, sagte meine Mutter schnell und mit Zurückhaltung. Ich schaute auf den Stuhl, auf dem er gesessen hatte. Ich hatte Angst vor Ansteckung, nicht durch Krebs, sondern durch den Tod selbst.

»Er sagte mir, er habe mir in seinem Testament dreihundert Dollar vermacht.«

Was konnte man danach anderes tun, als in die Wirklichkeit zurückkehren?

»Wofür willst du sie ausgeben?«

»Es wird mir sicherlich etwas einfallen, wenn es soweit ist.«

Die Haustür ging auf, und Fern kam herein.

»Ich könnte immer noch eine Kiste voll Bibeln bestellen.«

Unmittelbar bevor Fern zu der einen und Owen zu der anderen Tür hereinkamen, war im Zimmer etwas wie das Herabblitzen eines Flügels oder eines Messers, ein Gefühl des Verletztseins, das sehr stark war, aber kurz und abgeschlossen, und langsam verging.

»Es gibt einen ägyptischen Gott mit vier Buchstaben«, sagte meine Mutter mit gerunzelter Stirn über dem Kreuzworträtsel, »von dem ich weiß, daß ich ihn kenne, und ich kann mich nicht darauf besinnen, und wenn es um mein Seelenheil ginge.«

»Isis.«

»Isis ist eine Göttin, ich staune über dich.«

Bald darauf begann der Schnee zu schmelzen; der Wawanash überflutete seine Ufer und riß Straßenschilder und Zaunpfähle und Hühnerställe mit sich und ging dann zurück; die Straßen wurden mehr oder weniger befahrbar, und meine Mutter war nachmittags wieder unterwegs. Eine der Tanten meines Vaters – es ist nie wichtig, welche von ihnen – sagte: »Jetzt wird ihr das Schreiben an die Zeitungen fehlen.«

Als wir in dem Haus am Ende der Flats Road lebten und bevor meine Mutter Auto fahren konnte, gingen sie und ich immer zu Fuß in die Stadt; die Stadt war Jubilee, eine Meile entfernt. Während meine Mutter die Tür abschloß, mußte ich zum Gartentor laufen und die Straße auf und ab schauen und mich vergewissern, daß niemand kam. Wer konnte schon dort sein, auf dieser Straße, abgesehen vom Briefträger und von Onkel Benny? Wenn ich verneinend den Kopf schüttelte, versteckte sie den Schlüssel unter dem zweiten Pfosten der Veranda, wo das Holz verrottet und eine kleine Höhlung entstanden war. Sie glaubte an Einbrecher.

Wenn wir dem Grenochsumpf, dem Wawanash und einigen entfernten Hügeln, die zum Teil kahl und zum Teil bewaldet waren und die ich, obwohl in geographischen Dingen nicht unwissend, manchmal tatsächlich für das Ende der Welt hielt, den Rücken kehrten, folgten wir der Flats Road, die hier nicht viel mehr war als zwei Radspuren, in der Mitte üppig mit Wegerich und Ackerhornkraut bewachsen. Meine Gedanken verweilten bei den Einbrechern. Ich sah sie vor mir, schwarz oder weiß, mit düsteren, konzentrierten Gesichtern und für ihren Beruf gekleidet. Ich stellte mir sie vor, wie sie irgendwo nicht zu weit entfernt warteten, vielleicht in den farnigen, feuchten Feldern längs des Sumpfes, wie sie warteten, in ihren Köpfen das exakte Wissen über unser Haus und alles, was darin war. Sie wußten von den Tassen mit den Schmetterlingshenkeln, goldbemalt; meiner Korallenkette, die ich für häßlich und kratzig hielt, die man mich aber als wertvoll anzusehen gelehrt hatte, da sie von meines Vaters Tante Helen auf ihrer Weltreise aus Australien geschickt worden war; einem silbernen Armband, das mein Vater vor ihrer Hochzeit für meine Mutter gekauft hatte; einer schwarzen Schale mit gemalten japanischen Figuren, sehr friedvoll anzusehen, ein Hochzeitsgeschenk; und dem grünlich-weißen Laokoon-Tintenfaß meiner Mutter, das sie für die besten Noten und ihre allgemeinen Leistungen bekommen hatte, als sie die High School abschloß – die Schlange war so kunstvoll um die drei männlichen Figuren gelegt, daß ich nie herausfinden konnte, ob marmorne Genitalien darunter waren oder nicht. Einbrecher waren auf solch[...] aus, das begriff ich, aber sie würden sich nicht rühren, denn, wir gaben ihnen durch unsere Sorglosigkeit Anla[ß] zu. Ihr Wissen, ihre Habgier ließen jeden Gegenstand seinem Wert und seiner Einmaligkeit bestätigt erscheinen.

Später begann ich natürlich an der Existenz von Einbrechern zu zweifeln oder wenigstens zu zweifeln, daß sie auf diese Weise vorgehen würden. Es war viel wahrscheinlicher, das sah ich ein, daß ihr Vorgehen zufällig und ihr Wissen unklar war, ihre Habgier ungerichtet, ihre Beziehung zu uns kaum mehr als zufällig. Ich konnte leichter den Fluß hinauf zum Sumpf gehen, als mein Glaube an sie verblaßt war, aber ich vermißte sie, ich vermißte noch eine ganze Zeitlang den Gedanken an sie.

Ich hatte nie ein so klares und unkompliziertes Bild von Gott gehabt wie von den Einbrechern. Meine Mutter war nicht recht bereit, von ihm zu sprechen. Wir gehörten – wenigstens mein Vater und seine Familie – der United Church in Jubilee an, und mein Bruder Owen und ich waren beide dort getauft worden, als wir Babys waren, was eine überraschende Schwäche oder Großzügigkeit von seiten meiner Mutter bewies; vielleicht hatte die Mutterschaft sie weich gemacht und verwirrt.

Die United Church war die modernste, die größte, die blühendste Kirche in Jubilee. Sie hatte zur Zeit der Kirchenunion all die früheren Methodisten und Kongregationalisten und ein gut Teil der Presbyterianer (das war die Familie meines Vaters gewesen) in sich aufgenommen. Es gab noch vier andere Kirchen in der Stadt, aber sie waren alle klein, alle verhältnismäßig arm, und nach den Maßstäben der United Church gingen sie alle ins Extrem. Die katholische Kirche war die extremste. Sie stand weiß und hölzern, mit einem einfachen Missionskreuz auf einem Hügel am Nordende der Stadt und bot besondere Gottesdienste für die Katholiken, die uns mit ihren Idolen und ihrer Beichte und ihren schwarzen Malen am Aschermittwoch bizarr und geheimnisvoll wie Hindus erschienen. In der Schule waren die Katholiken eine kleine, aber unerschrockene Gruppe, meist Iren, die nicht zum Religionsunterricht im Klassenzimmer blieben, sondern in das Untergeschoß gehen durften, wo sie auf die Heizungsrohre klopften. Es war schwer, ihre einfallslose Ungezogenheit mit ihrem exotischen, gefährlichen

Glauben in Übereinstimmung zu bringen. Die Tanten meines Vaters, meine Großtanten, wohnten gegenüber der katholischen Kirche und pflegten Späße darüber zu machen, daß man »mal eben zu einem bißchen Beichten hineinflitzte«, aber sie wußten, sie konnten es einem sagen, alles, was dort vor sich ging und kein Spaß mehr war, Babyskelette und erdrosselte Nonnen unter den Fußböden im Kloster, ja, fette Priester und Luxusweiber und die alten schwarzen Päpste. Es war alles wahr, sie hatten Bücher darüber. Alles wahr. Wie die Iren in der Schule, so schien auch das Kirchengebäude unangemessen zu sein; zu kahl und gewöhnlich und schlicht aussehend, um mit solcher Wollust und solchen Skandalen in Verbindung gebracht zu werden.

Die Baptisten waren ebenfalls extrem, aber in einer völlig harmlosen, etwas komischen Weise. Kein Mensch von einiger Bedeutung oder sozialem Rang ging in die Baptistenkirche, und so konnte jemand wie Pork Childs, der Kohle lieferte und für die Stadt den Müll einsammelte, dort eine einflußreiche Gestalt, ein Kirchenältester, werden. Baptisten durften nicht tanzen oder ins Kino gehen; Baptistenfrauen durften keinen Lippenstift tragen. Aber ihre Gesänge waren laut, fröhlich und optimistisch, und trotz der Nüchternheit ihres Lebens hatte ihre Religion mehr ganz gewöhnliche Heiterkeit an sich als irgendeine andere. Ihre Kirche stand nicht weit von dem Haus, das wir später in der River Street mieteten; sie war bescheiden, aber modern und scheußlich, denn sie war aus grauen Zementblöcken und hatte gerippte Glasfenster.

Die Presbyterianer waren Überbleibsel, Leute, die sich geweigert hatten, Unitarier zu werden. Sie waren meist ältlich und kämpften gegen das Hockey-Training am Sonntag, und sie sangen Psalmen.

Die vierte Kirche war die anglikanische, und niemand wußte oder sprach viel über sie. In Jubilee hatte sie nichts von dem Ansehen oder dem Geld, das ihr in Städten zukam, in denen ein Rest des alten Familienvertrags oder irgendeine Art militärischer oder sozialer Einrichtung bestand, um sie am Leben zu erhalten. Die Leute, die das Wawanash County besiedelten und Jubilee erbauten, waren schottische Presbyterianer, Kongregationalisten, Methodisten aus Nordengland.

Anglikaner zu sein galt deshalb als nicht fein wie an einigen anderen Orten, und es war nicht so interessant, wie Katholik oder Baptist zu sein, nicht einmal als Beweis einer hartnäckigen Überzeugung wie bei den Presbyterianern. Immerhin hatte die Kirche eine Glocke, die einzige Kirchenglocke in der Stadt, und das erschien mir etwas Wunderschönes für eine Kirche.

In der United Church waren die Kirchenbänke, aus blankem goldenem Eichenholz, in einer demokratischen fächerförmigen Anordnung aufgestellt, die Kanzel und der Chor im Herzen des Fächers. Es gab keinen Altar, nur einen mächtigen Aufbau von Orgelpfeifen. Die Farbglasfenster zeigten Christus, der nützliche Wunder vollbrachte (aber nicht die Verwandlung von Wasser in Wein), oder sie stellten Gleichnisse dar. An Kommunionssonntagen wurde der Wein in kleinen dicken Glasbechern auf Tabletts herumgereicht; es war, als ob man allen eine Erfrischung anbot. Und es war nicht einmal Wein, es war Grapefruitsaft. Das war die Kirche, die die Legion an einem bestimmten Sonntag besuchte, in Uniform; auch der Lions Club in seinen Hüten mit den purpurnen Troddeln. Ärzte, Rechtsanwälte, Kaufleute reichten das Tablett weiter.

Meine Eltern gingen selten in die Kirche. Mein Vater erschien in seinem ungewohnten Anzug ehrerbietig, aber verschlossen. Während des Gebets stützte er den Ellbogen auf das Knie, legte die Stirn in die Hand, schloß die Augen mit einem Ausdruck von Höflichkeit und Geduld. Meine Mutter andererseits schloß nie die Augen auch nur eine Minute lang und neigte kaum den Kopf. Sie saß da und schaute um sich, vorsichtig, aber unerschrocken wie ein Anthropologe, der das Verhalten eines primitiven Stammes beobachtet. Sie hörte der Predigt zu, kerzengerade aufgerichtet, mit leuchtenden Augen und kaute skeptisch an ihrem Lippenstift; ich fürchtete, sie könnte jeden Augenblick aufspringen und etwas in Frage stellen. Die Lieder sang sie ostentativ nicht mit.

Nachdem wir das Haus in der Stadt gemietet hatten, hatten wir eine Untermieterin, Fern Dogherty, die im Chor der United Church sang. Ich ging oft mit ihr in die Kirche und saß allein, das einzige Mitglied meiner Familie, das anwesend war. Die Tanten meines Vaters wohnten am anderen Ende der Stadt und machten den langen Weg nicht oft; der Gottesdienst wurde ja vom Rundfunksender in Jubilee übertragen.

Warum tat ich das? Zunächst wahrscheinlich, um meine Mutter zu ärgern, obwohl sie keine offenen Einwände äußerte, und um mich interessant zu machen. Ich konnte mir vorstellen, daß die Leute, wenn sie mich sahen, hinterher sagten: »Hast du das kleine Mädchen von Jordans gesehen, ganz allein, Sonntag um Sonntag?« Ich hoffte, die Leute würden von meiner Frömmigkeit und Beharrlichkeit fasziniert und gerührt sein, da sie ja den Glauben oder Nichtglauben meiner Mutter kannten. Manchmal dachte ich an die Bevölkerung von Jubilee nur wie an ein riesiges Publikum für mich; und in gewisser Weise war es auch so; für jeden, der dort lebte, war der Rest der Stadt Publikum.

Aber im zweiten Winter, den wir in der Stadt verlebten – dem Winter, als ich zwölf Jahre alt war –, hatten sich meine Motive geändert oder gefestigt. Ich wollte die Gottesfrage klären. Ich hatte Bücher über das Mittelalter gelesen; ich wurde mehr und mehr von der Glaubensidee gefesselt. Gott war immer eine Möglichkeit für mich gewesen; jetzt war ich das Opfer eines echten Verlangens nach ihm. Er war eine Notwendigkeit. Aber ich wünschte mir Sicherheit, den Beweis, daß er da war. Deswegen ging ich in die Kirche, aber das konnte ich niemandem sagen.

An nassen, windigen Sonntagen, Schneesonntagen, Halsschmerzsonntagen kam ich und saß erfüllt von dieser unsagbaren Hoffnung in der Kirche; daß Gott sich offenbaren würde, wenigstens mir, wie ein Dom aus Licht, ein strahlender und unbestreitbarer Glanz über den modernen Kirchenbänken; daß er plötzlich aufblühen würde wie ein Lilienfeld unter den Orgelpfeifen. Ich spürte, daß ich diese Hoffnung unbedingt aufrecht erhalten mußte; sie in der Leidenschaft eines Tons oder eines Wortes oder einer Geste zu enthüllen, wäre ebenso ungehörig gewesen wie ein Furz. Was während des ersten, mehr auf Gott gerichteten Teils des Gottesdienstes (die Predigt tendierte dazu, sich örtlichen Dingen zuzuwenden) in den Gesichtern der Leute hauptsächlich wahrnehmbar war, eine Art bindender Takt, war genau das, wogegen meine Mutter mit jenem verbissenen Blick verstieß, so als wollte sie kurzerhand unterbrechen und verlangen, alles müßte einen Sinn ergeben.

Die Frage, ob Gott existierte oder nicht, kam in der Kirche nie zur Sprache. Es ging nur darum, was er guthieß, oder gewöhnlich, was er nicht guthieß. Nach dem Segen entstand eine Bewegung, eine behagliche Befreiung in der Kirche, als ob alle gegähnt hätten, obwohl das natürlich niemand getan hatte, und die Leute standen auf und begrüßten einander in einer freudigen, erleichterten, beglückwünschenden Weise. Ich fühlte mich in solchen Augenblicken unruhig, erhitzt, schwer, verzagt.

Ich dachte nicht daran, mein Problem irgendeinem Gläubigen zu unterbreiten, nicht einmal Mr. McLaughlin, dem Pfarrer. Es wäre unausdenkbar peinlich gewesen. Zudem hatte ich Angst. Ich hatte Angst, der Gläubige könnte bei der Verteidigung seines Glaubens straucheln oder ihn definieren, und das würde ein Rückschlag für mich sein. Wenn es sich herausstellte, daß Mr. McLaughlin keinen festeren Zugriff zu Gott hatte als ich, wäre das eine ungeheure, wenn auch nicht vollkommene Entmutigung. Ich zog es vor zu glauben, daß sein Zugriff gut war, und probierte es nicht aus.

Ich dachte jedoch daran, mein Problem in eine andere Kirche zu tragen, in die Anglikanische Kirche. Es war wegen der Glocke und weil ich neugierig war, wie eine andere Kirche von innen aussah und wie sie es dort machten, und die Anglikanische war die einzige, in der man es versuchen konnte. Natürlich sagte ich niemandem, was ich tat, sondern ging mit Fern Dogherty bis zu den Stufen der United Church, wo wir uns trennten, sie, um außen herum in die Sakristei zu gehen und ihr Chorkleid anzuziehen. Als sie außer Sicht war, drehte ich mich um und ging quer durch die Stadt zurück und kam zur Anglikanischen Kirche, der Einladung der Glocke folgend. Ich hoffte, daß mich niemand sah. Ich ging hinein.

Vor dem Haupttor war ein Windfang errichtet. Dann folgte ein kleiner Vorraum mit einem braunen Läufer, Gesangbücher auf dem Fensterbrett aufgestapelt. Ich betrat den Kirchenraum.

Es gab offenbar keinen Ofen, nur einen Heizlüfter neben der Tür, der seinen gleichmäßigen häuslichen Lärm hören ließ. Ein Stück des gleichen braunen Läufers bedeckte den hinteren Teil und den Mittelgang; sonst gab es nur den bloßen Holzboden, der nicht lackiert oder gestrichen war, ziemlich breite Bretter, die gelegentlich unter den Füßen federten. Sieben oder acht Kirchenbänke auf jeder Seite, nicht mehr. Zwei Chorstühle im rechten Winkel zu den Bänken, eine Tretorgel auf der einen Seite und die Kanzel –

ich wußte zuerst nicht, was das war – auf der anderen Seite. Dahinter ein Geländer, eine Stufe nach oben, ein winziger Altarraum. Auf dem Boden des Altarraums lag ein alter Wohnzimmerteppich. Außerdem stand dort ein Tisch mit zwei silbernen Kerzenleuchtern, ein mit Stoff ausgelegter Kollektenteller und ein Kreuz, das aussah, als sei es mit Silberpapier überzogene Pappe, Theaterkronen. Über dem Tisch hing eine Reproduktion des Holman-Hunt-Bildes von Christus, der an die Tür klopft. Ich hatte dieses Bild vorher nie gesehen. Der Christus darauf unterschied sich in geringer, aber wesentlicher Weise von dem wunderwirkenden Christus auf dem Fenster der United Church. Er sah königlicher und tragischer aus, und der Hintergrund, auf dem er erschien, war düsterer und reicher, irgendwie heidnischer oder wenigstens mediterran. Ich war gewohnt, ihn sanft und hirtenhaft auf Pastellbildern in der Sonntagsschule zu sehen.

Insgesamt waren etwa ein Dutzend Leute in der Kirche. Da war Dutch Monk, der Metzger, und seine Frau und seine Tochter Gloria, die in der fünften Klasse war. Sie und ich waren die einzigen unter vierzig. Und ein paar alte Frauen. Ich kam gerade noch rechtzeitig. Die Glocke hatte aufgehört zu läuten, und die Orgel begann ein Lied zu spielen, und der Pfarrer trat durch die Seitentür, die zur Sakristei führen mußte, und stellte sich vor den Chor, der aus drei Frauen und zwei Männern bestand. Er war ein rundköpfiger, fröhlich blickender junger Mann, den ich nie zuvor gesehen hatte. Ich wußte, daß die Anglikanische Kirche sich keinen eigenen Pfarrer leisten konnte und ihn mit Porterfield und Blue River teilte; er muß in einem dieser Orte gewohnt haben. Er trug Schneestiefel unter seinen Gewändern.

Er hatte einen englischen Akzent. *Innig geliebte Mitbrüder, die Schrift führt uns an mannigfaltige Orte, um unsere zahlreichen Sünden und Bosheiten zu gestehen und zu bekennen ...*

An jeder Bank war ein Brett, auf das man sich knien konnte. Alle glitten nach vorn, öffneten raschelnd ihre Gebetbücher, und als der Pfarrer geendet hatte, begannen alle, etwas zu erwidern. Ich sah das Gebetbuch durch, das ich auf dem Brett vor mir gefunden hatte, aber ich konnte die Stelle nicht finden, also gab ich es auf und hörte zu. Auf der anderen Seite des Mittelganges, eine Bank vor mir saß eine große knochige alte Frau mit einem schwarzen Samtturban. Sie hatte ihr Gebetbuch nicht geöffnet, sie brauchte es nicht. Aufrecht kniend, das kalkige wolfsartige Profil himmelwärts gerichtet – es erinnerte mich an das Profil auf dem Bildnis eines Kreuzfahrers in der Enzyklopädie zu Hause –, führte sie all die anderen Stimmen der Gemeinde an, beherrschte sie regelrecht, so daß sie nicht mehr waren als ein undeutlicher Hintergrund für ihre Stimme, die laut, schwermütig, melodisch, trauervoll frohlockend klang:

»... die Dinge ungetan ließen, die wir hätten tun sollen, und wir haben die Dinge getan, die wir nicht hätten tun sollen; und es ist kein Heil in uns. Aber du, o Herr, habe Erbarmen mit uns elenden Sündern. Schone du, o Gott, die, die ihre Fehler bekennen. Erwecke du die, welche bußfertig sind; nach deinen Verheißungen, die du der Menschheit in Jesus Christus, unserem Herrn, gegeben hast ...«

Und so ging es weiter, und der Pfarrer nahm es auf mit seiner schönen, versöhnlichen, wenn auch etwas maßvolleren englischen Stimme, und dieser Dialog ging weiter, stetig schreitend, steigend und fallend, immer voll Vertrauen, mit lebhafter Gemütsbewegung, die sicher in die höchst gewählten Gänge der Sprache eingebettet war, und er vereinigte sich schließlich in vollkommener Ruhe und Versöhnung.

»Herr, erbarme dich unser.
Christus, erbarme dich unser.
Herr, erbarme dich unser.«

Hier war also etwas, was ich nicht gewußt hatte, dessen Existenz ich aber immer vermutet haben mußte, was all diese Methodisten und Kongregationalisten und Presbyterianer angstvoll getilgt hatten – das Theatralische in der Religion. Von Anfang an war ich höchst erfreut. Viele Dinge gefielen mir – das Niederknien auf dem harten Brett, das Aufstehen und das erneute Niederknien und das Beugen des Kopfes zum Altar hin, wenn der Name Jesu erwähnt wurde, das Aufsagen des Glaubensbekenntnisses, das ich wegen seiner Litanei seltsamer herrlicher Dinge liebte, an die man glauben sollte. Ich mochte die Vorstellung, Jesus manchmal *Jesu* nennen zu können; es ließ ihn königlicher und magischer klingen, wie einen Zauberer oder einen indianischen Gott; ich mochte das IHS auf der Fahne an der Kanzel, einem opulenten, altertümlichen, bereits fadenscheinigen Stück. Die Armut, Kleinheit, Schäbigkeit und Kahlheit der Kirche gefiel mir, dieser Geruch nach Moder oder Mäusen, der dünne Gesang des Chors, die Versunkenheit der Andächtigen. *Wenn sie hier sind*, so empfand ich es, *dann ist wahrscheinlich alles wahr.* Ein Ritual, das unter anderen Umständen völlig künstlich, leblos erschienen wäre, hatte hier so etwas wie verzweifelte Würde. Der Reichtum der Worte gegenüber der Armut des Ortes. Wenn ich auch nicht richtig die Spur Gottes aufnehmen konnte, so konnte ich doch wenigstens die Spur seiner Macht in alten Zeiten aufnehmen, seiner wirklichen Macht, nicht dessen, was ihm heute in der United Church zuteil wurde; ich konnte mich seiner verblaßten biblischen Vorherrschaft erinnern, seines wunderbaren zerfallenden Fest- und Heiligenkalenders. Da waren sie in dem Gebetbuch, ich öffnete es zufällig an der Stelle – die Festtage der Heiligen. Hielt sie irgend jemand ein? Heiligenfeste ließen mich an völlig andere Orte als Jubilee denken – offene Scheunen und halb aus Holz gebaute Bauernhäuser und Angelusläuten und Kerzen, eine Prozession von Nonnen im Schnee, Klostergänge, ganz still, eine Welt der Gobelins, sicher im Glauben. Sicherheit. Wenn Gott entdeckt oder zurückgeholt werden konnte, würde alles sicher sein. Dann würden Dinge zu sehen sein, die ich sah – und sei es nur die glanzlose Maserung des Holzfußbodens, die Fenster aus gewöhnlichem Glas, die mit dünnen Zweigen und Schneehimmel ausgefüllt waren – und der seltsame, angstvolle Schmerz, daß einfaches Sehen die Dinge erschaffen könnte, würde vorbei sein. Es schien mir ganz klar, daß dies die einzige Art war, wie die Welt existieren konnte, *die einzige Art, wie sie existieren konnte* – wenn all diese Atome, die Galaxien von Atomen, allezeit beständig waren und sich in Gottes Geist bewegten. Wie konnten die Menschen ruhen, wie konnten sie auch nur weiter atmen und leben, wenn sie dessen nicht sicher waren? Sie taten es, also mußten sie sicher sein.

Was war mit meiner Mutter? Da sie meine Mutter war, zählte sie eigentlich nicht. Aber wenn man sie festnagelte, würde selbst sie sagen, ja, oh, ja, es muß etwas da sein – irgendein *Entwurf*. Aber es nütze nichts, die Zeit mit Nachdenken darüber zu verschwenden, warnte sie, weil wir es doch niemals verstehen könnten; es gab schon reichlich genug zum Nachdenken, wenn wir den Versuch unternahmen, mal das Leben hier zu verbessern; wenn wir tot wären, würden wir auch das Übrige verstehen, wenn es ein Übriges gab.

Nicht einmal sie war bereit, *Nichts* zu sagen und sich selbst und jeden Stock und Stein und jede Feder auf der Welt frei in dieser gähnenden hoffnungslosen Dunkelheit treiben zu sehen. Nein.

Der Gedanke an Gott stand für mich nicht in Zusammenhang mit dem Gedanken, gut zu sein, was vielleicht seltsam ist, wenn man an all das denkt, was ich über Sünde und Gottlosigkeit mit anhörte. Ich glaubte daran, daß man durch den Glauben allein gerettet würde, durch irgendeinen großen Zugriff der Seele. Aber wollte ich wirklich, *wollte ich wirklich, daß mir das geschah?* Ja und nein. Ich wollte zwar, daß es geschah, aber ich sah ein, daß es ein Geheimnis bleiben mußte. Wie könnte ich sonst weiter in Jubilee leben, mit meiner Mutter und meinem Vater und Fern Dogherty und meiner Freundin Naomi und allen anderen?

Der Pfarrer sprach an der Tür in flottem Ton mit mir.

»Nett, die gutaussehenden jungen Damen an diesem eisigen Morgen außer Haus zu sehen.«

Ich hatte Schwierigkeiten, ihm die Hand zu schütteln, denn ich hatte ein gestohlenes Gebetbuch unter dem Mantel, eingeklemmt von meinem abgewinkelten Arm.

»Ich hab dich in der Kirche nicht gesehen«, sagte Fern. Der anglikanische Gottesdienst war kürzer als unserer, sparte bei der Predigt, so daß ich Zeit hatte, zu den Stufen der United Church zurückzukehren, um sie beim Herauskommen zu treffen.

»Ich war hinter einer Säule.«

Meine Mutter wollte wissen, wovon die Predigt gehandelt hatte.

»Frieden«, sagte Fern. »Und die Vereinten Nationen. Und so weiter und so fort.«

»Frieden«, sagte meine Mutter scherzhaft. »Nun, ist er dafür oder dagegen?«

»Er ist voll und ganz für die Vereinten Nationen.«

»Ich nehme an, dann ist es Gott auch. Was für eine Erleichterung. Noch vor kurzer Zeit waren er und Mr.

McLaughlin ganz und gar für den Krieg. Sie sind ein unbeständiges Paar.«

Als ich in der folgenden Woche mit meiner Mutter in Walkers Laden war, kam die große alte Dame mit dem schwarzen Turban vorbei und sprach mit ihr, und ich hatte Angst, sie würde sagen, daß sie mich in der anglikanischen Kirche gesehen habe, aber sie sagte nichts.

Meine Mutter bemerkte zu Fern Dogherty: »Ich habe heute die alte Mrs. Sherriff in Walkers Laden gesehen. Sie hat immer noch den gleichen Hut. Er erinnert mich an den Helm eines englischen Bobbys.«

»Sie kommt ständig ins Postamt und macht eine Szene, wenn ihre Zeitung nicht um drei Uhr da ist«, sagte Fern. »Sie ist unmöglich.«

Dann erfuhr ich aus einem Gespräch zwischen Fern und meiner Mutter, während meine Mutter erfolglos versuchte, mich aus dem Zimmer zu schicken – das war für sie eine Art Formsache, wie ich glaubte, denn wenn sie mir erst gesagt hatte, ich sollte gehen, kümmerte sie sich nicht darum, ob ich auch ging –, daß Mrs. Sherriff groteske Zustände in ihrer Familie gehabt hatte, die entweder aus einem gewissen Grad von Exzentrizität und Verrücktheit bei ihr selbst entstanden waren oder erst dazu geführt hatten. Ihr ältester Sohn starb an Trunksucht, ihr zweiter Sohn war immer wieder in der Anstalt (so wurde die Nervenklinik in Jubilee normalerweise genannt), und ihre Tochter hatte Selbstmord begangen, sie hatte sich im Wawanash ertränkt. Ihr Mann? Er besitze einen Kurzwarenladen und sei eine Säule der Gemeinde, sagte meine Mutter trocken. Vielleicht habe er Syphilis, schlug Fern vor, und habe sie weitervererbt, sie greife das Gehirn in der zweiten Generation an, alles Heuchler, diese alten Knaben mit den steifen Kragen. Meine Mutter sagte, Mrs. Sherriff habe noch viele Jahre die Kleider ihrer toten Tochter im Haus und bei der Gartenarbeit getragen, bis sie sie verschlissen hatte.

Eine andere Geschichte: Einmal hatte der Red-Front-Laden vergessen, ein Pfund Butter zu ihrer Bestellung zu legen, und sie war dem Ladenjungen mit einem Beil nachgelaufen.

Christus, erbarme dich unser.

In der gleichen Woche tat ich etwas Gemeines. Ich bat Gott, sich selbst zu beweisen, indem er ein Gebet erhörte. Das Gebet hatte mit etwas zu tun, das »Hauswirtschaftskunde« hieß, die wir einmal wöchentlich, am Donnerstagnachmittag, in der Schule hatten. In Hauswirtschaftskunde lernten wir stricken und häkeln und sticken und mit der Maschine nähen, und alles, was wir machten, wurde noch unmöglicher als das Vorhergehende; meine Hände wurden glitschig vom Schweiß, und der Raum mit seinen drei altertümlichen Nähmaschinen und seinen Zuschneidetischen und den abgenutzten Schneiderpuppen sah für mich wie eine Folterkammer aus. Und so war es auch. Mrs. Forbes, die Lehrerin, war eine fette kleine Frau mit dem angemalten Gesicht einer Zelluloidpuppe, und zu den meisten Mädchen war sie reizend. Aber meine Dummheit, meine plumpen, ungeschickten Hände, die das schmutzige Taschentuch zerknüllten, das ich säumen sollte, oder die schlampige Häkelei versetzten sie in rasenden Zorn.

»Sieh dir diese schauderhafte Arbeit an, schauderhafte Arbeit! Ich habe von dir gehört, du denkst, du bist so schlau mit deinem guten Gedächtnis (ich war berühmt dafür, daß ich Gedichte schnell auswendig lernte), und hier machst du Stiche, deren sich jede Sechsjährige schämen würde!«

Jetzt mußte ich versuchen zu lernen, wie man die Nadel einer Nähmaschine einfädelt. Und ich konnte es nicht. Wir machten Schürzen mit applizierten Tulpen. Einige Mädchen hatten die Tulpen schon fertig oder nähten den Saum, und ich hatte noch nicht einmal das Taillenband angenäht, weil ich die Nadel nicht einfädeln konnte, und Mrs. Forbes sagte, sie werde es mir nicht noch einmal zeigen. Es nütze ja doch nichts, wenn sie es mir zeigte; ihre schnellen Hände vor meinen Augen verblüfften und blendeten und lähmten mich mit ihren Blitzen der Verachtung.

Also betete ich: Bitte, mach, daß ich am Donnerstagnachmittag nicht die Nähmaschine einfädeln muß. Ich sagte mir das mehrere Male im Kopf vor, schnell, ernsthaft, nüchtern, als ob ich eine Zauberformel ausprobierte. Ich verlegte mich auf keinerlei besonderes Bitten oder Feilschen. Ich bat nicht um etwas Außergewöhnliches wie vielleicht einen Brand im Hauswirtschaftsraum oder daß Mrs. Forbes auf der Straße ausrutschen und sich ein Bein brechen solle; nichts als einen kleinen, unbedeutenden Eingriff.

Nichts geschah. Sie hatte mich nicht vergessen. Zu Beginn der Stunde wurde ich an die Maschine geschickt. Ich saß da und versuchte herauszufinden, wo ich den Faden hinstecken mußte – ich hatte keine Hoffnung, die richtige Stelle zu finden, sondern steckte ihn nur irgendwohin, um zu zeigen, daß ich es versuchte –, und sie kam und stand hinter mir und schnaufte angeekelt; wie gewöhnlich begannen meine Beine zu zittern, und sie zitterten so sehr, daß ich das Pedal in Bewegung setzte und die Maschine zu laufen begann, leicht, ohne Faden.

»Es ist gut, Del«, sagte Mrs. Forbes. Ich war erstaunt über ihre Stimme, die nicht freundlich war, sicher, aber auch nicht ärgerlich, nur abgekämpft.

»Ich sagte, es ist gut. Du kannst aufstehen.«

Sie nahm die Teile der Schürze auf, die ich verzweifelt zusammengeheftet hatte, knüllte sie zusammen und warf sie in den Papierkorb.

»Du kannst nicht nähen lernen«, sagte sie, »ebensowenig wie jemand, der unmusikalisch ist, singen lernen kann. Ich habe es versucht, und ich gebe mich geschlagen. Komm mit mir.« Sie gab mir einen Besen. »Wenn du weißt, wie man fegt, möchte ich, daß du dieses Zimmer ausfegst und den Kehricht in den Papierkorb wirfst und daß du dafür verantwortlich bist, daß der Boden sauber ist, und wenn du das nicht tust, kannst du an dem Tisch hier hinten sitzen und – und Gedichte auswendig lernen, meinetwegen.«

Ich war schwach vor Erleichterung und Freude, trotz der öffentlichen Schande, an die ich gewöhnt war. Ich fegte gewissenhaft den Boden und nahm dann mein Bibliotheksbuch über Mary, Königin von Schottland, und las, in Ungnade, aber erleichtert, allein im Hintergrund des Raumes. Ich dachte zuerst, das Geschehene sei einfach übernatürlich, eine Antwort auf mein Gebet. Aber bald begann ich nachzudenken; angenommen, ich hätte nicht gebetet, angenommen, es wäre sowieso geschehen? Ich hatte keine Möglichkeit, das zu wissen; es gab keine Kontrolle für mein Experiment. Von Minute zu Minute wurde ich störrischer, undankbar. Wie konnte ich sicher sein? Und sicherlich war es auch eher kleinlich, eher augenfällig von Gott, daß er sich so schnell mit einem so alltäglichen Anliegen befaßte? Es war fast, als ob er prahlen wollte. Ich wünschte, er würde auf geheimnisvollere Weise vorgehen.

Ich wollte es jemandem erzählen, konnte es aber Naomi nicht sagen. Ich hatte sie gefragt, ob sie an Gott glaube, und sie hatte umgehend und verächtlich gesagt: »Ja natürlich, ich bin nicht wie deine alte Dame. Denkst du, ich will in die Hölle kommen?« Ich erörterte es nie mehr mit ihr.

Ich wählte meinen Bruder Owen aus, um es zu erzählen. Er war drei Jahre jünger als ich. Früher einmal war er leicht zu beeindrucken und vertrauensvoll gewesen. Draußen auf der Farm hatten wir einmal eine Hütte aus alten Brettern, in der wir Haushalt spielten, und er saß auf dem Ende eines Bretts, und ich servierte ihm Ebereschenbeeren und sagte ihm, es seien seine Cornflakes. Er aß sie alle auf. Während er noch aß, fiel mir ein, daß sie giftig sein könnten, aber ich sagte es ihm nicht, wegen meines eigenen Prestiges und wegen der Wichtigkeit des Spiels, und später entschloß ich mich vorsichtigerweise, es niemand anderem zu erzählen. Jetzt hatte er Schlittschuhlaufen gelernt und ging zum Hockey-Training und lehnte sich über das Treppengeländer und spuckte mir auf den Kopf, ein ganz gewöhnlicher Junge.

Aber es gab noch Winkel, aus denen er zerbrechlich und jung aussah, Ziele und Wünsche, die mir verloren und hoffnungslos erschienen. Er ließ sich auf Wortwechsel ein. Das war die Art meiner Mutter, die sich hier in ihm zeigte, ihre grenzenlose Bereitschaft, Herausforderungen und Versprechen von der Welt draußen anzunehmen. Er glaubte an Preise; Teleskope, durch die er die Krater auf dem Mond sehen konnte, Zauberkästen, mit denen er Sachen verschwinden lassen konnte, Chemiebaukästen, die es ihm möglich machen würden, Sprengstoffe herzustellen. Er wäre ein Alchimist geworden, wenn er davon gewußt hätte. Jedoch er war nicht religiös.

Er saß auf dem Fußboden seines Zimmers und schnitt kleine Papp-Hockeyspieler aus, die er in Mannschaften aufstellen und gegeneinander spielen lassen wollte; solche gottgleichen Spiele spielte er mit zitternder Hingabe, und dann schien er mir eine Welt zu bewohnen, die so weit von meiner eigenen (der wirklichen) entfernt war, einer so belanglosen, herzzerbrechend nichtigen Welt mit ihren Enttäuschungen.

Ich saß hinter ihm auf dem Bett.

»Owen.«

Er antwortete nicht; wenn er bei seinen Spielen war, wollte er nie jemanden um sich haben.

»Was meinst du, was einem passiert, wenn man stirbt?«

»*Ich* weiß es nicht«, sagte er rebellisch.

»Glaubst du, daß Gott unsere Seele lebendig erhält? Weißt du, was deine Seele ist? Glaubst du an Gott?«

Owen wandte den Kopf und warf mir einen ertappten Blick zu. Er hatte nichts zu verbergen, nichts zu zeigen als die Gleichgültigkeit seines reinen Herzens.

»Du solltest besser an Gott glauben«, sagte ich. »Hör zu.« Ich erzählte ihm von meinem Gebet und von der Hauswirtschaftskunde. Er hörte unglücklich zu. Das Verlangen, das ich verspürte, war nicht in ihm. Es machte mich ärgerlich, dies zu entdecken; er schien verwirrt, wehrlos, aber robust wie ein harter Gummiball. Er würde zuhören, wenn ich darauf bestand, mir zustimmen, wenn ich darauf bestand, aber in seinem Herzen, dachte ich, schenkte er mir keinerlei Aufmerksamkeit. Dummheit.

Von da an schüchterte ich ihn oft in dieser Weise ein, wenn ich ihn allein erwischte. *Erzähle es Mutter nicht,* sagte ich. Er war alles, was ich hatte, um meinen Glauben zu erproben; ich mußte jemanden haben. Dieser tiefgehende Mangel an Interesse, die Befriedigung, die er aus einer Welt ohne Gott zu ziehen schien, waren etwas, was ich wirklich nicht ertragen konnte und worauf ich immer wieder loshämmerte; ich dachte auch, weil er jünger war und so lange unter meiner Gewalt gestanden hatte, habe er eine Verpflichtung, mir zu folgen; bei ihm war die fehlende Anerkennung ein Zeichen der Empörung.

In meinem Zimmer las ich, bei geschlossener Tür, im Gebetbuch.

Manchmal wenn ich auf der Straße ging, schloß ich die Augen (so wie Owen und ich es zu tun pflegten, wenn wir Blindsein spielten) und sagte zu mir – mit gerunzelter Stirn, betend –: »Gott. Gott. *Gott.*« Dann stellte ich mir ein paar flüchtige Sekunden lang eine dichte helle Wolke vor, die auf Jubilee herabsank und sich um meinen Schädel legte. Aber meine Augen öffneten sich voll Schreck wieder; ich war außerstande, dies in mich einzulassen oder mich herauszulassen. Auch hatte ich Angst, in etwas hineinzustolpern, gesehen zu werden, mich zum Narren zu machen.

Karfreitag kam. Ich wollte fortgehen. Meine Mutter kam in den Flur und sagte: »Wozu hast du deine Baskenmütze auf?«

Es war Zeit, Stellung zu beziehen. »Ich gehe in die Kirche.«

»Es ist kein Gottesdienst.«

»Ich gehe in die anglikanische Kirche. Sie haben dort Gottesdienst am Karfreitag.«

Meine Mutter mußte sich auf die Stufen setzen. Sie warf mir einen Blick zu, der so suchend, blaß, aufgebracht war wie der, mit dem sie mich ein Jahr zuvor gemustert hatte, als sie in meinem Schmierheft eine Zeichnung von einer fetten nackten Frau mit Ballonbrüsten und einem großen, verkleckten, sprießenden Nest von Schamhaaren fand, die Naomi und ich gemacht hatten.

»Weißt du, woran der Karfreitag erinnern soll?«

»Kreuzigung«, sagte ich kurz und bündig.

»Das ist der Tag, an dem Christus für unsere Sünden gestorben ist. So sagt man uns. Also. Glaubst du das?«

»Ja.«

»Christus ist für unsere Sünden gestorben«, sagte meine Mutter und sprang auf. Im Flurspiegel schaute sie angriffslustig auf ihr eigenes verschwommenes Gesicht. »Gut, gut, *gut.* Erlöst durch das Blut. Das ist eine wunderbare Vorstellung. Da kannst du genausogut die Azteken nehmen, die lebende Herzen herausschnitten, weil sie glaubten, die Sonne würde nicht mehr auf und untergehen, wenn sie das nicht täten. Das Christentum ist nicht besser. Was hältst du von einem Gott, der nach Blut verlangt? Blut, Blut, Blut. Hör dir ihre Gesänge an, sie handeln von nichts anderem. Was ist mit einem Gott, der nicht zufrieden ist, bis er jemand am Kreuz hängen hat, sechs Stunden, neun Stunden oder wieviel es waren? Wenn ich Gott wäre, wäre ich nicht so blutdürstig. Normale Menschen wären nicht so blutdürstig. Ich rechne Hitler nicht mit. Vielleicht waren sie es zu einer bestimmten Zeit einmal, aber nicht jetzt. Weißt du, was ich sage, weißt du, worauf ich hinauswill?«

»Nein«, sagte ich aufrichtig.

»Gott wurde vom Menschen geschaffen! Nicht umgekehrt! Gott wurde vom *Menschen* geschaffen. Vom Menschen in einem niedrigeren und blutdürstigeren Stadium seiner Entwicklung als dem jetzigen, wollen wir hoffen. Der Mensch schuf Gott nach seinem eigenen Bilde. Ich habe das mit Geistlichen diskutiert. Ich werde darüber mit jedem diskutieren. Ich bin nie jemandem begegnet, der dagegen sprechen und einen Sinn hineinbringen konnte.«

»Darf ich gehen?«

»Ich halte dich nicht zurück«, sagte meine Mutter, obwohl sie sich tatsächlich vor die Tür gestellt hatte. »Geh und laß dich damit anfüllen. Du wirst sehen, ich habe recht. Vielleicht schlägst du meiner Mutter nach.« Sie schaute mir streng ins Gesicht und suchte Anzeichen des religiösen Fanatismus. »Wenn es so ist, liegt es wohl nicht mehr in meiner Hand.«

Ich war von den Argumenten meiner Mutter nicht entmutigt, nicht so sehr, wie ich es gewesen wäre, wenn sie von jemand anderem gekommen wären. Trotzdem suchte ich, während ich die Stadt durchquerte, nach dem Beweis des gegenteiligen Standpunktes. Ich zog einen einfachen Trost aus der Tatsache, daß die Läden geschlossen, die Blenden in allen ihren Fenstern heruntergelassen waren. Das bewies doch etwas, nicht wahr? Wenn ich an die Türen aller Häuser auf meinem Weg klopfen und eine Frage stellen würde – *Starb Christus für unsere Sünden?* –, würde die zweifellos überraschte und fassungslose Antwort ja sein.

Ich sah ein, daß ich für meine Person mich nicht viel darum kümmerte, ob Christus für unsere Sünden gestorben war. Ich wollte nur Gott. Aber wenn das Sterben Christi für unsere Sünden der Zugang zu Gott war, würde ich mich damit befassen.

Der Karfreitag war unpassenderweise ein milder, sonniger Tag mit tropfenden und herabstürzenden Eiszapfen, dampfenden Dächern, kleinen Rinnsalen, die die Straßen hinunterliefen. Sonnenlicht ergoß sich durch die gewöhnlichen Glasfenster der Kirche. Ich kam zu spät wegen meiner Mutter. Der Pfarrer stand schon vorne. Ich glitt in die hinterste Bank, und die Dame mit dem Samtturban, Mrs. Sherriff, warf mir einen farblosen, ärgerlichen Blick zu; vielleicht nicht ärgerlich, nur aus erhabener Überraschung; es war, als hätte ich mich neben einen Adler gesetzt.

Ich war dennoch erleichtert, sie zu sehen. Ich war froh, sie alle zu sehen – die sechs oder acht oder zehn Leute, wirkliche Leute, die ihre Hüte aufgesetzt und ihre Häuser verlassen hatten und über Rinnsale von geschmolzenem Schnee durch die Straßen gegangen waren und sich hier einstellten; sie würden das doch nicht ohne Grund tun.

Ich wünschte, ich fände einen Gläubigen, einen wahren Gläubigen, auf den ich meine Zweifel abladen könnte. Ich wollte nur beobachten und Mut bei einer solchen Person schöpfen, nicht mit ihnen sprechen. Zuerst hatte ich gedacht, es könnte Mrs. Sherriff sein, aber sie wäre nicht die Richtige; ihre Verrücktheit machte sie dafür untauglich. Mein Gläubiger mußte strahlend sein.

> »O Herr, erscheine, hilf uns und erlöse uns um deines Namens willen.
> O Herr, erscheine, hilf uns und erlöse uns um deiner Ehre willen.
> *Seht das Lamm Gottes, das hinwegnimmt die Sünden der Welt.*«

Ich schickte mich an, an die Leiden Christi zu denken. Ich hielt meine Hände so zusammen, daß ich einen Fingernagel mit aller Kraft in beide Handflächen pressen konnte. Ich grub und bohrte, konnte aber nicht einmal Blut hervorbringen; ich fühlte mich beschämt, weil ich wußte, daß mich das nicht zum Teilnehmer des Leidens machte. Gott würde, wenn er nur ein bißchen Geschmack hatte, eine solche Narrheit verachten (aber hatte er den? Sieh doch die Dinge, die Heilige getan hatten und für die sie Beifall fanden). Er würde wissen, was ich wirklich dachte und in meinem Geist niederzuringen versuchte. Es war dies: *Waren Christi Leiden wirklich so schlimm?*

Waren sie so schlimm, wenn man wußte, und er wußte, und jedermann wußte, daß er unversehrt und leuchtend und immerwährend auferstehen und zur rechten Hand Gottes, des Allmächtigen Vaters, sitzen würde, von wannen er kommen wird, zu richten die Lebendigen und die Toten? Viele Leute – nicht alle vielleicht oder die meisten Leute, aber doch einige wenige – würden ihr Fleisch ähnlichen Schmerzen unterwerfen, wenn sie sicher sein könnten, hinterher das zu bekommen, was er bekam. Viele hatten dies auch tatsächlich getan; Heilige und Märtyrer.

In Ordnung, aber da war ein Unterschied. Er war Gott; für ihn war es eine größere Demütigung, eine größere Unterwerfung. War er zu der Zeit Gott oder nur Gottes irdischer Sohn? Ich konnte damit nicht klarkommen. Begriff er, wie die ganze Sache absichtlich gemacht wurde und wie am Ende alles in Ordnung sein würde, oder war seine Göttlichkeit zeitweilig verdunkelt, so daß er nur seinen Zusammenbruch sah? *Mein Gott, mein Gott, warum hast du mich verlassen?*

Nach dem langen Psalm mit den Prophezeiungen über das Gewand und das Werfen der Lose stieg der Pfarrer auf die Kanzel und sagte, er wolle eine kurze Predigt über die letzten Worte Christi am Kreuz halten. Genau das, woran ich gedacht hatte. Aber es stellte sich heraus, daß es mehr letzte Worte gab als die, von denen ich wußte. Er begann mit *mich dürstet,* was zeige, so sagte er, daß Christus körperlich genauso sehr litt, wie wir es in der gleichen Lage tun würden, nicht ein bißchen weniger, und daß er sich nicht schämte, es zuzugeben und um Hilfe zu bitten und den armen Soldaten eine Möglichkeit zu geben, Gnade zu erlangen mit dem in Essig getränkten Schwamm. *Weib, siehe da deinen Sohn ... Sohn, siehe da deine Mutter* zeige, daß seine letzten oder fast seine letzten Gedanken anderen galten und für sie dahin wirkten, daß sie einander ein Trost sein könnten, wenn er gegangen war (wenn auch nicht wirklich gegangen). Selbst in der Stunde seines Todeskampfes und seines Leidens vergaß er nicht die menschlichen Beziehungen, wie schön und wie wichtig sie waren. *Heute noch wirst du mit mir im Paradiese sein* zeige natürlich seine fortdauernde Besorgnis um den Sünder, den Übeltäter, der von der Gesellschaft ausgeschlossen war und dort neben ihm am Kreuz hing. *O Herr, der du nichts hassest, was du geschaffen hast ... und nicht den Tod des Sünders willst, sondern daß er sich von seiner Bosheit bekehre und lebe –*

Aber warum – ich konnte diesen Gedanken nicht aufhalten, obwohl ich wußte, er würde mir kein Glück bescheren –, warum sollte Gott etwas hassen, das der geschaffen hatte? Wenn er es hassen würde, warum sollte er es erschaffen? Und wenn er alles so geschaffen hatte, wie er wollte, so konnte man doch nichts dafür tadeln, daß es so war, wie es war, und das schaltete mehr oder weniger die ganze Idee der Sünde aus, nicht wahr? Warum sollte also Christus für unsere Sünden sterben? Die Predigt hatte eine schlechte Wirkung auf mich; sie machte mich verwirrt und streitlustig. Sie ließ mich sogar, obwohl ich es nicht zugeben konnte, einen Widerwillen gegen Christus selbst fühlen wegen der Art, wie seine Vollkommenheiten ständig erklärt wurden. *Mein Gott, mein Gott, warum hast du mich verlassen?* Kurz gesagt, sagte der Pfarrer, o sehr kurz gesagt, Christus hatte die Verbindung mit Gott verloren. Ja, es war geschehen, selbst ihm. Er hatte die Verbindung verloren, und in der Dunkelheit hatte er dann vor Verzweiflung aufgeschrien. Aber auch das war ein Teil des Planes, es war notwendig. Das geschah, damit wir in unseren eigenen dunkelsten Augenblicken wissen, daß unsere Zweifel, unser Elend von Christus selbst geteilt worden waren, und dann würden unsere Zweifel, wenn wir das wüßten, um so schneller schwinden.

Aber warum? Warum sollten sie um so schneller schwinden? Angenommen, das war der letzte wirkliche Schrei Christi, das letzte Wirkliche, was man je von ihm hörte? Das mußten wir doch wenigstens vermuten, nicht wahr? Wir mußten es in Betracht ziehen. Angenommen, er hatte geschrien und war gestorben und nie wieder auferstanden, hatte nie entdeckt, daß das alles Gottes schwieriges Drama war? Da war das Leiden. Ja, man stelle sich vor, daß er plötzlich begreift: *Es war nicht wahr. Nichts davon war wahr.* Der Schmerz der zerrissenen Hände und Füße war nichts im Vergleich dazu. Durch die Gitterstäbe der Welt zu sehen, nachdem er den ganzen Weg gemacht hatte, und zu sagen, was er gesagt hatte, und dann – nichts zu sehen. *Sprich darüber!* rief ich im Inneren dem Pfarrer zu. Oh, sprich darüber, zerre es heraus ins Freie und dann – besiege es!

Aber wir tun, was wir können, und der Pfarrer konnte auch nicht mehr tun.

Ich begegnete Mrs. Sherriff ein paar Tage später auf der Straße. Ich war allein.

»Ich kenne dich. Was tust du die ganze Zeit in der anglikanischen Kirche? Ich dachte, du gehörst zu den Unierten.«

Als der meiste Schnee geschmolzen und der Fluß wieder gesunken war, gingen Owen und ich an den Samstagen getrennt die Flats Road hinaus, zur Farm. Das Haus, in dem Onkel Benny den ganzen Winter und mein Vater die meiste Zeit gewohnt hatte, abgesehen von den Wochenenden, an denen er zu uns kam, war so schmutzig, daß es überhaupt kein rechtes Haus mehr war; es war wie eine überdachte Fortsetzung des freien Landes draußen. Das Muster des Küchenlinoleums war verschwunden; der Schmutz selbst bildete ein Muster. Onkel Benny sagte zu mir: »Na, da kommt die Raumpflegerin, genau das, was wir brauchen«, aber ich war nicht seiner Meinung. Überall stank es nach Füchsen. Bis zum Abend brannte kein Feuer im Herd, und die Tür stand offen. Draußen krächzten die Krähen über den schlammigen Feldern, über dem angeschwollenen silbrigen Fluß, über der Linie des Horizonts, die genau und auf wunderbare Weise so war, wie ich mich erinnerte und vergessen hatte und wieder erinnerte. Die Füchse waren nervös, kläfften, weil es die Jahreszeit war, in der die Weibchen ihre Jungen bekamen. Owen und ich durften nicht in die Nähe der Gehege.

Owen schaukelte an dem Seil unter der Esche, wo im letzten Sommer unsere Schaukel gewesen war.

»Major hat ein Schaf getötet!«

Major war unser Hund, der jetzt als Owens Hund galt, obwohl er Owen keine besondere Aufmerksamkeit entgegenbrachte; Owen brachte sie ihm entgegen. Er war ein großer, goldbrauner Mischlingscollie, der im letzten Sommer sogar zu faul geworden war, um Autos nachzujagen, und im Schatten schlief; wachend oder schlafend hatte er eine langsame senatorenhafte Würde. Und jetzt jagte er Schafe; er hatte sich in seinem hohen Alter auf Kriminalität eingelassen, genau wie ein stolzer und bisher vorsichtiger Senator sich öffentlich auf Unmoral einlassen würde. Owen und ich gingen hin, um einen Blick auf ihn zu werfen, und Owen sagte unterwegs, das Schaf gehöre den Potters, deren Land an unseres grenzte, und die Potters hätten Major von ihrem Lastwagen aus gesehen und angehalten und seien über Zäune gesprungen und hätten laut geschrien, aber Major habe sein Schaf von den anderen getrennt und sei darauf losgegangen und habe es getötet.

Es *getötet.* Ich stellte es mir vor, ganz blutig und zerrissen; Major hatte nie in seinem Leben etwas gejagt oder getötet. »Wollte er es *fressen*?« fragte ich mit Bestürzung und Widerwillen, und Owen war gezwungen zu erklären, daß das Töten in gewisser Weise ein Zufall gewesen war. Es schien, daß Schafe zu Tode gehetzt, zu Tode erschreckt werden konnten, sie waren so schwach und fett und schreckhaft; immerhin hatte Major als Trophäe ein Maulvoll der warmen Wolle vom Hals genommen, sich darauf gestürzt und es ein bißchen zerzaust, der Form halber. Dann mußte er nach Hause jagen (wenn er jagen konnte, unser Major!), weil die Potters kamen.

Er wurde in der Scheune angebunden, die Tür blieb offen, damit er ein bißchen Licht und Luft bekam. Owen sprang rittlings auf seinen Rücken, um ihn aufzuwecken – Major wachte immer so schnell und ernsthaft auf, ohne Aufhebens, daß man nur schwer wissen konnte, ob er wirklich schlief oder sich nur verstellte –, und rollte dann mit ihm über den Boden und versuchte, ihn zum Spielen zu bringen. »Alter Schaftöter, alter Schaftöter«, sagte Owen und puffte ihn stolz. Major wehrte sich, war aber nicht spielfreudiger als gewöhnlich; es hatte nicht den Anschein, als habe er seine Jugend überhaupt außer in dieser einzigen verblüffenden Tat wiedererlangt. Er leckte Owen in beschützender Weise am Kopf und ließ sich nieder, um zu schlafen, als Owen ihn in Ruhe ließ.

»Er ist angebunden, also wird er nicht wieder hinter den Schafen her sein, der alte Schaftöter. Die Potters haben gesagt, sie würden ihn erschießen, wenn sie ihn noch einmal erwischen.«

Das stimmte. Major stand tatsächlich im Rampenlicht. Mein Vater und Onkel Benny kamen, um nach ihm in seiner vorgetäuschten Würde und Unschuld dort auf dem Scheunenboden zu sehen. Onkel Benny betrachtete ihn als verdammt. Seiner Meinung nach hatte kein Hund, der anfing Schafe zu jagen, die geringste Hoffnung davonzukommen. »Wenn er einmal auf den Geschmack gekommen ist«, sagte Onkel Benny und streichelte Majors Kopf, »dann ist er auf den Geschmack gekommen. Man kann ihn nicht am Leben lassen, einen Schaftöter.«

»Du meinst, ihn erschießen?« Ich schrie nicht eigentlich aus Liebe zu Major, sondern weil es ein so brutales Ende für etwas erschien, was jeder als eine eher komische Geschichte ansah. Es war, als führte man den weißhaarigen Senator zur öffentlichen Hinrichtung hinaus wegen seiner unangebrachten Streiche.

»Du kannst keinen Schaftöter behalten. Er würde dich arm machen, wenn du für alle Schafe bezahlen müßtest, die er tötet. Auf jeden Fall würde ihm jemand anders den Garaus machen, wenn du es nicht tätest.«

Mein Vater, an den wir uns wandten, sagte, Major würde vielleicht keine Schafe mehr töten. Er sei ja schließlich angebunden. Er könne, wenn nötig, den Rest seines Lebens angebunden bleiben oder wenigstens bis er seine zweite Jugend überwunden habe und zu schwach geworden sei, um etwas zu jagen; das sollte jetzt nicht mehr allzu lange dauern.

Aber mein Vater hatte unrecht. Onkel Benny mit seinem grinsenden Pessimismus, seinen düsteren überzeugten Voraussagen hatte recht. Major brach in den frühen Morgenstunden aus der Gefangenschaft aus. Die Scheunentür war geschlossen, aber er zerrte ein Stück Drahtnetz von einem Fenster, das keine Scheiben hatte, und sprang hinaus und rannte zu den Potters, um seine neu entdeckten Vergnügungen wieder aufzunehmen. Er war zum Frühstück wieder zu Hause, aber die zerrissene Leine und das Fenster und das tote Schaf auf Potters Weide konnten die Geschichte erzählen.

Wir waren beim Frühstück. Mein Vater hatte die Nacht in der Stadt verbracht. Onkel Benny rief ihn an und sagte es ihm, und mein Vater sagte, als er zum Essen zurückkam: »Wir müssen Major loswerden.«

Owen begann zu zittern, aber er sagte kein Wort. Mein Vater erzählte in wenigen Worten von dem Ausbruch und dem toten Schaf.

»Nun, er ist ein alter Hund«, sagte meine Mutter mit falscher Herzlichkeit. »Er ist ein alter Hund, und er hat ein gutes Leben gehabt, und wer weiß schon, was ihm jetzt noch zustoßen wird, all die Krankheiten und Schmerzen des Alters.«

»Er könnte hierherkommen und hier leben«, sagte Owen schwach. »Dann wüßte er nicht, wo Schafe sind.«

»So ein Hund kann nicht in der Stadt leben. Und es gibt keine Gewißheit, daß er nicht doch wieder anfangen würde.«

»Stell ihn dir angebunden in der Stadt vor, Owen«, sagte meine Mutter vorwurfsvoll.

Owen stand auf und ging vom Tisch weg, ohne noch irgend etwas zu sagen. Meine Mutter rief ihn nicht zurück, damit er *Entschuldigt mich* sagte.

Ich war daran gewöhnt, daß Lebewesen getötet wurden. Onkel Benny ging jagen und fing Bisamratten in Fallen, und jeden Herbst tötete mein Vater Füchse und verkaufte die Pelze für unseren Lebensunterhalt. Das ganze Jahr über tötete er alte und verkrüppelte oder einfach nutzlose Pferde als Futter für die Füchse. Ich hatte darüber zwei schlimme Träume gehabt, beide einige Zeit vorher, an die ich mich noch erinnerte. Einmal träumte ich, daß ich zum Fleischhaus meines Vaters hinunterging, einem vergitterten Schuppen hinter der Scheune, wo er im Sommer Teile von gehäuteten und geschlachteten Pferden aufbewahrte, die an Haken hingen. Der Schuppen stand im Schatten eines Holzapfelbaumes; die Gitter waren schwarz von Fliegen. Ich träumte, daß ich hineinschaute und sah, nicht unerwartet, daß das, was er wirklich dort hängen hatte, gehäutete und zerstückelte menschliche Leiber waren. Der andere Traum ging auf die englische Geschichte zurück, über die ich in der Enzyklopädie gelesen hatte. Ich träumte, mein Vater habe einen gewöhnlichen, einfachen Holzblock auf das Gras vor der Küchentür gesetzt und uns – Owen, meine Mutter und mich – in einer Reihe aufgestellt, um uns die Köpfe abzuschneiden. *Es wird nicht weh tun* sagte er zu uns, als sei das alles, was wir zu fürchten hätten, *in einer Minute wird alles vorbei sein.* Er war freundlich und ruhig, vernünftig, müde überzeugend, während er erklärte, es sei alles irgendwie zu unserem Besten. Fluchtgedanken flatterten in meinem Kopf wie Vögel, die in Öl festsitzen, mit ausgebreiteten Flügeln, hilflos. Ich war gelähmt von dieser Vernünftigkeit, den so einfachen und vertrauten und als selbstverständlich genommenen Vorkehrungen, dem beruhigenden Gesicht des Wahnsinns.

Bei Tage war ich nicht so verschreckt, wie diese Träume vermuten lassen könnten. Es machte mir nie etwas aus, am Fleischhaus vorbeizugehen oder das Gewehr losgehen zu hören. Aber als ich daran dachte, daß Major erschossen werden sollte, als ich mir vorstellte, wie mein Vater ohne Eile das Gewehr lud, zeremoniell, wie er es immer machte, und Major rief, der nichts argwöhnen würde, da er an Männer mit Gewehren gewöhnt war, wie die beiden an der Scheune vorbeigingen, während mein Vater nach einem günstigen Platz ausschaute – da sah ich wieder den Umriß dieses vernünftigen lästerlichen Gesichtes. Es war die Absichtlichkeit, über die ich nachdachte, die überlegte Wahl, eine Kugel in das Hirn zu jagen, um die Tätigkeit des Organismus zu beenden – in dieser Wahl und dieser Tat, ganz gleich wie notwendig und vernünftig sie war, lag die Billigung von allem. Der Tod wurde möglich gemacht. Und nicht weil es nicht zu verhindern war, sondern weil es gewollt – *gewollt* wurde von all diesen Erwachsenen und Geschäftsleuten und Henkern mit ihren freundlichen unerbittlichen Gesichtern.

Auch von mir? Ich wollte nicht, daß es geschah, ich wollte nicht, daß Major erschossen wurde, aber ich war ebenso von einer gespannten Erregung wie von Bedauern erfüllt. Diese

Hinrichtungsszene, die ich mir vorstellte und die mir einen solchen Augenblick der Finsternis brachte – war das ganz und gar unwillkommen? Nein. Ich bedachte Majors Vertrauen, seine Zuneigung zu meinem Vater – den er in seiner zurückhaltenden Weise liebte, soweit er überhaupt jemand lieben konnte –, seine halbblinden fröhlichen Augen. Ich ging nach oben, um zu sehen, wie Owen es aufnahm.

Er saß auf dem Boden des Schlafzimmers und spielte mit ein paar Spielfiguren. Er weinte nicht. Ich hatte die unbestimmte Hoffnung, er könnte dazu gebracht werden, Schwierigkeiten zu machen, nicht weil ich dachte, es würde etwas nützen, sondern weil ich meinte, der Anlaß erfordere es.

»Wenn du beten würdest, daß Major nicht erschossen wird, würde er dann nicht erschossen?« sagte Owen mit forschender Stimme.

Der Gedanke zu beten war mir nicht in den Sinn gekommen.

»Du hast gebetet, daß du nicht mehr die Nähmaschine einfädeln mußt, und du hast es auch nicht mehr tun müssen.« Ich sah mit Bestürzung den unvermeidlichen Widerstreit kommen, den zwischen Religion und Leben.

Er stand auf und stellte sich vor mich hin und sagte angespannt: »*Bete.* Wie machst du es? Fang sofort an!«

»Man kann nicht beten«, sagte ich, »wegen so einer Sache.«

»Warum nicht?«

Warum nicht? Weil, so hätte ich ihm sagen mögen, wir nicht dafür beten, daß Dinge geschehen oder nicht geschehen, sondern um die Kraft und Gnade, zu ertragen, was geschieht. Ein schöner Ausweg, der widerwärtig nach Niederlage riecht. Aber ich dachte nicht daran. Ich dachte einfach, und ich wußte es, daß Beten meinen Vater nicht davon abhalten würde, hinauszugehen und sein Gewehr zu nehmen und zu rufen: »Major! Hierher Major –« Beten würde daran nichts ändern.

Gott würde nichts daran ändern. Wenn Gott auf der Seite der Güte und der Gnade und des Erbarmens war, warum machte er es dann so schwierig, sie zu erreichen? Es bringt nichts zu sagen, *so werden sie der Mühe wert sein;* all das bringt nichts. Darum zu beten, daß ein Hinrichtungsakt nicht stattfand, war nutzlos, einfach weil Gott an solchen Einwänden nicht interessiert war; sie waren nicht die seinen.

Konnte es sein, daß Gott überhaupt nicht im Maschenwerk der Kirchen eingeschlossen war, daß er nicht durch irgendwel-

che Zauber und Kreuze verfügbar gemacht werden konnte, der wirkliche Gott, und wirklich in der Welt, und fremd und unannehmbar wie der Tod? Konnte es sein, daß Gott bestürzend, gleichgültig jenseits des Glaubens war?

»Wie machst du es?« fragte Owen eigensinnig. »Mußt du dazu niederknien?«

»Es ist ganz gleich.«

Aber er war schon niedergekniet und preßte seine Hände an die Seiten. Dann, ohne den Kopf zu beugen, nahm sein Gesicht einen konzentrierten, gespannten Ausdruck an.

»Steh auf, Owen!« sagte ich heftig. »Es wird gar nichts nützen. Es wird nicht wirken, es wirkt nicht, Owen, steh auf, sei ein guter Junge, mein Schatz.«

Er schlug mit den geballten Fäusten nach mir, ohne die Augen zu öffnen. Während er sein Gebet darbrachte, verzog sich sein Gesicht zu verzweifelten Grimassen, für keinen Zuschauer bestimmt, und jede schien mir ein Vorwurf und eine Entblößung zu sein, unerträglich wie der Anblick von abgehäutetem Fleisch. Jemanden ganz nah zu sehen, der Glauben hat, ist nicht leichter, als jemandem zuzusehen, der sich einen Finger abhackt.

Kennen Missionare überhaupt diese Augenblicke des Staunens und der Scham?

Der Haß von Jungen war gefährlich, er war heftig und rühmlich, ein wunderbares Geburtsrecht wie Arthurs Schwert, das man aus dem Stein herauszog, im Lesebuch der siebten Klasse. Der Haß von Mädchen schien im Vergleich dazu wirr und tränenvoll, mürrisch-abwehrend. Jungen konnten einem auf ihren Fahrrädern nachfahren und da, wo man gewesen war, die Luft durchschneiden, großartig, ohne Nachsicht, als wünschten sie, sie hätten Messer an den Rädern. Und sie sagten alles. Sie sagten leise: »Hallo, ihr Nutten!«

Sie sagten fröhlich und verächtlich: »He, wo ist dein Fickloch?«

Die Dinge, die sie sagten, nahmen einem die Freiheit, das zu sein, was man wollte, machten einen zu dem, was sie sahen, und das allein genügte, sie zum Brüllen zu bringen. Meine Freundin Naomi und ich sagten zueinander: »Nicht anmerken lassen, daß du es gehört hast«, da wir zu stolz waren, die Straße zu überqueren, um ihnen auszuweichen. Manchmal schrien wir zurück: »Wascht euch das Maul im Kuhtrog, sauberes Wasser ist zu gut für euch!«

Nach der Schule mochten Naomi und ich nicht nach Hause gehen. Wir schauten die Plakate für den Film an, der im Lyzeum-Kino gespielt wurde, und die Bräute im Schaufenster des Fotografen, und dann gingen wir in die Bibliothek, die in einem Raum des Rathauses untergebracht war. An den Fenstern neben dem Haupteingang zum Rathaus hieß es: AU NTHALT RAUM FÜR DA EN. Auf der anderen Seite stand: ÖFF NTL CHER LE ESAAL. Die fehlenden Buchstaben wurden nie ersetzt. Alle hatten gelernt, die Worte auch so zu lesen.

Neben der Tür war ein Seil; es hing von der Glocke unter der Kuppel herunter, und das vergilbte Schild daneben besagte: BEI MISSBRAUCH 100 $ GELDSTRAFE. Hinter den Fenstern des Aufenthaltsraums für Damen saßen Bauersfrauen in ihren Kopftüchern und Galoschen und warteten, daß ihre Männer kämen und sie abholten. Es war selten jemand in der Bibliothek außer der Bibliothekarin Bella Phippen, die stocktaub war und ein Bein nachzog, weil sie

Kinderlähmung gehabt hatte. Der Stadtrat ließ sie als Bibliothekarin arbeiten, weil sie einer richtigen Stelle nicht gewachsen gewesen wäre. Sie verbrachte die meiste Zeit in einer Art von Nest, das sie hinter ihrem Schreibtisch mit Kissen, Wolldecken, Keksdosen, einer Heizplatte, einer Teekanne, einem Gewirr von hübschen Bändern geschaffen hatte. Ihre Lieblingsbeschäftigung war, Nadelkissen zu machen. Sie waren alle gleich: oben drauf eine pausbäckige Puppe, bekleidet mit diesen Bändern, die über dem eigentlichen Nadelkissen einen Reifrock bildeten. Sie schenkte jedem Mädchen, das in Jubilee heiratete, eins davon.

Einmal fragte ich sie, wo ich etwas Bestimmtes finden könne, und sie kroch um den Schreibtisch herum und hinkte schwerfällig an den Regalen entlang und kam mit einem Buch zurück. Sie gab es mir und sagte mit der lauten, einsamen Stimme einer Tauben: »Hier ist ein wunderschönes Buch.« Es war ›Barbara Worths Brautzeit‹.

Die Bibliothek war voll von solchen Büchern. Es waren alte Bücher von stumpfem Blau und Grün und Braun mit leicht verschossenen, leicht gelockerten Einbänden. Oft hatten sie dazu ein Titelbild, das eine blasse, aquarellierte Dame in einer Art Gainsborough-Kostüm zeigte, und darunter Worte wie etwa diese: *Lady Dorothy suchte die Abgeschiedenheit des Rosengartens, um besser die Tragweite dieser geheimnisvollen Verbindung erwägen zu können. (S. 112)*

Jeffrey Farnol. Marie Corelli. ›Der Prinz aus dem Hause Davids‹. Wunderbare, wehmütige, schäbige alte Freunde. Ich hatte sie gelesen, las sie jetzt nicht mehr. Andere Bücher erkannte ich an ihren Rücken, kannte die Schleifen eines jeden Buchstabens in ihren Titeln, hatte sie aber nie angerührt, nie herausgenommen. ›Vierzig Jahre Landprediger‹. ›Der Königin zu eigen in Krieg und Frieden‹. Sie waren wie Menschen, die man Tag für Tag, Jahr für Jahr auf der Straße sah, von denen man aber nie mehr als die Gesichter kennenlernte; das konnte sogar in Jubilee vorkommen.

Ich war glücklich in der Bibliothek. Wände voll gedruckter Seiten, Zeugnis so mancher erschaffenen Welt – das war ein Labsal für mich. Bei Naomi war es umgekehrt; so viele Bücher belasteten sie, so daß sie sich bedrückt und mißtrauisch fühlte. Früher hatte sie gelesen – Abenteuerbücher für Mädchen –, hatte aber diese Gewohnheit abgelegt. Das war völlig normal in Jubilee; Bücherlesen war, wie Kaugummikauen, eine Gewohnheit, die man aufgeben mußte, wenn der Ernst und die Errungenschaften des Erwachsenenlebens an ihre Stelle traten. Sie bestand meist noch bei unverheirateten Damen fort, bei einem Mann wäre sie entwürdigend gewesen.

Also suchte ich, um Naomi zu beschäftigen, während ich Bücher anschaute, etwas für sie zu lesen, von dem sie nie geglaubt hätte, daß es überhaupt in einem Buch stehen könne. Sie saß auf der kleinen Trittleiter, die Bella Phippen nie benutzte, und ich brachte ihr die dicke ›Kristin Lavransdatter‹. Ich suchte die Stelle, wo Kristin ihr erstes Baby bekommt; Stunde um Stunde, Seite um Seite, Blut und Qual, während sie im Stroh kauert. Ich verspürte eine leichte Traurigkeit, als ich es ihr gab. Ich verriet immer etwas oder jemanden; es schien die einzige Möglichkeit, etwas zu erreichen. Dieses Buch war keine Besonderheit für mich. Nicht, wenn ich mir gewünscht hätte, im elften Jahrhundert zu leben, ja sogar ein Kind im Stroh zu bekommen wie Kristin – vorausgesetzt natürlich, ich lebte – und ganz besonders einen Liebhaber wie Erlund zu haben, genauso einen entstellten und dunklen und einsamen Reiter auf einem Pferd.

Nachdem Naomi es gelesen hatte, kam sie zu mir und fragte: »Mußte sie denn heiraten?«

»Ja.«

»Das dachte ich mir. Weil wenn ein Mädchen heiraten muß, stirbt sie entweder, wenn sie es bekommt, oder sie stirbt beinahe, oder es ist sonst was damit los. Entweder eine Hasenscharte oder ein Klumpfuß, oder es ist nicht richtig im Kopf. Meine Mutter hat so was gesehen.«

Ich diskutierte nicht, obwohl ich es andererseits nicht glaubte. Naomis Mutter war gelernte Krankenschwester. Auf ihre Autorität hin – oder das, was Naomi als ihre Autorität beanspruchte – hatte ich gehört, daß Babys, die mit einer Glückshaube geboren werden, sich zu Kriminellen entwickeln, daß Männer mit Schafen kopuliert und kleine verkümmerte, wollige Geschöpfe mit menschlichen Gesichtern und Schafschwänzen hervorgebracht hatten, die starben und irgendwo in Flaschen aufbewahrt wurden, und daß verrückte Frauen sich selbst in obszöner Weise mit Kleiderbügeln verletzt hatten. Ich glaubte diese Dinge oder auch nicht, je nach der Stimmung – unbekümmert oder verzagt –, in der ich war. Ich mochte Naomis Mutter nicht; sie hatte eine schrille, einschüchternde Stimme und blasse, vortretende Augen – wie die Naomis –, und sie hatte mich gefragt, ob meine Periode schon angefangen habe. Aber man muß auf jeden hören, der sich mit Geburt und Tod befaßt, der es auf sich nimmt, alles zu sehen und damit fertig zu werden, was es da gibt – eine Blutung, die fleischige Nachgeburt, die entsetzliche Auflösung –, welche Neuigkeiten dies auch bringen mag.

»Gibt es eine Stelle in dem Buch, wo sie es machen?«

Besorgt, die Literatur in Naomis Augen zu rechtfertigen – wie ein Priester, der sich sehr bemüht zu zeigen, daß Religion sinnvoll sein und sogar Spaß machen kann –, blätterte ich hastig und fand die Stelle, wo Kristin und Erlund Zuflucht in der Scheune finden. Aber es befriedigte sie nicht.

»Soll das bedeuten, daß sie es machen?«

Ich erklärte Kristins Gedanken. *War diese üble Sache das, wovon in all den Liedern gesungen wurde?*

Es wurde schon dunkel, als wir herauskamen, und die Schlitten der Farmer strebten aus der Stadt hinaus. Naomi und ich hängten uns an einen an, der die Victoria Street entlangfuhr. Der Farmer trug einen Schal und eine große Pelzmütze. Er sah aus wie ein behelmter Norweger. Er drehte sich um und rief uns unter Flüchen zu, wir sollten loslassen, aber wir hielten uns weiter fest, aufgebläht und übermütig wie Kriminelle, die mit einer Glückshaube geboren sind; wir hielten fest, während der Rand des Schlittens uns in den Magen schnitt und unsere Füße Schnee aufsprühen ließen, bis wir die Ecke der Mason Street erreichten, und dort ließen wir uns in einen Schneehaufen fallen. Als wir unsere Bücher aufsammelten und wieder zu Atem gekommen waren, schrien wir einander zu:

»Geh weg, du Luder!«

»Geh weg, du Luder!«

Beide hofften und fürchteten wir, daß jemand unsere Ausdrücke auf der Straße hören würde.

Naomi wohnte in der Mason Street, ich wohnte in der River Street; das war die Grundlage unserer Freundschaft. Am Anfang, als ich in die Stadt kam, wartete Naomi gewöhnlich auf mich vor ihrem Haus, das an meinem Weg lag. »Warum gehst du so komisch?« sagte sie dann, und ich sagte: »Wie komisch?« Sie lief in seltsamen Schleifen, selbstvergessen, das Kinn in ihrem Kragen. Ich lachte und war verletzt. Aber ihre Kritik war besitzergreifend; ich war beunruhigt und stolz, als ich entdeckte, daß sie der Meinung war, wir seien Freundinnen. Ich hatte nie eine Freundin gehabt. Es beeinträchtigte die Freiheit und machte mich in gewisser Weise hinterlistig, aber es bereicherte auch und gab dem Leben Fülle. Dieses Kreischen und Fluchen und in Schneehaufen-Fallen war keine Sache, die man alleine tun konnte.

Und wir wußten jetzt zuviel voneinander, um unsere Freundschaft zu beenden.

Naomi und ich gaben unsere Namen an, um Tafelwarte zu sein, was bedeutete, daß wir nach der Schule noch dablieben und die Tafeln saubermachten und die roten, weißen und blauen Bürsten draußen gegen die Backsteinwand der Schule klatschten, was fächerförmige Kreidemuster ergab. Als wir wieder hineinkamen, hörten wir ungewohnte Musik aus dem Lehrerzimmer, Miss Farris sang, und es fiel uns wieder ein. Das Singspiel. Das war es wohl.

Jedes Jahr im März führte die Schule ein Singspiel auf, das verschiedene Kräfte ins Spiel brachte und für eine Weile alles veränderte. Mit der Aufführung beauftragt waren Miss Farris, die während des übrigen Jahres nichts weiter machte als die dritte Klasse zu unterrichten und jeden Morgen auf dem Klavier den ›Türkischen Marsch‹ zu spielen, nach dem wir in die Klassenzimmer marschierten, und Mr. Boyce, der der Organist der United Church war und zweimal in der Woche in die Schule kam, um Musik zu unterrichten.

Mr. Boyce zog Aufmerksamkeit und Geringschätzung auf sich wegen der Art, in der er sich von einem normalen Lehrer unterschied. Er war klein, mit einem weichen Schnurrbart und Augen rund und feucht wie angelutschte Karamellen. Außerdem war er Engländer, er war zu Beginn des Krieges herübergekommen und hatte den Untergang der *Athenia* überlebt. Man stelle sich Mr. Boyce in einem Rettungsboot vor, im Nordatlantik! Schon das Laufen von seinem Wagen bis zur Schule, in den Wintern von Jubilee, machte ihn atemlos und zerschlagen. Er brachte einen Plattenspieler ins Klassenzimmer mit und spielte Sachen wie die ›Ouvertüre 1812‹ und fragte uns dann, woran die Musik uns denken ließ, was sie uns fühlen ließ. Wir waren nur an sachliche, genaue Fragen gewöhnt und schauten auf den Fußboden und kicherten und erbebten ein bißchen wie bei einer Ungehörigkeit. Er sah uns mit Mißfallen an und sagte: »Ich nehme an, sie läßt euch überhaupt an nichts denken, aber dann solltet ihr nicht zuhören«, und zuckte die Schultern mit einer Bewegung, die zu empfindsam, zu – persönlich war für einen Lehrer.

Miss Farris stammte aus Jubilee. Sie war in diese Schule gegangen, sie war diese langen Treppen hinaufmarschiert, die an zwei Stellen durch die tägliche Prozession von Füßen ausgetreten waren, während jemand anderer den ›Türkischen Marsch‹ spielte (denn der muß schon seit Anbeginn der Zeit gespielt worden sein). Sie lebte in ihrem eigenen kleinen Haus, direkt an der Mason Street, nicht weit von Naomi entfernt, und sie besuchte die United Church. Sie ging auch einmal in der Woche Schlittschuhlaufen, abends, den ganzen Winter hindurch, und sie trug ein dunkelblaues Samtkostüm, das sie selbst gemacht hatte, denn sie konnte es unmöglich gekauft haben. Es war mit weißem Pelz besetzt, und sie trug dazu einen passenden weißen Pelzhut und einen Muff. Der Rock war kurz und weit, mit blaßblauem Taft gefüttert, und sie trug ein weißes Balletttrikot. Ein solches Kostüm verrät eine Menge und auf mehr als eine Art.

Miss Farris war auch nicht mehr jung. Sie färbte ihr Haar mit Henna, das im Stil der zwanziger Jahre hochgesteckt war; sie legte immer zwei Flecken Rouge auf und einen hastigen, lächelnden Strich Lippenstift. Sie lief Kreise und ließ ihren himmelblau gefütterten Rock fliegen. Dennoch schien sie trocken und hölzern und unschuldig zu sein und ihr Schlittschuhlaufen mehr eine schullehrerhafte Zurschaustellung ihrer Geschicklichkeit als ihrer Person.

Sie machte alle ihre Kleider selbst. Sie trug hohe Kragen und lange keusche Ärmel oder bäuerliche Bänder und Litzen oder eine Wolke von weißen Spitzenrüschen unter dem Kinn und an den Handgelenken oder kecke blitzende Knöpfe, die mit kleinen Spiegeln ausgelegt waren. Die Leute lachten über sie, doch nicht so sehr, wie wenn sie nicht in Jubilee geboren wäre. Fern Dogherty, die Untermieterin meiner Mutter, sagte: »Das arme Ding, sie versucht nur, einen Mann einzufangen. Jeder hat das Recht, es auf seine eigene Weise zu machen, sage ich immer.«

Wenn das ihre Art war, so wirkte sie jedenfalls nicht. Jedes Jahr gab es eine vermeintliche Romanze oder einen Skandal, der zwischen ihr und Mr. Boyce erfunden wurde. Dies geschah, während die Vorbereitungen für das Singspiel in Gang waren. Die Leute berichteten dann, man habe sie eng beieinander auf der Klavierbank gesehen, sein Fuß habe den ihren auf dem Pedal angestoßen, man habe gehört, daß er sie Elinor genannt habe. Aber alle barocken Erfindungen von Gerüchten brachen zusammen, wenn man in ihr Gesicht sah, ihr kleines, feinknochiges Gesicht, das aus Befangenheit rot geschminkt war und beseelt mit zuckenden Kommas an den Mundwinkeln und hellen, erschrockenen Augen. Worauf immer sie auch aus war, es konnte nicht Mr. Boyce sein. Fern Dogherty zum Trotz konnten es kaum je Männer sein.

Das Singspiel war ihre Leidenschaft. Zuerst erglühte sie heimlich, wenn sie und Mr. Boyce an einem trüben Schneenachmittag nach zwei Uhr ins Klassenzimmer kamen, während wir halb schlafend von der Tafel abschrieben und alles so ruhig war, daß man die Wasserrohre tief unten im Inneren des Gebäudes glucksen hörte. Fast flüsternd forderte sie alle auf, aufzustehen und zu singen, während Mr. Boyce den Ton angab.

»Siehst du dort John Peel im Jägerkleid
Siehst du dort John Peel zur frühen Morgenzeit,
Siehst du dort John Peel über die Hügel weit,
Hoch zu Roß mit der Meute am Morgen?«

Unser Lehrer, Mr. McKenna, der Direktor der Schule, zeigte, was er davon hielt, indem er weiter an die Tafel schrieb. *Das Niltal war durch drei Wüsten, die Libysche, die Nubische und die Arabische, gegen Einfälle geschützt.* Es war ganz gleich, was er tat, am Ende würde er hilflos sein. Das Singspiel würde weiter und weiter wachsen, alle seine Vorschriften, seine Zeiteinteilungen über den Haufen werfen wie Kartenhäuser. Wie taktvoll Miss Farris und Mr. Boyce jetzt waren, sie gingen feierlich auf Zehenspitzen im Zimmer umher, mit geneigten Köpfen, um die einzelnen Stimmen herauszuhören. Es würde nicht andauern. Das Singspiel schlummerte im Augenblick noch in ihnen, aber wenn die Zeit gekommen war, würden sie es freilassen, sie würden anschwellen wie ein Zirkusballon, und wir würden alle einfach mithalten müssen. Sie winkten einigen freundlich, sich hinzusetzen. Ich mußte mich setzen und, ich war froh, das zu sehen, Naomi auch. Sie ließen andere noch einmal singen und nickten denen zu, die sie aus der Reihe heraustreten ließen.

Die Besetzung des Singspiels war eine nicht vorhersagbare Sache. Bei allem anderen, angefangen damit, wer den Ehrenkranz aus Mohn am Waffenstillstandstag zum Ehrenmal hinauftragen sollte, bis dazu, wer beim Programm des Jugendrotkreuzes mitwirken sollte, bis hin zum Notentragen, von einem Lehrer zum anderen, durch die seltsam leeren Flure, konnte man im voraus sagen, wer am häufigsten ausgewählt, wer manchmal und wer nie und unter keinen Umständen je ausgewählt werden würde. An der Spitze der Liste standen Marjory Coutts, deren Vater Rechtsanwalt und Mitglied der Provinzregierung war, und Gwen Mundy, deren Vater Unternehmer und Besitzer eines Möbelgeschäfts war. Niemand protestierte gegen ihre Vorrangstellung. Als uns eine freie Wahl für die Offiziere des Jugendrotkreuzes zugestanden wurde, wählten wir sie ohne zu zögern und mit dankbarem Gefühl für das Richtige selbst. Jahre der Gunst, in der Stadt wie in der Schule, hatten sie tatsächlich zu den besten gemacht, die man wählen konnte – sicher und diplomatisch, taktvoll und freundlich. Die, denen man nicht trauen konnte, die in ihrem Amt diktatorisch werden oder auf dem Weg zum Ehrenmal stolpern oder die Botschaften der Lehrer auf dem Flur lesen konnten, in der Hoffnung, etwas zum Erzählen zu haben, die ehrgeizigen und unsicheren wurden gelegentlich ausgewählt – wie Alma Cody, Spezialistin in Sex-Aufklärung, wie Naomi, wie ich.

Sicher wie Marjory und Gwen waren auf andere Weise die, die nicht ausgewählt wurden – ein großes fettes Mädchen namens Beulah Bowes, deren Hintern über den Sitz hinausreichte – die Jungen stachen sie mit Federspitzen –, und das italienische Mädchen, das nie sprach und oft wegen einer Nierenkrankheit fehlte, und ein zarter weinerlicher Albino-Junge, dessen Vater ein kleines Kolonialwarengeschäft hatte und der sein Überleben während der ganzen Schulzeit mit Tüten voll Gummibonbons und Fruchtdragées und Lakritzstangen erkaufte. Solche Kinder saßen hinten, wurden nicht zum Vorlesen aufgefordert, wurden nicht an die Tafel geschickt, um arithmetische Aufgaben zu lösen, bekamen am Valentinstag zwei Glückwunschkarten. (Diese waren dann von Gwen und Marjory, die ohne Angst vor Verunglimpfung Karten an jeden schicken konnten.) Sie glitten von Jahr zu Jahr, von Klasse zu Klasse in eine träumerische, unversehrte Einsamkeit hinein. Das italienische Mädchen sollte die erste von uns allen sein, die starb, als wir noch auf dem Gymnasium waren; da erinnerten wir uns mit Bestürzung, mit verspätetem Stolz.

»Aber sie war in unserer *Klasse.*«

Eine gute Singstimme kann überall vorkommen. Sie war nicht bei Beulah Bowes oder dem italienischen Mädchen oder dem Albino-Jungen vorhanden, aber es hätte immerhin sein können; so dicht konnte man dransein. Denn wer wurde zwischen Miss Farris und Mr. Boyce wie eine Trophäe hinweggeführt: der Junge, der hinter mir saß, ein Junge, den ich fast ganz ans Ende der Liste derer gesetzt hätte, die manchmal ausgewählt wurden: Frank Wales.

Ich hätte nicht überrascht zu sein brauchen. Ich konnte ihn jeden Morgen hinter mir bei ›God Save the King‹ hören und einmal in der Woche während der Besuche von Mr. Boyce in ›John Peel‹ und ›Fließe sanft süßer Afton‹ und ›Wie der Hirsch lechzt nach den Strömen, wenn er erhitzt von der Jagd‹. Seine Stimme war ein noch ungebrochener Sopran, unbefangen, eigentlich kaum menschlich, klar und einsam wie Flötenmusik. (Der Plattenspieler, den er später für seine Rolle im Singspiel bedienen lernte, schien nur eine Erweiterung seiner Stimme.) Er selbst war so gleichgültig seiner Stimme gegenüber, sich ihrer gar nicht bewußt, daß sie völlig verschwand, wenn er aufhörte zu singen, und man ihn und sie gar nicht in Verbindung brachte.

Alles, was ich wirklich über Frank Wales wußte, war, daß er schrecklich schlecht in Orthographie war. Er mußte mir seine Übungen zum Verbessern geben. Später ging er dann an die Tafel, fügsam, aber unbeeindruckt, um die Wörter anzuschreiben, jedes dreimal. Es schien nicht viel zu nützen. Es war schwer zu glauben, daß dies keine Perversität, kein wahnsinniger beharrlicher Scherz war, aber nichts an ihm deutete darauf hin. Abgesehen von der Rechtschreibung war er weder klug noch dumm. Wahrscheinlich wußte er, wo das Mittelmeer, aber nicht wo das Sargasso-Meer lag.

Als er zurückkam, schrieb ich auf mein Lineal: »Was für eine Rolle hast du bekommen?« und reichte es nach hinten, als ob ich es ihm leihen wollte. Das Klassenzimmer war ein Waffenstillstandsgebiet, in dem neutrale, aber versteckte Verständigung zwischen Jungen und Mädchen möglich war.

Er schrieb auf die andere Seite des Lineals: *Ratenfenger.*

Ich wußte also, welches Singspiel wir spielen würden:

›Der Rattenfänger‹. Ich war enttäuscht, weil ich meinte, es würden keine Hofszenen vorkommen, keine aufwartenden Damen, keine schönen Kleider. Trotzdem wünschte ich mir schrecklich, eine Rolle zu bekommen. Miss Farris kam herein, um die Tänzer für den ›Hochzeitstanz der Bauern‹ auszusuchen.

»Ich brauche vier Mädchen, die den Kopf hochhalten können und Rhythmus in den Füßen haben. Marjory Coutts, Gwen Mundy, wer noch?« Ihre Augen wanderten die Reihen auf und ab, verweilten auf mehreren und auch auf mir, wie ich dasaß, den Kopf hoch, die Schultern gerade, mit einem heiteren, aber zurückhaltenden Ausdruck, während ich unter dem Tisch meine Finger aufgeregt zu meinem persönlichen Glückszeichen ineinanderflocht. »Alma Cody und – June Gannett. Jetzt vier Jungen, die tanzen können, ohne daß der Vorhang herunterfällt –«

In diesem Augenblick litt ich. Angenommen, ich durfte nur ein Mitglied der Menge sein und würde in den Hintergrund der Bühne geschoben werden? Angenommen, ich kam überhaupt nicht auf die Bühne? Einigen aus der Klasse würde das passieren; sie würden auf den Bänken unterhalb der Bühne sitzen müssen, rechts und links neben dem Klavier, auf dem Mr. Boyce spielte, zusammen mit denen aus den unteren Klassen, die für den Chor ausgesucht worden waren, alle uniform in dunklen Röcken und weißen Blusen, weißen Hemden und dunklen Hosen. Dort hatte ich drei Jahre lang gesessen, während der ›Zigeunerprinzessin‹, der ›Kerry-Tänzer‹ und der ›Gestohlenen Krone‹. Dort würden das italienische Mädchen, das fette Mädchen, der Albino-Junge erwartungsgemäß während des ›Rattenfängers‹ sitzen. Aber nicht ich! *Nicht ich!* Ich konnte nicht an die schreckliche Ungerechtigkeit glauben, daß ich von dieser Bühne fernbleiben sollte.

Naomi hatte auch keine Rolle bekommen. Wir sprachen auf dem Heimweg nicht darüber, sondern machten uns über alles lustig, was mit der Aufführung zusammenhing.

»Du bist Miss Farris, ich bin Mr. Boyce. Ach, meine einzige Liebe, mein kleiner Kolibri, diese Musik aus dem Rattenfänger macht mich wahnsinnig vor Leidenschaft, wann werde ich meine Arme um dich schlagen, bis deine Wirbelsäule kracht, weil du so schrecklich dünn bist?«

»Ich bin nicht schrecklich dünn, ich bin unglaublich

schön, und von deinem Schnurrbart bekomme ich Ausschlag. Was werden wir mit Mrs. Boyce anfangen? Oh, mein Liebling?«

»Quäle dich nicht, mein allersüßester Engel, ich werde sie in einem dunklen Schrank einschließen, wo es von Küchenschaben wimmelt.«

»Aber ich habe Angst, sie kommt raus.«

»In diesem Fall werde ich sie Arsenik schlucken lassen und sie in kleine winzige Stücke zersägen und sie die Toilette hinunterspülen. Nein, ich werde sie mit Säure in der Badewanne auflösen. Ich werde die Goldfüllungen aus ihren Zähnen herausschmelzen und einen wunderbaren Trauring für uns machen.«

»O du bist so romantisch! O mein Geliebter!«

Dann wurde Naomi doch ausgewählt; sie sollte eine Mutter spielen, die sagen muß: »Ach, meine süße kleine Marta, wie hast du des Morgens herumgetanzt, wenn ich versuchte, dein Haar zu flechten! Und ich habe dich so gescholten! Ach, wenn ich dich doch nur jetzt tanzen sehen könnte!« Und in der letzten Szene sagt sie: »Nun bin ich so dankbar, niemals will ich wieder eine Geschichte über meine Nachbarn erzählen oder eine klatschsüchtige, geizige Frau sein!« Ich war überzeugt, sie sei ausgesucht worden wegen ihrer kleinen, eher klobigen Figur, die man leicht matronenhaft verkleiden konnte. Ich mußte allein nach Hause gehen; alle mit Sprechrollen blieben nach der Schule zur Probe da. Meine Mutter sagte: »Wie geht es mit dem Singspiel?«, was bedeutete, hatte ich eine Rolle bekommen?

»Sie tun bis jetzt noch gar nichts! Die Rollen sind noch nicht verteilt.«

Nach dem Abendessen ging ich die Mason Street hinunter und an Miss Farris' Haus vorbei. Ich hatte keine Ahnung, was ich tun wollte. Ich ging auf und ab, ohne auf dem festgetretenen Schnee ein Geräusch zu machen. Miss Farris zog ihre Rolläden nicht herunter; es hätte ihr nicht ähnlich gesehen. Ihr Haus war klein, fast wie ein Spielzeughaus; weiß mit blauen Fensterläden, einem spitzen Dach, einem winzigen Giebel, geschweiften Brettern über der Tür und den Fenstern. Sie hatte es für sich gebaut mit dem Geld, das sie nach dem Tod ihrer Eltern bekam. Und obwohl man in Filmen häufig ähnliche Häuser sah – Häuser, die sich als bezaubernd, wunderlich darstellten, die aussahen, als seien sie nicht zum Wohnen, sondern zum Spielen –, sah man sie in Jubilee noch nicht. Verglichen mit den anderen Häusern in der Stadt schien das ihrige keine Geheimnisse, keine Widersprüche zu enthalten. Die Leute sagten: »Es ist so ein hübsches Haus, es sieht gar nicht wirklich aus.« Besser konnten sie nicht erklären, was daran war, dem man nicht trauen konnte.

Es gab natürlich nichts, was ich hätte tun können, und nach einer Weile ging ich nach Hause zurück.

Aber am nächsten Tag kam Miss Farris mit June Gannett im Schlepptau ins Klassenzimmer, führte sie direkt bis vor mein Pult und sagte: »Steh auf, Del«, so als ob ich dies von selbst hätte wissen müssen – sie nahm jetzt mehr von ihren Operettenallüren an –, und ließ uns Rücken an Rücken stehen. Ich begriff, daß June die falsche Größe hatte, wußte aber nicht, ob sie zu klein oder zu groß war, also konnte ich mich nicht entsprechend strecken oder klein machen. Miss Farris legte uns die Hände auf den Kopf, nahm sie langsam wieder weg. Sie stand so nahe, daß ich scharfen Schweiß riechen konnte, und ihre Hände zitterten leicht; ein winziges, gefährliches Summen einer Erregung durchlief sie.

»Du bist einen halben Zoll zu groß, liebe June. Wir wollen sehen, was sich machen läßt, um aus dir eine Mutter zu machen.«

Naomi und ich, und auch andere, wechselten beflissen höfliche Blicke; Mr. McKenna schaute sich mit scharfem Stirnrunzeln im Zimmer um.

»Wen hast du als Partner bekommen?« flüsterte Naomi später in der Garderobe, als wir uns zu unseren Stiefeln durchdrängten. Wir mußten in Reihen hinausmarschieren und unsere Überkleider holen und sie wieder hineinbringen und sie aus Gründen der Ordnung auf unsere Sitze legen.

»Jerry Storey«, gab ich zu. Ich war nicht sehr glücklich über die Zuteilung der Partner. Es schien, als sei es Absicht. Gwen Mundy und Marjory Coutts bekamen Murray Heal und George Klein, die mehr oder weniger ihre männlichen Gegenparts in der Klasse waren, lebhaft, athletisch und, wo es zählte, von sittsamem Betragen. Alma Cody bekam Dale McLaughlin, den Sohn des Pfarrers der United Church, der groß war, schlaksig, unvernünftig draufgängerisch, mit dikken Gläsern und einem schielenden Auge. Er hatte schon, mehr oder weniger, sexuellen Verkehr im Fahrradschuppen hinter der Schule mit Violet Toombs gehabt. Und ich bekam Jerry Storey, dessen Kopf mit kindischen Locken bedeckt war, dessen Augen vor furchtlosem hochgespanntem Intellekt sprühten. Er hob in den Chemiestunden die Hand und beschrieb mit einer langweiligen nasalen Stimme die Versuche, die er mit seinem Chemiekasten gemacht hatte. Er kannte die Namen von allem – Elemente, Pflanzen, Flüsse und Wüsten auf der Landkarte. Er wußte wahrscheinlich, wo das Sargasso-Meer lag. Während der ganzen Zeit, in der wir den Tanz probten, sah er mir kein einziges Mal ins Gesicht. Er schwitzte an den Händen. Ich auch.

»Du tust mir leid«, sagte Naomi. »Jetzt werden alle denken, du magst ihn.«

Das machte nichts. Jetzt war das Singspiel das größte in der Schule. Genauso wie man sich während des Krieges nicht vorstellen konnte, woran die Leute gedacht, worüber sie sich Sorgen gemacht, um was sich die Nachrichten gedreht hatten, bevor der Krieg begann, war es jetzt unmöglich sich zu erinnern, wie die Schule vor der Aufregung, vor der Zerrüttung und Spannung des Singspiels gewesen war. Wir probten den Tanz nach der Schule und auch während der Schulstunden im Lehrerzimmer. Ich war vorher nie im Lehrerzimmer gewesen, und es war seltsam, den kleinen Geschirrschrank mit seinen Kretonnevorhängen, die Teetassen, die Heizplatte, ein Röhrchen Aspirin, das unförmige Ledersofa zu sehen. An Lehrer dachte man nicht im Zusammenhang mit solcher gewöhnlichen, ja sogar schäbigen Häuslichkeit.

Es boten sich weiterhin unwahrscheinliche Einblicke. In der Decke des Lehrerzimmers war ein Loch, und als wir eines Tages zur Probe hereinkamen, überraschten wir Mr. McKenna, ausgerechnet Mr. McKenna, der seine staubigen braunbehosten Beine und seinen Hintern durch das Loch herausschob und nach der Trittleiter unter sich tastete. Er reichte Pappschachteln herunter, die ihm Miss Farris abnahm, während sie rief: »Ja, die da, die da! Ach, was haben wir denn da, was für Schätze!«

Sie zerriß die Schnur mit einem kräftigen Ruck und schüttete rote und blaue Nesselfetzen heraus, die mit Schleifen aus gold- und silberverzierten Schnüren besetzt waren, wie man sie an den Christbaum hängt. Dann Kronen, mit Gold- und Silberfolie überzogen. Rostfarbene Kniehosen aus Samt, einen gelben imitierten Kaschmirschal mit Fransen, ein paar Hofkostüme aus staubigem, papierartigem Taft. Mr. McKenna konnte nur unbedankt dabeistehen und den Staub von seiner Hose klopfen.

»Heute wird nicht getanzt! Die Jungen raus, raus und spielt Hockey.« (Es gehörte zu ihrer Vorstellung, daß Jungen immer, wenn sie nicht in der Schule waren, Hockey spielten.) »Ihr Mädchen bleibt da und helft mir sortieren. Was haben wir denn, das sich für ein deutsches Dorf im Mittelalter eignet? Ich weiß es nicht, ich weiß es nicht. Diese Kleider sind zu vornehm. Sie würden sowieso auf der Bühne zu Fetzen zerfallen. Sie haben ihre besten Tage in der ›Gestohlenen Krone‹ gehabt. Würden die Kniehosen dem Bürgermeister passen? Das erinnert mich daran, das erinnert mich daran – ich muß eine Bürgermeisterkette machen! Ich muß auch Frank Wales' Kostüm machen, der letzte Rattenfänger, den wir hatten, war doppelt so groß. Wer war das? Ich vergesse sogar, wer es war. Es war ein dicker Junge. Wir haben ihn nur wegen der Stimme ausgesucht.«

»Wie viele verschiedene Singspiele gibt es?« Das war Gwen Mundy, die frei im Umgang mit den Lehrern war und in ihrem höflichen, freundlichen Ton sprach.

»Sechs«, sagte Miss Farris ergeben. »›Der Rattenfänger‹, ›Die Zigeunerprinzessin‹, ›Die Gestohlene Krone‹, ›Der Arabische Ritter‹, ›Die Kerry-Tänzer‹, ›Die Tochter des Holzfällers‹. Wenn wir wieder auf das gleiche zurückkommen, haben wir einen völlig neuen Bestand an Darstellern, aus denen wir wählen können, und das Publikum hat, wir hoffen es zu Gott, das letzte Mal vergessen.« Sie nahm einen schwarzen Samtmantel mit rotem Futter auf, schüttelte ihn aus, legte ihn um ihre Schultern. »Das hat Pierce Murray getragen, ihr erinnert euch, als er den Hauptmann in der ›Zigeunerprinzessin‹ spielte. Nein, natürlich erinnert ihr euch nicht. Das war 1937. Dann ist er gefallen, bei der Luftwaffe.« Aber sie sagte das eher abwesend; machte es, nachdem er den Hauptmann in der ›Zigeunerprinzessin‹ gespielt hatte, soviel aus, was ihm sonst widerfahren war? »Jedes Mal, wenn er ihn anzog, drehte er sich herum – so, seht ihr – und ließ das Futter sehen.« Und sie machte eine theatralische Drehung. Alle ihre Bühnenanweisungen, Tanzanweisungen waren absichtlich, großartig übertrieben, als wollte sie uns bis zur Selbstaufgabe in Erstaunen versetzen. Sie beschimpfte uns, sie sagte uns, wir tanzten wie fünfzigjährige Arthritiker, sie sagte, sie würde uns Knallfrösche in die Schuhe stekken, aber die ganze Zeit schwirrte sie um uns herum, als ob Möglichkeiten zu einem wunderbaren feurigen Tanz in uns lägen, als könne sie aus uns herausholen, was niemand sonst, nicht einmal wir selbst, dort vermutet hatten.

Mr. Boyce kam herein, um den Plattenspieler zu holen, dessen Bedienung er Frank Wales beibringen wollte. Er sah die Drehung.

»*Con brio*«, sagte er mit seiner reservierten englischen Überraschtheit. »*Con brio,* Miss Farris!«

Miss Farris, die Drehung weiterführend, verbeugte sich artig, und wir gestanden ihr das zu und verstanden sogar in diesem Augenblick, daß ihr Erröten, das das Rouge wie ein Sonnenaufgang verschlang, nicht das Geringste mit Mr. Boyce zu tun hatte, sondern nur mit dem Vergnügen über ihre Bewegung. Wir merkten uns *con brio,* wir wollten es weitererzählen. Wir wußten nicht, was es bedeutete, und kümmerten uns auch nicht darum, nur daß es absurd war – alle Fremdwörter waren absurd – und auf dramatische Weise ausdrucksvoll. Seine Angemessenheit wurde anerkannt. Noch lange nachdem das Singspiel vorbei war, konnte Miss Farris nicht den Flur in der Schule entlanggehen, oder auf ihrem Weg den John-Hill-Hügel hinauf an uns vorübergehen, leicht und hoffnungsfroh vor sich hinsingend, wie es ihre Angewohnheit war (»*Der junge Spielmann* – Guten Morgen, Kinder – *zog in den Krieg* –«), ohne daß dieser Ausdruck heimlich irgendwo in ihrer Nähe schwebte. *Con brio, Miss Farris.* Wir spürten, daß ihr das den letzten Schliff gab; es vollendete sie.

Wir begannen, unsere Proben im Rathaus abzuhalten. Der Konzertsaal des Rathauses war so groß und zugig, wie wir ihn in Erinnerung hatten, die Bühnenvorhänge aus altem dunkelblauem Samt, mit Goldfransen, königlich, genau wie wir sie in Erinnerung hatten. Die Lichter brannten an diesen winterlich düsteren Tagen, aber nicht bis in den Hintergrund des Raumes, wohin Miss Farris manchmal verschwand, während sie schrie: »Ich kann hier hinten kein Wort hören! Ich kann kein Wort hören! Wovor habt ihr alle Angst? Wollt ihr, daß die Leute hinten anfangen zu schreien und ihr Geld zurückhaben wollen?«

Sie näherte sich dem Gipfel ihrer Verzweiflung. Sie hatte

ständig etwas zu nähen in der Hand. Sie winkte mich eines Tages zu sich und gab mir ein Stück Goldborte, die sie gerade an den Samthut des Bürgermeisters nähte. Sie sagte, ich solle zu Walkers Laden laufen und noch einen Viertelmeter davon holen, damit es reichte. Sie zitterte; das Summen in ihr war wahrnehmbarer geworden. »Verlier keine Zeit«, rief sie, als schicke sie mich nach einer lebensnotwendigen Arznei oder mit einer Nachricht, die die Armee retten sollte. Also flog ich förmlich mit offenem Mantel hinaus, und da lag Jubilee unter frischem Schnee, seine schweigenden flauschigen Straßen; die Bühne des Rathauses hinter mir strahlte hell wie ein Freudenfeuer, erleuchtet mit solch schwärmerischer Hingabe. Hingabe an die Erschaffung von etwas, das nicht wahr war, nicht notwendig, aber doch, wenn man einmal daran glaubte, wichtiger als alles, was wir sonst hatten.

Durch das Singspiel aus der Routine unseres Lebens befreit und in Erinnerung an das Klassenzimmer, wo Mr. McKenna die, die nicht ausgesucht worden waren, mit Buchstabierspielen und Kopfrechnen beschäftigte, als einen traurigen und düsteren zurückgelassenen Ort, waren wir jetzt alle Miss Farris' Verbündete. Wir stellten unsere getrennten Rollen im Singspiel zusammen und sahen sie als ein Ganzes. Ich war bewegt von der Geschichte und bin es noch. Ich dachte, was für ein isolierter und mächtiger und hilfloser und tragischer Charakter der Rattenfänger war. Kein Verrat konnte ihn wirklich überraschen; zerschmettert vom Unrecht, das die Welt an ihm beging, behielt er wie Humphrey Bogart seine müde Ehre. Selbst seine Rache (natürlich verdorben durch den veränderten Schluß) schien nicht gehässig, sondern fast sanft, eine schrecklich sanfte Rache im Interesse einer höheren Gerechtigkeit. Ich fand, daß Frank Wales, dem man die Rechtschreibung nicht beibringen konnte, leicht und natürlich in die Rolle hineinwuchs, ohne Anstrengung bei der Darstellung. Er brachte seine gewöhnliche Zurückhaltung und Gleichgültigkeit mit auf die Bühne, und das war richtig. Ich sah zum ersten Mal, wie er war, wie er aussah – seinen langen, schmalen Kopf, sein dunkles Haar, das kurz geschnitten war wie eine borstige Türmatte, ein melancholisches Gesicht, das sich in das eines Komödianten hätte verwandeln können, obwohl es das in diesem Fall nicht tat, die Pickelnarben und die neuen Pickel, die sich hinten an seinem Nacken zu bilden begannen. Sein Körper war schmal wie sein Gesicht, seine Größe war für einen Jungen in unserer Klasse durchschnittlich – was heißt, daß er nur wenig kleiner war als ich –, und er hatte eine schnelle und leichte Art zu gehen, den Gang eines Menschen, der es weder nötig hat, sich zurückzuhalten, noch die Aufmerksamkeit auf sich zu lenken. Er trug jeden Tag einen blaugrauen Pullover, am Ellbogen geflickt, und diese rauchige Farbe, so gewöhnlich, unauffällig und geheimnisvoll, schien mir seine Farbe, die Farbe seines Wesens zu sein.

Ich liebte ihn. Ich liebte den Rattenfänger. Ich liebte Frank Wales.

Ich mußte mit jemand über ihn sprechen, also sprach ich mit meiner Mutter, mit gespielter Objektivität und Kritik.

»Er hat eine gute Stimme, aber er ist nicht groß genug. Ich glaube nicht, daß er sich auf der Bühne hervortun wird.«

»Wie heißt er? Wales? Ist er der Sohn dieser Korsettfrau? Früher habe ich meine Korsetts bei einer Mrs. Wales gekauft – sie hatte diese schlankmachenden Modelle, aber sie hat sie nicht mehr. Sie wohnte in der Beggs Street, gleich nach dem Milchladen.«

»Das muß seine Mutter sein.« Ich war seltsam erfreut bei dem Gedanken, daß ein so enger Kontakt zwischen Frank Wales' Familie und der meinen, zwischen seinem Leben und dem meinen, bestanden hatte. »Bist du zu ihr gegangen, oder ist sie hierher gekommen?«

»Ich ging zu ihr, man mußte zu ihr gehen.«

Ich hätte gern gefragt, wie das Haus war, hingen Bilder im Wohnzimmer, worüber sprach seine Mutter, erwähnte sie ihre Kinder? Es wäre zuviel gewesen zu hoffen, daß sie Freundinnen geworden waren, daß sie über ihre Familien sprachen, daß Mrs. Wales abends beim Essen etwa sagen würde: »Heute war eine so nette Dame hier, um ihre Korsetts richten zu lassen, und sie sagt, sie hat eine Tochter in der gleichen Schulklasse wie du –« Wozu sollte das gut sein? Mein Name vor seinen Ohren erwähnt, mein Bild vor seine Augen gebracht.

Die Atmosphäre im Rathaus versetzte in diesen Tagen noch andere als mich in einen ähnlichen Zustand. Die ritualisierte Feindschaft zwischen Jungen und Mädchen zerbrach an hundert Stellen. Sie konnte nicht aufrechterhalten werden, oder wo sie doch aufrechterhalten wurde, geschah dies in einer scherzhaften Weise, mit verwirrten Unterströmungen von Freundlichkeit.

Auf dem Heimweg aßen Naomi und ich Toffees für fünf Cent, die in der Kälte äußerst hart zu beißen und dann fast ebenso schwer zu kauen waren. Wir sprachen mit vorsichtigen vollen Mündern.

»Wen würdest du gern als Partner haben, wenn es nicht Jerry Storey sein müßte?«

»Ich weiß nicht.«

»Murray? George? *Dale?*«

Ich schüttelte überzeugt den Kopf, während ich Spucke mit Toffeegeschmack zurücksaugte.

»Frank Wales«, sagte Naomi teuflisch.

»Sag mir ja oder nein«, sagte sie. »Los doch. Ich sag dir auch, wen ich möchte, wenn ich es wäre.«

»Ich hätte nichts gegen ihn«, sagte ich vorsichtig und zurückhaltend. »Frank Wales.«

»Also, ich hätte nichts gegen Dale McLaughlin«, sagte Naomi trotzig und ganz überraschend, denn sie hatte ihr Geheimnis besser verborgen gehalten als ich meins. Sie beugte sich über einen Schneehaufen und nagte an ihrer Toffeestange. »Ich weiß, ich muß verrückt sein«, sagte sie schließlich. »Ich mag ihn wirklich.«

»Ich mag Frank Wales wirklich«, sagte ich in vollem Zugeständnis. »Ich muß auch verrückt sein.«

Danach sprachen wir die ganze Zeit über diese beiden Jungen. Wir nannten sie S. A. Das stand für schicksalhafte Anziehung.

»Dort geht dein S. A. Versuch, nicht in Ohnmacht zu fallen.«

»Warum besorgst du deinem S. A. nicht Noxema-Salbe für seine Pickel, hm?«

»Ich glaube, dein S. A. hat dich angesehen, aber es ist schwer zu sagen bei seinen Schielaugen.«

Wir entwickelten ein Code-System von gehobenen Augenbrauen, schnell auf der Brust hin und her bewegten Fingern, gespreizten Worten wie *Qual, oh, Qual* (für die Zeit, wo wir auf der Bühne nahe bei ihnen standen). *Raserei, doppelte Raserei* (für den Fall, daß Dale McLaughlin mit Alma Cody sprach und mit seinen Fingern nach ihrem Nakken griff) und *Entzücken* (für den Fall, daß er Naomi unter dem Arm kitzelte und sagte: »Aus dem Weg, Fettkloß!«).

Naomi wollte über den Vorfall im Fahrradschuppen sprechen. Das Mädchen, mit dem Dale McLaughlin es gemacht hatte, die asthmatische Violet Toombs, war aus der Stadt weggezogen.

»Gut, daß sie weg ist. Sie hat sich hier selbst entehrt.«

»Es war nicht alles ihre Schuld.«

»Doch, das war es. Es ist die Schuld des Mädchens.«

»Wie kann es ihre Schuld sein, wenn er sie unten festgehalten hat?«

»Er kann sie nicht unten festgehalten haben«, sagte Naomi streng, »weil er sie nicht unten festhalten und gleichzeitig – sein Ding – hineinbekommen kann. Wie hätte er das können?«

»Warum fragst du ihn nicht? Ich werde ihm sagen, daß du es wissen willst.«

»Meine Mutter sagt, es ist die Schuld des Mädchens«, sagte Naomi, ohne auf mich zu achten. »Das Mädchen ist verantwortlich, weil unsere Sexualorgane innen sind, und ihre sind außen, und wir unsere Triebe besser beherrschen können als sie. Ein Junge kann nicht anders«, sie instruierte mich in einem belehrenden und doch seltsam nachgiebigen Ton, der die Anarchie, die geheimnisvolle Brutalität anerkannte, die in dieser uns benachbarten Welt vorherrschte.

Gespräche in dieser Richtung waren unwiderstehlich, und doch wünschte ich oft, wenn ich die River Street hinunterging, ich hätte mein Geheimnis für mich behalten, wie wir ja alle wünschen, wir hätten unsere Geheimnisse für uns behalten. »Frank Wales kann noch keine Erektionen kriegen, weil er noch keinen Stimmbruch hat«, sagte Naomi zu mir – zweifellos ein anderes Stück Information von ihrer Mutter weitergebend –, und ich war interessiert, aber beunruhigt, als hätte ich meine Gefühle ihm gegenüber falsch eingeordnet, in eine gänzlich unerwartete Richtung geleitet. Was ich von Frank Wales wollte, wußte ich nicht so recht. Ich hatte einen Tagtraum, der sich oft wiederholte. Ich stellte mir vor, er ginge nach einer Aufführung des Singspiels mit mir nach Hause. (Es wurde allmählich bekannt, daß Jungen – einige Jungen – mit Mädchen – einigen Mädchen – an jenem Abend nach Hause gingen, aber Naomi und ich diskutierten nicht einmal die Möglichkeit; wir scheuten uns, wirkliche Hoffnungen auszusprechen.) Wir gingen durch die völlig stillen Straßen von Jubilee, gingen unter den Straßenlampen dahin, wo unsere Schatten auf dem Schnee wirbelten und versanken, und dort in der schönen, dunklen, entvölkerten Stadt würde Frank mich entweder mit wirklichem, unglaublichem, aber kühlem und zärtlichem Gesang oder, in den realistischeren Versionen des Traumes, einfach mit der ungehörten Musik seiner Gegenwart umgeben. Er würde die spitze Kappe tragen, fast eine Narrenkappe, und den mit verschiedenen Farben, vorwiegend blau, geflickten Mantel, den Miss Farris für ihn gemacht hatte. Ich dachte mir diesen Traum oft am Rande des Schlafes aus, und dann war es seltsam, wie zufrieden er mich machte, wie er mir Frieden und Trost zufließen ließ, und dann schloß ich die Augen und trieb auf ihm in meine wirklichen Träume, die nie so freundlich waren, sondern voller steiniger kleiner Probleme – verlorene Socken, daß ich nicht imstande war, das Klassenzimmer der Klasse acht zu finden – oder voller Schrecken – daß ich auf der Bühne im Saal tanzte und feststellte, ich hatte vergessen, meinen Kopfputz aufzusetzen.

Bei der Kostümprobe rief Miss Farris so, daß alle es hören konnten: »Ich könnte genausogut vom Rathaus herunterspringen! Ich könnte genausogut gleich springen! Seid ihr denn bereit, die Verantwortung zu übernehmen?« Sie fuhr mit ihren gespreizten Fingern über ihre Wangen, daß es aussah, als würden sie Striemen hinterlassen. »Zurück, zurück, zurück, vergeßt die letzten fünfzehn Minuten! Vergeßt die letzte halbe Stunde! Fangt noch mal von vorn an!« Mr. Boyce lächelte ganz behaglich und schlug die Tasten zum Eingangschor an.

Dann der Abend selbst. Die Zeit war da, das Publikum dicht gedrängt, all das Geschiebe, Husten, herausgeputzte Erwartung, wo wir gewöhnt waren, Dunkelheit und Echos zu finden. Die Bühne war soviel heller und mit Häuserfronten aus Pappe und einem Brunnen aus Pappe soviel voller, als wir uns jemals vorgestellt hatten. Es spielte sich alles zu schnell ab, und dann war es aus, vorbei; es war nicht wichtig, wie es gemacht worden war, es mußte so genügen, konnte nicht wiedergutgemacht werden. Nichts konnte wiedergutgemacht werden. Nach all den Proben war es fast unglaublich, daß die Aufführung tatsächlich stattfand. Mr. Boyce trug einen Schoßrock, von dem die Leute sagen würden, er sehe lächerlich aus.

Die Ratszimmer unmittelbar unter der Bühne – und durch eine rückwärtige Treppe mit ihr verbunden – waren durch aufgehängte Laken in Garderoben unterteilt worden, und Miss Farris mit einer Schürze über ihrem neuen kirschroten Kleid mit Schößchen malte Augenbrauen und Münder, setzte rote Tupfen an Augenwinkel, trug Ocker auf Ohrläppchen auf, übergoß Haare mit Maisstärke. Es war ein schrecklicher Tumult. Entscheidende Teile von Kostümen gingen verloren; jemand war der Frau des Bürgermeisters auf den Saum ihres Kleides getreten und hatte es in der Taille aufgerissen. Alma Cody behauptete, sie habe vier Aspirin wegen ihrer Nerven genommen und sei jetzt schwindlig und schweißgebadet, sie saß auf dem Boden und sagte, sie werde gleich ohnmächtig. Einige von den Laken fielen herunter. Mädchen wurden in ihrem Unterzeug von Jungen gesehen und umgekehrt. Mitglieder des Chors, die eigentlich gar nicht in die Ratszimmer hineindurften, kamen herein und stellten sich ungeniert in ihren dunklen Röcken und weißen Blusen auf, und Miss Farris, die dergleichen nicht mehr wahrnahm, machte weiter und schminkte auch ihre Gesichter.

Sie bemerkte vieles nicht mehr. Wir erwarteten, daß sie wild sein würde, wie sie die ganze Woche gewesen war. Nichts dergleichen. »Ich frage mich, ob sie betrunken ist«, sagte Naomi, apfelbäckig in ihrem mütterlichen Rock. »Ich habe was an ihr gerochen.« Ich hatte nichts gerochen außer Wildrosen-Toilettenwasser und einen Hauch von jenem scharfen Schweißgeruch. Jedoch sie glitzerte – Goldmünzen begleiteten die Konturen der Jacke ihres Kostüms im militärischen Zirkusstil –, und sie glitt dahin, sich selbst nicht mehr ähnlich, sprach sanft, bewegte sich mit gütiger Billigung durch all den Tumult.

»Steck deinen Rock mit Nadeln hoch, Louise«, sagte sie zur Frau des Bürgermeisters, »du kannst jetzt sonst nichts daran machen. Im Publikum wird man es nicht merken.«

Man wird es nicht merken? Sie, die so streng gewesen war, die kleinsten Einzelheiten zu regeln, die Mütter gezwungen hatte, Sachen aufzutrennen und dreimal neu zu nähen!

»Ein großes, starkes, gesundes Mädchen wie du könnte sechs Aspirin nehmen und würde nicht einmal mit der Wimper zucken«, sagte sie zu Alma Cody. »Los, auf die Füße, meine Dame!«

Die Tänzerinnen waren in helle Baumwollröcke und rote, gelbe, grüne, blaue und weiße gestickte Blusen mit Durchzugbändern gekleidet. Alma hatte das Band ihrer Bluse gelockert, um die schamlosen Anfänge ihrer Brust zu zeigen. Selbst darüber lächelte Miss Farris nur und schwebte vorbei. Alles Erdenkliche, so schien es, konnte jetzt geschehen.

Kurz vor Beginn des Tanzes begann mein Kopfputz, ein hoher mittelalterlicher Kegel aus Pappe, der von einem gelben Netz umhüllt und mit einem Stückchen schlaffen Schleiers versehen war, leicht und drohend zu verrutschen. Ich mußte den Kopf neigen, als hätte ich einen schiefen Hals, und den ganzen Tag so mitmachen, mit zusammengebissenen Zähnen und einem glasigen Lächeln.

Nach ›God Save the King‹, nach dem letzten Vorhang rannten wir die Straße hinauf zum Fotografen, alle noch in unseren Kostümen, ohne Mäntel, um Bilder von uns machen zu lassen. Wir standen eng zusammengedrängt und warteten zwischen den sepiafarbenen Wasserfällen und italienischen Gärten seiner ausrangierten Kulissen. Dale McLaughlin fand einen Stuhl, auf dem Familienväter zu den Aufnahmen zu sitzen pflegten, Frau und Kinder um sich geschart. Er setzte sich, und Alma Cody setzte sich frech auf seinen Schoß. Sie ließ sich an seinen Hals fallen.

»Ich bin so schwach. Ich bin ein Wrack. Wußtest du, daß ich vier Aspirin genommen habe?«

Ich stand vor ihnen. »Setz dich, setz dich«, sagte Dale fröhlich und zog mich auf Alma hinunter, die kreischte. Er öffnete seine langen Beine und ließ uns beide auf den Boden plumpsen. Alle lachten. Mir waren Hut und Schleier heruntergefallen, und Dale hob ihn auf und setzte ihn mir verkehrt herum auf den Kopf, so daß der Schleier über mein Gesicht fiel.

»Du siehst prächtig aus damit. Kannst überhaupt nichts sehen.«

Ich versuchte den Hut abzustauben und richtig herum aufzusetzen. Frank Wales erschien plötzlich zwischen den Vorhängen, nachdem sein Bild aufgenommen worden war, allein, in seinem herrenhaften, bettlerhaften Kostüm.

»Tänzerinnen! Die Nächsten!« rief die Frau des Fotografen ärgerlich und steckte die Hand durch die Vorhänge. Ich war die letzte, die hineinging, weil ich immer noch versuchte, meinen Kopfputz richtig aufzusetzen. »Schau in meine

Brillengläser«, sagte Dale, und das tat ich, obwohl es beunruhigend war, sein einsames schielendes Auge hinter meinem Spiegelbild zu sehen. Er schnitt grinsende Gesichter.

»Du solltest sie nach Hause bringen«, sagte er zu Frank Wales.

Frank Wales sagte: »Wen?«

»Sie«, sagte Dale und deutete zu mir herüber. Mein Kopf tanzte in seinen Brillengläsern. »Kennst du sie nicht? Sie sitzt vor dir.«

Ich hatte Angst, es würde sich als Scherz erweisen. Ich fühlte den Schweiß in meinen Achselhöhlen, immer das erste Zeichen der Angst vor einer Demütigung. Mein Gesicht schwamm in Dales törichten Augen. Es war zuviel, zu gefährlich, so unmittelbar in meinen Traum versetzt zu werden.

Doch Frank Wales sagte nachdenklich und so artig wie es nur ging: »Das täte ich auch. Wenn sie nicht so weit draußen wohnen würde.«

Er dachte an die Zeit, als ich draußen in der Flats Road wohnte und in der Klasse berühmt war für meinen langen Schulweg. Wußte er nicht, daß ich jetzt in der Stadt wohnte? Keine Zeit, es ihm zu sagen; auch keine Möglichkeit, und das war noch das kleinste Risiko, das ich nie auf mich nehmen würde, um zu erreichen, daß er mich anlachte, mit seinem ruhigen, nachdenklichen, schnaubenden Lachen, und sagte, er habe nur Spaß gemacht.

»Alle Tänzerinnen!« schrie die Frau des Fotografen, und ich drehte mich blindlings um und folgte ihr durch die Vorhänge. Meine Enttäuschung wurde nach einer Weile in Dankbarkeit erstickt. Die Worte, die er gesagt hatte, wiederholten sich immer wieder in meinem Kopf, als ob es Worte des Lobpreises und der Vergebung wären, der Tonfall so sanft, selbstverständlich, anerkennend und wunderbar. Ein Gefühl seltenen Friedens wie das in meinen Tagträumen senkte sich während der Aufnahmen auf mich und trug mich durch die Kälte zurück zu den Ratszimmern und blieb in mir, während wir uns umzogen, selbst als Naomi sagte: »Alle haben sich totgelacht darüber, wie du beim Tanzen den Kopf gehalten hast. Du hast ausgesehen wie eine Puppe mit gebrochenem Hals. Du konntest nicht anders, allerdings.« Sie war in boshafter Stimmung, und es wurde noch schlimmer. Sie flüsterte mir ins Ohr: »Weißt du noch all das Zeug,

das ich dir über Dale McLaughlin erzählt habe? Das war alles gelogen. Das war alles eine Nummer, die ich abgezogen habe, um deine Geheimnisse aus dir herauszukriegen, ha, ha.«

Miss Farris hob mechanisch Kostüme auf und faltete sie zusammen. Sie hatte Maisstärke über die Vorderseite ihres kirschfarbenen Kleides gespritzt, und ihre Brust sah tatsächlich konkav aus, als ob etwas darin zusammengebrochen wäre. Sie machte sich kaum die Mühe, uns wahrzunehmen, außer um zu sagen: »Laßt die Rosetten von euren Schuhen da, Kinder, laßt die auch da. Das alles wird später wieder gebraucht.«

Ich ging zur Eingangshalle, und dort standen wartend meine Mutter und Fern Dogherty und mein Bruder Owen in seiner Uniform als Flaggenschwenker (die jüngeren Klassen bekamen unwichtige Dinge zu tun wie Flaggenschwenken, Schlagzeugnummern, ehe sich der Vorhang für das Singspiel hob), und bohrte seine Flagge, die er hatte behalten dürfen, in eine Schneewehe.

»Was hat dich nur so lange aufgehalten?« sagte meine Mutter. »Es war wunderschön, hattest du einen Krampf im Nacken? Dieser Junge von den Wales' war der einzige auf der ganzen Bühne, der vergaß, bei ›God Save the King‹ die Mütze abzunehmen.« Meine Mutter hatte häufig diese merkwürdigen Anwandlungen konventionellen Denkens.

Was geschah nach der Aufführung? Innerhalb einer Woche war sie außer Sicht geraten. Wenn man den Teil eines Kostüms sah, der in der Garderobe hing und zurückgegeben werden sollte, war es, wie wenn man den Christbaum sah, der im Januar in der rückwärtigen Veranda lehnt, braun, noch Flitterreste darauf, eine Erinnerung an eine Zeit, deren hektische Erwartungen und Bemühungen jetzt etwas unangebracht erschienen. Mr. McKennas stabiler Boden festigte sich erneut unter unseren Füßen. Jeden Tag machten wir achtzehn Arithmetik-Aufgaben, um aufzuholen, und hörten ruhig auf Erklärungen wie diese: »Und jetzt werden wir uns alle wegen der Zeit, die wir verloren haben, in die Sielen legen müssen.« In die Sielen legen, Schultern unter die Räder, Füße auf die Pedale – all diese Lieblingsausdrücke von Mr. McKenna, ihre Abgedroschenheit und ihre Vorhersagbarkeit schienen jetzt merkwürdig befriedigend. Wir schleppten große Stapel von Büchern nach Hause und verbrachten unsere Zeit damit, Karten von Ontario und den Großen Seen zu zeichnen – die schwierigste Karte der Welt zum Zeichnen – und ›Die Vision des Sir Launfall‹ zu lernen.

Jeder bekam einen neuen Platz; das Großreinemachen in den Pulten und der Wechsel der Nachbarn erwiesen sich als anregend. Frank Wales saß jetzt auf der anderen Seite des Zimmers. Und eines Tages kam der Pförtner mit seiner langen Leiter und entfernte einen Gegenstand, der seit Allerheiligen an einer der Hängelampen sichtbar gewesen war. Wir glaubten alle, es sei ein Kondom, und Dale McLaughlins Name wurde damit in Verbindung gebracht; weniger skandalös, wenn auch ebenso mysteriös entpuppte sich das Ding als alte Socke. Es schien eine Zeit für die Zerstörung von Illusionen zu sein. *Zur Sache kommen,* hätte Mr. McKenna gesagt.

Natürlich schmolz meine Liebe nicht einfach dahin, als die Jahreszeiten wechselten. Meine Tagträume gingen weiter, waren aber aus der Vergangenheit hergeleitet. Sie hatten nichts Neues, das sie nährte. Und der Wechsel der Jahreszeiten bewirkte auch einen Unterschied. Mir schien, der Winter sei die Zeit für die Liebe, nicht der Frühling. Im Winter war die bewohnbare Welt so stark beschränkt; außerhalb jenes kleinen, eingeschlossenen Raums, in dem wir lebten, konnten fantastische Hoffnungen blühen. Aber der Frühling enthüllte die gewöhnliche Geographie des Ortes; die langen braunen Straßen, die alten zersplitterten Gehsteige unter den Füßen, all die Zweige der Bäume, die in den Winterstürmen abgebrochen waren und aus den Höfen weggeräumt werden mußten. Der Frühling zeigte die Entfernungen genauso, wie sie waren.

Frank Wales ging nicht wie die meisten anderen in der Klasse weiter aufs Gymnasium, sondern bekam eine Stelle und arbeitete für die chemische Reinigung von Jubilee. Zu dieser Zeit hatten die Leute von der Reinigung keinen Lieferwagen. Die meisten Leute holten ihre Sachen ab, aber einiges wurde ins Haus geliefert. Es war Frank Wales' Aufgabe, sie durch die Stadt zu tragen, und wir trafen ihn manchmal, wenn wir aus der Schule kamen. Er sagte dann hallo, in der schnellen, ernsthaften, höflichen Weise eines Geschäftsmannes oder eines Handwerkers, der zu denen spricht, die noch nicht in die Welt der Verantwortung eingetreten sind. Er hielt die Kleider immer schulterhoch, mit einem pflichtbewußt gebeugten Ellbogen; als er zu arbeiten anfing, hatte er noch nicht seine volle Größe erreicht.

Eine Weile – etwa sechs Monate lang, glaube ich – ging ich in die Reinigung von Jubilee mit dem Gefühl der Erregung, einer Hoffnung, ihn zu sehen, aber er war niemals im Laden; dort war immer der Mann, dem das Geschäft gehörte, oder seine Frau – beide kleine, erschöpfte, bläulich aussehende Leute, die wirkten, als hätte die Reinigungsflüssigkeit sie gebeizt oder wäre in ihr Blut geraten.

Miss Farris ertrank im Wawanash. Das geschah, als ich auf dem Gymnasium war, also war es nur drei oder vier Jahre nach der Aufführung des ›Rattenfängers‹, aber als ich die Nachricht hörte, kam es mir vor, als ob Miss Farris weit entfernt und auf einer Ebene der naivsten und einfachsten Gefühle und irrigen Vorstellungen existierte. Ich dachte sie mir als in jener Zeit gefangen und war erstaunt, daß sie daraus ausgebrochen war, um diese Tat zu begehen. Wenn es eine Tat war.

Es war möglich, wenn auch keineswegs wahrscheinlich, daß Miss Farris am Flußufer im Norden der Stadt, in der Nähe der Betonbrücke spazieren gegangen war und daß sie ausgerutscht und in das Wasser gefallen war und sich nicht selbst retten konnte. Auch war es nicht unmöglich, darauf wies der ›Herald-Advance‹ von Jubilee hin, daß sie von einer oder mehreren unbekannten Personen aus ihrem Haus entführt und in den Fluß getrieben worden war. Sie hatte ihr Haus am Abend verlassen, ohne die Tür abzuschließen, und alle Lichter waren an. Einige Leute, die von dem Gedanken an wundersame, heimliche Verbrechen erregt wurden, die in der Nacht geschahen, glaubten immer, daß es ein Mord war. Andere hielten es, aus Freundlichkeit oder Ängstlichkeit, für einen Unfall. Das waren die beiden Möglichkeiten, die erörtert und diskutiert wurden. Diejenigen, die glaubten, daß es Selbstmord war, und das glaubten schließlich die meisten, waren nicht so begierig, darüber zu sprechen, und warum sollten sie auch? Weil es nichts zu sagen gab. Es war ein Geheimnis, das ohne Erklärung und ohne Hoffnung auf eine Erklärung unverhüllt wie ein klarer blauer Himmel schien. Keine Erklärungen.

Miss Farris in ihrem samtenen Schlittschuhkostüm, mit ihrem flotten Hut, der zwischen den übrigen Läufern tanzte und sie immer heraushob, Miss Farris *con brio*, Miss Farris, die in den Ratszimmern Gesichter schminkte, Miss Farris, die ohne Protest mit dem Gesicht nach unten im Wawanash trieb, sechs Tage lang, bevor sie gefunden wurde. Obwohl es keinen Weg gibt, diese Bilder nebeneinander zu hängen – wenn das letzte richtig ist, muß es dann nicht alle anderen verändern? –, werden sie jetzt zusammenbleiben müssen.

›Der Rattenfänger‹, ›Die Zigeunerprinzessin‹, ›Die Gestohlene Krone‹, ›Der Arabische Ritter‹, ›Die Kerry-Tänzer‹, ›Die Tochter des Holzfällers‹.

Sie schickte diese Singspiele herauf wie Blasen, die mit zitternder, erschöpfender Anstrengung geformt wurden, dann fast zufällig freigesetzt wurden, um mehr und mehr dahinzuschwinden, aber für immer unsere verwandelten kindlichen Naturen, ihre unbesiegte, unerwiderte Liebe einschließend.

Was Mr. Boyce anging, so hatte er Jubilee bereits verlassen, wo er sich, wie die Leute sagten, nie zu Hause gefühlt zu haben schien, und eine Stelle als Kirchenorganist und Musiklehrer in London angenommen – das nicht das richtige London ist, ich fühle mich verpflichtet, das zu erklären, sondern eine mittelgroße Stadt in West-Ontario. Es sickerten Nachrichten durch, daß es ihm gelang, dort ganz gut zurechtzukommen, weil es ein paar Leute gab wie er selbst.

Die Schneemauern an der Hauptstraße wurden schließlich so hoch, daß in eine vor dem Postamt zwischen der Straße und dem Gehsteig ein Durchgang gegraben wurde. Es wurde ein Foto davon gemacht und im ›Herald-Advance‹ von Jubilee veröffentlicht, so daß die Leute es ausschneiden und ihren Verwandten oder Bekannten schicken konnten, die in einem weniger heroischen Klima, in England oder Australien oder Toronto, lebten. Der Backsteinuhrturm des Postamts ragte über den Schnee empor, und zwei Frauen standen in dem Torbogen, um zu zeigen, daß es kein Schwindel war. Diese Frauen arbeiteten beide im Postamt, sie hatten ihre Mäntel angezogen, ohne sie zuzuknöpfen. Die eine war Fern Dogherty, die Untermieterin meiner Mutter.

Meine Mutter schnitt das Bild aus, weil Fern darauf war, und weil sie sagte, ich solle es aufheben, um es meinen Kindern zu zeigen.

»Sie werden nie so etwas sehen«, sagte sie. »Bis dahin wird der ganze Schnee mit Maschinen aufgesammelt und – verteilt sein. Oder die Leute leben dann unter durchsichtigen Kuppeln mit geregelten Temperaturen. So etwas wie Jahreszeiten wird es nicht mehr geben.«

Wie sammelte sie alle ihre beunruhigenden Kenntnisse über die Zukunft? Sie sah voraus in eine Zeit, in der Städte wie Jubilee durch Kuppeln und Pilze aus Beton ersetzt würden, mit beweglichen Schnellstraßen, die einen von einem Ort zum anderen brachten, und die Landschaft für immer unter breiten, schwungvollen Pflasterbahnen gefesselt und gezähmt war. Nichts würde mehr so sein, wie wir es heute kannten, es würden keine Bratpfannen oder Haarspangen oder gedruckte Seiten oder Füllfederhalter bleiben. Meine Mutter würde überhaupt nichts vermissen.

Es wunderte mich auch, daß sie von meinen Kindern sprach, denn ich gedachte, nie welche zu haben. Auf Ruhm war ich aus, wenn ich wie ein Verbannter oder ein Spion durch die Straßen von Jubilee ging, nicht sicher, aus welcher Richtung und wann der Ruhm zuschlagen würde, aber zutiefst davon überzeugt, daß er es tun mußte. Diese Überzeugung hatte meine Mutter geteilt, sie war meine Verbündete gewesen, aber jetzt wollte ich nicht mehr mit ihr darüber sprechen; sie war unbesonnen, und ihre Erwartungen nahmen eine zu extreme Form an.

Fern Dogherty. Da war sie in der Zeitung, und ihre Hände hielten kokett den großen Kragen ihres guten Wintermantels zusammen, den sie durch pures Glück an diesem Tag zur Arbeit getragen hatte. »Ich sehe so dick aus wie eine Wassermelone«, sagte sie. »In diesem Mantel.«

Mr. Chamberlain, der es mit ihr anschaute, kniff sie oberhalb des Handgelenks in den Arm.

»Feste Schale, feste alte Wassermelone.«

»Werde nicht boshaft«, sagte Fern. »Es ist mir ernst.«

Ihre Stimme war schwach für eine so große Frau, klagend, aufgesetzt, doch gutgelaunt, nachgiebig. All jene Eigenschaften, die meine Mutter für ihren Sturm auf das Leben entwikkelt hatte – Schärfe, Klugheit, Entschlußkraft, wählerisches Wesen –, schienen ihre Gegensätze in Fern zu haben, in ihren unbestimmten Klagen, ihren trägen Bewegungen, ihrer gleichgültigen Liebenswürdigkeit. Sie hatte eine dunkle Haut, die nicht olivfarben, sondern staubig wirkte, blaß, mit braunen Pigmentflecken so groß wie Münzen; sie sah dem gesprenkelten Boden unter einem Baum an einem Sommertag ähnlich. Ihre Zähne waren eckig, weiß, leicht vorstehend mit kleinen Zwischenräumen. Diese beiden Kennzeichen, von denen keines an sich besonders attraktiv klingt, gaben ihr ein schelmisches, sinnliches Aussehen.

Sie hatte einen rubinfarbenen Morgenrock aus Satin, ein prächtiges Gewand, das die Rundungen ihres Bauches und ihrer Schenkel wie Früchte modellierte, wenn sie sich hinsetzte. Sie trug ihn Sonntag morgens, wenn sie rauchend und Tee trinkend in unserem Eßzimmer saß, bis es Zeit war, sich für die Kirche zurechtzumachen. Er teilte sich an den Knien und zeigte ein Stück blasse, anliegende Kunstseide – ein Nachthemd. Nachthemden waren Gewänder, die ich nicht tragen konnte, weil sie sich um einen herumwickelten und heraufrutschten, während man schlief, und auch weil sie einen zwischen den Beinen unbedeckt ließen. Als Naomi und ich jünger waren, pflegten wir Bilder von Männern und Frauen mit erstaunlich großen Genitalien zu zeichnen, die Frauen fett, mit gesträubtem stacheligem Haar, wie der Rükken eines Stachelschweins. Wenn man ein Nachthemd trug, konnte man nicht anders, als sich dieses abscheulichen Busches bewußt zu sein, den Schlafanzüge sittsam bedeckten. Meine Mutter trug am gleichen sonntäglichen Frühstückstisch einen weiten, gestreiften Schlafanzug, einen verschossenen rostfarbigen Kimono, der einen Gürtel mit Troddeln hatte, und Pantoffeln von der Art, die eigentlich Wollsocken sind, auf die eine Sohle aufgenäht ist.

Fern Dogherty und meine Mutter waren Freundinnen trotz gewisser Unterschiede. Meine Mutter schätzte an den Leuten Welterfahrung, eine Verbindung zu kulturellen und gebildeten Kreisen und schließlich jede Andeutung, daß sie in Jubilee in zweifelhafter Weise aufgenommen wurden. Und Fern hatte nicht immer bei der Post gearbeitet. Nein; früher einmal hatte sie Gesang studiert am Königlichen Musikkonservatorium. Jetzt sang sie im Chor der United Church, sie sang ›Ich weiß, daß mein Erlöser lebt‹ am Ostersonntag, und bei Hochzeiten sang sie ›Weil‹ und ›Oh, versprich mir‹ und ›Die Stimme, die über Eden hauchte‹. Am Samstagnachmittag, wenn das Postamt geschlossen war, hörten sie und meine Mutter die Radioübertragungen aus der Metropolitan Opera. Meine Mutter besaß ein Opernbuch. Sie holte es dann heraus und verfolgte die Handlung, benannte die Arien, für die Übersetzungen vorgesehen waren. Sie hatte Fragen an Fern, aber Fern wußte nicht soviel über Opern, wie man denken könnte, sie war sogar unsicher, welche es war, die sie anhörten. Aber manchmal lehnte sie sich mit den Ellbogen auf dem Tisch vor, jetzt nicht entspannt, sondern lebhaft aufgestützt, und sang unter Nichtachtung der fremden Worte. »*Do*–daa–do, da, *do*, dado-do–« Die Kraft, die Ernsthaftigkeit ihrer singenden Stimme war jedesmal eine Überraschung. Es machte sie nicht verlegen, diese großartigen, hochtrabenden Gefühle herauszulassen, denen sie im Leben keine Aufmerksamkeit widmete.

»Hattest du vor, Opernsängerin zu werden?« fragte ich.

»Nein. Ich hatte nur vor, die Dame zu werden, die bei der Post arbeitet. Nun ja, ich wollte, und ich wollte doch nicht. Die Arbeit, das Üben. Ich hatte einfach nicht genug Ehrgeiz, ich denke, das war mein Problem. Es war mir immer lieber, es mir gutgehen zu lassen.« Sie trug Samstag nachmittags lange Hosen und Sandalen, aus denen ihre plumpen lackierten Zehen hervorsahen. Sie ließ Asche auf ihren Bauch fallen, der ohne Gürtel in einer schwangeren Linie vorstand. »Rauchen ruiniert meine Stimme«, sagte sie nachdenklich.

Ferns Gesangsstil wurde in Jubilee zwar bewundert, aber doch fast als Angabe betrachtet, und manchmal kreischten oder trillerten Kinder auf der Straße hinter ihr her. Meine Mutter konnte das als Verfolgung betrachten. Sie konstruierte solche Fälle aus den nichtigsten Beweisen und suchte das jüdische Ehepaar, das den Armeewarenladen führte, oder den verhutzelten schweigsamen Chinesen in der Wäscherei mit bestürzendem Mitgefühl, lauten, langsam vorgebrachten Freundschaftsanträgen auf. Sie wußten nicht, was sie mit ihr anfangen sollten. Fern wurde nicht verfolgt, das konnte ich sehen. Immerhin sprachen meine alten Tanten, die Tanten meines Vaters, ihren Namen immer auf eine besondere Weise aus, als ob ein Stein darin wäre, den sie lutschen und ausspucken mußten. Und Naomi erzählte mir, »daß Fern Dogherty ein Baby gehabt hat«.

»Das hat sie nie«, sagte ich, sie spontan verteidigend.

»Doch, sie hat. Als sie neunzehn war. Deshalb ist sie aus dem Konservatorium geflogen.«

»Woher weißt du?«

»Meine Mutter weiß es.«

Naomis Mutter hatte überall Spione, alte Kindbettfälle, Totenbettgenossen, die sie auf dem laufenden hielten. In ihrem Pflegeberuf, in dem sie von Haus zu Haus ging, war sie imstande, wie ein Vakuumrohr unter Wasser zu funktionieren, indem sie aufsaugte, was sonst niemand zugänglich war. Ich meinte, ich müßte mit Naomi darüber diskutieren, weil Fern unsere Untermieterin war und weil Naomi immer über die Leute in unserem Haus redete. (»Deine Mutter ist Atheistin«, konnte sie mit finsterem Wohlbehagen sagen, und ich sagte dann: »Nein, das ist sie nicht, sie ist eine Freidenkerin«, und während meiner ganzen begründeten, hoffnungsvollen Erklärung leierte Naomi vor sich hin: *kein Unterschied, kein Unterschied.*) Ich konnte es ihr nicht zurückzahlen, sei es aus Anständigkeit oder aus Feigheit, obwohl Naomis Vater einer merkwürdigen und in schlechtem Ruf stehenden religiösen Sekte angehörte und überall in der Stadt herumging und Prophezeiungen aussprach, ohne seine falschen Zähne einzusetzen.

Ich fing an, auf Bilder von Babys in der Zeitung oder in Zeitschriften hinzuweisen, wenn Fern in der Nähe war, und sagte dann: »Ach, ist es nicht niedlich?« und beobachtete sie genau, ob da ein Aufflackern von Gewissensbissen wäre, eine mütterliche Sehnsucht, als könnte sie eines Tages tatsächlich dazu verleitet werden, in Tränen auszubrechen, ihre leeren Arme auszustrecken, im tiefsten Herzen getroffen von einer Reklameanzeige für Talkumpuder oder Babynahrung.

Außerdem sagte Naomi, Fern mache mit Mr. Chamberlain alles, so als ob sie verheiratet wären.

Mr. Chamberlain hatte Fern bei uns von Anfang an untergebracht. Wir mieteten das Haus von seiner Mutter, die jetzt schon das dritte Jahr blind und bettlägering im Wawanash-Bezirkskrankenhaus lag. Ferns Mutter war ebenfalls dort; und dort haben sie sich auch an einem Besuchstag getroffen. Sie arbeitete zu der Zeit im Postamt von Blue River. Mr. Chamberlain arbeitete bei der Rundfunkstation von Jubilee und wohnte auch im gleichen Gebäude in einer kleinen Wohnung, da ihm die Mühe mit einem Haus zuviel war. Meine Mutter sprach von ihm betont als von »Ferns Freund«, als ob sie darauf hinweisen wollte, daß das Wort Freund in diesem Fall nicht mehr bedeutete, als es bedeuten sollte.

»Sie genießen ihre gegenseitige Gesellschaft«, sagte sie. »Sie machen sich keine Gedanken über irgendwelchen Unsinn.«

Unsinn bedeutete Romanze; es bedeutete Vulgarität; es bedeutete Sex.

Ich probierte bei meiner Mutter aus, was Naomi gesagt hatte. »Fern und Mr. Chamberlain könnten ebensogut verheiratet sein.«

»Was? Was meinst du? Wer hat das gesagt?«

»Alle wissen es.«

»Ich weiß es nicht. Also wissen es nicht alle. Niemand hat je in meiner Gegenwart so etwas gesagt. Das hat Naomi gesagt, nicht wahr?«

Naomi war bei mir zu Hause nicht beliebt, und ich war es auch nicht bei ihr. Jede von uns war verdächtig, den Samen der Verderbtheit in sich zu tragen – in meinem Fall den des Atheismus, in Naomis den der Beschäftigung mit sexuellen Dingen.

»In dieser Stadt wuchert geradezu die dreckige Gesinnung und läßt die Leute nie in Frieden.«

»Wenn Fern Dogherty keine gute Frau wäre«, schloß meine Mutter mit einer großzügigen Logik, »glaubst du, ich würde sie hier in meinem Haus wohnen lassen?«

In diesem Jahr führten Naomi und ich fast täglich Diskussionen über das Thema Sex, stimmten aber im Ton überein, so daß sich Abstufungen von Offenheit ergaben, die wir nie erreichen konnten. Dieser Ton war schlüpfrig, verächtlich, besessen neugierig. Ein Jahr zuvor hatten wir uns gern als Opfer der Leidenschaft gesehen; jetzt waren wir Zuschauer oder höchstens nüchterne und heitere Experimentatoren. Wir hatten ein Buch, das Naomi in der Aussteuertruhe ihrer Mutter unter den eingemotteten Paradebettdecken gefunden hatte.

Während des erstmaligen Verkehrs sollte man Vorsicht walten lassen, lasen wir laut, *besonders wenn das männliche Organ von ungewöhnlicher Größe ist. Vaseline kann sich als hilfreiches Gleitmittel erweisen.*

»Ich ziehe Butter vor. Schmeckt besser.«

In den letzten Stadien der Schwangerschaft wird oft auf den Verkehr zwischen den Schenkeln ausgewichen.

»Du meinst, daß sie es auch *dann* noch machen?«

Die Stellung von hinten ist manchmal in Fällen angezeigt, wenn die Frau beträchtlich dickleibig ist.

»Fern«, sagte Naomi. »So macht er es mit Fern. Sie ist beträchtlich dickleibig.«

»Ach! Von diesem Buch wird mir schlecht.«

Es war bekannt, so lasen wir, daß das männliche Geschlechtsorgan eine Länge von vierzehn Zoll erreichen konnte. Naomi spuckte ihren Kaugummi aus und rollte ihn zwischen den Handflächen, zog ihn länger und länger, dann nahm sie ihn an einem Ende und ließ ihn in der Luft baumeln.

»Mr. Chamberlain, der Rekordbrecher!«

Jedesmal, wenn sie danach zu mir nach Hause kam und Mr. Chamberlain da war, nahm eine von uns oder wir alle beide den Kaugummi heraus und rollten ihn so und ließen ihn unschuldig baumeln, bis es sogar die Erwachsenen bemerkten und Mr. Chamberlain sagte: »Da habt ihr ein richtiges Spiel draus gemacht«, und meine Mutter sagte: »Hört auf damit, es ist ekelhaft.« (Sie meinte den Kaugummi.) Wir paßten bei Mr. Chamberlain und Fern auf Anzeichen der Leidenschaft, Lüsternheit, auf wollüstige Blicke oder Hände unterm Rock auf. Wir hatten keinen Erfolg, und meine Verteidigung Ferns erwies sich als zutreffender, als ich es mir selbst wünschte. Denn ich unterhielt mich ebenso gern wie Naomi mit Gedanken an ihre grunzenden Unanständigkeiten, ihre Wälzereien in quietschenden Betten (in Touristenkabinen, sagte Naomi, jedesmal wenn sie nach Tupperton fuhren, *um den See zu sehen*). Der Ekel schloß in meinen Gedanken das Vergnügen nicht aus; im Gegenteil, sie waren unzertrennlich.

Mr. Chamberlain, Art Chamberlain, verlas die Nachrichten im Sender von Jubilee. Er machte auch alle ernsten und gewichtigen Ansagen. Er hatte eine schöne, für seinen Beruf geeignete Stimme, willkommen wie dunkle Schokolade, die einfloß in die Orgelmusik der Sonntagnachmittagssendung, ›In Memoriam‹, finanziert von einem örtlichen Beerdigungsinstitut. Manchmal hatte er Fern als Sängerin in seinem Programm, sie sang geistliche Lieder – ›Ich armer Wanderer frag mich‹ – und nichtgeistliche, aber traurige Lieder – ›Das Ende eines vollkommenen Tages‹. Es war nicht schwer, zum Sender von Jubilee zu kommen; ich selbst hatte bei der ›Jugendparty am Samstagmorgen‹ ein komisches Gedicht aufgesagt, und Naomi hatte auf dem Klavier ›Die Glocken von St. Marien‹ gespielt. Immer wenn man das Radio einschaltete, konnte man damit rechnen, jemanden zu hören, den man kannte, oder wenigstens in den Wunschsendungen die Namen von Leuten zu hören, die man kannte. (»Wir spielen dieses Stück auch für Mr. und Mrs. Carl Otis aus Anlaß ihres achtundzwanzigsten Hochzeitstages, es wurde gewünscht von ihrem Sohn George und seiner Frau Etta und den drei Enkelkindern Lorraine, Mark und Lois, ebenso von Mrs. Otis' Schwester, Mrs. Bill Townley, aus der Porterfield Road.«) Ich hatte selbst auch angerufen und für Onkel Benny ein Lied zu seinem vierzigsten Geburtstag bestellt; meine Mutter wollte nicht, daß ihr Name erwähnt wurde. Sie hörte lieber den Sender Toronto, der die Metropolitan Opera brachte und Nachrichten ohne Werbung und ein Quiz-Programm, bei dem sie mit vier Herren konkurrierte, die, nach ihren Stimmen zu urteilen, alle kleine, spitze Bärte hatten.

Mr. Chamberlain mußte auch Werbespots verlesen, und er war voll bei der Sache, empfahl Wick Nasentropfen aus Cross' Drogerie und ein Sonntagsessen im Brunswick Hotel und Lee Wickert und Söhne für die Beseitigung toter Tiere. »Wie geht's den toten Tieren, alter Kämpfer?« So begrüßte Fern ihn manchmal, und er gab ihr dann einen leichten Klaps aufs Hinterteil. »Ich werde Bescheid sagen, daß sie deine Dienste benötigen!« »Scheint mir eher, daß du sie brauchst«, sagte Fern ohne viel Bosheit, und er ließ sich auf einen Stuhl fallen und lächelte meiner Mutter zu, da sie ihm Tee eingegossen hatte. Seine hellen blau-grünen Augen hatten keinen Ausdruck, nur eben diese Farbe, die so hübsch war, daß man hätte ein Kleid daraus machen mögen. Er war immer müde. Mr. Chamberlains weiße Hände, seine gerade geschnittenen Nägel, sein ergrauendes, sich verdünnendes, hübsch frisiertes Haar, sein Körper, den seine Kleidung in keiner Weise behinderte, ja, aus dem gleichen Material wie diese zu sein schien, so daß er durch und durch Hemd und Krawatte und Anzug hätte sein können, erschienen mir fremdartig für einen Mann. Selbst Onkel Benny, der so mager und schmalbrüstig war mit seinen angegriffenen Bronchien, hatte in seinem Aussehen oder seiner Art, sich zu bewegen, etwas, was auf ein Schicksal hindeutete oder eine Gewalttat voraussagte, etwas, das die Ordnung zerstören würde; bei meinem Vater war es ebenso, obwohl er doch so überlegt in seinem Verhalten war. Trotzdem war es Mr. Chamberlain, der seine Zigarette im Aschenbecher abklopfte, es war Mr. Chamberlain, der im Krieg gewesen war (er war im Panzerkorps gewesen). War mein Vater da, wenn er uns besuchen kam – in Wirklichkeit um Fern zu besuchen, aber er ließ es nicht so schnell merken –, stellte er ihm Fragen über den Krieg. Aber es war klar, daß sie den Krieg unterschiedlich betrachteten. Mein Vater sah ihn als ein Ganzes, das in Feldzüge eingeteilt war, die ein bestimmtes Ziel hatten, die scheiterten oder glückten. Mr. Chamberlain sah ihn als eine Anhäufung von Geschichten, die kein besonderes Ziel hatten. Er erzählte seine Geschichten, damit man darüber lachte.

Er erzählte uns zum Beispiel, wie er zum ersten Mal zum Einsatz kam, was für eine Verwirrung da herrschte. Ein paar Panzer waren in einen Wald gefahren, hatten umgedreht, waren in der falschen Richtung herausgekommen, von wo, wie sie glaubten, die Deutschen kommen würden. So fielen die ersten Schüsse – auf einen ihrer eigenen Panzer.

»Ließen ihn hochgehen!« sagte Mr. Chamberlain vergnügt, unbekümmert.

»Waren Soldaten in dem Panzer?«

Er schaute mich mit spöttischer Überraschung an, wie immer, wenn ich etwas sagte; man hätte meinen können, ich hätte vor ihm einen Kopfstand gemacht. »Na, ich wäre nicht überrascht, wenn es so gewesen wäre!«

»Wurden sie denn – getötet?«

»Irgendwas ist mit ihnen passiert. Ich habe sie bestimmt später nicht mehr in der Gegend gesehen. Puff!«

»Von den eigenen Leuten erschossen, was für eine schreckliche Sache«, sagte meine Mutter empört, aber weniger selbstsicher als gewöhnlich.

»Solche Sachen kommen im Krieg vor«, sagte mein Vater ruhig, aber mit einer gewissen Strenge, als ob ein Einwand dagegen eine gewisse weibliche Naivität bewies. Mr. Chamberlain lachte nur. Er fuhr fort und erzählte, was sie am letzten Kriegstag gemacht hatten. Sie jagten die Feldküche in die Luft, richteten einfach alle Waffen darauf, die letzte fröhliche Explosion, die sie erleben würden.

»Das klingt wie ein Haufen Kinder«, sagte Fern. »Das klingt, als wärt ihr nicht erwachsen genug, um einen *Krieg* zu führen. Es klingt wirklich, als hättet ihr nur eine großartige, verrückte Zeit gehabt.«

»Das will ich ja immer, nicht wahr? Eine großartige Zeit.«

Einmal erfuhren wir, daß er in Florenz gewesen war, was nicht erstaunlich war, da er den Krieg in Italien mitgemacht hatte. Aber meine Mutter richtete sich auf, sie sprang ein bißchen von ihrem Stuhl hoch, und sie zitterte vor Aufmerksamkeit.

»Waren *Sie* in Florenz?«

»Ja, Madam«, sagte Mr. Chamberlain ohne Begeisterung.

»In Florenz, Sie waren in Florenz«, wiederholte meine Mutter, verwirrt und erfreut. Ich hatte eine dunkle Ahnung, was in ihr vorging, hoffte aber, sie würde nicht zuviel preisgeben. »Das hätte ich nie gedacht«, sagte sie. »Ja. Natürlich wußte ich, daß Sie in Italien waren, aber es scheint so merkwürdig –« Sie meinte, daß dieses Italien, von dem wir gesprochen hatten, wo der Krieg geführt worden war, der gleiche Ort war, an dem sich Geschichte ereignet hatte, wirklich der Ort der alten Päpste und der Medicis und Leonardos. Die Cencis. Die Zypressen. Dante Alighieri.

Angesichts ihrer Begeisterung für die Zukunft wurde sie recht merkwürdig von der Vergangenheit erregt. Sie eilte ins Wohnzimmer und kam mit dem Ergänzungsband der Enzyklopädie über Kunst und Architektur zurück, der voll war mit Statuen, Gemälden, Gebäuden, meist in einem wolkigen, kühlen, museumsgrauen Licht aufgenommen.

»Da!« Sie öffnete ihn auf dem Tisch. »Das ist Ihr Florenz. Michelangelos Statue des David. Haben Sie das gesehen?«

Ein nackter Mann. Sein marmornes Ding hing an ihm, so daß jeder es sehen konnte; wie das verwelkende Blütenblatt einer Lilie. Wer außer meiner Mutter in ihrer unerschütterlichen und furchtbaren Unschuld würde einem Mann, würde uns allen ein solches Bild zeigen? Fern rundete die Lippen und bemühte sich, ihr Lächeln zurückzuhalten.

»Ich habe sie nie gesehen, nein. Der Platz ist voll Statuen. Das berühmte Dies und das berühmte Das, man kann sich dazwischen kaum umdrehen.«

Ich sah, daß er nicht der Mensch war, mit dem man über solche Dinge sprechen konnte. Aber meine Mutter machte weiter.

»Aber sicher haben Sie die Bronzetüren gesehen? Die wunderbaren Bronzetüren? Der Künstler hat sein ganzes Leben gebraucht, um sie zu schaffen. Sehen Sie sie an, hier sind sie. Wie hieß er noch – Ghiberti. Ghiberti. Sein ganzes Leben.«

Mr. Chamberlain gab zu, einige Sachen gesehen zu haben, anderes hatte er nicht gesehen. Er schaute mit schicklichem Maß an Geduld auf das Buch, dann sagte er, er habe sich aus Italien nichts gemacht.

»Na ja, Italien, das war schon in Ordnung. Es waren mehr die Italiener.«

»Fanden Sie sie dekadent?« sagte meine Mutter bedauernd.

»Dekadent – ich weiß nicht. Ich weiß nicht, was sie waren. Sie sind gleichgültig. Auf der Straße in Italien kam ein Mann auf mich zu und wollte mir seine eigene Tochter verkaufen. So was passierte ständig.«

»Warum wollen die ein Mädchen verkaufen?« fragte ich und nahm, was mir leicht fiel, meine kecke und einfältige Unschuldsmiene an. »Als Sklavin?«

»In einer gewissen Weise«, sagte meine Mutter, und sie schloß das Buch und verzichtete auf Michelangelo und die Bronzetüren.

»Nicht älter als Del«, sagte Mr. Chamberlain mit einer Abscheu, die bei ihm leicht unecht wirkte. »Nicht einmal so alt, manche.«

»Sie reifen eher«, sagte Fern. »Diese heißen Länder.«

»Del. Nimm das Buch, stell es weg.« Die Gefahrensignale in der Stimme meiner Mutter waren wie das Schlagen sich erhebender Flügel.

Gut, ich hatte es gehört. Ich ging nicht ins Eßzimmer zurück, sondern nach oben und zog mich aus. Ich zog den schwarzen kunstseidenen Morgenrock meiner Mutter an, der mit Sträußchen rosafarbener und weißer Blumen überstreut war. Ein unpraktisches Geschenk, sie trug ihn nie. In ihrem Zimmer starrte ich frierend und herausfordernd in den dreiteiligen Spiegel. Ich zog den Stoff von meinen Schultern und bauschte ihn über den Brüsten, die gerade groß genug waren, um in die runden, leicht vertieften Papierdekken zu passen, die auf den Eiskremtellern lagen. Ich hatte das Licht neben dem Frisiertisch eingeschaltet; es kam sanft, warm von einem Wandleuchter aus karamellfarbenem Glas und legte eine Art Glühen auf meine Haut. Ich schaute auf meine hohe, runde Stirn, die rosa gesprenkelte Haut, mein Gesicht, das so unschuldig wie ein Ei war, und meine Augen schafften es, das, was da war, zu verändern, mich verschlagen und weich zu machen, mein Haar, das hellbraun und fein wie ein knisternder Busch war, zu üppigen Locken werden zu lassen, mehr golden als braun. Mr. Chamberlains Stimme in meinem Kopf, die sagte: *nicht älter als Del,* wirkte auf mich wie die Berührung der Kunstseide auf meiner Haut, umgab mich, machte, daß ich mich gefährdet und begehrt fühlte. Ich dachte an Mädchen in Florenz, Mädchen in Rom, Mädchen meines Alters, die ein Mann kaufen konnte.

Schwarzes italienisches Haar unter ihren Armen. Schwarz an den Mundwinkeln. *Sie reifen früher in diesen heißen Ländern.* Römische Katholiken. Ein Mann bezahlte einen dafür, daß man es ihn machen ließ. Was sagte er? Zog er einem die Kleider aus, oder erwartete er, daß man das selbst tat? Zog er die Hose aus, oder machte er nur den Reißverschluß auf und richtete sein Ding auf einen? Es war dieses Übergangsstadium, die Brücke zwischen dem, was mögliches, bekanntes und normales Verhalten war, und dem märchenhaften, bestialischen Akt, den ich mir nicht vorstellen konnte. Nichts stand hierüber in dem Buch von Naomis Mutter.

Es gab in Jubilee ein Haus mit drei Prostituierten. Das heißt drei, wenn man Mrs. McQuade dazuzählte, die es leitete; sie war mindestens sechzig. Das Haus stand am nördlichen Ende der Hauptstraße in einem Hof, der voller Stockrosen und Löwenzahn war, direkt neben der B. A.-Tankstelle. An sonnigen Tagen kamen die beiden jüngeren Frauen manchmal heraus und setzten sich auf Segeltuchstühle. Naomi und ich waren öfter dort vorbeigegangen und hatten sie einmal gesehen. Sie trugen bedruckte Kleider und Hausschuhe; ihre weißen Beine waren nackt. Eine von ihnen las den *Star Weekly*. Naomi sagte, sie heiße Peggy, und sie sei einmal abends in der Herrentoilette der Gay-la-Tanzhalle dazu gebracht worden, eine ganze Reihe von Männern zu bedienen, im Stehen. War so etwas möglich? (Ich hörte diese Geschichte noch ein zweites Mal, allerdings war es diesmal Mrs. McQuade selbst gewesen, die diese Großtat vollbrachte oder erduldete, und es war nicht in der Gay-la-Tanzhalle gewesen, sondern an der Rückwand des Cafés Blaue Eule.) Ich hätte mehr von dieser Peggy sehen wollen als nur den weichen mausbraunen Lockenbusch über der Zeitung; ich hätte ihr Gesicht sehen wollen. Ich erwartete wirklich etwas – einen fauligen Schimmer der Verderbnis, irgendeine Ausstrahlung, wie Sumpfgras. Irgendwie war ich überrascht, daß sie eine Zeitung las, daß die Worte darin für sie wahrscheinlich das gleiche bedeuteten wie für uns andere, daß sie aß und trank, ein menschliches Wesen war. Ich stellte sie mir als jemanden vor, der über das menschliche Dasein hinausgegangen war in einen Zustand der Verworfenheit, der am entgegengesetzten Pol der Heiligkeit war, aber ähnlich isoliert, unerkennbar. Was hier als Alltäglichkeit erschien – der ›Star Weekly‹, die getupften, mit Schleifen zurückgehaltenen Vorhänge, die Geranien, die hoffnungsvoll in Blechbüchsen am Fenster des Hurenhauses wuchsen –, schien mir eine absichtliche und peinigende Enttäuschung zu sein – die Haut alltäglicher Erscheinungen über solche Schamlosigkeit, solche vernichtenden Explosionen der Lust gebreitet.

Ich rieb meine Hüftknochen unter der kühlen Kunstseide. Wenn ich in Italien geboren wäre, würde mein Fleisch schon gebraucht, verletzt, wissend sein. Es wäre nicht meine Schuld. Der Gedanke an das Hurentum, nicht meine Schuld, trug mich für einen Augenblick davon; ein friedlicher, verlockender Gedanke, weil er so endgültig war und mit Ehrgeiz und Angst aufräumte.

Danach baute ich mir in mehreren zögernden, unvollkommenen Schüben einen Tagtraum auf. Ich stellte mir vor, Mr. Chamberlain sähe mich in dem schwarzen geblümten Morgenrock meiner Mutter, der über die Schultern heruntergezogen war, wie ich mich im Spiegel gesehen hatte. Dann dachte ich mir, daß der Morgenrock weg wäre und daß er mich ganz ohne Kleider sehen würde. Wie konnte das zustandekommen? Man müßte die anderen Leute, die gewöhnlich bei uns waren, loswerden. Meine Mutter schickte ich weg, um Enzyklopädien zu verkaufen; meinen Bruder verbannte ich auf die Farm. Es würde während der Sommerferien geschehen müssen, wenn ich nicht in der Schule war. Fern würde noch nicht vom Postamt zurück sein. Ich würde in der Hitze des späten Nachmittags, an einem glühend heißen Tag, die Treppe herunterkommen und nur diesen Morgenrock tragen. Ich würde am Ausguß einen Schluck Wasser trinken, ohne Mr. Chamberlain zu sehen, der ruhig im Zimmer saß, und dann – was? Ein fremder Hund, der nur für diese Gelegenheit in unser Haus eingeführt wurde, könnte mich anspringen und den Morgenrock herunterreißen. Ich könnte mich umdrehen und irgendwie mit dem Stoff am Nagel eines Stuhles hängenbleiben, und das ganze Ding würde einfach zu meinen Füßen hinuntergleiten. Das Problem war, daß es ein Zufall sein mußte; kein Eingreifen von meiner Seite und sicherlich auch keins von seiten Mr. Chamberlains. Über den Anblick der Enthüllung ging mein Traum nicht hinaus. Oft ging er nicht einmal so weit, sondern verweilte bei den vorbereitenden Einzelheiten und verfestigte sie. Der Augenblick, in dem ich nackt gesehen würde, konnte nicht verfestigt werden, er war ein Lichtstrahl. Ich malte mir nie Mr. Chamberlains Reaktion aus, ich malte ihn mir überhaupt nie sehr deutlich aus. Seine Anwesenheit war erforderlich, aber undeutlich; im geheimen Winkel meines Tagtraums war er ohne Gesicht, aber mächtig, summte elektrisierend wie ein blaues fluoreszierendes Licht.

Naomis Vater fing uns ab, als wir die Treppe herunter- und an seinem Zimmer vorbeirannten.

»Ihr jungen Damen, kommt herein und besucht mich einen Augenblick, macht es euch bequem.«

Es war damals Frühling, ein windiger gelber Abend. Trotzdem verbrannte er Abfälle in einem runden Blechofen in seinem Zimmer; es war heiß und muffig. Er hatte seine Socken und seine Unterwäsche gewaschen und sie auf Schnüren längs der Wand aufgehängt. Naomi und ihre Mutter machten wegen ihm keine Umstände. Wenn ihre Mutter weg war wie jetzt, machte Naomi eine Büchse Spaghetti auf und klatschte sie als sein Abendessen auf einen Teller. Ich sagte dann: »Machst du sie nicht heiß?« und sie sagte: »Wozu? Er merkt den Unterschied sowieso nicht.«

In seinem Zimmer lagen auf dem Fußboden Stapel von Broschüren, die, wie ich vermutete, mit der Religion zu tun hatten, an die er glaubte. Naomi mußte sie manchmal vom Postamt holen. Sie übernahm die Einstellung ihrer Mutter und hegte große Verachtung für seinen Glauben. »Immer Prophezeiungen und Prophezeiungen«, sagte sie. »Die haben jetzt schon dreimal das Ende der Welt prophezeit.«

Wir saßen auf dem Rand des Bettes, das keine Tagesdecke hatte, sondern nur eine ziemlich schmutzige Wolldecke, und er saß uns gegenüber in einem Schaukelstuhl. Er war ein alter Mann. Naomis Mutter hatte ihn gepflegt, bevor sie ihn heiratete. Zwischen seinen Worten gab es gewöhnlich große Lükken, während deren er einen aber nicht vergaß, sondern einem seine blassen Augen auf die Stirn heftete, als erwarte er, daß der Rest seines Gedankens dort angeschrieben wäre. »Lesung aus der Bibel«, sagte er freundlich und überflüssigerweise und eher wie jemand, der die Einwände nicht sehen will, von denen er weiß, daß sie da sind. Er öffnete eine großgedruckte Bibel, in der die Stelle bereits bezeichnet war, und begann mit einer durchdringenden, ältlichen Stimme mit einigen seltsamen Pausen und Schwierigkeiten bei der Betonung zu lesen:

»Dann wird das Himmelreich gleich sein zehn Jungfrauen, die ihre Lampen nahmen und gingen aus, dem Bräutigam entgegen.

Aber fünf unter ihnen waren töricht, und fünf waren klug.

Die törichten nahmen ihre Lampen; aber sie nahmen nicht Öl mit sich.

Die klugen aber nahmen Öl in ihren Gefäßen samt ihren Lampen.

Da nun der Bräutigam verzog, wurden sie alle schläfrig und schliefen ein.

Zur Mitternacht aber ward ein Geschrei: Siehe, der Bräutigam kommt; gehet aus, ihm entgegen.

Da standen diese Jungfrauen alle auf und schmückten ihre Lampen.

Die törichten aber sprachen zu den klugen: Gebt uns von eurem Öl, denn unsre Lampen verlöschen.«

Dann stellte sich natürlich heraus – ich erinnerte mich jetzt, all das schon früher gehört zu haben –, daß die klugen Jungfrauen nichts von ihrem Öl hergeben wollten aus Angst, sie hätten dann nicht genug, und die törichten Jungfrauen mußten ausgehen und welches kaufen, und so verfehlten sie den Bräutigam und wurden ausgeschlossen. Ich hatte immer angenommen, daß dieses Gleichnis, das ich nicht mochte, mit Vorsicht, Bereitsein oder etwas Ähnlichem zu tun hatte. Aber ich merkte, daß Naomis Vater glaubte, es handle sich um Sex. Ich schaute zu Naomi, um dieses leichte Einsaugen der Mundwinkel zu entdecken, den drolligen Gesichtsausdruck, mit dem sie immer von diesem Thema Kenntnis nahm, aber sie sah eigensinnig und jämmerlich aus, angeekelt gerade von dem, was meine geheime Freude war – dem poetischen Fluß der Worte, den archaischen Ausdrücken. *Töricht; verzog; siehe, der Bräutigam kommt.* Sie war von all dem so aufgebracht, daß sie sich nicht einmal über das Wort *Jungfrauen* freuen konnte.

Sein zahnloser Mund schloß sich. Schalkhaft und fest wie der eines Babys.

»Nicht mehr für heute. Denkt darüber nach, wenn die Zeit kommt. Das ist eine Lehre für junge Mädchen.«

»Blöder alter Kerl«, sagte Naomi auf der Treppe.

»Mir – tut er leid.«

Sie stieß mich in die Nieren.

»Beeil dich, wir wollen hier raus. Er ist imstande, noch etwas anderes zu finden. Liest in der Bibel, bis ihm die Augen ausfallen. Geschieht ihm recht.«

Wir rannten hinaus, die Mason Street hinauf. An diesen langen, hellen Abenden suchten wir alle Teile der Stadt auf. Wir bummelten am Lyzeum-Kino vorbei, am Café Blaue Eule, an der Billardhalle. Wir saßen auf den Bänken beim Ehrenmal, und wenn uns ein Auto zuhupte, winkten wir. Erschrocken über unsere Unreife, unsere ungeschickte Torheit, fuhren sie vorbei; sie lachten aus den Fenstern heraus. Wir gingen in die Damentoilette des Rathauses – nasser Fußboden, schwitzende Zementwände, strenger Ammoniakgeruch –, und dort an der Toilettentür, wo nur schlechte, einfältige Mädchen ihre Namen hinschrieben, schrieben wir die Namen der beiden regierenden Königinnen unserer Klasse hin – Marjory Coutts, Gwen Mundy. Wir schrieben mit Lippenstift und zeichneten kleine obszöne Figuren darunter.

Warum taten wir das? Haßten wir diese Mädchen, zu denen wir immer unterwürfig und liebenswürdig waren? Nein. Ja. Wir haßten ihre Unangreifbarkeit, ihren wohlerzogenen Mangel an Neugier, was es auch immer war, das sie, gütig und zufrieden, auf der Oberfläche des Lebens in Jubilee treiben ließ und sie weitertreiben würde zu Studentenverbindungen, Verlobungen, Heiraten mit Ärzten oder Rechtsanwälten an gesegneteren Orten in weiter Ferne. Wir haßten sie gerade darum, weil man sich nicht vorstellen konnte, daß sie die Toiletten im Rathaus betreten würden.

Als wir das getan hatten, rannten wir weg, unsicher, ob wir eine kriminelle Handlung begangen hatten oder nicht.

Wir forderten einander heraus. Während wir unter den Straßenlampen dahinschlenderten, die noch so blaß wie aus Seidenpapier ausgeschnittene Blumen waren, während wir an unbeleuchteten Fenstern vorbeigingen, von denen wir hofften, daß die Welt dahinter uns beobachtete, spielten wir Herausfordern.

»Tu, als hättest du eine Hirnlähmung. *Trau dich.*«

Sofort wurde ich tappig, wackelte mit dem Kopf, rollte die Augen, begann unverständlich mit einem verqueren, beharrlichen Lallen zu sprechen.

»Mach das einen Block weit. Egal, wer uns begegnet. Hör nicht auf. *Trau dich.*«

Wir begegneten dem alten Dr. Comber, dürr und imposant, hübsch gekleidet. Er blieb stehen, stieß mit seinem Stock auf und protestierte.

»Was soll dieses Theater?«

»Ein Anfall, Sir«, sagte Naomi klagend. »Sie hat immer solche Anfälle.«

Sich einen Spaß mit armen, hilflosen, leidenden Menschen machen. Die Geschmacklosigkeit, die Herzlosigkeit, das Vergnügen daran.

Wir gingen zum Park, der vernachlässigt, verlassen war, ein dreieckiges Stück Land, das wegen der großen Zedern für Kinderspiele zu düster war und Leute, die spazierengehen wollten, nicht anzog. Warum sollte irgend jemand in Jubilee spazierengehen, nur um noch mehr Gras und Dreck und Bäume zu sehen, genau das, was von allen Seiten in die Stadt hereindrängte? Sie gingen lieber ins Zentrum, um Geschäfte anzusehen, sich auf den breiten Gehsteigen zu treffen, die Hoffnung der Geschäftigkeit spüren. Naomi und ich waren ganz allein und kletterten auf die großen Zedern, zerschrammten unsere Knie an der Rinde, kreischten, wie wir es früher nie tun mußten, als wir sahen, wie die Zweige sich teilten und den Boden freigaben. Wir hingen an unseren verschlungenen Händen, an unseren Füßen in den Ästen; wir taten, als seien wir Paviane, die schwatzten und schnatterten. Wir spürten die ganze Stadt unter uns, staunend und bereit, sich verblüffen zu lassen.

Es gab Geräusche, die der Jahreszeit eigentümlich waren. Kinder auf den Gehsteigen, die hüpften und mit klaren, andächtigen Stimmen sangen.

»Auf dem Berg da sitzt 'ne Frau
Macht die Augen auf und zu
Kleider hat sie gold und silbern,
Aber keine Strümpf und Schuh.«

Und die Pfauen schrien. Wir ließen uns von den Bäumen fallen und gingen los, um sie anzusehen, am Park vorbei, eine armselige, namenlose Straße hinunter, die zum Fluß führte. Die Pfauen gehörten einem Mann namens Pork Childs, der den städtischen Müllwagen fuhr. Die Straße hatte keine Gehsteige. Wir gingen um Pfützen herum, die im weichen Schlamm schimmerten. Childs hatte hinter seinem Haus einen Stall für sein Geflügel. Weder der Stall noch das Haus waren gestrichen.

Dort waren die Pfauen, die unter den kahlen Eichen umhergingen. Wie konnten wir sie von einem Frühling zum nächsten vergessen?

Die Hennen mit den unfreundlichen Farben ihres Hofes waren leicht vergessen. Aber die Hähne enttäuschten uns nie. Ihre erstaunlichen, starken Farben, das Blau der Brüste und Kehlen und Hälse, wo sich dunklere Federn wie Tintenkleckse oder wie eine weiche Vegetation unter tropischem Wasser zeigten. Einer hatte den Schwanz ausgebreitet, um seine blinden Augen, wie aus bemaltem Satin, zu zeigen. Die kleinen, königlichen, einfältigen Köpfe. Pracht im kalten Frühling, ein Wunder von Jubilee.

Der Lärm, der nun wieder begann, kam nicht von ihnen. Er zog die Augen auf etwas, was wir unglaublicherweise nicht sofort gesehen hatten – einen weißen Pfau oben in einem Baum, mit voll ausgebreitetem Schwanz, der zwischen den Zweigen herunterfiel wie Wasser über einen Felsen. Reines Weiß, reines Glück. Und aus seinem Versteck dort oben ließ er diese wahnsinnigen und schimpfenden und verwirrenden Schreie hören.

»Es ist der Sex, der sie so kreischen läßt«, sagte Naomi.

»Katzen kreischen«, sagte ich in Erinnerung an die Farm. »Sie kreischen wie nur was, wenn ein Kater es ihnen macht.«

»Würdest du das nicht?« fragte Naomi.

Dann mußten wir gehen, weil Pork Childs zwischen seinen Pfauen erschien, er ging schnell und schwankte. Alle seine Zehen waren ihm amputiert worden, das wußten wir, weil er sie sich erfroren hatte, als er vor langer Zeit in einem Graben gelegen hatte, zu betrunken, um nach Hause zu gehen, und bevor er sich der Baptistenkirche anschloß. »Guten Abend, Jungens!« rief er uns zu, sein alter Gruß, sein alter Scherz. *Hallo Jungens! Hallo Mädels!* schrie er aus der Kabine des Müllwagens, er schrie es alle Straßen hinunter, ob sie kahl oder sommerlich waren, und bekam nie eine Antwort. Wir rannten.

Mr. Chamberlains Wagen parkte vor unserem Haus.

»Laß uns hineingehen«, sagte Naomi. »Ich will sehen, was er mit der alten Fern macht.«

Nichts. Im Eßzimmer probierte Fern das geblümte Chiffonkleid an, das meine Mutter ihr für die Hochzeit von Donna Carling machen half, auf der sie die Solistin sein würde. Meine Mutter saß seitlich auf einem Stuhl an der Nähmaschine, während Fern sich wie ein großer halbgeöffneter Sonnenschirm vor ihr drehte.

Mr. Chamberlain schlürfte einen richtigen Drink, Whisky und Wasser. Er fuhr nach Porterfield, um Whisky zu kaufen, da Jubilee »trocken« war. Ich war stolz und beschämt zugleich, daß Naomi die Flasche auf dem Geschirrschrank sah, etwas, was bei ihr zu Hause nie vorkommen würde. Meine Mutter ließ durchgehen, daß er trank, da er ja den Krieg mitgemacht hatte.

»Da kommen diese beiden reizenden jungen Damen«, sagte Mr. Chamberlain mit großer Unaufrichtigkeit. »Voller Frühling und Anmut. Ganz frisch vom Draußensein.«

»Geben Sie uns einen Drink«, sagte ich, weil ich vor Naomi angeben wollte. Aber er lachte und bedeckte sein Glas.

»Nicht ehe ihr uns erzählt habt, wo ihr gewesen seid.«

»Wir sind zu Pork Childs runtergegangen, um die Pfauen zu sehen.«

»Um die Pfauen zu sehen. Um die hübschen Pfauen zu sehen«, summte Mr. Chamberlain.

»Geben Sie uns einen Drink.«

»Del, benimm dich«, sagte meine Mutter, den Mund voller Stecknadeln.

»Ich will ja nur herausfinden, wie das schmeckt.«

»Tja, ich kann euch nicht so umsonst einen Drink geben. Und ich sehe nicht, daß ihr irgendwelche Kunststücke für mich macht. Ich sehe euch nicht sitzen und betteln wie ein gutes Hundchen.«

»Ich kann einen Seehund machen. Wollen Sie sehen, wie ich einen Seehund mache?«

Das war etwas, was ich gern tat. Ich hatte keine Angst, daß es nicht gelingen könnte; ich hatte nie Angst, es könnte mich jemand für eine Närrin halten. Ich habe es sogar in der Schule gemacht, bei der Amateurveranstaltung des Jugendrotkreuzes, und alle haben gelacht; dieses wunderbare Lachen war so tröstlich, so erlösend, daß ich hätte immer weiter einen Seehund spielen können.

Ich ließ mich auf die Knie nieder, preßte meine Ellbogen an die Seiten und bewegte meine Hände wie Flossen, während ich bellte, mein wundervolles, schmetterndes Bellen. Ich imitierte damit eine Szene aus einem alten Mary-Martin-Film, in dem Mary Martin neben einem türkisgrünen Swimmingpool singt und die Seehunde im Chor bellen.

Mr. Chamberlain senkte langsam sein Glas und brachte es nahe an meine Lippen, zog es jedoch jedesmal zurück, wenn ich aufhörte zu bellen. Ich kniete neben seinem Stuhl. Fern stand mit dem Rücken zu mir, mit erhobenen Armen; der Kopf meiner Mutter war versteckt, da sie den Stoff an Ferns Taille feststeckte. Naomi, die den Seehund schon oft genug gesehen hatte und sich für Nähen interessierte, schaute zu Fern und meiner Mutter. Mr. Chamberlain ließ es schließlich zu, daß meine Lippen den Rand des Glases berührten, das er in einer Hand hielt. Dann tat er mit der anderen Hand etwas, was niemand sehen konnte. Er fuhr in die feuchte Achselhöhle meiner Bluse und dann in das lockere Armloch des Pullovers, den ich trug. Er rieb schnell, fest über den Baumwollstoff über meiner Brust. So fest, daß er das nachgebende Fleisch hochschob, es flach drückte. Und plötzlich zog er sich zurück. Es war wie ein Schlag, der mich verletzt zurückließ.

»Nun, wie schmeckt es?« fragte mich Naomi später.

»Wie Pisse.«

»Du hast nie Pisse probiert.« Sie warf mir einen scharfen wissenden Blick zu; sie konnte Geheimnisse immer spüren.

Ich hatte vor, es ihr zu erzählen, tat es aber doch nicht, hielt es zurück. Wenn ich es ihr erzählte, würde alles noch einmal geschehen.

»Wie? Wie hielt er seine Hand, als er anfing? Wie bekam er sie unter deinen Pullover? Hat er gerieben oder gedrückt oder beides? Mit den Fingern oder mit der Handfläche? *So?*« In der Stadt gab es einen Zahnarzt, Dr. Phippen, der Bruder der tauben Bibliothekarin, von dem es hieß, der habe die Hand auf das Bein eines Mädchens gelegt, während er die Backenzähne ansah. Wenn Naomi und ich unter seinem Fenster vorbeigingen, sagten wir laut: »Möchtest du nicht einen Termin bei Dr. Phippen haben? Dr. Grapscher Phippen. Er ist gründlich!« Genauso würde es mit Mr. Chamberlain geschehen; wir würden uns einen Spaß daraus machen und auf einen Skandal hoffen und Pläne aushecken, um ihn hereinzulegen, und das wollte ich nicht.

»Er war wunderschön«, sagte Naomi mit müder Stimme.

»Wer?«

»Dieser Pfau. Auf dem Baum.«

Ich war überrascht und ein bißchen ärgerlich, sie das Wort *wunderschön* für etwas Derartiges gebrauchen zu hören, und auch darüber, daß sie sich daran erinnerte, weil ich gewohnt war, daß sie auf eine ganz bestimmte Art handelte, bestimmte Dinge wahrnahm, und sonst nichts. Ich hatte schon, als ich nach Hause lief, daran gedacht, ein Gedicht über den Pfau zu schreiben. Daß sie auch an ihn dachte, war fast wie ein Übergriff; nie ließ ich sie oder sonst irgend jemanden in diesen Teil meiner Gedanken eindringen.

Ich begann tatsächlich mein Gedicht zu schreiben, als ich nach oben ins Bett ging.

> »Was in den Bäumen ruft durch diese Schattennächte?
> Ahnung des Winters, oder Ruf der Pfauen?«

Das war der beste Teil davon.

Ich dachte auch an Mr. Chamberlain, an seine Hand, die

anders war als alles, was er vorher von sich gezeigt hatte, in seinen Augen, seiner Stimme, seinem Lachen, seinen Geschichten. Sie war ein Signal, das dorthin geschickt wird, wo es verstanden wird. Eine unverschämte Schändung, ihrer selbst so vollkommen sicher, so gebieterisch, frei von Gefühl.

Als er das nächste Mal kam, machte ich es ihm leicht, wieder etwas zu tun, da ich nahe bei ihm stand, als er in dem dunklen Flur seine Gummistiefel anzog. Danach wartete ich jedesmal auf das Signal und erhielt es auch. Er gab sich nicht mit Kneifen in den Arm oder einem Klaps auf den Arm oder einem väterlichen oder kameradschaftlichen Griff um die Schultern ab. Er ging geradewegs auf die Brüste los, die Hinterbacken, die Oberschenkel, brutal wie ein Blitz. Und das war es, was ich von einer sexuellen Botschaft erwartete – einen Blitz des Wahnsinns, einen traumhaften, unbarmherzigen, verachtungsvollen Durchbruch in eine Welt des schicklichen Scheins. Ich hatte diese Gedanken an Liebe, Trost und Zärtlichkeit abgelegt, die von meinen Gefühlen für Frank Wales genährt worden waren; all das schien jetzt blaß und außerordentlich kindisch. In der geheimen Gewalttätigkeit des Sex würde Anerkennung liegen, die weit über Freundlichkeit, über guten Willen oder Personen hinausging.

Nicht daß ich Pläne in bezug auf Sex machte. Ein Blitz braucht nirgendwo hinführen als zum nächsten Blitz.

Trotzdem wurde mir schwach in den Knien, als Mr. Chamberlain mir zuhupte. Er wartete einen halben Block von der Schule entfernt. Naomi war nicht bei mir; sie hatte Mandelentzündung.

»Wo ist deine Freundin?«

»Sie ist krank.«

»Das ist schade. Soll ich dich heimbringen?«

Im Wagen zitterte ich. Meine Zunge war trocken, mein ganzer Mund war so trocken, daß ich kaum sprechen konnte. War das die Begierde? Der Wunsch zu wissen, die Angst zu wissen, die sich zur Qual steigerten? Mit ihm allein zu sein, ohne Schutz durch Menschen oder Umstände, das war etwas anderes. Was konnte er hier tun wollen, im hellen Tageslicht, auf dem Sitz seines Wagens?

Er machte keine Bewegung in meine Richtung. Aber er steuerte nicht zur River Street; er fuhr gelassen verschiedene Seitenstraßen entlang und umfuhr die Schlaglöcher, die der Winter hinterlassen hatte.

»Bist du wohl ein Mädchen, das mir einen Gefallen täte, wenn ich es drum bitten würde?«

»In Ordnung.«

»Was meinst du, was es sein könnte?«

»Ich weiß nicht.«

Er parkte den Wagen hinter dem Milchgeschäft, unter den Kastanien, deren Blätter eben herauskamen, scharfes gelbliches Grün. Hier?

»Kannst du in Ferns Zimmer gehen? Könntest du in ihr Zimmer gehen, wenn alle aus dem Haus sind?«

Langsam holte ich meine Gedanken von den Erwartungen einer Vergewaltigung zurück.

»Du könntest in ihr Zimmer gehen und für mich eine kleine Durchsuchung machen, was sie dort hat. Etwas, das mich interessieren könnte. Was meinst du, was es sein könnte, hm? Was meinst du, was mich interessiert?«

»Was?«

»Briefe«, sagte Mr. Chamberlain in einem plötzlich anderen Ton, er wurde nüchtern, schien bedrückt von einer Wirklichkeit, in die er schauen konnte und ich nicht. »Sieh nach, ob sie irgendwelche alten Briefe hat. Sie könnten in ihren Schubladen sein. Vielleicht in ihrem Schrank. Wahrscheinlich hebt sie sie in irgendeiner alten Schachtel auf. Zu Bündeln zusammengebunden, so machen es die Frauen doch.«

»Briefe von wem?«

»Von mir. Von wem sonst? Du brauchst sie nicht zu lesen, schau einfach auf die Unterschrift. Sie sind vor einiger Zeit geschrieben, das Papier könnte alt aussehen. Ich weiß nicht. Mit dem Federhalter geschrieben, erinnere ich mich, so daß sie wahrscheinlich noch lesbar sind. Hier. Ich werde dir eine Probe meiner Handschrift geben, das wird dir dabei helfen.« Er nahm einen Briefumschlag aus dem Handschuhfach und schrieb darauf: *Del ist ein böses Mädchen.*

Ich legte ihn in mein Lateinbuch.

»Laß das Fern nicht sehen, sie würde die Schrift erkennen. Und nicht deine Mama. Sie könnte sich darüber wundern, was ich geschrieben habe. Könnte eine Überraschung für sie sein, nicht?«

Er fuhr mich nach Hause. Ich wollte an der Ecke der River Street aussteigen, aber er sagte nein. »Das sieht gerade aus, als hätten wir etwas zu verbergen. Nun, wirst du es mich wissen lassen? Wie wäre es mit Samstagabend, wenn ich zum Essen komme, ich werde dich fragen, ob du deine Hausaufgaben gemacht hast. Wenn du sie gefunden hast, sagst du ja. Wenn du nachgesehen und sie nicht gefunden hast, sagst du nein. Wenn du aus irgendeinem Grund keine Gelegenheit hattest, nachzusehen, sagst du, du hast vergessen, ob du überhaupt welche auf hattest.«

Er ließ mich wiederholen: »Ja heißt gefunden, nein heißt nicht gefunden, vergessen heißt keine Gelegenheit nachzusehen.« Das kränkte mich; ich war bekannt für mein Gedächtnis.

»In Ordnung. Mach's gut.« Dort, wo es niemand sehen konnte, der in den Wagen hineinschaute, stieß er mir die Faust ins Bein, hart genug, um mir weh zu tun. Ich hievte mich und meine Bücher heraus, und als ich allein war, nahm ich – mein Schenkel schmerzte immer noch – den Umschlag heraus und las, was er geschrieben hatte. *Del ist ein böses Mädchen.* Mr. Chamberlain nahm ohne weiteres an, daß Verrat in mir war, ebenso wie kriminelle Sinnlichkeit, die darauf warteten, gebraucht zu werden. Er hatte gewußt, daß ich nicht aufschreien würde, als er meine Brust preßte, er hatte gewußt, daß ich es meiner Mutter gegenüber nicht erwähnen würde; er wußte jetzt, daß ich Fern von diesem Gespräch nichts berichten, sondern sie ausspionieren würde, wie er es verlangt hatte. Konnte er auf mein wirkliches Ich gestoßen sein? Es stimmte, ich habe in der Stumpfheit der Schule mit meinem Winkelmesser und meinem Kompaß gespielt, ich habe lateinische Sätze hingeschrieben *(nachdem er das Lager aufgeschlagen und die Pferde des Feindes heimlich geschlachtet hatte, bereitete sich Vercingetorix darauf vor, am nächsten Tag die Schlacht zu liefern)* und war mir dabei die ganze Zeit meiner Verderbtheit bewußt gewesen, die stark war wie Frühlingsweizen, während mein Körper unter den unsichtbaren Malen an den Stellen, wo er berührt worden war, aufblühte. Nach einem Volleyballspiel, in blauen Turnhosen, geschrubbt mit einer Seife, die fast die Haut mitnahm, hatte ich in den Spiegel des Mädchenwaschraums geschaut und heimlich über mein rosiges Gesicht gelächelt bei den Gedanken, zu welcher Unzucht ich aufgefordert worden war, welcher Täuschungen ich fähig war.

In Ferns Zimmer gelangte ich am Samstagmorgen, als meine Mutter ausgegangen war, um auf der Farm zu putzen. Ich sah mich in Ruhe um, betrachtete den Koala-Bären, der auf ihrem Kissen saß, den auf dem Frisiertisch verstreuten Puder, die Flasche mit dem Rest vertrocknetem Deodorant, eine Salbe, Nachtcreme, alten Lippenstift und Nagellack mit festgeklebtem Verschluß. Das Bild einer Dame in einem Kleid aus vielen hängenden Stofflagen, wie ein Arrangement von Schals, wahrscheinlich Ferns Mutter, die ein fettes wolliges Baby hielt, wahrscheinlich Fern. Sicherlich Fern, mit Weichzeichner aufgenommen, mit Fledermausärmeln, einen Rosenstrauß in der Hand, ordentliche Locken auf dem Kopf. Und rund um den Spiegel Schnappschüsse mit hochgebogenen Rändern. Mr. Chamberlain mit einem schneidigen Strohhut und weißer Hose, der in die Kamera blickte, als wisse er mehr, als er tatsächlich wußte. Fern, nicht so dick wie jetzt, aber schon dick, in Shorts auf einem Baumstamm in irgendwelchen Ferienwäldern sitzend. Mr. Chamberlain und Fern in großer Aufmachung – sie mit einem Ansteckstäußchen – von einem Straßenfotografen in einer fremden Stadt aufgenommen, während sie unter dem Vordach eines Kinos dahingehen, in dem ›Anchors Aweigh!‹ gespielt wurde. Das Picknick der Postangestellten im Park von Tupperton an einem wolkigen Tag und Fern lustig in langen Hosen mit einem Baseballschläger in der Hand.

Ich fand keine Briefe. Ich sah in allen ihren Schubladen nach, in ihren Schrankfächern, unter ihrem Bett, sogar in ihren Koffern. Ich fand aber drei verschiedene beiseitegelegte Papierbündel, die mit Gummibändchen zusammengehalten waren.

Eins der Bündel enthielt einen Kettenbrief und zahlreiche Abschriften des gleichen Textes, mit Bleistift oder Tinte und in verschiedenen Handschriften, einige in Maschinenschrift oder hektographiert:

»Dieses Gebet ist schon sechsmal um die Erde gegangen. Es wurde von einem hellseherischen Propheten auf der Insel Wight verfaßt, der es in einem Traum gesehen hatte. Schreiben Sie diesen Brief sechsmal ab und schicken Sie ihn an sechs Freunde, schreiben Sie dann das beiliegende Gebet ab und schicken Sie es an die sechs Personen, die oben auf der beiliegenden Liste stehen. Sechs Tage nach dem Zeitpunkt, da Sie diesen Brief erhalten haben, werden Sie Abschriften dieses Gebetes aus allen Gegenden der Welt erhalten, und diese werden Ihnen Segen und Glück bringen, wenn Sie die Kette nicht unterbrechen. Wenn Sie die Kette unterbrechen, müssen Sie damit rechnen, daß Ihnen sechs Monate nach dem Tag, an dem Sie diesen Brief erhalten, etwas Trauriges und Unangenehmes passiert.

Unterbrechen Sie die Kette nicht. Lassen Sie das Geheimwort am Ende nicht aus. Vermittels dieses Gebetes werden Glück und Segen in der ganzen Welt verbreitet.

Lieber Herrgott, große Freude
Gib Du diesem(r) Schreiber(in) heute.
Heile alle seine (ihre) Schmerzen.
Laß Kraft und Freude nicht weichen aus seinem (ihrem) Herzen. KARKAHMD«

Ein zweites Bündel bestand aus mehreren Blättern in verwischter Druckschrift, unterbrochen von unordentlichen grauen Abbildungen, die ich zuerst für Klistierbeutel mit durcheinander geratenen Schläuchen hielt, die ich aber beim Lesen des Textes als Querschnitte der männlichen und weiblichen Anatomie erkannte, mit Gegenständen wie Pessare, Tampons, Kondome (diese speziellen Ausdrücke waren mir alle neu), die eingefügt oder aufgesetzt waren. Ich konnte diese Abbildungen nicht ansehen, ohne Schreck und ein starkes örtliches Unbehagen zu verspüren, also begann ich zu lesen. Ich las über die Frau eines armen Farmers in Nord-Carolina, die sich unter einen Eisenbahnwagen geworfen hat, als sie merkte, daß sie ihr neuntes Kind bekommen sollte, über Frauen, die in Mietskasernen starben infolge von Schwangerschafts- und Geburtskomplikationen oder schrecklichen mißlungenen Abtreibungen, die sie mit Hutnadeln, Stricknadeln, Luftblasen bewerkstelligten. Ich las oder überflog Statistiken über das Bevölkerungswachstum, Gesetze, die in verschiedenen Ländern für und gegen die Geburtenkontrolle erlassen worden waren, Frauen, die ins Gefängnis gekommen waren, weil sie sie verteidigten. Dann gab es Anweisungen für den Gebrauch von verschiedenen Hilfsmitteln. Das Buch von Naomis Mutter hatte auch ein Kapitel hierüber, aber wir kamen nie dazu, es zu lesen, weil wir bei »Fallgeschichten und Arten des Verkehrs« steckenblieben. Alles was ich jetzt über Schaum und Gelee las, selbst der Gebrauch des Wortes »Vagina«, ließ mir die ganze

Angelegenheit mühsam und unappetitlich erscheinen, irgendwie verbunden mit Salben und Bandagen und Krankenhäusern, und ich hatte das gleiche Gefühl angeekelter, lächerlicher Hilflosigkeit, wie wenn ich mich beim Arzt ausziehen mußte.

In dem dritten Bündel waren maschinengeschriebene Verse. Einige hatten Titel. ›Hausgemachter Zitronensaft‹. ›Die Klage der Fernfahrersfrau‹.

»Ach, liebster Mann, ich bin so allein,
Du bist ständig weg und bist nie daheim.
Und wenn du mal da bist, dann schläfst du gleich ein!
Steck doch deinen dicken Schwanz ganz tief bei mir rein!«

Ich war überrascht, daß ein Erwachsener diese Worte kennen oder sich noch daran erinnern konnte. Das gierige Fortschreiten der Verse, die kurzen klobigen Wörter, die in schamlosen Lettern dastanden, ließen schlagartig Lust aufschießen wie Kerosinstrahlen bei einem Freudenfeuer. Aber sie wiederholten sich, waren ganz deutlich; nach einer Weile machte sich die mechanische Anstrengung, sie zu verstehen, fühlbar und ließ sie schwerfällig erscheinen; sie wurden bestürzend stumpfsinnig. Aber die Worte selbst gaben noch Blitze der Macht ab, besonders *ficken,* das ich auf Zäunen oder Gehsteigen nie richtig hatte ansehen können. Ich war vorher nie fähig gewesen, seinen brutalen Zugriff, seine hypnotische Prahlerei zu bedenken.

Ich sagte nein, als Mr. Chamberlain mich fragte, ob ich meine Hausaufgaben gemacht hätte. Er berührte mich den ganzen Abend nicht. Aber als ich am Montag aus der Schule kam, war er da.

»Die Freundin immer noch krank? Das ist ja schlimm. Aber auch schön. Ist es nicht schön?«

»Was?«

»Vögel sind schön. Bäume sind schön. Schön, daß du mit mir ausfahren kannst, meine kleinen Nachforschungen für mich anstellen kannst.« Er sagte das mit einer kindischen Stimme.

Bei ihm würde das Böse nie bedeutend sein. Seine Stimme deutete an, daß es möglich sein würde, alles zu tun, überhaupt alles, und es als einen Witz abzutun, einen Witz über alle feierlichen und schuldigen, alle moralischen und gefühlsbetonten Leute auf der Welt, die Leute, die »sich selbst ernst nahmen«. Das war etwas, was er an den Leuten nicht ertragen konnte. Sein kleines Lächeln war abstoßend; Selbstzufriedenheit breitete sich über einen ganzen Abgrund von Verantwortungslosigkeit oder Schlimmerem aus. Das löste keineswegs weiteres Nachdenken darüber aus, mit ihm zu gehen und zu tun, was immer er auch im Sinn haben mochte. Sein Charakter war für mich ohne Bedeutung; vielleicht war es sogar notwendig, daß er finster war.

Die Erregung, die etwas mit Ferns schmutzigen Versen zu tun hatte, hatte die Oberhand über mich gewonnen, vollständig.

»Hast du gut nachgesehen?« fragte er mit normaler Stimme.

»Ja.«

»Nichts gefunden? Hast du in allen Schubladen nachgesehen? Ich meine die Schubladen im *Toilettentisch*. Hutschachteln, Koffer? Ihren Kleiderschrank durchgesehen?«

»Ich habe überall gesucht und gesucht«, sagte ich abwehrend.

»Sie muß sich ihrer entledigt haben.«

»Ich denke, sie ist nicht sentimental.«

»Sentimental? Ich weiß nicht, was solche großen Wörter bedeuten, kleines Mädchen.«

Wir fuhren aus der Stadt hinaus. Wir fuhren auf der Fernstraße Nr. 4 Richtung Süden und bogen in die erste Seitenstraße ein. »Schöner Morgen«, sagte Mr. Chamberlain. »Entschuldige – schöner Nachmittag, schöner Tag.« Ich schaute aus dem Fenster; die Landschaft, die ich kannte, war verändert durch seine Gegenwart, seine Stimme, die die Erwartung des Weges, den wir zusammen gingen, überwältigte. Ein oder zwei Jahre lang hatte ich Bäume, Felder, Landschaften mit einer heimlichen starken Erregung betrachtet. In manchen Stimmungen, an manchen Tagen konnte ich für ein Grasbüschel, einen Drahtzaun, einen Steinhaufen ein so reines, freies Gefühl empfinden, wie ich es immer im Zusammenhang mit Gott gehofft und geahnt hatte. Natürlich konnte ich das nicht, wenn ich mit jemandem zusammen war, und zusammen mit Mr. Chamberlain sah ich jetzt, daß die ganze Natur verfälscht, wahnsinnig erotisch wurde. Es war gerade jetzt die reichste, grünste Zeit des Jahres; in den Gräben sprossen gewöhnliche Gänseblümchen, Leinkraut,

Butterblumen, Senken standen voll namenloser, leicht goldfarbiger Büsche im Schimmern der hochgehenden Bäche. Ich sah all das als eine riesige Ansammlung von Verstecken, die gepflügten Felder drüben hoben sich ab wie schamlose Matratzen. Kleine Wege, die in die Büsche führten, zerstampfte Stellen, auf denen zweifellos eine Kuh gelegen hatte, schienen mich eindeutig, dringlich aufzufordern wie bestimmte Worte oder wie eine feste Berührung.

»Hoffe, wir begegnen nicht deiner Mama, wenn wir hier fahren.«

Ich hielt das nicht für möglich. Meine Mutter befand sich in einer anderen Schicht der Wirklichkeit als die, in die ich jetzt geraten war.

Mr. Chamberlain fuhr von der Straße ab und folgte einer Wagenspur, die bald in einem halb verwahrlosten Feld endete. Das Anhalten des Wagens, das Aufhören des warmen Stroms von Geräusch und Bewegung, in dem ich aufgehoben gewesen war, erschütterten mich ein wenig. Die Ereignisse wurden wirklich.

»Laß uns einen kleinen Spaziergang zum Bach hinunter machen.«

Er stieg auf seiner Seite aus, ich auf meiner. Ich folgte ihm eine Böschung hinunter zwischen Weißdornbäumen, in Blüte, heftiger Geruch. Dies war ein vielbenutzter Weg, Zigarettenschachteln, eine Bierflasche, eine Kaugummipackung lagen im Gras. Kleine Bäume, Büsche schlossen sich um uns.

»Warum machen wir hier nicht ein bißchen halt?« sagte Mr. Chamberlain beiläufig. »Es wird sumpfig da unten beim Wasser.«

Hier im Halbschatten über dem Bach war mir kalt, und ich war so begierig zu erfahren, was mir geschehen sollte, daß all die Hitze und das tanzende Kitzeln zwischen meinen Beinen verschwunden war, gefühllos, als ob ein Stück Eis darauf gelegt worden wäre. Mr. Chamberlain öffnete seine Jacke und lockerte den Gürtel, dann machte er den Reißverschluß auf. Er griff hinein, um irgendwelche inneren Vorhänge zu teilen, und sagte: »Buu!«

Keineswegs dem des marmornen David ähnlich, stand es gerade vor ihm heraus, was sie, wie ich aus meiner Lektüre wußte, immer taten. Es hatte eine Art Kopf, wie ein Pilz, und seine Farbe war rötlich-purpurn. Es sah stumpf und dumm aus, verglichen, sagen wir, mit Fingern und Zehen mit ihrer intelligenten Ausdruckskraft oder selbst mit einem Ellbogen oder einem Knie. Es schien mir nicht erschreckend, obwohl ich dachte, Mr. Chamberlain beabsichtige genau das, so wie er dort stand mit seinem gespannt beobachtenden Blick, während seine Hände die Hose offenhielten, um es zu zeigen. Roh und plump, mißfarben wie eine Wunde, wirkte es auf mich verletzbar, spielerisch und naiv wie ein starkschnäuziges Tier, dessen seltsame einfache Blicke eine Art Versicherung des guten Willens sind. (Das Gegenteil von dem, was Schönheit gewöhnlich ist.) Es brachte jedoch nichts von meiner Erregung zurück. Es schien überhaupt nichts mit mir zu tun zu haben.

Während Mr. Chamberlain mich immer noch beobachtete und lächelte, legte er die Hand um dieses Ding und begann auf und ab zu pumpen, nicht zu stark, in kontrolliertem, wirkungsvollem Rhythmus. Sein Gesicht löste sich; seine Augen, die noch auf mich gerichtet waren, wurden glasig. Allmählich, fast wie versuchsweise, beschleunigte er die Geschwindigkeit seiner Hand; der Rhythmus wurde weniger sanft. Er beugte sich vor, sein Lächeln entfaltete sich, die Lippen zogen sich von den Zähnen zurück, und seine Augen rollten leicht nach oben. Sein Atem wurde laut und bebend, jetzt arbeitete er wild, stöhnte, fast vornüber gekrümmt in einer krampfartigen Agonie. Das Gesicht, das er mir zuwandte, war blind und unsicher wie eine Maske auf einem Stock, und diese Laute, die aus seinem Mund kamen, unwillkürliche, in äußerster Not hervorgestoßene menschliche Laute, waren gleichzeitig theatralisch, unglaublich. Tatsächlich schien die ganze Darbietung, umgeben von still blühenden Zweigen, aufgesetzt, fantastisch und übertrieben wie ein Indianertanz. Ich hatte darüber gelesen, daß der Körper in einen höchsten Grad von Lust gelangen, besessen sein kann, aber diese Ausdrücke schienen der schrecklichen, umnachteten Anstrengung, der absichtlichen Raserei dessen, was hier vor sich ging, nicht zu entsprechen. Wenn er nicht bald dorthin kam, wo er hin wollte, dachte ich, würde er sterben. Aber dann ließ er eine neue Art von Stöhnen hören, das verzweifeltste und lauteste bis jetzt; es vibrierte, als ob ihn jemand auf den Kehlkopf schlüge, und starb wunderbarerweise dahin in ein friedvolles, dankbares Wimmern, als ein Zeug aus ihm herausschoß, das echte weißliche Zeug, der Samen, und den Saum meines Rockes traf. Er richtete sich auf, schwankend, außer Atem, und zog sich schnell in seine Hose zurück. Er nahm ein Taschentuch und wischte zuerst seine Hände, dann meinen Rock ab.

»Ein Glück für dich? Was?« Er lachte mich an, obwohl er noch nicht wieder ganz zu Atem gekommen war.

Wie konnte ein Mann nach einem solchen Krampf, einer solchen Enthüllung einfach sein Taschentuch zurückstekken, seinen Hosenschlitz kontrollieren und sich anschicken – immer noch ein bißchen erhitzt und gerötet – den Weg zurückzugehen, den wir gekommen waren?

Das einzige Mal, daß er etwas zu mir sagte, war im Wagen, als er einen Augenblick stillsaß, um sich zu fassen, bevor er den Schlüssel umdrehte.

»Toller Anblick, was?« sagte er.

Die Landschaft war postkoital, entfernt und ausdruckslos. Mr. Chamberlain mag wohl auch die Düsternis oder eine gewisse Furcht verspürt haben, jedenfalls hieß er mich auf dem Boden des Wagens sitzen, als wir wieder in die Stadt kamen, und dann fuhr er herum und ließ mich an einer verlassenen Stelle aussteigen, dort wo die Straße hinunter zum Bahnhof führte. Er war jedoch noch genug er selbst, um mich mit der Faust zwischen die Beine zu stoßen, als ob er eine Kokosnuß auf ihre Festigkeit prüfte.

Das war der Abschiedsauftritt von Mr. Chamberlain, wie ich es hätte vermuten müssen. Ich kam mittags nach Hause und fand Fern am Eßzimmertisch, der für das Mittagessen gedeckt war, sie hörte meiner Mutter zu, die über den Lärm der Kartoffelpresse hinweg etwas aus der Küche rief.

»Ganz gleich, was geredet wird. Ihr wart nicht verheiratet. Ihr wart nicht verlobt. Es geht niemand etwas an. Dein Leben gehört dir.«

»Willst du meinen kleinen Liebesbrief sehen?« sagte Fern und schwenkte ihn mir unter der Nase.

»Liebe Fern! Infolge von Umständen, die ich nicht in der Hand habe, reise ich heute abend in meinem treuen Pontiac ab und strebe nach westlichen Gefilden. Es gibt eine Menge Dinge auf der Welt, die ich noch nicht gesehen habe, und es hat keinen Sinn, sich einsperren zu lassen. Vielleicht schicke ich dir eine Postkarte aus Kalifornien oder Alaska, wer weiß? Sei ein gutes Mädchen, wie du es immer warst, und lecke weiter deine Briefmarken ab und öffne Post über Wasserdampf, vielleicht findest du ja einen Hundertdollarschein. Wenn Mama stirbt, werde ich wahrscheinlich nach Hause kommen, aber nicht für lang. Alles Gute, Art.«

Die gleiche Hand, die geschrieben hatte: Del ist ein schlimmes Mädchen.

»Das Herummanipulieren mit den Postsachen ist ein Staatsverbrechen«, sagte meine Mutter, die jetzt hereinkam. »Ich finde das nicht sehr witzig, was er da sagt.«

Sie verteilte Dosenkarotten, Quetschkartoffeln, Hackbraten. Ohne Rücksicht auf die Jahreszeit aßen wir am Mittag immer eine schwere Mahlzeit.

»Sieht jedenfalls nicht so aus, als hätte er mich vom Essen abgebracht«, sagte Fern seufzend. Sie nahm sich Ketchup. »Ich hätte ihn haben können. Vor langer Zeit, wenn ich gewollt hätte. Er hat mir sogar Briefe geschrieben, in denen er vom Heiraten sprach. Ich hätte sie aufheben sollen, ich hätte ihn wegen Bruch eines Eheversprechens verklagen können.«

»Wie gut, daß du es nicht getan hast«, sagte meine Mutter lebhaft, »wo wärst du dann heute?«

»Was nicht getan? Ihn verklagt oder ihn geheiratet?«

»Ihn geheiratet. Der Bruch eines Eheversprechens ist eine Erniedrigung für Frauen.«

»Oh, es bestand nie die Gefahr, daß ich ihn heiratete.«

»Du hattest deinen Gesang. Du hattest deine Lebenslust.«

»Ich hatte nur eben eine zu gute Zeit. Ich wußte genug über die Ehe, um zu wissen, daß dann die schöne Zeit aufhört.«

Wenn Fern über gute Zeiten sprach, meinte sie, zum Tanzen in den Strandpavillon gehen, zu Drinks und zum Essen ins Regency-Hotel in Tupperton gehen, sich am Samstagabend von einem Rasthaus zum anderen fahren zu lassen. Meine Mutter versuchte solche Vergnügungen zu verstehen, aber sie konnte es nicht, ebensowenig wie sie begreifen konnte, warum die Leute auf der Kirmes Karussell fahren und absteigen und sich übergeben und dann weiterfahren.

Fern war nicht jemand, der sich grämte, trotz ihrer Opernkenntnisse. Ihre erklärte Ansicht war, daß die Männer immer gingen, und um so besser, wenn sie gingen, bevor man sie satt hatte. Aber sie wurde sehr redselig; sie war nie sehr schweigsam gewesen.

»Genau wie Art«, sagte sie beim Abendessen zu Owen. »Er

rührte kein gelbes Gemüse an. Seine Mutter hätte ihn mit dem Kochlöffel traktieren sollen, als er klein war. Das habe ich ihm immer gesagt.«

»Sie sind ganz anders gebaut als Art«, sagte sie zu meinem Vater. »Sein Problem bei den Anzügen war, daß er im Rumpf zu lang und in den Beinen zu kurz war. Ransom's in Tupperton war das einzige Geschäft, das etwas Passendes für ihn hatte.«

»Nur ein einziges Mal hab ich erlebt, daß er aus der Haut fuhr. Das war in dem Pavillon, als wir dort zu einem Tanz hingingen, und ein Bursche forderte mich auf, und ich stand auf, denn was kann man schon machen, und er beugte sich herunter, richtig herunter auf meinen Hals. Knabberte an mir, als wäre ich Schokoladeneis! Art sagte zu ihm, wenn du sabbern mußt, dann nicht auf meine Freundin, ich könnte sie ja selbst wollen! Und er stieß ihn weg. Stieß ihn einfach weg!«

Ich kam manchmal in ein Zimmer, wo sie mit meiner Mutter sprach, und es entstand ein unnatürliches, wartendes Schweigen. Meine Mutter hörte mit einem befangenen, mitleidigen, kläglichen Gesicht zu. Was konnte sie tun? Fern war ihre gute, vielleicht ihre einzige Freundin. Aber es gab Dinge, von denen sie nie gedacht hätte, daß sie sie würde anhören müssen. Vielleicht vermißte sie Mr. Chamberlain.

»Er hat dich gemein behandelt«, sagte sie zu Fern, auf Ferns Achselzucken und zweideutiges Lachen hin. »Doch, doch. Das hat er. Meine Achtung vor einem Menschen ist noch nie so schnell verschwunden. Aber trotzdem fehlt er mir, wenn ich höre, wie sie jetzt die Nachrichten im Radio lesen.«

Denn der Sender Jubilee hatte niemand anderen gefunden, der die Nachrichten, so wie sie jetzt eben waren, voller russischer Namen, lesen konnte, ohne sich zu verhaspeln, und sie hatten in der Sendung ›In Memoriam‹ Bach völlig falsch ausgesprochen, als sie ›Jesus, Freude menschlichen Verlangens‹ spielten. Es machte meine Mutter rasend.

Ich hatte vorgehabt, Naomi alles über Mr. Chamberlain zu erzählen, jetzt da es vorbei war. Aber Naomi ging fünfzehn Pfund leichter und mit einem ganz neuen Ausblick auf das Leben aus ihrer Krankheit hervor. Ihre direkte Art war mit ihrer klobigen Figur verschwunden. Ihre Sprache war geläutert. Ihr Mut war gesunken. Sie hatte eine neue, zimperliche Art, sie saß unter einem Baum, den Rock um sich ausgebreitet, beobachtete uns beim Volleyballspielen und fühlte immer wieder ihre Stirn, ob sie Fieber habe. Sie war nicht einmal an der Tatsache interessiert, daß Mr. Chamberlain fort war, so sehr war sie mit sich selbst und ihrer Krankheit beschäftigt. Ihre Temperatur war auf über vierzig Grad angestiegen. Alle gröberen Aspekte des Sex waren aus ihrem Gespräch und offenbar auch aus ihrem Kopf verschwunden, obwohl sie viel von Dr. Wallis sprach und darüber, wie er selbst ihr die Beine abgewaschen hatte und wie sie ihm während der Krankheit ganz hilflos ausgesetzt gewesen war.

So hatte ich nicht den Trost, aus dem, was Mr. Chamberlain getan hatte, eine lustige, wenn auch erschreckende Geschichte zu machen. Ich wußte nicht, was ich damit anfangen sollte. Ich konnte ihn nicht in seine alte Rolle zurückversetzen, ich konnte ihn nicht mehr den zielstrebigen, besessenen, starken, überwältigenden Wüstling meiner Tagträume spielen lassen. Mein Glaube an schlichte Verderbtheit hatte sich abgeschwächt. Vielleicht öffnete sich die Falltür nirgendwo so sanft und leicht wie in Tagträumen und stürzte Leiber, die ohne Gedanken, ohne Identität waren, in Zügellosigkeit, in wahnsinnige, verderbte Ausschweifung. Statt dessen, das hatte Mr. Chamberlain mir gezeigt, tragen die Menschen eine Menge mit sich – Fleisch, das nicht besiegt wird, sondern in die Ekstase hineingestoßen werden muß, und all die tiefe Verwirrung und die dunklen Windungen in ihnen.

Im Juni gab es das alljährliche Erdbeeressen auf dem Rasen hinter der United Church. Fern ging hin, um dort zu singen, sie trug das geblümte Chiffonkleid, bei dem meine Mutter ihr geholfen hatte. Es war jetzt sehr eng in der Taille. Seitdem Mr. Chamberlain fort war, hatte Fern Gewicht angesetzt, so daß sie jetzt nicht mehr weich und gedunsen, sondern richtig fett war, angeschwollen wie ein Pudding, und ihre fleckige Haut war nicht mehr verschattet, sondern straff und glänzend.

Sie klopfte sich auf die Hüften. »Auf jeden Fall wird man nicht sagen können, daß ich mich abhärme, nicht wahr? Das wird einen Skandal geben, wenn ich die Nähte sprenge.«

Wir hörten ihre hohen Absätze, wie sie den Gehsteig entlangging. An belaubten, wolkigen, ruhigen Abenden unter den Bäumen trugen Geräusche sehr weit. Der gesellige Lärm der Veranstaltung der United Church brandete bis zu unseren Stufen. Wünschte sich meine Mutter, einen Hut und ein dünnes Sommerkleid anzuhaben und hinzugehen? Ihr Agnostizismus und ihre Geselligkeit lagen oft im Widerstreit hier in Jubilee, wo gesellschaftliches und religiöses Leben durchaus ein und dasselbe sein konnte. Fern hatte ihr gesagt, sie solle mitkommen.

»Du bist doch Mitglied. Sagtest du mir nicht, du seist eingetreten, als du geheiratet hast?«

»Meine Vorstellungen waren damals noch nicht ausgereift. Jetzt wäre es Heuchelei. Ich bin nicht gläubig.«

»Denkst du etwa, die alle sind es?«

Ich war auf der Veranda und las ›Arc de Triomphe‹, ein Buch, das ich aus der Bibliothek geholt hatte. Die Bibliothek hatte etwas Geld vermacht bekommen und hatte einen Posten neuer Bücher gekauft, meist auf Empfehlung von Mrs. Wallis, der Frau des Arztes, die zwar eine College-Ausbildung hatte, aber vielleicht nicht den Geschmack, mit dem der Stadtrat gerechnet hatte. Es gab Klagen, die Leute sagten, man hätte das Bella Phippen überlassen sollen, aber nur ein Buch – ›Die Trödler‹ – war tatsächlich aus den Regalen entfernt worden. Ich hatte es als erste gelesen. Meine Mutter hatte es in die Hand genommen und ein paar Seiten gelesen und war traurig geworden.

»Ich hätte nie gedacht, daß ich erleben muß, wie das gedruckte Wort mißbraucht wird.«

»Es geht um die Werbung, wie korrupt sie ist.«

»Das ist nicht das einzige, was korrupt ist, fürchte ich. Nächstens werden sie darüber schreiben, wie sie auf die Toilette gehen, warum lassen sie das weg? So was kommt in ›Silas Marner‹ nicht vor. Und bei den Klassikern auch nicht. Sie waren gute Schriftsteller, sie hatten das nicht nötig.«

Ich hatte mich von meiner alten Lieblingslektüre abgewandt, von ›Kristin Lavransdatter‹, von historischen Romanen. Ich las jetzt Modernes. Somerset Maugham. Nancy Mitford. Ich las von reichen und adeligen Leuten, die genau diese Art von Leuten verachteten, wie sie in Jubilee an der Spitze der Gesellschaft standen – Apotheker, Zahnärzte, Ladenbesitzer. Ich lernte Namen wie Balenciaga, Schiaparelli. Ich wußte über Drinks Bescheid. Whisky mit Soda. Gin und Tonic. Cinzano, Benediktiner, Grand Marnier. Ich kannte die Namen von Hotels, Straßen, Restaurants in London, Paris, Singapur. In diesen Büchern gingen die Leute miteinander ins Bett, das taten sie ständig, aber die Beschreibungen dessen, was sie dort taten, waren nicht ausführlich, trotz der Meinung meiner Mutter darüber. Eins der Bücher verglich sexuellen Verkehr mit der Durchquerung eines Eisenbahntunnels (vermutlich, wenn man selbst der ganze Zug war) und dem Hinausgeschleudertwerden auf eine Bergwiese, so hoch, so selig und schön, daß man sich fühlte, als wäre man im Himmel. Bücher verglichen es immer mit irgend etwas und sprachen nie direkt darüber.

»Du kannst dort nicht lesen«, sagte meine Mutter. »Du kannst nicht bei dem Licht lesen. Komm herunter auf die Stufen.«

Also kam ich, aber sie wollte nicht, daß ich überhaupt las. Sie wollte Gesellschaft.

»Schau, der Flieder verblüht. Bald werden wir auf die Farm hinausgehen.«

Entlang der Straßenfront unseres Hofes standen violett blühende Fliederbüsche, die blaß geworden waren wie weiche, zarte Scheuerlappen, rostfarbig gefleckt. Dahinter die Straße, schon staubig, und Wälle von wilden Brombeersträuchern, die vor einer mit Brettern verschlagenen Fabrik standen, auf der wir noch die riesigen, verblaßten, großspurigen Buchstaben lesen konnten: MUNDY KLAVIERE.

»Mir tut es leid um Fern«, sagte meine Mutter. »Mir tut es leid um ihr Leben.«

Ihr trauriger, vertraulicher Ton hielt mich zurück.

»Vielleicht findet sie heute abend einen neuen Freund.«

»Was meinst du damit? Sie ist nicht hinter einem neuen Freund her. Sie hatte genug von all dem. Sie wird singen ›Wo du hingehst‹. Sie hat eine reizende Stimme, immer noch.«

»Sie wird fett.«

Meine Mutter sprach zu mir mit ihrer ernsten, hoffnungsvollen, belehrenden Stimme.

»Ich denke, es wird eine Veränderung im Leben der Mädchen und Frauen geben. Aber es liegt an uns, sie herbeizuführen. Alles, was die Frauen bis heute hatten, war ihre Beziehung zu Männern. Alles, was wir hatten. Kaum mehr Eigenleben als Haustiere. *Er wird dich, wenn seine Leidenschaft ihre frische Kraft verbraucht hat, ein bißchen näher halten als seinen Hund, ein bißchen teurer als sein Pferd.* Tennyson hat das geschrieben. Es ist wahr. War wahr. Du wirst Kinder haben wollen, trotzdem.«

So gut kannte sie mich.

»Aber ich hoffe, du wirst – deinen Verstand gebrauchen, gebrauche deinen Verstand. Laß dich nicht ablenken. Wenn du einmal diesen Fehler gemacht hast, dich – ablenken zu lassen, wegen eines Mannes, wird dein Leben nie wieder dir gehören. Du wirst die Last zu tragen haben; das muß eine Frau immer.«

»Es gibt ja heutzutage die Geburtenkontrolle«, erinnerte ich sie, und sie sah mich erschrocken an, obgleich sie selbst es gewesen war, die unsere Familie öffentlich in Verlegenheit versetzt hatte, als sie an den ›Herald-Advance‹ von Jubilee geschrieben hatte, »allen Frauen, die im Bezirk Wawanash von öffentlicher Unterstützung leben, sollten prophylaktische Ratschläge erteilt werden, um ihnen zu helfen, jedes weitere Anwachsen ihrer Familien zu verhindern«. Jungen in der Schule hatten mir nachgerufen: »He, wann gibt deine Mama die profilytischen Ratschläge heraus?«

»Das ist nicht genug, obwohl es natürlich ein Vorteil ist, und die Religion ist dagegen, wie sie gegen alles ist, was die Qualen des Lebens auf Erden erleichtern könnte. Selbstachtung ist es, wovon ich spreche. Selbstachtung.«

Ich verstand den Sinn hiervon nicht ganz, oder wenn ich ihn verstand, so war ich darauf eingestellt, ihm zu widerstehen. Ich hätte allem widerstehen müssen, was sie mir mit solcher Ernsthaftigkeit, solcher beharrlichen Zuversicht sagte. Ihre Sorge über mein Leben, die ich brauchte und als selbstverständlich hinnahm, ausgesprochen konnte ich sie nicht ertragen. Auch fühlte ich, daß sie nicht so sehr verschieden von all den anderen Ratschlägen war, die man Frauen, Mädchen gab, Ratschläge, die voraussetzten, daß es einen verletzbar machte, eine Frau zu sein, daß ein bestimmtes Maß an Achtsamkeit und feierlichem Getue und Selbstschutz erforderlich war, während von den Männern angenommen wurde, sie seien fähig, hinauszugehen und alle Arten von Erfahrungen zu sammeln und das, was sie nicht wollten, wegzuwerfen und stolz zurückzukommen. Ohne auch nur darüber nachzudenken, hatte ich beschlossen, das gleiche zu tun.

In unserem fünften Jahr am Gymnasium trat Naomi in die Handelsklasse über; plötzlich befreit von Latein, Physik, Algebra, stieg sie in den dritten Stock der Schule hinauf, wo unter dem steilen Dach den ganzen Tag Schreibmaschinen klapperten und die Wände voll gerahmter goldener Regeln hingen, die einen auf das Leben im Beruf vorbereiten sollten. *Zeit und Energie sind mein Kapital; wenn ich sie vergeude, werde ich keinen Ersatz bekommen.* Nach den unteren Klassenräumen mit ihren Tafeln, die mit fremden Wörtern und abstrakten Formeln bedeckt waren, nach ihren finsteren Bildern von Schlachten und Schiffswracks und ungestümen, aber sittsamen mythologischen Abenteuern wirkte dies so, als käme man in kühles, normales Licht, in die wirkliche belebte Welt. Eine Erleichterung für die meisten. Naomi gefiel es.

Im März dieses Jahres bekam sie eine Stelle im Büro des Milchgeschäftes. Sie hatte die Schule hinter sich. Sie sagte, ich solle nach vier kommen und sie besuchen. Das tat ich auch, ohne eine besondere Vorstellung davon zu haben, wo ich hingeriet. Ich dachte, Naomi würde mir hinter dem Zahltisch hervor ein Gesicht schneiden. Ich wollte schon meine zittrige Altfrauenstimme annehmen und zu ihr sagen: »Was soll das heißen? Gestern habe ich hier ein Dutzend Eier gekauft, und sie waren alle schlecht!«

Das Büro war in einem niedrigen, verputzten Anbau vor dem alten Milchladen untergebracht. Dort waren Leuchtstofflampen und neue Aktenschränke aus Metall und Schreibtische – die Art Umgebung, in der ich mich instinktiv fehl am Platze fühlte – und der tüchtige Lärm von Schreibmaschinen und einer Rechenmaschine. Außer Naomi arbeiteten dort noch zwei Mädchen; ich fand später heraus, daß sie Molly und Carla hießen. Naomis Nägel waren korallenrot; sie hatte ihr Haar recht erfolgreich frisiert; sie trug einen rosa und grün karierten Rock und einen rosa Pullover. Neu. Sie lächelte mir zu und winkte mir über die Schreibmaschine hinweg einen spärlichen Gruß mit den Fingern zu, dann schrieb sie mit großer Geschwindigkeit weiter und führte ein fröhliches, unzusammenhängendes, unverständliches Gespräch mit ihren Kolleginnen. Nachdem das mehrere Minuten gedauert hatte, rief sie mir zu, sie würde um fünf Uhr fertig sein. Ich sagte, ich müsse nach Hause. Ich spürte, daß Molly und Carla auf mich schauten, auf die Tinte an meinen bloßen roten Händen, auf mein herunterrutschendes wollenes Kopftuch, das wilde Haar, den schulmädchenhaften Stapel Bücher.

Elegante Mädchen erschreckten mich zu Tode. Ich mochte ihnen nicht einmal nahekommen, aus Angst, ich könnte schlecht riechen. Ich spürte, daß zwischen ihnen und mir ein grundlegender Unterschied bestand, als wären wir aus unterschiedlichen Stoffen gemacht. Ihre kühlen Hände wurden nicht fleckig und schwitzten nicht; ihr Haar behielt die beabsichtigte Façon, ihre Achselhöhlen waren nie naß – sie wußten nicht, was es hieß, die Ellbogen an die Seiten gepreßt zu halten, um die dunklen, beschämenden halbmondförmigen Flecken auf den Kleidern zu verbergen –, und nie, nie würden sie jenen kleinen zusätzlichen Blutstrom fühlen, jene kleine Zugabe, die keine Camelia halten konnte, die in entsetzenerregender Weise an der Innenseite der Schenkel herunterlief. Natürlich nicht; ihre Periode würde unbemerkt verlaufen; die Natur diente ihnen, sie verriet sie nicht. Ebensowenig würde meine Unbeholfenheit je in ihre Raffinesse umgewandelt werden; es war zu spät, dafür lag der Unterschied zu tief. Aber wie war es mit Naomi?

Sie war gewesen wie ich; einmal hatte sie Warzen an den Fingern gehabt; sie hatte Fußpilz gehabt; wir haben uns gemeinsam in der Mädchentoilette versteckt, wenn wir das Unglück zur gleichen Zeit hatten, und haben Angst gehabt, Purzelbäume zu schlagen – einzeln, vor der übrigen Klasse –, Angst vor Verrutschen oder Blutspuren und waren zu verlegen gewesen, um uns zu entschuldigen. Was also sollte diese Maskerade, mit ihrem Nagellack, ihrem pastellfarbenen Pullover?

Sie war bald dick befreundet mit Molly und Carla. Ihr Gespräch, wenn sie zu mir nach Hause kam oder mich zu sich einlud, drehte sich um Diätvorschriften, Hautpflege, Haarwaschmethoden, Kleider, Pessare (Molly war ein Jahr verheiratet, und Carla würde im Juni heiraten). Ein paarmal kam Carla zu Naomi nach Hause, als ich dort war; sie und Naomi sprachen immer über Waschen, entweder das Waschen ihrer Pullover oder das Waschen ihres Unterzeugs oder das Waschen ihrer Haare. Sie sagten etwa: »Ich habe meine Strickjacke gewaschen!« – »Wirklich? Hast du sie kalt oder lauwarm gewaschen?« – »Lauwarm, aber ich denke, es ist in Ordnung.« – »Wie hast du es mit dem Ausschnitt gemacht?« Ich saß dann da und dachte daran, wie schmierig mein Pullover war und daß mein Haar fettig war und mein Büstenhalter verschossen, und daß ein Träger mit einer Sicherheitsnadel festgehalten wurde. Ich mußte gehen, aber wenn ich nach Hause kam, nähte ich den Träger meines Büstenhalters nicht an und wusch auch nicht meinen Pullover, Pullover, die ich wusch, liefen immer ein, oder der Ausschnitt verzog sich; ich wußte, daß ich mir nicht genug Mühe gab, aber ich hatte das fatalistische Gefühl, daß sie einlaufen oder sich verziehen würden, ganz gleich, was ich tat. Manchmal wusch ich mir aber die Haare und wickelte sie auf abscheuliche Stahlwickler, die mich am Schlafen hinderten; ich konnte auch dann und wann Stunden vor dem Spiegel verbringen, mir qualvoll die Augenbrauen zupfen, mein Profil betrachten, mein Gesicht mit dunklem oder hellem Puder tönen, um seine vorteilhaften Stellen zu betonen und die schlechten abzuschwächen, wie es in den Zeitschriften empfohlen wurde. Es war die ausdauernde Aufmerksamkeit, derer ich nicht fähig war, obwohl alles, die Anzeigen, F. Scott Fitzgerald und das erschreckende Lied im Radio – »den Ehering, den kriegt von mir nur eine, die süß und rosig ist, nur die alleine« – mir sagte, ich müßte, müßte es lernen. Liebe ist nur für die Enthaarten da.

Was das Haarwaschen betrifft: Um diese Zeit begann ich einen Artikel in einer Zeitschrift zu lesen, der von dem grundsätzlichen Unterschied zwischen männlichen und weiblichen Denkgewohnheiten handelte und sich hauptsächlich auf die sexuellen Erfahrungen bezog (der Titel des Artikels ließ einen denken, er würde sehr viel mehr über Sex sagen, als tatsächlich der Fall war). Der Verfasser war ein berühmter Psychiater aus New York, ein Schüler Freuds. Er sagte, der Unterschied zwischen der männlichen und der weiblichen Denkweise lasse sich leicht durch die Gedanken eines Jungen und eines Mädchens verdeutlichen, die auf einer Parkbank sitzen und den Vollmond anschauen. Der Junge denkt an das Universum, seine Unermeßlichkeit und sein Geheimnis; das Mädchen denkt: »Ich muß meine Haare waschen.« Als ich das las, wurde ich wahnsinnig aufgeregt; ich mußte die Zeitschrift niederlegen. Es war mir plötzlich klar, daß ich nicht dachte wie das Mädchen; der Vollmond würde mich nie, solange ich lebte, daran erinnern, daß ich meine Haare waschen mußte. Ich wußte, daß meine Mutter, wenn ich es ihr zeigte, sagen würde: »Oh, das ist nur dieser irrwitzige Männerunsinn, daß Frauen keinen Verstand haben.« Das würde mich nicht überzeugen; sicher mußte ein New Yorker Psychiater es wissen. Und Frauen wie meine Mutter waren in der Minderheit, das konnte ich sehen. Zudem wollte ich nicht sein wie meine Mutter mit ihrer keuschen Schroffheit, ihrer Unschuld. Ich wollte, daß Männer mich liebten, *und* ich wollte an das Universum denken, wenn ich den Mond anschaute. Ich fühlte mich gefangen, gestrandet; es schien, als müßte es eine Wahl geben, wo es keine Wahl geben konnte. Ich wollte nicht weiterlesen, wurde aber doch zu dem Artikel zurückgezogen, wie ich, als ich jünger war, zu einem bestimmten Bild in einem Märchenbuch mit einem dunklen Meer, einem hoch aufragenden Wal zurückgezogen wurde; meine Augen sprangen nervös über die Seite, fingen sich bei Behauptungen wie: *Für eine Frau ist alles persönlich; kein Gedanke an sich ist für sie von irgendwelchem Interesse, sondern er muß in ihre eigene Erfahrung übertragen werden; in Kunstwerken sieht sie immer ihr eigenes Leben oder ihre Tagträume.* Schließlich brachte ich die Zeitschrift zum Mülleimer, zerriß sie, stopfte sie hinein, versuchte, sie zu vergessen. Wenn ich danach in einer Zeitschrift einen Artikel sah, der lautete: ›Weiblichkeit – Sie kehrt zurück!‹ oder ein Quiz für Teenager mit dem Titel: ›Ist es dein Problem, daß du versuchst, ein Junge zu sein?‹, drehte ich die Seite schnell um, als ob mich etwas beißen wollte. Bisher war es mir noch nie eingefallen, ein Junge sein zu wollen.

Durch Molly und Carla und durch ihre neue Stellung als Arbeitnehmerin wurde Naomi Mitglied eines Kreises in Jubilee, von dem weder sie noch ich gewußt hatten, daß er wirklich existierte. Dieser Kreis umfaßte die Mädchen, die in Geschäften und Büros und in den beiden Banken arbeiteten ebenso wie einige Verheiratete, die kürzlich ihre Stellen aufgegeben hatten. Wenn sie nicht verheiratet waren und keinen Freund hatten, gingen sie zusammen zum Tanzen. Sie fuhren zum Bowling nach Tupperton. Sie gaben füreinander Geschenkpartys, wenn sie heirateten oder Kinder bekamen (dieses war ein neuer Brauch, der ein paar ältere Damen in der Stadt ärgerte). Ihre Beziehungen untereinander waren, wenn auch voller skandalöser Vertraulichkeiten, umgeben von allen Arten ausgeklügelter Formalitäten, Höflichkeiten, Schicklichkeitsvorschriften. Es war nicht wie in der Schule; keine Wildheit, Gemeinheit, keine ungehobelte Sprache, aber immer ein kompliziertes Netz von Fehden, auf die indirekt angespielt wurde, immer irgendeine Krise – eine Schwangerschaft, eine Fehlgeburt, ein Sitzengelassenwerden –, über die sie alle Bescheid wußten und über die sie sprachen, die sie aber als ihr Geheimnis bewahrten und dem Rest der Stadt vorenthielten. Die unschuldigsten oder tröstlichsten und schmeichelhaftesten Dinge, die sie sagten, konnten etwas ganz anderes bedeuten. Sie waren einander gegenüber tolerant in dem, was die meisten Leute in der Stadt als moralische Verfehlungen angesehen hätten, aber gänzlich intolerant bei Abweichungen in Kleidung und Frisur und gegenüber Leuten, die bei einer Geschenkparty nicht die Kruste von den belegten Broten abschnitten.

Sobald Naomi ihre Gehaltsschecks bekam, begann sie genau das zu tun, was anscheinend alle diese Mädchen taten, bis sie heirateten. Sie ging in verschiedene Geschäfte und ließ sich Sachen zurücklegen, die sie mit bestimmten monatlichen Beträgen abzahlen wollte. Im Eisenwarenladen hatte sie einen ganzen Satz Töpfe und Pfannen zurücklegen lassen, beim Juwelier einen Kasten mit Silber, bei Walkers eine Decke und eine Garnitur Handtücher und zwei Leintücher. Das alles war für die Zeit gedacht, wo sie heiraten und einen Haushalt haben würde; es war das erste, wovon ich wußte, das sie so bestimmt plante. »Einmal mußt du anfangen«, sagte sie gereizt. »Womit willst du heiraten, mit zwei Tellern und einem alten Spüllappen?«

Sie wollte, daß ich am Samstagnachmittag mit ihr die Runde durch die Geschäfte machte, während sie ihre Raten bezahlte und ihre künftigen Besitztümer besichtigte, und sie sprach darüber, warum sie sich wie Molly für Kochen ohne Wasser interessierte und wie man die Qualität von Bettlaken nach der Zahl der Fäden pro Quadratzentimeter beurteilen konnte. Ich war überrascht und eingeschüchtert durch ihr lästiges und wichtigtuerisches neues Wesen. Es schien, als sei sie mir um Meilen voraus. Ich wollte nicht dahin gehen, wo sie ging, aber es sah aus, als ob *sie* es wollte; für sie schritten die Dinge voran. Konnte man das gleiche von mir sagen?

Eigentlich wollte ich am Samstagnachmittag zu Hause bleiben und die Metropolitan Opera hören. Diese Gewohnheit stammte aus der Zeit, als wir Fern Dogherty bei uns wohnen hatten und sie und meine Mutter sich das anzuhören pflegten. Fern Dogherty hatte Jubilee verlassen, sie war nach Windsor gezogen, um dort zu arbeiten, und sie schrieb uns nichtssagende, seltene, fröhliche Briefe, daß sie zu einem Nachtklub nach Detroit hinüberfahre, zum Rennen gehe, im Ensemble der Komischen Oper singe, sich amüsiere. Naomi sagte: »Diese Fern Dogherty war schon komisch.« Sie sprach von ihrem neuen, überlegenen Standpunkt aus. Sie und alle diese anderen Mädchen waren fest auf eine Heirat ausgerichtet; ältere Frauen, die nicht geheiratet hatten, ob sie nun wirklich alte Jungfern oder heimliche Abenteurerinnen waren wie Fern, konnten keine Sympathie von ihnen erwarten. Wieso war sie komisch? Ich wollte es wissen, stürmisch, aber Naomi wandte mir ihre blassen, hellen, vorstehenden Augen zu und wiederholte: »Komisch, sie war einfach *komisch*!« wie jemand, der angesichts vermuteter Ketzerei selbstverständliche stattliche Dogmen verkündigt.

Meine Mutter schenkte der Oper keine besondere Beachtung mehr. Sie kannte die Personen und die Handlung und konnte die berühmten Arien erkennen; es gab nichts mehr zu lernen. Manchmal war sie unterwegs; sie machte immer noch ihre Runden mit der Enzyklopädie; Leute, die schon eine Ausgabe gekauft hatten, mußten überredet werden, die jährlichen Nachtragsbände zu kaufen. Aber es ging ihr nicht gut. Zuerst hatte sie eine ganze Reihe ungewöhnlicher Leiden – eine Warze an der Fußsohle, eine Augeninfektion, geschwollene Drüsen, Klingen in den Ohren, Nasenbluten, einen geheimnisvollen schuppigen Ausschlag. Sie ging ständig zum Arzt. Alles kam wieder in Ordnung, aber dann fing etwas Neues an. Tatsächlich aber ließ die Vitalität nach, eine Anfälligkeit, nach der niemand gesucht hätte. Es war nicht ständig so. Sie schrieb noch manchmal einen Brief an die Zeitung; sie versuchte, sich selbst Astronomie beizubringen. Aber manchmal legte sie sich einfach aufs Bett und rief mich, damit ich ihr eine Decke überlegte. Ich machte es immer zu nachlässig; dann rief sie mich zurück, und ich mußte sie an den Knien, um die Füße einschlagen. Dann sagte sie mit einer schmollenden, unechten, kindlichen Stimme: »Küß Mutter.« Ich gab ihr dann einen trockenen, knappen Kuß auf die Schläfe. Ihr Haar wurde ganz dünn. Die freiliegende weiße Haut an der Schläfe hatte ein ungesundes, leidendes Aussehen, das ich nicht mochte.

Ich zog es jedenfalls vor, allein zu sein, wenn ich ›Lucia di Lammermoor‹, ›Carmen‹, ›La Traviata‹ hörte. Bestimmte Passagen in der Musik erregten mich so, daß ich nicht stillsitzen konnte, sondern aufstehen und wieder und wieder im Eßzimmer herumgehen mußte, während ich unhörbar mit den Stimmen im Radio sang, mich selbst umarmte und meine Ellbogen drückte. Meine Augen füllten sich mit Tränen. Schnell entworfene Phantasien brodelten in mir auf. Ich stellte mir einen Liebhaber vor, stürmische Einzelheiten, die unheilvolle, erregende Herrlichkeit unserer Leidenschaft. (Es fiel mir nie ein, daß ich genau das tat, was nach dem Artikel Frauen mit Kunstwerken taten.) Wollüstige Hingabe. Nicht an einen Mann, sondern an das Schicksal, an die Dunkelheit, an den Tod. Doch am Ende liebte ich am meisten von allen ›Carmen‹. *Et laissez moi passer!* Ich zischte es durch die Zähne; ich war erschüttert, wenn ich an die andere Hingabe dachte, die sogar verführerischer, blendender war als die Hingabe an den Sex – die des Helden, des Patrioten, Carmens Hingabe an die endgültige Bedeutung der Gebärde, der Vorstellung, des selbstgeschaffenen Selbst.

Die Oper machte mich hungrig. Wenn sie vorbei war, ging ich in die Küche und machte mir Eibrote, stapelweise Kekse, die mit Honig und Erdnußbutter zusammengeklebt waren, und eine reichhaltige, geheime, Übelkeit erregende Mischung aus Kakao, Sirup, braunem Zucker, Kokosnuß und gehackten Walnüssen, die man mit dem Löffel essen mußte. Gieriges Essen beruhigte mich zuerst, machte mich dann verdrossen wie Masturbieren. (*Masturbieren.* Naomi und ich lasen immer in dem Buch ihrer Mutter, wie Bäuerinnen in Osteuropa es mit Karotten machten und wie Damen in Japan beschwerte Kugeln verwendeten, und wie man gewohnheitsmäßige Masturbantinnen an dem stumpfen Blick in ihren Augen und einer Hautfärbung wie bei Leberleidenden erkennen konnte, und wir gingen in Jubilee herum und schauten nach Symptomen aus und fanden die ganze Sache so exotisch, so sonderbar, so abstoßend – und alles, was wir über Sex herausfanden, ließ es uns immer mehr als einen Karneval erscheinen, über den man lachen oder von dem einem schlecht werden konnte, oder, wie wir sagten, uns krank lachen. Und jetzt würden wir überhaupt nicht mehr darüber sprechen.) Manchmal wenn ich eine Menge gegessen hatte, fastete ich einen oder zwei Tage und trank eine große Dosis Epsom-Salz in warmem Wasser, weil ich dachte, die Kalorien würden nicht ansetzen, wenn ich alles in Eile durchjagen konnte. Ich wurde nicht wirklich fett, nur breit genug, stabil genug, um gern Bücher zu lesen, in denen die üppigen Formen der Heldin zärtlich, erotisch beschrieben wurden, und um von Büchern beunruhigt zu sein, in denen die begehrenswerten Frauen immer schlank waren; zum Trost sagte ich mir dann die Zeile aus dem Gedicht über »die Geliebten mit den großen, glatten, marmorgleichen Gliedern« vor. Ich liebte das; ich liebte das Wort Geliebte, ein prunkvolles Wort, das etwas Zeremonielles an sich hatte; eine Geliebte sollte nicht zu schlank sein. Ich liebte es, die Reproduktion der ›Badenden‹ von Cézanne im Kunstanhang der Enzyklopädie anzusehen, dann mich selbst nackt im Spiegel. Aber die Innenseiten meiner Schenkel bebten; Hüttenkäse in einem durchsichtigen Beutel.

Inzwischen schaute sich Naomi um, um zu sehen, was für Möglichkeiten es gab.

Ein Mann namens Bert Matthews, unverheiratet, acht- oder neunundzwanzig Jahre alt, mit einem besorgten, jovialen Gesicht und Haaren wie eine Pelzkappe, die er auf seinem faltigen Schädel zurückgeschoben hatte, kam regelmäßig in das Büro des Milchgeschäfts. Er war Geflügelinspektor. Naomi erzählte mir, mit Abscheu, die Dinge, die er zu Molly und Carla sagte. Er fragte Molly immer, ob sie schon schwanger sei, während er herumschlich, um von der Seite einen Blick auf ihren Bauch werfen zu können, und er gab Carla Ratschläge für ihre bevorstehenden Flitterwochen. Er nannte Naomi »Cremehütchen«. Er hupte ihr auf der Straße aus seinem Wagen zu und fuhr langsamer, und sie drehte sich weg und sagte: »Oh, Herrgott, verschone mich vor diesem Idioten!« Sie schaute finster und versunken auf ihr Spiegelbild in den Schaufenstern.

Bert Matthews wettete zehn Dollar mit ihr, daß sie nicht die Erlaubnis bekäme, ihn in der Gay-la-Tanzhalle zu treffen. Naomi wollte hingehen. Sie sagte, es sei wegen der zehn Dollar und um es ihm zu zeigen. Es stimmte, ihre Mutter hätte ihr nicht erlaubt hinzugehen, aber sie war bei einem Pflegefall außerhalb der Stadt, und um ihren Vater brauchte sie sich nicht zu kümmern. *»Der«*, sagte sie immer, »der ist senil.« Sie schien den klinischen Klang des Ausdrucks zu genießen. Er verbrachte die Zeit in seinem Zimmer mit der Bibel und seiner religiösen Literatur und suchte Prophezeiungen heraus.

Naomi wollte, daß ich mit ihr ginge und bei ihr zu Hause über Nacht bliebe und meiner Mutter sagte, wir gingen ins Lyzeum-Kino. Mir war klar, daß ich keine andere Wahl hatte, als es zu tun, nicht so sehr, weil Naomi wollte, daß ich es tat, sondern weil ich die Gay-la-Tanzhalle wirklich haßte und fürchtete.

Die Gay-la-Tanzhalle lag eine halbe Meile nördlich der Stadt an der Landstraße. Sie war mit schokoladefarbenen imitierten Balken verziert, und die Fenster hatten keine Scheiben, nur Holzläden, die tagsüber dicht geschlossen waren und zum Tanz jeweils aufgemacht wurden. Wenn ich dort mit meiner Mutter vorbeifuhr, pflegte sie zu sagen: »Da, wirf einen Blick auf Sodom und Gomorrha!« Sie spielte auf eine Predigt an, die in der Presbyterianerkirche gehalten worden war und die Gay-la-Tanzhalle mit diesen Orten verglich und ihr ein ähnliches Schicksal voraussagte. Meine Mutter hatte damals darauf hingewiesen, daß der Vergleich nicht stimme, weil das, was für Sodom und Gomorrha stand, *un*natürliche Praktiken meinte. (Fern Dogherty, der sie dies erklärte, sagte behaglich und geheimnisvoll: »Nun ja, natürlich oder *un*natürlich, kommt es nicht ganz drauf an?«) Meine Mutter war in einer unangenehmen Lage; im Prinzip sollte sie den Standpunkt der Presbyterianischen Kirche ins Lächerliche ziehen, und doch traf sie schon der Anblick der Gay-la-Tanzhalle, wie ich sehen konnte, mit dem gleichen kalten Pesthauch, den auch die Presbyterianer fühlten. Und ich sah sie in der gleichen Weise wie sie – mit ihren blinden Fenstern, auf dem ärmlichen, verkommenen Feld, das Ganze ein finsterer und verrufener Ort.

In den Kiefernwäldern dahinter lagen die Kondome herum wie alte Schlangenhäute, das sagte jedermann.

Wir gingen an einem Freitagabend in unseren geblümten Kleidern mit den weiten Röcken die Landstraße hinauf. Ich hatte mein Bestes getan; ich hatte mich gewaschen, rasiert, deodoriert, mein Haar zurechtgemacht. Ich trug einen weiten Rock, der hart und kratzig an den Schenkeln war, und einen miederähnlichen Büstenhalter, der meine Taille zusammenpressen sollte, der mich aber in Wirklichkeit ins Zwerchfell kniff und einen Wulst verursachte, über den ich meinen Plastikgürtel enger schnallen mußte. Ich hatte den Gürtel sehr eng zusammengezogen und schwitzte darunter. Ich hatte mir beiges Make-up wie Malerfarbe auf Hals und Gesicht geklatscht; mein Mund war so rot und fast so dick gemalt wie eine Zuckergußblume auf einem Kuchen. Ich trug Sandalen, die den Kies am Straßenrand aufsammelten. Naomi trug hohe Absätze. Es war Juni damals, die Luft warm, weich, summend und zitternd vor Insekten, der Himmel wie eine Pfirsichschale hinter den schwarzen Kiefern, die Welt erfreulich genug, wenn es nur nicht nötig gewesen wäre, zum Tanz zu gehen.

Naomi ging vor mir den ungepflasterten, ungepflegten Parkplatz, die Stufen hinauf, die durch eine einzige gelbe Birne beleuchtet waren. Wenn sie Angst hatte, wie ich, dann zeigte sie es nicht. Ich hielt die Augen auf ihre hochmütigen hohen Absätze, ihre biskuitblassen, muskulösen, absichtlich nackten Beine gerichtet. Männer und Jungen lungerten an den Stufen herum. Ich konnte ihre Gesichter nicht sehen, und ich schaute auch nicht hin. Ich sah gerade noch ihre Zigaretten oder Gürtelschnallen oder Flaschen im Dunkeln schimmern. Um an den sanften und leichten, sicherlich geringschätzigen, sonderbar gefürchteten Dingen vorbeizukommen, die sie sagten, versuchte ich meine Ohren zu verschließen, ähnlich wie man den Atem anhalten kann. Was war mit meiner alten Zuversicht geschehen – der falschen Zuversicht der frühen Tage voll Possen und Überlegenheit? Sie war völlig weg; ich dachte jetzt mit Sehnsucht und Unglauben daran, wie kühn ich gewesen war, zum Beispiel Mr. Chamberlain gegenüber.

Eine fette alte Frau stempelte unsere Hände mit purpurroter Farbe.

Naomi fand sofort den Weg zu Bert Matthews, der neben der Tanzfläche stand. »Na, ich hab ja nie erwartet, dich hier zu sehen«, sagte sie. »Hat deine Mama dich gehen lassen?«

Bert Matthews nahm sie mit hinauf zum Tanzen. Der Tanz fand auf einer etwa zwei Fuß hohen Plattform statt, das Geländer war mit farbigen Lichtern behängt, die auch die vier Pfosten an den Ecken hinaufstiegen und in zwei sich kreuzenden diagonalen Ketten über den Tänzern hingen, so daß sie die Plattform zu etwas wie einem beleuchteten Schiff machten, das über der Erde und dem Sägemehlfußboden trieb. Abgesehen von diesen Lichtern und dem Licht aus einem Fenster, das zu einer Art Küche hin offenstand und an dem man Würstchen, Hamburger, Erfrischungsgetränke und Kaffee verkaufte, war der Raum unbeleuchtet. Leute standen in verschwommenen Gruppen herum, das Sägemehl unter den Füßen war naß und roch nach verschütteten Getränken. Ein Mann stand vor mir und streckte mir einen Pappbecher entgegen. Ich dachte, er habe mich für jemand anderen gehalten, und schüttelte den Kopf. Dann wünschte ich, ich hätte ihn genommen. Er wäre vielleicht bei mir geblieben und hätte mich zum Tanzen aufgefordert.

Nach zwei Tänzen kam Naomi zurück und brachte Bert Matthews und einen anderen Mann mit, dünn, fuchsartig, rotgesichtig und rothaarig. Er stand mit vorgerecktem Kopf da, den langen Körper gekrümmt wie ein Komma. Dieser Mann forderte mich nicht zum Tanzen auf, sondern ergriff meine Hand, als die Musik anfing, und zog mich auf die Plattform hinauf. Zu meinem Schreck stellte sich heraus, daß er ein einfallsreicher, erfinderischer Tänzer war, der mich ständig von sich wegwarf und wieder zurückriß, herumschnellte, mit den Fingern schnalzte und all das ohne ein Lächeln, sondern mit einem todernsten, feindseligen Ausdruck. Ich mußte nicht nur versuchen, seinem Tanz zu folgen, sondern auch irgendwie seinem Gespräch, denn er sprach auch noch während der kurzen unvorhersagbaren Teile des Tanzes, in denen wir nahe genug zusammen waren. Er sprach mit einem holländischen Akzent, der nicht echt war. Zu jener Zeit hatten holländische Einwanderer einige Farmen in der Nähe von Jubilee übernommen, und ihr Akzent, der warme und unschuldige Klang, war in bestimmten örtlichen Witzen und Ausdrücken zu hören. »Tanz locker mit mir«, sagte er, indem er einen dieser Standardsätze benutzte, und rollte flehend die Augen. Ich wußte nicht, was er meinte; sicherlich tanzte ich mit ihm, oder tanzte er selbst so locker wie es nur ging? Alles, was er sagte, war so; ich hörte die Worte, konnte aber den Sinn nicht erfassen; es hätte sein können, daß er scherzte, aber sein Gesicht blieb unerschütterlich, ohne Lächeln. Aber er rollte in einer grotesken Weise die Augen und nannte mich mit einer kalten matten Stimme »Baby«, als ob ich jemand anderes als ich selbst wäre; ich konnte nur eines machen: mir eine Vorstellung von der Person bilden, mit der er zu tanzen glaubte, und vorzugeben, ich sei sie – jemand Kleines, Schlagfertiges, Heiteres, Kokettes. Aber alles, was ich tat, jede Bewegung und jeder Ausdruck, mit dem ich ihn zu treffen suchte, schien zu spät zu kommen; er war schon zu etwas anderem übergegangen.

Wir tanzten, bis die Kapelle eine Pause machte. Ich war froh, daß es vorbei war, und froh, daß er bei mir geblieben war; ich hatte Angst gehabt, er würde merken, wie unzulänglich ich war, und einfach zu jemand anderem hinwirbeln. Er zog mich von der Plattform herunter und hinüber zu dem Küchenfenster, wo wir in der Menge herumgeschoben wurden, bis er zwei Pappbecher Ingwerbier kaufen konnte.

»Trink was davon«, befahl er, wobei er seinen holländischen Akzent ablegte und müde und alltäglich klang. Ich trank etwas. »Beide«, sagte er. »Ich trinke nie Ingwerbier.« Wir gingen quer durch den Raum. Ich konnte jetzt Gesichter ausmachen, und ich sah Leute, die ich kannte, und lächelte ihnen zu, allmählich stolz, daß ich hier war, stolz, daß mich ein Mann im Schlepptau hatte. Wir kamen zu Bert und Naomi, und Bert holte ein Fläschchen Whisky heraus und sagte: »Nun, Korporal, was kann ich für Sie tun?« Er goß etwas davon in die beiden Becher. Naomi lächelte mir glasig zu wie ein Schwimmer, der gerade aus dem Wasser gekommen ist. Mir war heiß, und ich hatte Durst. Ich trank meinen Whisky mit Ingwerbier in drei oder vier großen Zügen hinunter.

»Guter Gott«, sagte Bert Matthews.

»Sie trinkt wie ein Fisch«, sagte Naomi, zufrieden mit mir.

»Dann braucht sie kein Ingwerbier«, sagte Bert und goß Whisky in meinen Becher. Ich trank ihn hinunter, da ich mein neues Ansehen vermehren wollte, und achtete gar nicht so sehr auf den Geschmack. Bert fing an zu nörgeln, er wollte nicht mehr tanzen. Er sagte, er habe einen lahmen Rücken. Der Mann, mit dem ich zusammen war – der, wie ich da oder erst später erfuhr, Clive hieß –, ließ ein bestürzendes, rasselndes Maschinengewehrlachen los und machte mit der Faust einen Scheinangriff auf Berts Gürtelschnalle.

»Wie kriegst du denn einen lahmen Rücken, was, wie kriegst du denn einen lahmen Rücken?«

»Tja, Officer, ich hab nur dort gelegen«, sagte Bert mit einer hohen quengelnden Stimme, »und sie kam her und hat sich auf mich draufgesetzt, was konnte ich da machen?«

»Sei nicht gemein«, sagte Naomi glücklich.

»Was ist gemein? Was hab ich gesagt? Willst du mir den Rücken massieren, Schätzchen? N'omi, massierst du meinen Rücken?«

»Was geht mich dein blöder Rücken an, geh und kauf dir was zum Einreiben.«

»Wirst du es mir einreiben, hm –«, in Naomis Haar schnüffelnd, »– mir richtig einreiben?«

Die farbigen Lichter waren unscharf geworden, sie gingen auf und ab wie gespannte Gummibänder. Die Gesichter der Leute waren leicht, aber ungehörig breiter geworden; es war, als ob ich auf Gesichter schaute, die sich auf einer gewölbten polierten Fläche spiegelten. Auch die Hände erschienen groß, ohne Proportion zum Körper; ich stellte sie mir – obwohl ich sie nicht richtig sah – von den Körpern gelöst, sanft auf unsichtbaren Tabletts treibend vor. Dies war der Höhepunkt meiner Betrunkenheit, soweit es die Veränderung der Wahrnehmungen betraf. Während ich das durchlebte, ging Clive weg, um in Papierservietten eingewickelte Würstchen und einen Kasten Ingwerbier zu kaufen, und wir verließen alle die Tanzhalle, und ich kam auf den Rücksitz seines Wagens neben Clive zu sitzen. Er legte den Arm um mich und kitzelte ziemlich derb mein gepanzertes Zwerchfell. Wir fuhren mit, wie es uns schien, hoher Geschwindigkeit über die Landstraße, während Bert und Clive im Falsett sangen: »Ist mir egal, wenn tags der Himmel voller Wolken ist, weil in der Nacht mein Alter mich bestimmt nicht vergißt.« Die Fenster waren heruntergedreht, der Wind und die Sterne schossen vorbei. Ich fühlte mich glücklich. Ich war für nichts mehr verantwortlich. *Ich bin betrunken,* dachte ich. Wir kamen nach Jubilee; ich sah die Gebäude längs der Hauptstraße, und es schien, als hätten sie eine Botschaft für mich, etwas, was die vorläufige und ausgelassene und freudvoll unwahrscheinliche Natur der Welt betraf. Ich hatte Clive vergessen. Er beugte sich herüber und preßte sein Gesicht gegen meins und stopfte seine Zunge, die riesig, naß, kalt, zerknittert wie ein Spüllappen schien, in meinen Mund.

Wir hatten hinter dem Brunswick-Hotel angehalten.

»Hier wohne ich«, sagte Bert. »Das ist mein glückliches Heim.«

»Wir können nicht hineingehen«, sagte Naomi. »Sie werden dich keine Mädchen mit aufs Zimmer nehmen lassen.«

»Wart's ab.«

Wir gingen durch eine Hintertür, ein paar Treppen hinauf, einen Flur entlang, an dessen Ende ein blasenförmiger Behälter mit einer roten Flüssigkeit leuchtete, der mir in meinem augenblicklichen Zustand äußerst schön vorkam. Wir traten in ein Schlafzimmer und setzten uns in dem plötzlichen grellen Licht voneinander entfernt nieder. Bert saß auf dem Bett, später lag er dort. Naomi saß auf dem Stuhl und ich auf einem aufgeplatzten Sitzkissen, unsere Röcke waren ordentlich ausgebreitet. Clive saß auf dem kalten Heizkörper, stand aber plötzlich auf, um eine Blende am Fenster zu richten, dann goß er uns allen noch mehr Whisky ein, den er mit dem Ingwerbier mischte, das er gekauft hatte. Wir aßen die Würstchen. Ich wußte, es war ein Fehler gewesen, den Wagen anzuhalten und hereinzukommen. Meine glückliche Stimmung verflüchtigte sich, und obwohl ich noch mehr trank und hoffte, sie würde zurückkommen, fühlte ich mich nur aufgequollen, unförmig, besonders an den Fingern und Zehen.

Clive sagte barsch zu mir: »Du glaubst an die Gleichberechtigung der Frauen?«

»Ja.« Ich versuchte meinen Verstand zusammenzunehmen, ermutigt und mit einem gewissen Gefühl der Verpflichtung angesichts der Aussicht auf eine Diskussion.

»Du glaubst auch an die Todesstrafe für Frauen?«

»Ich glaube überhaupt nicht an die Todesstrafe. Aber wenn du sie haben willst – ja, auch für Frauen.«

Schnell wie eine Pistolenkugel sagte Clive: »Du glaubst, Frauen sollten gehängt werden wie Männer?«

Ich lachte rauh, unglücklich. Die Verantwortung kam zurück.

Das brachte Bert und Clive dazu, Witze zu erzählen. Jeder Witz begann ernst und blieb es auch eine ganze Weile wie eine nachdenkliche oder lehrreiche Anekdote, so daß man immer auf der Hut sein mußte, nicht dazusitzen und dumm zu gucken, wenn es Zeit zum Lachen war. Ich hatte Sorge, ich könnte, wenn ich nicht gleich lachte, den Eindruck erwecken, ich sei zu naiv, um den Witz zu verstehen oder etwa beleidigt. Bei vielen dieser Witze war es wie beim ersten für Naomi und mich nötig, die Leitlinien zu liefern, und der Weg, dies zu tun, ohne sich albern zu fühlen, wie es mir diesmal gegangen war, war, in einer widerwilligen, ärgerlichen, aber noch leicht toleranten Weise zu antworten, dem Witz mit schmalen Augen und einem schwachen Lächeln zu folgen, als ob man wüßte, was kommt. Zwischen den Witzen sagte Bert zu Naomi: »Komm zu mir aufs Bett.«

»Nein, danke. Ich bin hier ganz glücklich.« Sie weigerte sich, noch mehr zu trinken und klopfte Zigarettenasche in das Hotelglas.

»Was hast du gegen Betten? Da kriegst du mehr Spaß fürs Geld.«

»Also los, dann hab halt Spaß.«

Clive saß nie still. Er mußte im Zimmer herumhüpfen, Schattenboxen, seine Witze spielen, nach Bert auf dem Bett ausschlagen, bis schließlich Bert auch aufsprang und sie taten, als ob sie kämpften, wobei sie einander aus der Nähe kleine Schläge versetzten, von den Knien aufsprangen, lachten. Naomi und ich mußten unsere Füße einziehen.

»Zwei Schwachsinnige«, sagte Naomi.

Bert und Clive beendeten ihre Vorstellung, indem sie sich gegenseitig die Arme um die Schultern legten und uns steif ansahen, wie von einer Bühne aus.

»Ich kann an deiner Aufmachung sehen, du mußt ein Cowboy sein –«, sagte Bert, und Clive gab zurück: »Ich kann an deiner Aufmachung sehen, daß du auch ein Cowboy bist –«

»Man kann an unserer Aufmachung sehen, daß wir beide Cowboys sind –«

»He, Rastus«, sagte Bert mit verstellter Stimme.

»Wa?«

»Biste vier Jahre alt oder biste fünfe?«

»Weiß ich nich. Weiß nich, ob ich viere bin oder fünfe.«

»He, Rastus? Weißte Bescheid mit Weibern?«

»Ne – ein.«

»Bist ja bescheuert.«

Wir lachten, aber Naomi sagte: »Das kam in der Kinsmens Minstrel Show in Tupperton, ich hab es schon früher gehört.«

»Ich muß mal«, sagte ich und stand auf. Ich muß doch noch betrunken gewesen sein. Normalerweise hätte ich das nie in Gegenwart von Männern gesagt.

»Du hast meine Erlaubnis«, sagte Bert großmütig. »Geh du nur. Du hast meine Erlaubnis, das Zimmer zu verlassen. Geh einfach den Flur hinunter und geh durch die Tür, wo steht –« Er schaute mich von ganz nahe an und stieß mir dann das Gesicht fast in die Brust. »Ach, *jetzt* weiß ich – *Damen.*«

Ich fand die Toilette und benutzte sie, ohne die Tür zu schließen, wie ich mich später erinnerte. Auf dem Rückweg zum Zimmer sah ich die Blase mit der roten Flüssigkeit und dahinter am Ende des Korridors ein Licht. Ich ging an der Tür von Berts Zimmer vorbei darauf zu. Hinter dem Licht war eine Tür zu einer Feuertreppe, offen wegen der warmen Nacht. Wir waren im dritten, dem obersten Stockwerk des Hotels. Ich trat hinaus, stolperte und fiel beinahe über das Geländer, dann erholte ich mich, beugte mich hinunter und zog unter großen Schwierigkeiten meine Sandalen aus, die ich für das Stolpern verantwortlich machte. Ich stieg die Stufen hinunter. Das Ende der Treppe war etwa sechs Fuß vom Boden entfernt. Ich warf zuerst meine Schuhe hinunter und fühlte mich sehr schlau, daß ich daran gedacht hatte, dann setzte ich mich auf die unterste Stufe, ließ mich hinunter, soweit ich konnte, und sprang und landete auf harter Erde, in dem schmalen Durchgang zwischen dem Hotel und der Rundfunkstation. Während ich meine Schuhe anzog, war ich bestürzt; ich hatte wirklich vorgehabt, in das Zimmer zurückzugehen. Ich hatte keine Ahnung, wohin ich jetzt gehen sollte. Ich hatte unser Haus in der River Street vergessen und dachte, wir wohnten draußen in der Flats Road. Schließlich erinnerte ich mich an Naomis Haus; ich meinte, mit sorgfältiger Planung könnte ich dorthin kommen.

Ich ging an der Mauer des Brunswick-Hotels entlang, stieß mich an Backsteinen, kam an der Rückseite heraus und ging die Diagonal Road hinauf – zuerst in der falschen Richtung, ich mußte umkehren – und überquerte die Hauptstraße, ohne rechts oder links zu schauen, aber es war spät, es waren nirgends Autos. Ich konnte die Zeit auf dem verschwommenen Mond der Postuhr nicht ablesen. Als ich die Hauptstraße hinter mir hatte, beschloß ich, auf dem Gras zu gehen, durch die Vorgärten der Leute, weil der Gehsteig hart war. Ich zog die Schuhe wieder aus. Ich überlegte, daß ich allen erzählen sollte, daß der Gehsteig weh tat und das Gras weich war. Warum hatte niemand vorher daran gedacht? Ich kam zu Naomis Haus in der Mason Street, und ohne mich zu erinnern, daß wir die Hintertür unverschlossen gelassen hatten, stieg ich die Vorderstufen hinauf, versuchte, die Tür zu öffnen, schaffte es nicht und klopfte, zuerst höflich, dann stärker und lauter. Ich dachte, Naomi sei drinnen, und sie würde mich hören und kommen, um mich hineinzulassen.

Es ging kein Licht an, aber die Tür öffnete sich. Naomis Vater im Nachthemd, mit nackten Beinen und weißem Haar, schimmerte im Dunkel des Flurs wie ein auferstandener Leichnam. Ich sagte: »Naomi –«, und dann erinnerte ich mich. Ich drehte mich um, stolperte die Stufen hinunter und lief in Richtung River Street, an die ich mich plötzlich erinnerte. Dort war ich vorsichtiger. Ich legte mich in die Schaukel auf der Veranda und schlief ein, in tiefen, verschlingenden Wirbeln von Licht und Dunkel, Hilflosigkeit, nach Würstchen schmeckenden Rülpsern.

Naomis Vater ging nicht wieder ins Bett. Er saß im Dunkeln in der Küche, bis Naomi heimkam, und dann nahm er seinen Gürtel und schlug sie auf die Arme, die Beine, die Hände, wo er sie nur treffen konnte. Sie mußte sich auf dem Küchenboden niederknien und zu Gott beten, daß sie nie wieder Alkohol trinken würde.

Was mich betraf, so erwachte ich ausgekühlt, mit Brechreiz und Schmerzen in der frühen Dämmerung, schaffte es noch rechtzeitig von der Veranda und erbrach mich in einen Klettenbusch an der Seite des Hauses. Die Hintertür war die ganze Nacht offen gewesen. Um den Whiskygeruch loszuwerden, tauchte ich meinen Kopf und mein Haar in den Küchenausguß und ging ungefährdet nach oben ins Bett. Ich sagte meiner Mutter, als ich aufwachte, mir sei bei Naomi schlecht geworden, und ich sei in der Nacht nach Hause gekommen. Ich lag den ganzen Tag im Bett mit hämmernden Kopfschmerzen, einem tanzenden Magen, großer Schwäche und einem Gefühl des Scheiterns und der Erleichterung. Ich fühlte mich erlöst durch kindische Dinge – meine alte Scarlett-O'Hara-Lampe, die blauen und weißen Metallblumen, die meine schlaffen, gepunkteten Gardinen hielten. Ich las ›Das Leben der Charlotte Brontë‹.

Durch mein Fenster konnte ich jenseits der Eisenbahnschienen niedrige üppige Wiesen sehen, purpurn von Rispengras. Ich konnte ein Stückchen vom Wawanash sehen, der noch ziemlich hoch ging, und die silbrigen Weidenbäume. Ich träumte mir ein Leben in der Art des neunzehnten Jahrhunderts, Spaziergänge und Studien, Redlichkeit, Höflichkeit, Jungfräulichkeit, Frieden.

Naomi kam in mein Zimmer und sagte mit einem rauhen

Flüstern: »Herrgott, ich könnte dich glatt umbringen, weil du so einfach von uns weg bist.«

»Mir ist schlecht geworden.«

»Das glaubst du selber nicht. Wofür hältst du dich eigentlich? Clive ist kein Idiot, weißt du. Er hat eine gute Stelle. Er ist Versicherungsbeamter. Mit wem willst du denn ausgehen? Mit Schuljungen?«

Dann zeigte sie mir ihre Striemen und erzählte mir von ihrem Vater.

»Wenn du mit mir heimgekommen wärst, hätte er sich wahrscheinlich geschämt, so was zu tun. Wie zum Teufel wußte er überhaupt, daß ich weg war?«

Das sagte ich nie. Er auch nicht. Vielleicht brachte er es durcheinander oder dachte, ich sei eine Art Erscheinung gewesen. Naomi ging am nächsten Wochenende wieder mit Bert Matthews aus. Es war ihr gleich.

»Er kann mich schlagen, bis er schwarz wird. Ich muß ein normales Leben führen.«

Was war ein normales Leben? Es war das Leben der Mädchen im Molkereibüro, es waren Geschenkpartys, Wäsche und Töpfe und Pfannen und Silber, die die weibliche Ordnung komplizierten; anders herum gesehen war es dann das Leben der Gay-la-Tanzhalle, betrunkenes Fahren in der Nacht über die schwarzen Straßen, das Anhören von Männerwitzen, das Sicheinlassen und vorsichtige Kämpfen mit Männern und der Versuch, einen von ihnen zu ergattern, einen ergattern – die eine Seite dieses Lebens konnte nicht ohne die andere bestehen, und indem ein Mädchen sie auf sich nahm und sich an beide gewöhnte, brachte es sich auf den Weg zur Ehe. Es gab keinen anderen Weg. Und ich wollte nicht dazu fähig werden, es so zu machen. Nein. Lieber Charlotte Brontë.

»Steh auf und zieh dich an und komm mit mir runter in die Stadt. Es wird dir guttun.«

»Mir ist so schlecht.«

»Du bist ein großes Kind. Was willst du denn tun, dich für den Rest deines Lebens in ein Loch verkriechen?«

Unsere Freundschaft schwand von diesem Tag an dahin. Jede wurde eine Fremde im Haus der anderen. Wir trafen uns im folgenden Winter gelegentlich auf der Straße, sie in ihrem neuen pelzbesetzten Mantel und ich mit meinem großen Stapel Schulbücher, und sie berichtete mir das Neueste aus ihrem Leben. Gewöhnlich ging sie mit jemandem aus, von dem ich nie gehört hatte, jemand aus Porterfield oder Blue River oder Tupperton. Bert Matthews hatte sie schnell hinter sich gelassen. Wie sich herausstellte, bestand seine Masche darin, junge Mädchen zum ersten Mal auszuführen; er war nur hinter jungen unerfahrenen Mädchen her, obwohl er sie, bei all seinem Gerede, nie wirklich belästigte oder in Schwierigkeiten brachte. Clive war in einen Autounfall verwickelt gewesen, erzählte sie mir, und mußte sich ein Bein unterhalb des Knies amputieren lassen. »Kein Wunder, sie trinken alle wie die Löcher und fahren wie die Verrückten«, sagte sie. Sie sprach mit einer mütterlichen Art von Ergebung, selbst mit Stolz, als ob es etwas durchaus Angebrachtes wäre, zu trinken wie ein Loch und zu fahren wie ein Verrückter – bedauerlich, aber notwendig. Nach einiger Zeit hörte sie auf, mir diese Verlaufsberichte zu geben. Wir trafen uns in Jubilee, und alles, was wir zueinander sagten, war hallo. Ich spürte, daß sie in dem, was ich unbestimmt und beunruhigt für die wirkliche Welt hielt, ebensoweit vorausgeeilt war wie ich ihr in allen Arten entlegenen und nutzlosen und ungewöhnlichen Wissens, das in den Schulen gelehrt wurde.

Ich bekam A-Noten in der Schule. Ich konnte nie genug davon kriegen. Kaum hatte ich einige nach Hause gebracht, da mußte ich auch schon an die nächsten denken. Sie schienen mir handfest und solide wie Eisen. Ich hatte sie wie Barrikaden um mich aufgeschichtet, und wenn ich eine nicht schaffte, konnte ich eine gefährliche Lücke fühlen.

Im Hauptgang des Gymnasiums, neben der Ehrenliste der früheren Schüler, die 1914–18 und 1939–45 im Kampf gefallen waren, wurden Holztafeln aufgehängt, für jede Klasse eine; in diese Tafeln waren kleine silberne Namensschildchen eingelassen, die die Namen derer trugen, die jedes Jahr die besten Noten erzielt hatten, bis sie in den Beruf oder in die Mutterschaft entschwanden. Mein Name stand dort, wenn auch nicht jedes Jahr. Manchmal wurde ich von Jerry Storey geschlagen. Sein I. Q. war der höchste, den man je am Gymnasium von Jubilee oder einer anderen Schule im Wawanash County erlebt hatte. Der einzige Grund, daß ich ihn überhaupt ausstechen konnte, war, daß seine überwiegende Beschäftigung mit der Wissenschaft ihn ungeduldig und manchmal völlig vergeßlich gegen die Fächer machte, die er als

Gedächtnisarbeit« bezeichnete (Französisch und Geschichte), und gegen englische Geschichte, die er ärgerlich als eine Art persönlicher Beleidigung anzusehen schien.

Jerry Storey und ich trieben aufeinander zu. Wir sprachen auf den Fluren miteinander. Wir entwickelten allmählich eine scherzhafte, wortreiche Reihe von Gesprächsthemen, die mit niemandem sonst geteilt wurden. Unsere Namen erschienen gemeinsam in der dünnen hektographierten, nahezu unleserlichen Schulzeitung. Alle schienen zu denken, daß wir vollkommen zueinander paßten; mit einem gewissen Maß an halb duldsamer Verachtung wurden wir »Der Braintrust« oder »Die Quiz-Kinder« genannt, was Jerry besser zu ertragen wußte als ich. Wir waren bedrückt, daß wir zu einem Paar gemacht wurden wie die einzigen Exemplare irgendeiner ausländischen Spezies im Zoo, und wir nahmen es den Leuten übel, daß sie uns für ähnlich hielten, denn wir meinten das nicht. Ich dachte, Jerry sei tausendmal seltsamer, weniger anziehend als ich, und es war klar, daß er dachte, mein Hirn und seins in die gleiche Kategorie einzuordnen, beweise das Fehlen von Kategorien; es war, als ob man sagte, Toscanini und der örtliche Kapellmeister seien beide begabt. Was ich besaß, so sagte er mir offen, als wir über die Zukunft diskutierten, war ein erstklassiges Gedächtnis, eine nicht ungewöhnliche weibliche Begabung für Sprachen, eine ziemlich schwache Urteilskraft und so gut wie keine Fähigkeit zum abstrakten Denken. Daß ich unermeßlich viel klüger war als die meisten Leute in Jubilee, solle mich nicht blind machen, sagte er, gegenüber der Tatsache, daß ich in der Welt der intellektuellen Konkurrenz draußen bald meine Grenzen erreichen werde. (»Das gleiche gilt für mich«, fügte er ernsthaft hinzu. »Ich versuche, immer eine Perspektive zu behalten. Am Gymnasium von Jubilee bin ich wer. Aber wie wäre das am Massachusetts Institute of Technology?« Wenn er von seiner Zukunft sprach, war er voll großartigen Ehrgeizes, aber er bemühte sich, ihn sarkastisch klingen zu lassen und ihn mit nüchternen Selbstermahnungen zu umgeben.)

Ich nahm sein Urteil entgegen wie ein Soldat, weil ich es nicht glaubte. Das heißt, ich wußte, daß alles stimmte, aber ich fühlte mich doch noch stark genug auf Gebieten, von denen ich dachte, er sehe sie nicht, und die seine Art der Beurteilung nicht erreichte. Die Übungen seines Geistes bewunderte ich nicht, denn die Leute bewundern nur Fähigkeiten, die ihren eigenen ähnlich, wenn auch größer sind. Sein Geist war für mich wie ein Zirkuszelt voller undeutlicher Geräte, mit denen er, wenn ich nicht da war, Kunststücke vollführte, die imposant und langweilig waren. Ich gab mir Mühe, ihn nicht merken zu lassen, daß ich das dachte. Er war offenbar ehrlich, wenn er mir sagte, was er über mich dachte; ich hatte keinerlei Absicht, es ihm gegenüber auch zu sein. Warum nicht? Weil ich in ihm fühlte, was Frauen in Männern fühlen, etwas so Zartes, Aufgeblasenes, Tyrannisches, Absurdes; ich wollte keinesfalls die Konsequenzen tragen, daß ich mich darauf einließ: Ich besaß eine Gleichgültigkeit, ja fast eine Verachtung, die ich vor ihm verbarg. Ich dachte, ich sei taktvoll, ja freundlich; ich dachte nie, daß ich hochmütig sei.

Wir gingen zusammen ins Kino. Wir gingen zu Schulbällen und tanzten schlecht, befangen, einer vom anderen irritiert, erniedrigt durch die Rolle einer Gymnasium-Liebe, die wir irgendwie annehmen zu müssen glaubten, bis wir herausfanden, daß der Weg, um die Situation zu überleben, der war, ein Vergnügen daraus zu machen. Die Parodie, die Selbstverhöhnung waren unsere Rettung. In unserer Bestform waren wir fröhliche, gutmütige, manchmal grausame Kameraden, schon fast wie ein Paar, das seit achtzehn Jahren verheiratet ist. Er nannte mich »Aubergine«, zu Ehren eines fürchterlichen Kleides aus lila-weinrotem Taft, das aus einem Kleid gemacht war, das Fern Dogherty zurückgelassen hatte. (Wir waren plötzlich ärmer als früher, da das Silberfuchsgeschäft nach dem Krieg nicht mehr lief.) Während meine Mutter es änderte, hatte ich gehofft, es würde schon richtig werden, würde sogar einen üppigen Glanz auf meinen ziemlich breiten Hüften entfalten wie das Kleid von Rita Hayworth in den Anzeigen für ›Gilda‹; als ich es anzog, versuchte ich mir einzureden, es sei so, aber in dem Augenblick, als Jerry ein Gesicht schnitt und übertrieben schluckte und mit kreischender, erfreuter Stimme sagte: »Aubergine!«, wußte ich die Wahrheit. Ich versuchte sofort, es ebenso komisch zu finden wie er, und es gelang mir beinahe. Auf der Straße improvisierten wir weiter.

»Am gestrigen Mittwinter-Galaball im Kasino von Jubilee nahmen teil Mr. Jerry Storey, der Dritte, Sproß der legendären Düngerfamilie, und die fabelhafte Miss Del Jordan, Erbin des Silberfuchsimperiums, ein Paar, das alle Beobachter mit dem einmaligen und unbeschreiblichen Stil seines Tanzes blendet –«

Viele der Filme, in die wir gingen, handelten vom Krieg, der ein Jahr, bevor wir in die Oberstufe kamen, zu Ende ging. Danach gingen wir in Haines Restaurant, das uns lieber war als die Blaue Eule, wo fast alle anderen vom Gymnasium hingingen, um an der Musikbox und den Flippern zu spielen. Wir tranken Kaffee und rauchten Mentholzigaretten. Die Nischen waren mit hohen, dunklen, hölzernen Trennwänden abgeteilt, die von Lünetten aus dunkel-goldenem Glas gekrönt waren. Während Jerry eine Papierserviette zu geometrischen Formen faltete, sie um einen Löffel wickelte, sie in flatternde Fetzen zerriß, sprach er über den Krieg. Er lieferte mir eine Beschreibung des Todesmarsches von Bataan, der Foltermethoden in japanischen Gefangenenlagern, der Bombardierung Tokios mit Brandbomben, der Zerstörung Dresdens; er bombardierte mich mit unübertrefflichen Grausamkeiten, vernichtenden Statistiken. Alles ohne einen Funken Protest, vielmehr mit einer beherrschten Erregung, einem seltsamen, beharrlichen Behagen. Dann erzählte er mir von den Waffen, die jetzt von den Amerikanern und den Russen entwickelt wurden; er ließ ihre Zerstörungskraft unentrinnbar, wunderbar erscheinen, ihre Bekämpfung so nutzlos wie die der Mächte des Universums.

»Dann die biologische Kriegführung – sie könnten die Beulenpest wieder einführen – sie schaffen Krankheiten, für die es keine Gegenmittel gibt, speichern sie. Nervengas – wie wäre es, wenn man die ganze Bevölkerung durch halbbetäubende Drogen beherrschte –«

Er war sicher, daß es einen neuen Krieg geben werde, daß wir alle ausgelöscht würden. Fröhlich, unerbittlich hinter seiner Intelligenzlerbrille sah er die gewaltige Katastrophe voraus. Und zwar bald. Ich reagierte mit dem üblichen Entsetzen, mit probeweiser weiblicher Verständigkeit, was ihn dann in noch größere Opposition trieb, dazu zwang, mich noch weiter zu verschrecken, meine Verständigkeit niederzuargumentieren. Das war nicht schwierig. Er war in Verbindung mit der wirklichen Welt, er wußte, wie man das Atom gespalten hat. Die einzige Welt, mit der ich in Verbindung war, war die, die ich mir mit Hilfe einiger Bücher selbst geschaffen hatte, die mir eigen und stärkend für mich sein sollte. Aber ich machte weiter; ich wurde böse und ärgerlich und sagte, nun gut, nehmen wir an, das ist wahr, warum stehst du dann morgens auf und gehst in die Schule? Wenn das alles wahr ist, warum hast du dir dann vorgenommen, ein großer Gelehrter zu werden?

»Wenn die Welt am Ende ist, wenn es keine Hoffnung gibt, warum tust du das dann?«

»Es ist noch genug Zeit für mich, den Nobelpreis zu bekommen«, sagte er blasphemisch, um mich zum Lachen zu bringen.

»Zehn Jahre?«

»Sagen wir zwanzig. Die meisten großen Durchbrüche werden von Männern unter fünfunddreißig erreicht.«

Nachdem er derartige Dinge gesagt hatte, murmelte er immer: »Du weißt, ich mache nur Spaß.« Er meinte damit den Nobelpreis, nicht den Krieg. Wir konnten nicht von dem in Jubilee herrschenden Glauben loskommen, daß der Prahlerei oder den übermäßigen Hoffnungen für einen selbst große, übernatürliche Gefahren anhängen. Doch was uns wirklich anzog und zusammenhielt, waren diese Hoffnungen, geleugnet und zugegeben zugleich, im anderen verspottet und geachtet zugleich.

Sonntagnachmittags machten wir von meinem Haus aus gern große Spaziergänge längs der Eisenbahnschienen. Wir gingen bis zum Eisenbahnviadukt, das sich über die weite Biegung des Wawanash spannte, und dann wieder zurück. Wir sprachen über Euthanasie, über die genetische Kontrolle von Völkern, ob es so etwas wie eine Seele gibt, ob das Universum letztlich zu erforschen ist oder nicht. Wir waren in nichts einig. Zuerst gingen wir im Herbst, dann im Winter spazieren. Wir gingen durch Schneestürme und diskutierten mit gesenkten Köpfen, die Hände in den Taschen, den feinen bitteren Schnee auf unseren Gesichtern. Erschöpft vom Diskutieren nahmen wir die Hände aus den Taschen und streckten die Arme aus, um das Gleichgewicht zu halten, und versuchten, auf den Schienen zu gehen. Jerry hatte lange dünne Beine, einen schmalen Kopf, krauses Haar, runde helle Augen. Er trug eine karierte Mütze mit fellgefütterten Ohrenklappen, die er nach meiner Erinnerung seit der sechsten Klasse ständig trug.

Ich erinnerte mich, daß ich ihn immer ausgelacht hatte, wie alle anderen. Ich schämte mich immer noch manchmal, von jemandem wie Naomi mit ihm gesehen zu werden. Aber ich dachte jetzt, daß etwas Bewunderungswürdiges, ein seltsamer herber Reiz in der Art lag, wie er seinem Typ entsprach und seine Rolle in Jubilee, seine notwendige und erfreuliche Absurdität mit einem Fatalismus, ja mit einer Tapferkeit akzeptierte, die ich selbst niemals hätte aufbringen können. Das war die Einstellung, mit der er auf Bällen erschien, mich krampfhaft über tückische Meilen des Tanzbodens steuerte, mit der er beim alljährlichen obligatorischen Baseball-Spiel erfolglos nach dem Ball schlug und mit den Kadetten einmarschierte. Er bot sich dar, nicht indem er vorgab, ein normaler Junge zu sein, sondern indem er Dinge tat, die ein normaler Junge tun würde in dem Wissen, daß seine Darbietung niemals annehmbar sein würde, die Leute immer lachen würden. Er konnte nicht anders; er war, was er zu sein schien. Ich, deren natürliche Grenzen so sehr viel unsicherer waren, die beschützende Anpassung anlegte, wo immer sie zu finden war, begann zu begreifen, daß es friedvoll sein könnte, so zu sein wie Jerry.

Er kam zum Abendessen zu mir nach Hause, gegen meinen Willen. Ich haßte es, ihn meiner Mutter gegenüberzustellen. Ich hatte Angst, sie würde aufgeregt sein, versuchen, sich selbst irgendwie zu übertreffen wegen seines Rufes der Intelligenz. Und genau das tat sie auch; sie versuchte ihn dazu zu bringen, ihr die Relativitätstheorie zu erklären – nickend, ermutigend, mit kleinen Schreien des Verständnisses freundlich auf ihn eingehend. Dieses eine Mal waren seine Erklärungen unzusammenhängend. Ich beurteilte das Essen kritisch, wie immer in Gesellschaft; das Fleisch schien verkocht, die Kartoffeln ein bißchen hart, die Bohnen aus der Dose lauwarm. Mein Vater und Owen waren aus der Flats Road gekommen, weil Sonntag war. Owen lebte jetzt die ganze Zeit draußen in der Flats Road und gewöhnte sich unfeine Manieren an. Während Jerry sprach, kaute er geräuschvoll und richtete Blicke voll unverhohlener, unwissender, männlicher Verachtung auf meinen Vater. Mein Vater erwiderte diese Blicke nicht, sprach aber wenig, vielleicht verlegen angesichts der Begeisterung meiner Mutter, die er wohl für ausreichend für sie beide hielt. Ich war böse auf alle. Ich wußte, daß für Owen und auch für meinen Vater – obwohl er es nicht zeigen würde, er würde wissen, daß das nur eine Art war, die Dinge zu betrachten – Jerry ein Monstrum war, ausgeschlossen aus der Welt der Männer; es war ganz gleich, was er wußte. Sie waren, wie mir schien, zu dumm, um einzusehen, daß er Macht besaß. Und für ihn war meine Familie ein Teil der großen Masse, bei dem es sich nicht einmal lohnt, die Dinge zu erklären; er sah nicht, daß sie Macht hatten. Es wurde rundherum ungenügender Respekt an den Tag gelegt. »Ich muß lachen über die Art, wie die Leute denken, sie könnten ein paar Fragen stellen und dann etwas begreifen, ohne etwas von den Grundlagen zu wissen.«

»Dann lach«, sagte ich mürrisch. »Ich hoffe, das macht dir Spaß.«

Aber meine Mutter hatte eine Vorliebe für ihn gefaßt und lag von da an auf der Lauer, um seine Ansichten über Leben aus der Retorte oder über Maschinen, die Menschen ersetzen könnten, zu erfahren. Ich verstand ihn, daß ihr fieberhafter Fragestrom ihn verwirrte und bedrückte. Hatte ich mich nicht genauso gefühlt, als er ›Schau heimwärts, Engel‹ oben von meinem Bücherstapel nahm – ich wollte es in die Bücherei zurückbringen – und es aufmachte und in leiser Verwirrtheit las: *»Ein Stein, ein Blatt, eine Tür – Oh, verloren und vom Winde gekränkt, Geist –«* und ich es ihm wegriß, als sei es in Gefahr. »Ja, was *bedeutet* das?« fragte er ganz vernünftig. »Für mich klingt es einfach dumm. Erklär es mir. Ich will gern zuhören.«

»Er ist äußerst schüchtern«, sagte meine Mutter. »Er ist ein hochbegabter Junge, aber er muß lernen, sich besser durchzusetzen.«

Es war leichter, bei ihm zu Hause zum Abendessen zu sein. Seine Mutter war die Witwe eines Lehrers. Er war ihr einziges Kind. Sie arbeitete als Schulsekretärin, so daß ich sie schon kannte. Sie wohnten in einer Hälfte eines Doppelhauses draußen in der Diagonal Road. Die Geschirrtücher waren gefaltet und gebügelt wie die feinsten Leinentaschentücher und wurden in einer zitronenduftenden Schublade aufbewahrt. Zum Nachtisch gab es Götterspeise in drei Farben, geformt fast wie eine Moschee, und eingemachte Früchte. Nach dem Abendessen ging Jerry ins Wohnzimmer, um an der wöchentlichen Schachaufgabe zu arbeiten, die er mit der Post bekam (ein Beispiel für das, was ich über seine klare, eindrucksvolle Anpassung an seinen Typ denke), und er schloß die Glastüren, so daß unsere Unterhaltung ihn nicht ablenken konnte. Ich trocknete das Geschirr ab. Jerrys Mutter sprach zu mir über seinen I. Q. Sie sprach, als sei das ein seltener Gegenstand – ein archäologischer Fund vielleicht, etwas unermeßlich Wertvolles und eher Erschreckendes, das sie eingewickelt in einer Schublade aufbewahrte.

»Du hast ja auch einen sehr schönen I. Q.«, sagte sie beruhigend (alle Akten in der Schule standen ihr offen, wurden ja auch von ihr geführt). »Aber weißt du, Jerrys I. Q. stellt ihn in das oberste *Viertel* der einprozentigen Spitzengruppe der Bevölkerung. Ist es nicht erstaunlich, wenn man daran denkt? Und hier bin ich, seine Mutter, was für eine Verantwortung!«

Ich stimmte zu.

»Er wird Jahre und Jahre an der Universität sein. Er wird seinen Doktor der Philosophie machen müssen. Dann machen sie ja noch weiter, nach dem Doktorexamen, ich *weiß* nicht, was alles, Jahre.«

Nach ihrem nüchternen Ton dachte ich, sie würde jetzt weiterreden und von den Kosten sprechen.

»Du mußt also nicht in Schwierigkeiten kommen, weißt du«, sagte sie ruhig. »Jerry könnte nicht heiraten. Ich würde es nicht erlauben. Ich habe solche Fälle gesehen, solche jungen Männer, die gezwungen waren, ihr Leben zu opfern, weil ein Mädchen schwanger war, und ich halte das nicht für richtig. Du und ich, wir haben es ja beide erlebt, du kennst die aus der Schule, die ich meine. Blitzheiraten. Das ist der Stil von Jubilee. Ich bin damit nicht einverstanden. Ich war es nie. Ich bin nicht damit einverstanden, daß es die Verantwortung des Jungen ist und daß er seine Karriere opfern sollte. Bist du es?«

»Nein.«

»Das habe ich auch so angenommen. Du bist zu intelligent. Hast du ein Pessar?« Sie sagte das wie ein Blitz.

»Nein«, sagte ich einsilbig.

»Und warum beschaffst du dir nicht so was? Ich weiß, wie es mit euch jungen Mädchen heutzutage ist. Jungfräulichkeit ist ganz und gar eine Sache der Vergangenheit. Sei's drum. Ich sage nicht, ich bin einverstanden oder ich lehne das ab, aber man kann die Uhr nicht zurückdrehen, nicht wahr? Deine Mutter, sie hätte dich mitnehmen und dich versorgen lassen sollen. Das würde ich tun, wenn ich eine Tochter hätte.«

Sie war viel kleiner als ich, eine rundliche, aber muntere kleine Frau, das Haar in lockerem Gelb, mit sichtbaren grauen Wurzeln. Sie hatte immer Ohrringe und Broschen und Halsketten in leuchtenden, aufeinander abgestimmten Plastikfarben. Sie rauchte und erlaubte Jerry, im Haus zu rauchen; tatsächlich stritten sie sich ständig auf eine kameradschaftliche Weise, wie ein Ehepaar, darüber, welche Zigaretten wem gehörten. Ich war darauf vorbereitet gewesen, sie in ihren Ideen sehr modern zu finden, nicht so modern, wie meine Mutter geistig war – wer war das schon? –, aber sehr viel moderner in ganz gewöhnlichen Dingen. Aber hierauf war ich nicht vorbereitet gewesen. Ich sah auf ihre grauen Haarwurzeln hinunter, als sie sagte, meine Mutter hätte mir ein Pessar anpassen lassen sollen, und ich dachte an meine Mutter, die öffentlich für Geburtenkontrolle zu Felde zog, aber nie auch nur daran denken würde, mit mir darüber zu sprechen, so fest war sie davon überzeugt, daß Sex etwas war, dem keine Frau – keine *intelligente* Frau – sich jemals unterwerfen würde, wenn sie nicht mußte. Das war mir auch lieber. Es schien passender für eine Mutter als die absurde Billigung, der unschickliche praktische Sinn von Jerrys Mutter. Ich fand es ganz und gar anstößig von einer Mutter, die Intimitäten zu erwähnen, die ein Mädchen mit ihrem eigenen Sohn haben könnte. Der Gedanke an Intimitäten mit Jerry Storey war an sich schon anstößig. Was nicht hieß, daß sie nicht stattfanden, gelegentlich.

Warum anstößig? Es war eine merkwürdige Sache. Traurigkeit herrschte vor, sobald wir aufhörten zu sprechen. Unsere Hände lagen feucht ineinander, und jeder von uns fragte sich zweifellos, wie lange sie in sittsamer Höflichkeit so bleiben mußten. Unsere Körper fielen gegeneinander, nicht willenlos, aber freudlos, wie Säcke voll nassem Sand. Unsere Münder öffneten sich ineinander, wie wir gelesen und gehört hatten, daß sie es sollten, aber sie blieben kalt, unsere Zungen rauh, nur Klumpen unglücklichen Fleisches. Jedesmal wenn Jerry mir seine Aufmerksamkeit zuwandte – seine besondere Art der Aufmerksamkeit –, wurde ich reizbar und wußte nicht warum. Aber ich war doch mürrisch ergeben. Jeder von uns war der einzige Zugang zu den Entdeckungen, die der andere gemacht hatte.

Neugier konnte die Dinge weit vorantreiben. Eines Winterabends im Wohnzimmer seiner Mutter – sie war ausgegangen, um an einer Versammlung des Eastern Star teilzunehmen – forderte Jerry mich auf, alle meine Kleider auszuziehen.

»Warum soll ich das tun?«

»Wäre es nicht lehrreich? Ich habe noch nie eine wirkliche lebendige nackte Frau gesehen.«

Der Gedanke war nicht ohne Reiz. Die Worte »nackte Frau« gefielen mir insgeheim, sie machten, daß ich mich reich fühlte, eine Spenderin von Schätzen. Zudem hielt ich meinen Körper für schöner als mein Gesicht und nackt schöner als bekleidet; ich hatte mir oft gewünscht, ihn jemandem zu zeigen. Und ich hatte eine Hoffnung – genauer gesagt, ich war begierig auf eine Möglichkeit –, daß in einem ferneren Stadium unserer Intimität meine Gefühle für Jerry sich verändern würden, daß ich imstande wäre, ihn freudig aufzunehmen. Wußte ich nicht alles über die Begierde? Ich war in der alten, abgedroschenen, verheirateten Situation und versuchte die stummen Qualen auf den verfügbaren Körper zu lenken.

Ich wollte es nicht im Wohnzimmer machen. Nach einigem Diskutieren und Zögern sagte er, wir könnten nach oben in sein Zimmer gehen. Auf der Treppe spürte ich wirklich ein Prickeln des Verlangens, als wären wir sieben oder acht Jahre alt und gingen irgendwohin, um uns die Hosen herunterzuziehen. Als Jerry die Blende in seinem Zimmer herunterließ, stieß er die Lampe vom Tisch, und ich hätte mich fast umgedreht und wäre die Treppe wieder hinuntergegangen. Nichts bringt einen solchen Rückschlag wie eine Ungeschicklichkeit in einem solchen Augenblick, es sei denn, man ist zufällig verliebt. Ich beschloß jedoch, gelassen zu bleiben. Ich half ihm, die Lampe aufzuheben, und setzte den Schirm wieder richtig darauf und nahm es nicht einmal übel, daß er sie einmal einschaltete, um zu sehen, ob sie beschädigt war. Dann wandte ich ihm den Rücken zu und zog alles aus, was ich anhatte – er half mir nicht und berührte mich auch nicht, und ich war froh darüber –, und legte mich auf das Bett.

Ich fühlte mich absurd und unsicher.

Er stand neben dem Bett, schaute auf mich herunter und machte komische Grimassen des Staunens. Sah er meinen Körper als ebenso unpassend, als ebenso unbrauchbar an wie ich den seinen? Wünschte er sich, mich in ein angenehmes

Mädchen zu verwandeln, dessen Begierde nicht durch Befangenheit kompliziert wurde, ein Mädchen ohne scharfe Antworten oder großen Wortschatz oder irgendwelches Interesse für den Gedanken der Ordnung im Universum, bereit, ihn zu sich herunterzuziehen? Wir kicherten beide. Er legte einen Finger auf eine meiner Brustwarzen, als ob er einen Dorn prüfte.

Manchmal sprachen wir einen Dialekt, der vage an den Comic ›Pogo‹ erinnerte.

»Bist schon eine hübsche Figur von einer Frau.«

»Hab ich alles Zubehör an den richtigen Stellen, meinst du?«

»Ach ja, ich muß mein kleines altes Handbuch rausholen und das mal kontrollieren.«

»Dich stört diese kleine dumme dritte Brust nicht, hoffe ich.«

»Haben alle Damen so kleine dumme dritte Brüste? Ich hab ein ziemlich behütetes Leben geführt.«

»Junge, du bist –«

»Scht –«

Wir hörten draußen die Stimme seiner Mutter, die jemandem gute Nacht sagte, der sie heimgefahren hatte. Die Wagentür wurde geschlossen. Entweder war die Versammlung des Eastern Star früher zu Ende als gewöhnlich, oder wir hatten mit dem Diskutieren mehr Zeit verbracht, als wir dachten, ehe wir nach oben gingen.

Jerry riß mich vom Bett und aus dem Zimmer, während ich noch versuchte meine Kleider zu packen. »Schrank«, zischte ich ihm zu. »Ich kann mich verstecken – Schrank – mich *anziehen*!«

»Ruhe«, bat er mich, ebenfalls flüsternd, wütend und fast weinend. »Ruhe, *Ruhe*.« Sein Gesicht war weiß; er war etwas zittrig aber stark, für Jerry Storeys Verhältnisse. Ich kämpfte und zerrte, protestierte, suchte ihn noch immer zu überzeugen, daß ich meine Kleider haben mußte, und er zog mich die Hintertreppe hinunter. Er öffnete die Kellertür, gerade als seine Mutter die Vordertür öffnete – ich hörte ihren fröhlichen Ruf »Niemand zu Hause?« –, und er stieß mich hinein und verriegelte die Tür.

Ich war ganz allein auf der Kellertreppe, eingeschlossen, nackt.

Er schaltete das Licht an, damit ich mich orientieren konnte, und schaltete es schnell wieder aus. Das brachte nichts. Es machte den Keller schwärzer als vorher. Ich setzte mich vorsichtig auf eine Stufe, fühlte kaltes, splittriges Holz an meinen bloßen Hinterbacken und versuchte, über irgendeinen möglichen Weg nachzudenken, wie ich hier herauskommen könnte. Wenn ich mich erst an die Dunkelheit gewöhnt hatte, konnte ich vielleicht die Kellerfenster finden und versuchen, eins aufzubrechen, aber was würde mir das nützen, wo ich doch nackt war? Vielleicht könnte ich irgendwelche alten zerlumpten Vorhänge oder ein Stück Wachstuch von einem Regal finden, um mich darin einzuwickeln, aber wie sollte ich damit jemals nach Hause gelangen? Wie sollte ich quer durch ganz Jubilee kommen, über die Hauptstraße, da es noch nicht später als zehn Uhr abends war?

Es war möglich, daß Jerry kam und mich herausließ, sobald seine Mutter schlief. Wenn er kam, falls er kam, würde ich ihn umbringen.

Ich hörte sie im Wohnzimmer sprechen, dann in der Küche. Jerry und seine Mutter. »Will wohl ihren Schönheitsschlaf machen?« hörte ich seine Mutter sagen und dann lachen – unfreundlich, wie ich fand. Er nannte seine Mutter beim Vornamen, Greta. Wie affektiert, wie ungesund das war, dachte ich. Ich hörte Töpfe und Tassen klappern. Die abendliche Tasse Kakao, getoastete Rosinenbrötchen. Während ich kalt und bloß in diesem Loch von einem Keller eingesperrt war. Jerry und sein I. Q. Sein Intellekt und seine Dummheit. Wenn seine Mutter so modern war und darüber Bescheid wußte, daß heutzutage keines von uns Mädchen noch Jungfrau war, warum mußte ich hier hereingeschoben werden? Ich haßte sie richtig. Ich dachte daran, an die Tür zu hämmern. Das war es, was er verdiente. Er sollte seiner Mutter sagen, daß ich eine Blitzheirat wollte.

Meine Augen gewöhnten sich an die Dunkelheit, ein wenig, und als ich ein klappendes Geräusch hörte, einen Deckel, der oben zugemacht wurde, schaute ich in die richtige Richtung und sah etwas Dünnes aus der Kellerdecke herausragen. Ein Wäscheschacht und etwas Helles, Farbiges, das dort herausflog und mit einem dumpfen schweren Geräusch auf dem Zementfußboden landete. Ich schlich die Treppe hinunter und über den kalten Zement und betete, es möchten meine Kleider sein und nicht nur ein Bündel schmutziger Sachen, die Jerrys Mutter zum Waschen heruntergeworfen hatte.

Es waren meine Bluse, mein Pullover, Rock, Schlüpfer, Büstenhalter und meine Strümpfe und sogar auch meine Jakke, die im Schrank im Erdgeschoß gehangen hatte, alles um meine Schuhe herumgewickelt, die diesen leichten dumpfen Schlag verursacht hatten. Alles außer meinem Strumpfhalter hatte die Reise mitgemacht. Ohne ihn konnte ich meine Strümpfe nicht anziehen, also rollte ich sie auf und stopfte sie in meinen Büstenhalter. Ich konnte inzwischen recht gut sehen, und ich bemerkte die Waschzuber und über ihnen ein Fenster. Es war unten festgehakt. Ich stieg auf den Waschzuber und hakte es los und kroch hinaus, durch den Schnee. Das Radio in der Küche war eingeschaltet worden, vielleicht um meine Geräusche zu übertönen, vielleicht auch nur, um die Zehn-Uhr-Nachrichten zu hören.

Ich rannte mit nackten Beinen durch die kalten Straßen nach Hause. Ich war jetzt wütend bei der Vorstellung, wie ich nackt auf diesem Bett gelegen hatte. Niemand da, um mich zu sehen außer Jerry, der kicherte und erschrocken war und Comics-Kauderwelsch sprach. Den also hatte ich, um meine Gaben entgegenzunehmen. Ich würde nie einen richtigen Liebhaber haben.

Am nächsten Tag kam Jerry in der Schule mit einem braunen Papierbeutel auf mich zu.

»Ich bitte um Entschuldigung, Gnädigste«, sagte er in seinem ›Pogo‹-Dialekt. »Ich glaube, ich habe etwas von Ihren persönlichen Besitztümern.«

Es war natürlich mein Strumpfgürtel. Ich hörte auf, ihn zu hassen. Als wir nach der Schule den Hügel der John Street hinuntergingen, verwandelten wir den vergangenen Abend in eine große komische Szene, etwas Krampfhaftes und Verrücktes aus einem Stummfilm.

»Ich habe dich die Treppe hinuntergezerrt, und du hast genauso heftig in die andere Richtung gezerrt –«

»Ich wußte nicht, was du mit mir machen wolltest. Ich dachte, du wolltest mich auf die Straße hinauswerfen wie die Frau, die beim Ehebruch erwischt wird –«

»Du hättest den Ausdruck in deinem Gesicht sehen sollen, als ich dich in den Keller hinunterstieß.«

»Du hättest deins sehen sollen, als du die Stimme deiner Mutter hörtest.«

»Höchst ungelegen, Mama«, sagte Jerry, der einen englischen Akzent ausprobierte, den er manchmal auch gebrauchte, »aber es hat sich so ergeben, daß ich eine junge weibliche Person unbekleidet hier auf meinem Bett habe. Ich war dabei, eine Untersuchung durchzuführen –«

»Du warst dabei, überhaupt nichts durchzuführen.«

»Na ja.«

Wir ließen es dabei, und merkwürdigerweise kamen wir nach diesem Fiasko besser zurecht als vorher. Wir behandelten jetzt unsere Körper gegenseitig mit einer Mischung aus Behutsamkeit und Vertrautheit und stellten keine Forderungen mehr. Keine langen, hoffnungslosen Umarmungen mehr, keine Zungen mehr im Mund. Und wir hatten an andere Dinge zu denken; wir bekamen Formulare, die wir für die Stipendien ausfüllen mußten, wir bekamen die Lehrpläne von mehreren Universitäten, wir begannen dem Juni, in dem wir die Prüfungsarbeiten schreiben sollten, mit Freude und Schrecken entgegenzusehen. Nichts, womit wir uns in unserem Leben auseinandergesetzt hatten, kam an Bedeutung diesen Prüfungen gleich, die vom Erziehungsministerium geschickt worden waren, versiegelt; der Rektor würde das Siegel vor unseren Augen erbrechen. Zu sagen, daß wir arbeiteten, beschreibt nicht zur Hälfte die Übungen, in die wir uns stürzten; wir gaben uns selbst hin wie Athleten. Es waren nicht einfach gute Noten, was wir wollten, nicht einfach das Erringen von Stipendien und der Weg zur Universität; es war die höchste der möglichen Noten: Ruhm, Ruhm, die Spitze der erhabenen A-Noten, endlich Sicherheit.

Ich schloß mich nach dem Abendessen immer im Wohnzimmer ein. Der Frühling kam, die Abende wurden länger; ich schaltete die Lichter später an. Aber ich bemerkte nichts, bemerkte nur, ohne es zu wissen, die Gegenstände in diesem Zimmer, das meine Zelle oder Kapelle war. Das verschossene Muster des Teppichs, strohfarben an den Rändern, das alte, nicht funktionierende Radio, groß wie ein Grabstein, mit Skalen, die Rom und Amsterdam und Mexiko City versprachen, das moosige, mit Farnen gemusterte Sofa und die beiden Bilder – eins vom Schloß von Chillon, das dunkel auf dem perlfarbenen See hervorstach, und das andere von einem kleinen Mädchen, das auf zwei verschiedenartigen Stühlen lag, in rosigem Licht, die Eltern weinend hinten im Schatten und ein Arzt neben ihr, der ruhig, aber nicht optimistisch dreinschaut. Alles das, was ich so oft anstarrte, während ich Verben, Daten, Kriege, Tiergattungen in meinem Kopf verankerte, nahm eine Bedeutung an, eine mahnende Kraft, als ob alle diese gewöhnlichen Formen und Muster von Gegenständen in Wirklichkeit die äußere Form der Tatsachen und Beziehungen wären, die ich gemeistert hatte und die, nachdem ich sie erst gemeistert hatte, auf einmal schön, keusch und gehorsam wirkten. Aus diesem Zimmer ging ich dann hinaus, blaß, erschöpft, unfähig zu denken wie eine Nonne nach stundenlangem Gebet oder ein Liebhaber, vielleicht, nach ermüdender Hingabe, und ich ging die Hauptstraße hinunter, zu Haines Restaurant, wo Jerry und ich vereinbart hatten, uns um zehn Uhr zu treffen. Unter den Lünetten aus Bernsteinglas tranken wir Kaffee und rauchten, redeten ein bißchen, langsam auftauchend, fähig, die verstörten, verhärteten Blicke des anderen zu verstehen und anzuerkennen.

Mein Verlangen nach Liebe war in den Untergrund gegangen wie ein listiger Zahnschmerz.

In diesem Frühling sollte eine Erweckungsversammlung im Rathaus stattfinden. Mr. Buchanan, unser Geschichtslehrer, stand in der Schule oben an der Treppe und gab uns Anstekker, auf denen stand *Komm zu Jesus.* Er war Kirchenältester der Presbyterianerkirche, nicht der baptistischen, die im Vordergrund aller Vorkehrungen für die Erweckung stand; aber alle Kirchen in der Stadt, mit Ausnahme der katholischen und möglicherweise der anglikanischen – bei ihrer geringen Größe waren sie nicht wichtig –, leisteten ihren Beitrag. Überall im Land wurden Erweckungen wieder akzeptiert.

»Du machst dir wohl nichts daraus, Del«, sagte Mr. Buchanan, nicht fragend, mit seiner monotonen traurigen Stimme. Groß, dürr und knochig, das Haar in der Mitte gescheitelt nach Art eines Radfahrers um die Jahrhundertwende – und er war alt genug, um einer gewesen zu sein –, den halben Magen wegen Geschwüren herausgeschnitten, lächelte er mich an mit der leisen, spitzen Ironie, die er gewöhnlich für historische Persönlichkeiten bereit hatte (Parnell wäre ein gutes Beispiel), die eine Zeitlang eine gute Figur machen, sich aber am Ende übernehmen. Also fühlte ich mich aus Widerspenstigkeit gezwungen zu sagen: »Doch, ich hätte gern eines, vielen Dank.«

»Wirst du dahin gehen?« fragte Jerry.

»Sicher.«

»Wozu?«

»Wissenschaftliche Neugier.«

»Es gibt Dinge, bei denen es sich nicht lohnt, wißbegierig zu sein.«

Die Erweckung fand im Oberstock des Rathauses statt, wo wir unsere Singspiele aufführten. Es war die erste Woche im Mai; das Wetter war plötzlich warm geworden. Das geschah immer, gleich nach der alljährlichen Überschwemmung. Vor acht Uhr schon war der Saal überfüllt. Es war die gleiche Menschenmenge, die man bei der Parade am zwölften Juli sehen konnte oder bei der Bauern-Kirmes – eine große Anzahl Leute aus der Stadt, aber viel mehr noch vom Land. Dreckbespritzte Wagen waren überall längs der Hauptstraße und bis in die Seitenstraßen hinein geparkt. Einige Männer trugen warme schwarze Anzüge, einige Frauen Hüte. Es waren auch andere Männer da in sauberen Overalls und Frauen in losen, bedruckten Kleidern, mit Sportschuhen an den Füßen, die Arme bloß, dick und rosig wie Schinken, in Decken eingewickelte Babys auf dem Arm. Alte Männer und Frauen, die gestützt und zu ihren Stühlen geführt werden mußten. Ausgegraben aus ihren ländlichen Küchen trugen sie Kleider, die zu Erde geworden zu sein schienen. Ich überlegte mir, ob ich vom Aussehen her sagen könnte, aus welchem Teil des Landes sie kamen. Jerry und ich beobachteten vom Fenster des Chemieraums aus den Inhalt der drei Schulbusse – aufgeputzte, alte, wacklige Busse, die aussahen, als sollten sie über eine Bergstraße in Südamerika schaukeln, während lebende Hühner an den Fenstern flatterten – wir spielten dieses Spiel oft und sprachen dann wie Soziologen, in elegantem prüdem Ton.

»Die aus Blue River sind gut angezogen und sehen ganz respektabel aus. Massen von arbeitsamen Holländern da draußen. Sie sind beim Zahnarzt gewesen.«

»Fast städtisches Niveau.«

»Die aus St. Augustine sind absoluter Durchschnitt. Bauern. Sie haben große gelbe Zähne. Sie sehen aus, als würden sie eine Menge Haferbrei essen.«

»Die aus Jericho Valley sind schwachsinnig und potentielle Kriminelle. Ihr I.Q. reicht nie über hundert. Sie haben Schielaugen, Klumpfüße –«

»Wolfsrachen –«

»Krumme Schultern –«

»Das macht die Inzucht. Väter schlafen mit ihren Töchtern. Großväter schlafen mit ihren Enkelinnen. Brüder schlafen mit ihren Schwestern. Mütter schlafen mit Vätern –«

»Mütter schlafen mit Vätern?«

»Oh, es ist einfach schrecklich, was sie da draußen alles treiben.«

Die Stühle waren alle besetzt. Ich stand im Hintergrund, hinter der letzten Stuhlreihe. Es kamen immer noch Leute herein, drängten sich an den Seiten des Saales vor, füllten den Raum hinter mir aus. Jungen saßen auf den Fensterbrettern. Die Fenster waren soweit wie möglich hochgeschoben, und doch war es immer noch sehr heiß. Die tiefstehende Sonne schien auf die alten, zersprungenen und fleckigen, getünchten und getäfelten Wände. Ich hatte nie gewußt, daß er so schäbig war, dieser Saal.

Mr. McLaughlin von der United Church sprach das Eingangsgebet. Sein Sohn Dale war von zu Hause weggelaufen, schon vor langem. Wo war er jetzt? Er sollte den Rasen eines Golfplatzes schneiden, das war das letzte, was alle gehört hatten. Mir war, als hätte ich ein ganzes Leben in Jubilee verbracht, wo Leute weggingen und zurückkamen, heirateten, ihr Leben begannen, während ich immer weiter zur Schule ging. Da war Naomi mit den Mädchen aus dem Milchladen. Sie hatten sich alle die Haare gleich frisiert, in zwei kleinen Büscheln hinter den Ohren befestigt, und sie trugen Schals.

Vier Neger, zwei Männer und zwei Frauen, gingen auf die Bühne, und es gab ein Recken der Hälse, eine achtungsvolle Stille. Viele Leute im Saal, ich eingeschlossen, hatten nie vorher einen Neger gesehen, genausowenig wie wir eine Giraffe oder einen Wolkenkratzer oder einen Ozeandampfer gesehen hatten. Einer der Männer war dünn und purpurschwarz, ausgetrocknet, mit einer machtvollen erschreckenden Stimme; es war der Bassist. Der Tenor war fett und gelbhäutig, lächelnd, freigebig. Die beiden Frauen waren rundlich und fest gegürtet, kaffeefarben, prächtig in Smaragdgrün und Elektrikblau gekleidet. Ihre Hälse und Gesichter glänzten vor Schweiß, als sie sangen. Während ihres Gesangs kam der Erweckungsprediger, erkennbar an seinem Gesicht, das wochenlang an Telefonmasten geklebt und in Schaufenstern gehangen hatte – nur kleiner, müder, grauer, als das Bild vermuten ließ –, bescheiden auf die Bühne, stellte sich hinter das Lesepult, wandte sich mit einem Ausdruck zarter Freude den Sängern zu, hob sein Gesicht tatsächlich so, als fiele ihr Gesang wie Regen darauf.

Ein junger Mann, ein Junge, auf der anderen Seite des Saales schaute mich ständig an. Ich glaubte nicht, daß ich ihn schon gesehen hatte. Er war nicht groß, dunkelhäutig; ein knochiges Gesicht mit tiefliegenden Augen, langen, ein bißchen hohlen Wangen, einem ernsten, unbewußt arroganten Ausdruck. Nach dem Ende des Gesangs der Neger ging er von seinem Platz unter den Fenstern weg und verschwand in der Menge im Hintergrund des Saales. Ich dachte plötzlich, er würde kommen und sich neben mich stellen. Dann dachte ich, was für ein Unsinn; wie ein Wiedererkennen in einer Oper oder irgendein schlechtes, sentimentales, tief bewegendes Lied.

Alle standen auf, zupften Baumwollstoffe von schweißigen Sitzflächen und begannen den ersten Choral zu singen.

»In das Zelt des armen Bettlerjungen,
Wo er sich allein im Sterben quält,
Drang die Botschaft Jesu, und er sagte:
Niemand hat mir jemals dies erzählt –«

Ich wünschte verzweifelt, er möchte kommen. Ich konzentrierte mein ganzes Sein auf eine Art unschuldiges Gebet, ihn herbeizuwünschen, während ich zu mir sagte: *Jetzt geht er hinter mir herum, jetzt wendet er sich zur Tür, er geht die Treppe hinunter –*

Eine Änderung im Klang der Stimmen hinter mir sagte mir, daß er da war. Leute waren zur Seite gerückt, da war ein Raum und ein Körper darin, aber kein Gesang. Ich roch das dünne heiße Baumwollhemd, sonnenverbrannte Haut, Seife und Maschinenöl. Meine Schulter wurde von seinem Arm gestreift (es ist wie Feuer, genauso wie sie sagen), und er glitt neben mich.

Wir schauten beide streng geradeaus auf die Bühne. Der Baptistenprediger hatte den Erwecker vorgestellt, der in freundlichem Unterhaltungston zu sprechen begann. Nach einer Weile legte ich meine Hand auf die Lehne des Stuhles vor mir. Dort saß ein kleines Mädchen, vorgebeugt, und kratzte sich Schorf vom Knie. Er legte seine Hand etwa zwei Zentimeter von der meinen auf die Lehne des Stuhles. Dann schien es, als ob alle Empfindung in meinem Körper, alle Hoffnung, Leben und Kraft hinunterflössen in diese eine Hand.

Der Erwecker, der hinter dem Lesepult so milde begonnen hatte, steigerte sich allmählich und fing an, auf der Bühne hin und her zu gehen, sein Ton wurde immer eindringlicher, verzweifelt, von Kummer erfüllt. Immer wieder tauchte er aus seinem Kummer auf und wirbelte herum, um wie ein Löwe direkt ins Publikum zu brüllen. Er malte das Bild einer Seilbrücke, wie er sie in seinen Missionarstagen in Südamerika gesehen hatte, wie er sagte. Diese Brücke, zerbrechlich und schwingend, hing über einer bodenlosen Schlucht, und die Schlucht war von Feuer erfüllt. Es war der Fluß des Feuers, der Fluß des Feuers dort unten, in dem die ganze heulende, kreischende, Gott lästernde, gequälte Horde, die er jetzt aufzählte, versank, aber doch nicht ganz ertrank – Politiker und Gangster, Spieler und Trinker und Hurer und Filmstars und Finanzleute und Ungläubige. Jeder einzelne von uns, sagte er, hatte seine eigene persönliche Seilbrücke, die über dem Inferno schwang und auf beiden Seiten an den Ufern des Paradieses festgemacht war. Aber das Paradies war eben etwas, das wir nicht hören oder sehen, uns manchmal nicht einmal vorstellen konnten wegen des Gebrülls und Gewimmels in der Tiefe und wegen der sündigen Dünste, die überall um uns her aufstiegen. Wie hieß nun diese Brükke? Sie hieß die Gnade des Herrn. Die Gnade des Herrn, und sie war wunderbar stark; aber jede unserer Sünden, jedes Wort und jede Tat und jeder sündige Gedanke schnitt eine kleine Kerbe in das Seil, nutzte es noch ein kleines bißchen mehr ab –

»Und einige von euren Seilen können nicht viel mehr aushalten! Einige von euren Seilen sind über den Punkt der Nimmerwiederkehr hinaus. Sie sind abgescheuert von der Sünde, sie sind von der Sünde verzehrt, sie sind nur noch ein einziger Faden! Nur ein dünner Faden hält euch von der Hölle fern! Ihr alle wißt, jeder, auch der letzte von euch weiß, in welchem Zustand sich eure eigene Brücke befindet! Noch ein kleiner Biß in die Frucht der Hölle, noch ein Tag und eine Nacht in Sünde, und wenn das Seil einmal gerissen ist, habt ihr kein anderes! Aber selbst ein Faden kann euch halten, wenn ihr es wollt! Gott hat seine Wunder nicht alle in die biblischen Tage zurückverlegt! Nein, ich kann euch aus meinem Herzen und aus meiner eigenen Erfahrung sagen, daß er sie hier und jetzt und mitten unter uns vollbringt. Haltet euch an ihn und haltet fest bis zum Tage des Gerichts, und ihr braucht kein Unglück zu fürchten.«

Normalerweise hätte es mich interessiert, zuzuhören und zu beobachten, wie die Leute es aufnahmen. Die meisten ruhig und gelassen, nicht erregt, als hätte er ihnen ein Wiegenlied gesungen. Mr. McLaughlin, der auf der Bühne saß, behielt sein verbindlich geneigtes Gesicht; das war nicht die Art Ermahnung, die er brauchte. Der Baptistenprediger zeigte das breite Lächeln eines Impresarios. Alte Leute in der Zuhörerschaft sangen laut »Amen!« und wiegten sich sanft. Filmstars und Politiker und Hurer waren nicht mehr zu retten; das schien für die meisten Leute ein balsamischer, trostreicher Gedanke zu sein. Die Lichter brannten jetzt; Insekten kamen zu den Fenstern herein, eben jene wenigen frühen Insekten. Man konnte hier und da einen schnellen entschuldigenden Schlag hören.

Aber meine Aufmerksamkeit war durch unsere beiden Hände auf der Stuhllehne in Anspruch genommen. Er bewegte seine Hand ganz leicht. Ich bewegte die meine. Wieder. Bis die Haut sich leicht, lebendig berührte; sie zogen sich zurück, kamen wieder, blieben zusammen, preßten sich zusammen. Jetzt also. Unsere kleinen Finger rieben sich zart aneinander, und seiner legte sich allmählich über meinen. Zögern; meine Hand spreizte sich ein bißchen, sein kleiner Finger berührte meinen Ringfinger, der Ringfinger war gefangen und weiter in so förmlichen und unausweichlichen Stufen, mit solcher Zurückhaltung und Gewißheit, bis seine Hand die meine bedeckte. Als das erreicht war, hob er sie von der Lehne und hielt sie zwischen uns. Mir war vor Dankbarkeit engelhaft zumute, in der Tat so, als sei ich auf eine andere Ebene des Seins gelangt. Ich spürte, daß keine weitere Bestätigung notwendig, keine weitere Intimität möglich war.

Der letzte Gesang.

»Ich stimme in dein Preislied ein,
Das wird mein Sang im Himmel sein,
Das alte, alte Lied ist mein –«

Die Neger führten uns, alle außer dem kleinen schwarzen Mann, sie trieben an, hoben die Stimmen mit ihren Armen in die Höhe. Singend wiegten sich die Leute. Ein scharfer grüner Schweißgeruch, wie Zwiebeln, Pferdegeruch, Schweinemist, das Gefühl, gepackt, gefangen, davongetragen zu werden; eine müde, trauervolle Glückseligkeit erhob sich wie eine Wolke. Ich hatte die Textzettel zurückgewiesen, die Mr. Buchanan verteilt hatte, aber ich erinnerte mich der Worte und sang. Ich hätte alles gesungen.

Aber als der Gesang zu Ende war, ließ er meine Hand los und ging weg, um sich einer Gruppe von Leuten anzuschließen, die alle nach vorn gingen und so der Aufforderung nachkamen, eine Entscheidung für Jesus zu treffen, ein Gelübde zu unterschreiben oder ein Gelübde zu erneuern, dem Abend ein Zeichen der Vollendung zu geben. Ich kam nicht auf den Gedanken, daß er das vorhatte. Ich dachte, er sei gegangen, um jemanden zu suchen. Es herrschte ein großes Durcheinander, und ich verlor ihn augenblicklich aus den Augen. Ich drehte mich um und fand den Weg aus dem Saal, die Treppe hinunter, während ich mich mehrmals umschaute, ob ich ihn sehen könnte (aber ich war bereit so zu tun, als suche ich jemand anderen, falls ich sähe, daß er mich anschaute). Ich bummelte die Hauptstraße hinauf, schaute in Schaufenster. Er kam nicht.

Das war an einem Freitagabend. Das ganze Wochenende blieb mir der Gedanke an ihn im Sinn wie ein Zirkusnetz, das unter allem ausgespannt war, woran ich im Augenblick zu denken hatte. Ich ließ immer wieder los und taumelte in das Netz. Ich versuchte, das Gewebe seiner Haut, die meine eigene berührte, genau nachzufühlen, versuchte mich genau des wechselnden Drucks seiner Finger zu erinnern. Ich streckte die Hand vor mir aus, überrascht, wie wenig sie mir zu sagen hatte. Sie war unverbindlich wie die Gegenstände in Museen, die von Königen gehandhabt worden sind. Ich analysierte jenen Geruch und sonderte seine vertrauten und unvertrauten Elemente aus. Ich stellte ihn mir vor, wie ich ihn zuerst auf der anderen Seite des Saals gesehen hatte, weil ich ihn nicht mehr richtig gesehen hatte, nachdem er gekommen war und sich neben mich gestellt hatte. Sein dunkles, wachsames, eigensinniges Gesicht. Sein Gesicht trug für mich alle Möglichkeiten des Ungestüms und der Süße, des Stolzes und der Ergebenheit, der Gewalt, des Insichruhens. Ich sah nie mehr darin, als ich im ersten Augenblick gesehen hatte, weil ich da schon alles sah. All das in ihm, was ich lieben und nie fassen oder erklären würde.

Ich wußte seinen Namen nicht, auch nicht, wo er herkam oder ob ich ihn jemals wiedersehen würde.

Am Montag ging ich nach der Schule mit Jerry den John-Street-Hügel hinunter. Jemand hupte uns zu, und aus einem alten Lastwagen, der mit Sägemehl bestaubt war, schaute sein Gesicht. Es war durch das Tageslicht in keiner Weise verändert oder abgeschwächt.

»Die Enzyklopädien«, sagte ich zu Jerry. »Er bringt Geld für Mutter. Ich muß mit ihm sprechen. Geh du nur weiter.«

Benommen durch dieses erwartete, doch nicht erhoffte Wiedererscheinen, dieses greifbare Eindringen des Legendären in die wirkliche Welt, stieg ich in den Lastwagen.

»Ich dachte, du gehst noch in die Schule.«

»Ich bin fast durch«, sagte ich hastig. »Ich bin in der dreizehnten Klasse.«

»Ein Glück, daß ich dich gesehen habe. Ich muß zum Lagerplatz zurück. Warum hast du neulich abends nicht auf mich gewartet?«

»Wo bist du hingegangen?« sagte ich, als hätte ich ihn nicht gesehen.

»Ich mußte nach vorn. Es waren so viele Leute da.«

Da begriff ich, daß »ich mußte nach vorn« bedeutete, daß er gegangen war, um einen Gelübdezettel zu unterschreiben oder um von dem Erweckungsprediger erlöst zu werden. Es war bezeichnend für ihn, daß er das nicht in deutlicherer Weise sagte. Er erklärte nie etwas, es sei denn, er mußte es. Was ich an diesem ersten Nachmittag im Lastwagen, und auch später, über ihn selbst von ihm erfuhr, war eine Reihe von einfachen Tatsachen, die gewöhnlich als Antwort auf Fragen geboten wurden. Er hieß Garnet French, er wohnte auf einer Farm jenseits von Jericho Valley, arbeitete aber hier in Jubilee auf dem Holzlagerplatz. Er war vier Monate im Gefängnis gewesen, vor zwei Jahren, wegen der Teilnahme an einer schrecklichen Schlägerei vor der Bierstube in Porterfield, bei der ein Mann ein Auge verloren hatte. Im Gefängnis hatte er Besuch von einem Baptistenprediger bekommen, der ihn bekehrt hatte. Er hatte die Schule nach der achten Klasse verlassen, durfte aber im Gefängnis an einigen Kursen teilnehmen, weil er dachte, er würde vielleicht auf die Bibelschule gehen und selbst Baptistenprediger werden. Er sprach jetzt von diesem Ziel ohne Dringlichkeit. Er war dreiundzwanzig Jahre alt.

Das erste, wohin er mich mitzugehen bat, war eine Versammlung der Baptistischen Gesellschaft Junger Menschen. Oder vielleicht bat er mich gar nicht, sagte nur: »In Ordnung, ich hole dich nach dem Abendessen ab«, und fuhr die kurze Strecke unsere Straße hinab und führte mich, betäubt und schweigend, an den letzten Ort in Jubilee, ausgenommen vielleicht das Bordell, an dem ich jemals zu sein erwartet hatte.

Das sollte ich den ganzen Frühling über und bis in den Sommer hinein nun jeden Montagabend tun – in einem Kirchenstuhl ziemlich weit hinten in der Baptistenkirche sitzen, mich nie daran gewöhnen, immer erstaunt und einsam wie jemand, der bei einem Schiffbruch hochgespült wird. Er fragte mich nie, ob ich dort sein wollte, was ich davon hielt, nachdem ich einmal dort war, nichts. Einmal sagte er: »Ich wäre wahrscheinlich wieder im Gefängnis gelandet, wenn nicht die Baptistische Kirche gewesen wäre. Das ist alles, was ich weiß, das ist mir genug.«

»Warum das denn?«

»Weil ich mich sonst ans Raufen und Trinken gewöhnt hätte.«

An der Rückseite der baptistischen Kirchenstühle klebten alte Kaugummi, silbrig schwarz und hart wie Eisen. Die Kirche roch sauer wie eine Küche, die man mit grauem Putzwasser aufgewaschen hat, während die Putzlappen hinter dem Herd trocknen. Die Jungen Menschen waren nicht alle jung. Da war eine Frau namens Caddie McQuaig, die in Monks Metzgerladen arbeitete, Brocken von rohem Fleisch in die Hackmaschine warf, mit einer großen Säge an einem Rinderbein arbeitete, in eine blutige weiße Schürze gehüllt, kräftig und lustig wie Dutch Monk selbst. Hierher kam sie in einem geblümten Organdykleid, die gescheuerten Hände auf der Tretorgel, den roten Nacken unter dem kurzgeschnittenen Haar entblößt, sanft und aufmerksam. Da waren zwei kleine, affengesichtige Brüder vom Land, Ivan und Orrin Walpole, die Boden-Kunststücke machten. Und ein vollbusiges, grobgesichtiges Mädchen, das mit Fern Dogherty auf dem Postamt gearbeitet hatte; Fern nannte sie immer *Die Heilige Betty.* Mädchen aus dem Chainway-Laden mit ihrer staubigen Chainway-Blässe, die von allen Mädchen, die in Jubilee in Geschäften arbeiteten, am schlechtesten bezahlt wurden, am tiefsten auf der sozialen Stufenleiter standen. Von einer, ich konnte mich nicht erinnern von welcher, hieß es, sie habe ein Baby gehabt.

Garnet war der Vorsitzende. Manchmal führte er ein Gebet an und begann mit fester männlicher Stimme: »Unser himmlischer Vater –« Die frühe Hitze des Mai war vorbei, und kalter Frühlingsregen rann an den Fenstern herunter. Ich hatte jenes sonderbare und zuversichtliche Gefühl, in einem Traum zu leben, aus dem ich jeden Augenblick aufwachen würde. Zu Hause auf dem Tisch im Wohnzimmer lagen meine offenen Bücher und Brownings Gedicht ›Andrea del Sarto‹, das ich gelesen hatte, bevor ich aus dem Haus ging, und das mir immer noch durch den Kopf ging:

»Und alles wird im Dämmergrau des Abends
Gemeinsam silbern, du genau wie ich –«

Nach dem, was der Verehrungsgottesdienst genannt wurde, gingen wir dann ins Kellergeschoß der Kirche, wo ein Pingpong-Tisch stand. Pingpong-Spiele wurden organisiert, Caddie McQuaig und eines der Chainway-Mädchen packten belegte Brote aus, die sie von zu Hause mitgebracht hatten, und kochten Kakao auf einer Elektroplatte. Garnet brachte den Leuten das Pingpong-Spielen bei, ermutigte die Chainway-Mädchen, die kaum genug Kraft zu haben schienen, um den Schläger zu halten, scherzte mit Caddie McQuaig, die, sobald sie erst im Kellergeschoß war, ebenso lärmend wurde, wie sie es im Metzgerladen war.

»Ich mache mir Gedanken darüber, daß du auf diesem kleinen Orgelschemel sitzt, Caddie.«

»Was hast du gesagt? Warum machst du dir Gedanken?«

»Du sitzt da auf diesem kleinen Orgelschemel. Sieht zu klein aus für dich.«

»Denkst du, er ist in Gefahr zu verschwinden?« Ihre laute, überlaute, erfreute Stimme, das Gesicht rot wie frisches Fleisch.

»Aber Caddie, ich habe nie etwas Derartiges gedacht«, sagte Garnet mit reuigem, gesenktem Gesicht.

Ich lächelte allen zu, war aber ängstlich, verschreckt, wartete nur darauf, daß das alles aufhörte, die Kakaotassen gespült waren, die Kirchenlichter gelöscht wurden, Garnet mich zum Lastwagen hinausführte. Dann fuhren wir die schlammige Straße hinunter, die an Pork Childs Haus vorbeiführte (»Ich kenne Pork, er leiht mir eine Kette und hilft mir heraus, wenn ich steckenbleibe«, sagte Garnet, und der Gedanke, auf gleicher Stufe, sozialer Stufe, mit Pork Childs zu stehen, der natürlich Baptist war, rief in mir jenes ruhige, jetzt sehr vertraute Sinken meines Herzens hervor). Im Augenblick war nichts von Bedeutung. Die Unwirklichkeit, die langhingezogene Verlegenheit und Langeweile des Abends schwand im Führerhaus des Lastwagens, in dem Geruch der alten, zerfetzten Sitze und des Hühnerfutters, beim Anblick von Garnets aufgerollten Ärmeln und bloßen Unterarmen, seiner Hände, locker und wachsam auf dem Lenkrad. Schwarzer Regen auf den geschlossenen Fenstern beschützte uns. Oder wenn der Regen vorbei war, drehten wir die Fenster herunter und fühlten die reine Luft in der Nähe des unsichtbaren Flusses, rochen die Minze, die an der Stelle, wo wir von der Straße abgebogen waren, um zu parken, unter den Wagenrädern zerquetscht worden war. Wir stießen tief ins Gesträuch vor, das gegen das Verdeck kratzte. Der Lastwagen hielt mit einem letzten kleinen Stoß an, der ein Zeichen der Vollendung, der Freigabe zu sein schien, seine Lichter, die schwach in die Dichte der Nacht schnitten, gingen aus, und Garnet wandte sich mir mit dem immer gleichen Seufzer, dem gleichen verschleierten und ernsten Blick zu, und wir gingen hinüber, in ein Land, in dem vollkommene Sicherheit war, wo es keine Bewegung gab, die nicht Freude brachte; Enttäuschung war nicht möglich. Nur wenn ich krank war, Fieber hatte, hatte ich früher so ein schwebendes Gefühl gehabt, das Gefühl, schlaff und beschützt zu sein und gleichzeitig unbegrenzte Kraft zu besitzen. Wir waren noch im Vorstadium zum Sex, kreisten, wichen zurück, zögerten, nicht weil wir Angst hatten oder weil wir uns irgendein Verbot gesetzt hatten, »zu weit zu gehen« (eine solche Bestimmtheit war in diesem Land und mit Garnet so gut wie undenkbar), sondern weil wir wie bei dem Spiel unserer Hände auf der Lehne des Kirchenstuhls eine Verpflichtung fühlten, nichts zu überstürzen, schüchterne, förmliche, zeitweilige Rückzüge zu machen angesichts von so viel Freude. Sogar dieses Wort, *Freude,* hatte sich für mich verändert; ich hielt es früher für ein mildes Wort, das eine eher sanfte Nachsicht mit mir selbst andeutete; jetzt schien es explosiv, die beiden Vokale in der ersten Silbe sprangen auf wie ein Feuerwerk und endeten auf dem Plateau der letzten Silbe, ihrem träumerischen Summen.

Nach diesen nächtlichen Stunden am Fluß ging ich nach Hause und konnte oft bis zur Morgendämmerung nicht schlafen, nicht wegen ungelöster Spannungen, wie man erwarten könnte, sondern weil ich auf die großen Geschenke, die wunderbaren Gaben zurückschauen mußte und nicht aufhören konnte – Lippen auf den Handgelenken, der Innenseite der Ellbogen, den Schultern, den Brüsten, Hände auf dem Bauch, den Schenkeln, zwischen den Beinen. Geschenke. Alle möglichen Küsse, Zungenberührungen, bittende und dankbare Laute. Kühnheit und Offenbarung. Der unbefangen um die Brustwarze geschlossene Mund schien ein Bekenntnis der Unschuld, der Wehrlosigkeit abzulegen, nicht weil er den eines Babys nachahmte, sondern weil er sich nicht vor der Absurdität fürchtete. Sex schien mir völlige Hingabe zu sein – nicht die einer Frau an einen Mann, sondern die des Selbst an den Körper, ein Akt des reinen Glaubens, der Freiheit in Demut. Ich lag dann die ganze Nacht überströmt von diesen Verwicklungen, Entdeckungen, wie jemand, der in klarem und warmem und unwiderstehlich fließendem Wasser treibt.

Garnet nahm mich auch zu Baseball-Spielen mit, die manchmal zu früh nach dem Regen angesetzt wurden. Sie fanden am Abend auf dem Kirmesgelände am Ende der Diagonal Road statt und in den Nachbarstädten. Garnet war erster Malspieler in der Mannschaft von Jubilee. Die Spieler trugen rote und graue Trikots. Die Spielplätze hatten alle wacklige Sitzplätze, Bretterzäune, die mit alten Reklamen für Erfrischungsgetränke und Zigaretten bemalt waren. Die Sitzplätze waren nie mehr als zu einem Drittel besetzt. Alte Männer kamen – die gleichen alten Männer, die immer auf der langen Bank vor dem Hotel saßen oder die im Sommer auf der bemalten Betonfläche hinter dem Ehrenmal Dame spielten, die hinausgingen, um den jedes Frühjahr hochgehenden Wawanash zu begutachten und nickend und kommentierend dastanden, als ob sie das selbst zustande gebracht hätten. Zehn- und elfjährige Jungen saßen im Gras am Zaun gegenüber und rauchten. Oft kam nach einem langen, düsteren Tag die Sonne heraus und lag in stillen Goldstreifen über dem Feld. Ich saß bei den Frauen – ein paar Freundinnen und junge Ehefrauen, die schrien und auf den Sitzen auf und ab sprangen. Ich konnte nie schreien. Ich war vom Baseball verwirrt wie von der Baptistenkirche, aber ich fühlte mich nicht unbehaglich. Ich dachte gern an dieses männliche Ritual als an das Vorspiel zu dem unsrigen.

Ich lernte immer noch, an anderen Abenden. Ich lernte Fakten, ich hatte die Methode nicht vergessen. Aber ich fiel immer wieder in Tagträume, die eine halbe Stunde dauerten. Ich traf mich immer noch mit Jerry in Haines Restaurant.

»Weshalb gehst du mit diesem Neandertaler aus?«

»Was meinst du mit Neandertaler? Er ist ein Cro-Magnon«, sagte ich in freudig-schamvoller Verräterei.

Aber Jerry hatte nicht viele Gedanken für mich übrig. Entscheidungen über seine Zukunft lasteten schwer auf ihm. »Wenn ich mich für McGill entscheide –« sagte er. »Andererseits, wenn ich nach Toronto gehe –« Die Stipendien, die er wahrscheinlich gewinnen würde, mußten in Betracht gezogen werden, und er mußte auch vorausblicken; welche Universität würde ihm die beste Chance geben, in eine amerikanische Spitzenschule für Graduierte zu kommen? Ich nahm Anteil. Ich schaute auf die Lehrpläne, verglich gemeinsam mit ihm die anderen Möglichkeiten, während ich im Geist die hinreißenden Einzelheiten meines letzten Treffens mit Garnet durchging.

»Du willst immer noch auf die Universität, nicht wahr?«

»Warum sollte ich nicht?«

»In dem Fall solltest du vorsichtig sein. Ich bin nicht sarkastisch. Ich bin nicht eifersüchtig. Ich denke an dein Bestes.«

Meine Mutter dachte auch daran. »Ich weiß, wer die Frenchs sind. Noch hinter Jericho Valley. Dort wohnen die ärmlichsten gottverlassenen Hinterwäldler, die du dir vorstellen kannst.« Ich sagte ihr nichts von den Baptistischen Jungen Menschen, aber sie fand es doch heraus. »Ich verstehe es nicht«, sagte sie. »Du leidest wohl an Gehirnerweichung!«

Ich sagte barsch: »Kann ich nicht hingehen, wo ich will?«

»Du bist wegen eines *Jungen* durcheinander. Du mit deiner Intelligenz. Hast du vor, dein ganzes Leben in Jubilee zu verbringen? Willst du die Frau eines Arbeiters im Holzlager werden? Willst du in die Baptistische Frauenhilfe eintreten?«

»*Nein!*«

»Nun, ich versuche nur, dir die Augen zu öffnen. Zu deinem eigenen Besten.«

Als Garnet zu uns nach Hause kam, behandelte sie ihn mit Höflichkeit, stellte ihm Fragen über das Holzgeschäft. Er nannte sie *Ma'am,* genau wie Jerry und ich in unseren Parodien der Leute vom Land. »Nun, ich weiß eigentlich nicht so sehr viel darüber, Ma'am«, sagte er höflich und beherrscht. Jeder Versuch einer allgemeinen Unterhaltung, jeder Versuch, ihn dazu zu bringen, daß er so dachte, theoretisierte, Systeme machte, brachte einen leeren, ganz leicht gekränkten und überlegenen Blick in sein Gesicht. Er haßte Leute, die große Worte gebrauchten, die über Dinge außerhalb ihres eigenen Lebens sprachen. Er haßte Leute, die versuchten, Dinge miteinander zu verknüpfen. Nachdem das ein wichtiger Zeitvertreib für mich gewesen war, warum haßte er mich nicht? Vielleicht verbarg ich erfolgreich vor ihm, wie ich war. Noch wahrscheinlicher organisierte er mich um, nahm einfach, was er brauchte, um zufrieden zu sein. Ich machte es so mit ihm. Ich liebte die dunkle Seite, die fremde Seite an ihm, die ich nicht kannte, nicht den wiedergeborenen Baptisten; oder vielmehr, ich sah den Baptisten, auf den er stolz war, als eine Maske, mit der er spielte und die er leicht ablegen konnte. Ich versuchte, ihn dazu zu bringen, daß er mir von der Schlägerei vor dem Bierlokal in Porterfield erzählte, vom Leben im Gefängnis. Ich richtete meine Aufmerksamkeit auf seine Instinkte, nie auf seine Gedanken.

Ich versuchte ihn dazu zu bringen, daß er mir sagte, warum er an dem Abend bei der Erweckungsversammlung zu mir herübergekommen war.

»Du hast mir gefallen.«

Das war die ganze Erklärung, die ich bekommen konnte.

Nichts, was ausgesprochen werden konnte, brachte uns einander näher; Worte waren unsere Feinde. Was wir voneinander wußten, würde durch sie nur verwirrt werden. Das war das Wissen von dem, was man »reinen Sex« oder »körperliche Anziehung« nennt. Ich war überrascht, wenn ich daran dachte – bin noch heute überrascht –, über den leichten, ja geringschätzigen Ton, der dabei angeschlagen wird, als sei das etwas, was man leicht und jeden Tag finden könnte.

Er nahm mich mit hinaus, um seine Familie kennenzulernen. Es war ein Samstagnachmittag. Die Prüfungen begannen am Montag. Ich sagte, ich hätte vorgehabt zu lernen, und er sagte: »Das kannst du nicht. Momma hat schon zwei Hühner geschlachtet.«

Die Person, die lernen konnte, war tatsächlich bereits verloren, weggesperrt. Ich hätte nichts mit einem Buch anfangen, nicht ein Wort hinter das andere setzen können, wenn Garnet im Zimmer gewesen wäre. Alles was ich konnte, war, die Worte auf einer Anschlagtafel zu lesen, während wir fuhren. Es war das genaue Gegenteil vom Ausgehen mit Jerry, und ich sah die Welt dicht und kompliziert, aber erschreckend unverschlossen; die Welt, die ich mit Garnet sah, war etwas, das nicht weit von dem entfernt war, was meiner Ansicht nach Tiere sehen mußten: die Welt ohne Namen.

Ich war schon früher mit meiner Mutter die Straße nach Jericho Valley gefahren. An einigen Stellen war sie gerade breit genug für den Lastwagen. Wilde Rosen streiften das Fahrerhaus. Wir fuhren meilenweit durch dichtes Buschland. Ein Feld voller Baumstümpfe. Ich erinnerte mich daran, erinnerte mich, daß meine Mutter gesagt hatte: »Es war eine Zeit, da war das alles so, dieses ganze Land. Sie sind hier nicht weit über das Stadium der Pioniere hinausgekommen. Vielleicht sind sie zu faul. Oder das Land lohnte es nicht. Oder beides.«

Skelette eines ausgebrannten Hauses und einer Scheune.

»Gefällt dir unser Haus?« fragte Garnet.

Sein wirkliches Haus lag in einer Senke, umgeben von großen Bäumen, die so dicht waren, daß man es nicht als ganzes Haus auf einmal sehen konnte; man sah nur die mit braunem Holz verschalten verblichenen Giebel und die Veranda, die schon vor so langer Zeit gelb angestrichen worden war, daß die Farbe jetzt nur noch Streifen auf dem zersplitterten Holz bildete. Als wir auf den Hof fuhren und einen Bogen machten, entstand eine große flatternde Eruption von Hühnern, und zwei große Hunde kamen kläffend heran und sprangen an den offenen Fenstern des Lastwagens herauf.

Zwei Mädchen, etwa neun und zehn Jahre alt, sprangen auf einem Satz Matratzenfedern auf und ab, die lange genug auf dem Hof gelegen hatten, um das Seegras ausbleichen zu lassen. Sie hielten inne und starrten herüber. Garnet führte mich an ihnen vorbei und stellte mich ihnen nicht vor. Er stellte mich überhaupt niemandem vor. Mitglieder seiner Familie erschienen – ich war mir nicht sicher, welche davon Mitglieder seiner engeren Familie waren und welche Onkel, Tanten, Vettern waren – und fingen an, mit ihm zu reden, während sie mich von der Seite anschauten. Manchmal fand ich ihre Namen heraus, indem ich ihrem Gespräch zuhörte, und sie nannten mich überhaupt nicht beim Namen.

Da war auch ein Mädchen, von dem ich meinte, ich hätte es am Gymnasium gesehen. Sie war barfuß und blendend zurechtgemacht und schwang übermütig um einen Verandapfosten. »Sieh dir Thelma an!« sagte Garnet. »Wenn Thelma sich schminkt, verbraucht sie glatt einen ganzen Lippenstift. Jeder Bursche, der sie küssen würde, der würde hängenbleiben. Er wäre nicht imstande, sich wieder loszureißen.« Thelma füllte ihre geschminkten und gepuderten Wangen mit Luft und stieß sie mit einem ordinären Ton wieder aus.

Eine kleine, rundliche, ärgerlich blickende Frau kam heraus, die Sportschuhe ohne Schnürsenkel trug. Ihre Knöchel waren geschwollen, so daß ihre Beine völlig rund schienen, wie Abflußrohre. Sie war die erste, die mich direkt ansprach. »Du bist die Tochter der Dame mit den Enzyklopädien. Ich kenne deine Mama. Kannst du keinen Platz zum Hinsetzen finden?« Sie stieß einen kleinen Jungen und eine Katze aus einem Schaukelstuhl und blieb stehen, bis ich mich gesetzt hatte. Sie selbst setzte sich auf die oberste Stufe und begann, allen Anweisungen und Vorwürfe zuzurufen.

»Schließ diese Hühner da hinten ein! Hol mir Salat und ein paar grüne Zwiebeln und Radieschen aus dem Garten! Lila! Phyllis! Laßt dieses Auf- und Abhüpfen! Fällt euch nichts Besseres ein? Boyd, geh aus dem Lastwagen raus! Holt ihn aus diesem Lastwagen raus! Er hat letzthin den Gang eingelegt und rollte über den Hof und hat die Veranda um Millimeter verfehlt.«

Sie nahm ein Päckchen Tabak und ein paar Blättchen Zigarettenpapier aus ihren Schürzentaschen.

»Ich bin keine Baptistin, ich mag hie und da eine Zigarette. Bist du Baptistin?«

»Nein. Ich gehe nur mit Garnet hin.«

»Garnet ist nach seinen Schwierigkeiten dazu gekommen – weißt du von Garnets Schwierigkeiten?«

»Ja.«

»Ja, er ist nach seinen Schwierigkeiten dazu gekommen,

und ich hab nie gesagt, daß es keine gute Sache für ihn ist, und daß es ein paar strenge Gedanken dort gibt. Wir alle sind immer – *wir sind es noch* – Unitarier gewesen, aber es ist ein ziemlicher Weg dorthin, und ich arbeite manchmal, Sonntage sind in einem Krankenhaus keine besonderen Tage.« Sie erzählte mir, daß sie im Krankenhaus von Porterfield als Schwesternhelferin arbeite. »Ich und Garnet, wir ernähren die Familie«, sagte sie. »Farmen wie diese sind nichts, mit dem man seinen Lebensunterhalt verdienen kann.« Sie berichtete mir von Unfällen, von einem vergifteten Kind, das kürzlich ins Krankenhaus gebracht worden war, schwarz wie Schuhwichse, von einem Mann mit einer zerquetschten Hand, einem Jungen, der einen Angelhaken ins Auge bekommen hatte. Sie erzählte mir von einem Arm, der an einem Hautstreifen vom Ellbogen herunterhing. Garnet war verschwunden. In der Verandaecke saß ein Mann im Overall, gewaltig und gelb wie ein Buddha, aber nicht mit einem so friedvollen Ausdruck. Er hob immer wieder die Augenbrauen und zeigte die Zähne in einem sofort wieder vergehenden Grinsen. Zuerst dachte ich, das sei ein sardonischer Kommentar zu den Geschichten über das Krankenhaus; später wurde mir klar, daß es ein Gesichtstic war.

Die Mädchen hatten aufgehört, auf den Sprungfedern herumzuhüpfen, und waren herübergekommen, um bei ihrer Mutter herumzulungern und sie mit Einzelheiten zu versorgen, die sie vielleicht ausließ. Die Jungen stürzten sich in eine Rauferei auf dem Hof, rollten in dem harten Schmutz hin und her, wild, schweigend, und ihre nackten Rücken waren so braun und glatt wie Baumrinde auf der Innenseite. »Ich werde gehen und kochendes Wasser holen!« warnte die Mutter. »Ich werde euch das Fell abbrühen!« Eins der Mädchen sagte: »Würde sie gern den Bach sehen?«

Sie, das war ich. Sie nahmen mich mit zum Bach hinunter, einem Rinnsal von braunem Wasser zwischen den flachen weißen Steinen. Sie zeigten mir, wie hoch er im Frühjahr stieg. In einem Jahr hatte er das Haus überschwemmt. Sie nahmen mich mit zum Schuppen, um eine Familie von orangefarbenen und schwarzen Kätzchen anzusehen, die die Augen noch nicht offen hatten. Sie führten mich durch den leeren Stall und zeigten mir, wie die Scheune notdürftig mit behelfsmäßigen Balken und Pfählen gestützt war. »Wenn wir einmal einen großen Sturm bekommen, fällt die Scheune ein.«

Sie sprangen durch den Stall und machten ein Lied daraus: *Bald fällt die alte Scheune ein, Scheune ein –*

Sie führten mich durchs Haus. Die Zimmer waren groß, hoch, spärlich und seltsam möbliert. Ein Messingbett stand in dem Raum, der das Wohnzimmer zu sein schien, und Stapel von Kleidern und Decken lagen in den Ecken, auf dem Boden, als ob die Familie eben eingezogen wäre. Viele Fenster waren ohne Vorhänge. Sonnenlicht kam durch die sich kaum bewegenden Bäume in die hohen Zimmer, so daß die Wände mit gleitenden Blätterschatten bedeckt waren. Sie zeigten mir die Spuren, die das Hochwasser an den Wänden zurückgelassen hatte, und ein paar Bilder aus Zeitschriften, die sie ausgeschnitten und aufgehängt hatten. Es waren Filmstars und Damen in wunderschönen, ätherischen Gewändern, die Damenbinden anpriesen.

In der Küche putzte die Mutter Gemüse. »Wie würde es dir gefallen, hier zu wohnen, hm? Es sieht für jeden aus der Stadt recht einfach aus, aber wir haben immer genug zu essen. Die Luft ist herrlich, jedenfalls im Sommer, herrlich und kühl unten am Bach. Kühl im Sommer, geschützt im Winter. Es ist das am besten gelegene Haus, das ich kenne.«

Das Linoleum war ganz schwarz und rauh, es waren nur Inseln des ursprünglichen Musters geblieben, unter dem Tisch, bei den Fenstern, wo es nicht so stark abgenutzt wurde. Ich roch den bekannten grauen Geruch von Hühnern, die gekocht werden.

Garnet öffnete die Gittertür, stand dunkel gegen das grelle Licht des hinteren Hofes. Er hatte Arbeitshosen an, kein Hemd.

»Ich möchte dir was zeigen.«

Wir traten auf die hintere Veranda hinaus, seine Schwestern auch, und er hieß mich nach oben sehen. In die Unterseite eines der Dachbalken der Veranda war eine Liste von Mädchennamen eingeritzt, jeder mit einem X dahinter. »Garnets Freundinnen!« rief eine der Schwestern, und sie kicherten wild, aber Garnet las sie mit ernster Stimme vor: »Doris McIver! Ihr Vater hatte eine Sägemühle oben hinter Blue River. Hat er noch. Wenn ich sie geheiratet hätte, wäre ich reich geworden!«

»Wenn das der einzige Weg ist, reich zu werden!« sagte seine Mutter, die uns bis zur Tür nachgekommen war.

»Eulie Fatherstone. Sie war römisch-katholisch, arbeitete im Café im Brunswick-Hotel.«

»Hättest du sie geheiratet, wärst du arm geworden«, sagte seine Mutter bedeutungsschwer. »Du weißt, was der Papst ihnen zu tun aufgibt!«

»Du bist selber prima ohne den Papst zurechtgekommen, Momma – Margaret Fraleigh. Rote Haare.«

»Denen ihrem Temperament kann man nicht trauen.«

»Sie hatte nicht mehr Temperament als ein Küken. Thora Willoughby. Verkaufte die Eintrittskarten im Lyceum-Kino. Sie ist jetzt in Bradford.«

»Wofür steht das X, Junge? Dafür, wann du aufgehört hast, mit ihnen auszugehen?«

»Nein, Ma'am, dafür nicht.«

»Ja, aber was *bedeutet* es?«

»Militärgeheimnis!« Garnet sprang auf das Geländer der Veranda – seine Mutter warnte: »Das hält dein Gewicht nie aus!« – und fing an, etwas am unteren Ende der Liste einzukerben. Es war mein Name. Als er den Namen fertig hatte, machte er einen Kranz von Sternen darum und zog einen Strich darunter. »Ich glaube, das war der letzte«, sagte er.

Er ließ sein Messer zuschnappen, sprang herunter. »Küß sie!« sagten die Schwestern mit wildem Kichern, und er legte die Arme um mich. »Er küßt sie auf den Mund, sieh mal, Garnet küßt sie auf den Mund!« Sie drängten sich nahe heran, und Garnet schob sie mit einer Hand weg, während er mich weiterküßte. Dann fing er an, mich zu kitzeln, und wir hatten eine fürchterliche Kitzelschlacht, bei der die Schwestern meine Partei ergriffen, und wir versuchten, Garnet auf dem Boden der Veranda festzuhalten, aber er kam schließlich los und rannte zur Scheune. Ich ging hinein und fragte seine Mutter stolz, was ich tun könnte, um beim Abendessen zu helfen. »Du wirst dir das Kleid verderben«, sagte sie, gab aber nach und ließ mich Radieschen schneiden.

Zum Abendessen gab es Huhn, nicht allzu zäh, und eine gute Soße, um es zu mildern, leichte Klöße, Kartoffeln (»Schade, daß jetzt nicht die Zeit für die neuen ist!«), flache, runde, mehlige Kekse, selbst eingemachte Bohnen und Tomaten, mehrere Arten von Sauergemüse und Schüsseln voll grüner Zwiebeln und Radieschen und Kopfsalat in Essig, einen schweren, mit Sirup gewürzten Kuchen, Brombeerkompott. Es saßen zwölf Personen um den Tisch; Phyllis zählte sie. Längs der einen Seite saßen alle auf Brettern, die über zwei Sägeböcke gelegt waren, um eine Bank zu bilden. Ich saß auf einem lackierten Stuhl, der aus dem Wohnzimmer geholt worden war. Der große gelbe Mann wurde von der Veranda hereingebracht und saß oben am Tisch; er war der Vater. Aus der Scheune kam mit Garnet ein älterer, aber flinkerer Mann, der davon sprach, daß er die ganze letzte Nacht wegen Zahnschmerzen nicht geschlafen habe. »Du wirst besser nichts von dem Huhn probieren«, sagte Garnet mit besorgtem Spott. »Wir geben dir besser einfach ein bißchen warme Milch und rollen dich in dein Bett!« Der alte Mann aß herzhaft und erzählte dabei, wie er es mit warmem Nelkenöl versucht habe. »Und auch noch mit etwas Stärkerem, da wette ich meinen Ehering!« sagte Garnets Mutter. Ich saß zwischen Lila und Phyllis, die sich in einen spielerischen Streit hineinsteigerten, indem sie sich weigerten, einander etwas zuzureichen, und die Butter unter einer Untertasse versteckten. Garnet und der alte Mann erzählten eine Geschichte von einem holländischen Farmer in der Nachbarsiedlung, der einen Waschbären geschossen hatte, weil er glaubte, es sei ein gefährliches Waldtier. Wir tranken Tee. Phyllis nahm ruhig den Deckel vom Salzfaß und schüttete Salz in die Zuckerdose und reichte sie dem alten Mann. Ihre Mutter konnte sie gerade noch rechtzeitig packen. »Ich werde dich eines Tages bei lebendigem Leib häuten!« versprach sie.

Es läßt sich nicht abstreiten, daß ich in diesem Haus glücklich war.

Ich wollte Garnet auf dem Heimweg sagen: »Ich mag deine Familie«, aber ich machte mir klar, wie seltsam das für ihn klingen würde, weil er nie daran gedacht hatte, daß ich sie nicht mögen könnte, da ich doch zu ihr gehören sollte. Derartige Urteile abzugeben, würde bei ihm befangen, anmaßend erscheinen.

Der Lastwagen hatte eine Panne, als wir in Jubilee eben von der Hauptstraße abbogen. Garnet stieg aus und schaute unter die Motorhaube und sagte, er habe es sich gedacht, es sei das Getriebe. Ich sagte, er könne in unserem Wohnzimmer schlafen, aber ich war sicher, daß er es nicht wollte wegen meiner Mutter; er sagte, er werde gehen und bei einem Freund bleiben, der auf dem Holzlagerplatz arbeite.

Da unsere Ankunft bei mir zu Hause nicht durch den Lärm des Lastwagens angekündigt wurde, konnten wir uns an der Seite unter Küssen und Streicheln an die Wand drükken. Ich hatte immer gedacht, unserer schließlichen Vereinigung würde eine Art besonderer Pause vorhergehen, ein zeremonieller Anfang, wie ein Vorhang, der vor dem letzten Akt eines Schauspiels hochgeht. Aber es gab nichts Derartiges. In dem Augenblick, da ich merkte, daß er es wirklich darauf anlegte, wollte ich mich auf die Erde niederlegen, ich wollte meinen Schlüpfer loswerden, der sich um meine Füße gewickelt hatte, ich wollte den Gürtel meines Kleides abnehmen, weil er mir die Schließe schmerzhaft in den Magen preßte. Aber es war keine Zeit dazu. Ich spreizte die Beine, soweit ich es mit dem um meine Füße gewickelten Schlüpfer konnte, und schob mich an der Hauswand hoch, während ich versuchte, das Gleichgewicht zu halten. Anders als unsere früheren Intimitäten erforderte dies hier Anstrengung und Aufmerksamkeit. Es tat mir auch weh, obwohl seine Finger mich schon früher geweitet hatten. Zu allem anderen mußte ich auch noch seine Hose hochhalten, weil ich Angst hatte, der weiße Schimmer seiner Hinterbacken könnte uns jedem, der auf der Straße vorbeiging, verraten. Unerträglicher Schmerz begann in meinen verkrampften Füßen. Gerade als ich dachte, ich müßte ihn bitten, anzuhalten, zu warten, bis ich wenigstens die Fersen für eine Sekunde auf den Boden gesetzt hätte, stöhnte er und stieß heftig und sank gegen mich, mit hämmerndem Herzen. Ich stand nicht sicher genug, um dieses Gewicht aufzunehmen, und wir stürzten beide in die Pfingstrosenrabatte, wobei wir irgendwie auseinander gerieten. Ich legte die Hand auf mein nasses Bein, und sie kam dunkel zurück. Blut. Als ich das Blut sah, wurde mir die Herrlichkeit des ganzen Ereignisses klar.

Am Morgen ging ich hinüber, um mir die zerquetschten Pfingstrosen und einen kleinen Fleck Blut, ja, getrocknetes Blut auf dem Boden anzusehen. Ich mußte es jemand sagen. Ich sagte zu meiner Mutter: »Neben dem Haus ist Blut auf dem Boden.«

»Blut?«

»Ich habe gesehen, wie gestern eine Katze einen Vogel davonschleppte. Es war ein großer gestreifter Kater, ich weiß nicht, wo er herkam.«

»Üble Biester.«

»Du solltest hingehen und es dir ansehen.«
»Was? Ich habe was Besseres zu tun.«

An diesem Tag fingen die schriftlichen Prüfungen an. Jerry und ich schrieben sie und Murray Heal und George Klein, die Zahnarzt und Ingenieur werden wollten, und June Gannett, deren Vater wollte, daß sie den Schulabschluß machte, bevor er sie einen hohlbrüstigen, zerstreut blickenden Jungen heiraten ließ, der in der Handelsbank arbeitete. Dann waren da auch noch zwei Mädchen vom Land, Beatrice und Marie, die auf die Lehrerbildungsanstalt gehen wollten.

Der Rektor löste vor unseren Augen das Siegel, und wir unterschrieben eine eidesstattliche Erklärung, daß es vorher nicht erbrochen worden war. Wir waren allein in der Schule, da alle unteren Klassen für den Sommer in Ferien geschickt worden waren. Unsere Stimmen, unsere Tritte klangen gewaltig in den Fluren. Das Gebäude war heiß und roch nach Farbe. Die Pedelle hatten alle Pulte aus einem Klassenzimmer herausgenommen und sie im Korridor aufgetürmt; sie lackierten den Fußboden.

Ich fühlte mich weit von all dem entfernt. Die erste Prüfungsarbeit ging über englische Literatur. Ich begann über ›L'Allegro‹ und ›Il Penseroso‹ zu schreiben. Ich konnte vollkommen verstehen, was die Frage bedeutete, und doch konnte ich nicht glauben, daß sie wirklich das bedeutete, sie schien mir unsinnig, schief, unheilvoll wie ein Richtspruch in einem Traum. Ich schrieb langsam. Von Zeit zu Zeit hielt ich inne, runzelte die Stirn, bog die Finger zurück und versuchte, ein Gefühl der Dringlichkeit zu entwickeln, aber es nützte nichts, ich konnte es nicht schneller machen. Ich kam zwar tatsächlich zum Ende, hatte aber keine Zeit oder keine Energie oder nicht einmal den Wunsch, mein Blatt noch einmal durchzusehen. Ich vermutete, daß ich einen Teil einer bestimmten Frage ausgelassen hatte; ich schaute absichtlich nicht auf den Bogen mit den Fragen, um zu sehen, ob es stimmte.

Ich hatte ein strahlendes Gefühl von Bedeutung, von physischer Großartigkeit. Ich bewegte mich schlaff und übertrieb noch ein leichtes Unbehagen. Ich erinnerte mich jetzt wieder und wieder an Garnets Gesicht, unter der äußersten Anstrengung ebenso wie im Augenblick des Triumphs, bevor wir hinstürzten. Daß ich für irgend jemand der Anlaß zu solchem Schmerz und solcher Erlösung sein konnte, ließ mich über mich selbst staunen.

Beatrice, eines der Mädchen vom Land, hatte den Wagen ihrer Familie mitgebracht, weil die Schulbusse nicht mehr fuhren. Sie lud mich ein, mit ihr eine Cola in dem Drive-in zu trinken, das – in einer wieder hergerichteten, neu gestrichenen Schmiedewerkstatt – am südlichen Ende der Stadt eröffnet worden war. Sie lud mich ein, weil sie herausfinden wollte, was ich geschrieben hatte. Sie war ein schwer arbeitendes Mädchen, das Kleider aus Wäschestoff trug, die vorn zugeknöpft waren. Naomi und ich kicherten immer über sie, weil sie im Winter mit weißen Pferdehaaren auf dem Mantel in die Schule kam.

»Was hast du da gemacht?« fragte sie und las langsam vor: *Die Engländer des achtzehnten Jahrhunderts schätzten formelle Eleganz und gesellschaftliche Stabilität. Behandeln Sie dieses Thema unter Bezug auf ein Gedicht des achtzehnten Jahrhunderts.*

Ich dachte, wenn ich aus dem Wagen stiege und zur Rückseite des geschotterten Platzes ginge, wo wir geparkt hatten, wäre ich auf der Straße, die hinter dem Holzlager vorbeiführte. Die Männer, die im Holzlager arbeiteten, parkten ihre Wagen immer in dieser Straße. Wenn ich also hinüberginge und in der Mitte der Straße stünde, würde ich in der Lage sein, den Zaun, den Eingang, das Dach des langen offenen Schuppens und den obersten Teil einiger Holzstapel zu sehen. In der Stadt gab es bestimmte herausragende, leuchtende Orte – das Holzlager, die Baptistische Kirche, die Tankstelle, wo Garnet sein Benzin kaufte, der Friseur, wo er sich die Haare schneiden ließ, die Häuser seiner Freunde –, und gespannt zwischen diese Orte, erschienen mir die Straßen, über die er gewöhnlich fuhr, wie helle Drähte.

Jetzt war das Ende all unserer frühen süßen Tastereien, der verregneten Spiele im Lastwagen gekommen. Von jetzt an liebten wir uns im Ernst. Wir liebten uns auf dem Sitz des Lastwagens bei offener Tür und unter Sträuchern und im nächtlichen Gras. Vieles hatte sich geändert. Zuerst war ich empfindungslos, überwältigt von der Bedeutung, dem Namen und der Vorstellung dessen, was wir taten. Dann hatte ich einen Orgasmus. Aus dem Buch von Naomis Mutter wußte ich, daß das so hieß, und ich wußte, wie es war, nachdem ich einige Zeit davor für mich selbst diese Überwältigung mit vielen ungeduldigen, wirklich gierigen imaginären Liebhabern entdeckt hatte. Aber ich war überrascht, sie sozusagen in Gesellschaft zu erfahren; sie schien mir eine fast zu private, ja geradezu einsame Sache, die im Herzen der Liebe zu finden ist. So wurde sie schnell das, was erreicht werden sollte – ich konnte mir nicht mehr vorstellen, wie wir früher vorzeitig aufhören konnten. Wir waren auf eine andere Ebene gelangt – wahrhaftiger, weniger übernatürlich, wo Ursache und Wirkung anerkannt werden müssen und die Liebe in einem wohlerwogenen Muster abzulaufen beginnt.

Miteinander sprachen wir nie ein Wort darüber.

Das war der erste Sommer, in dem meine Mutter und ich in Jubilee geblieben waren, statt hinaus in die Flats Road zu gehen. Meine Mutter sagte, sie sei nicht dazu aufgelegt, und auf jeden Fall wären sie glücklich, wie sie dort lebten, mein Vater und Owen und Onkel Benny. Manchmal ging ich hinaus, um sie zu besuchen. Sie tranken Bier am Küchentisch und putzten Eier mit Stahlwolle. Das Geschäft mit der Fuchsfarm war vorbei, weil die Preise für Pelze nach dem Krieg so sehr gefallen waren. Die Füchse waren fort, die Gehege waren niedergerissen, mein Vater stellte sich auf Geflügel um. Ich saß da und versuchte, auch Eier zu putzen. Owen hatte eine halbe Flasche Bier. Als ich auch um etwas bat, sagte mein Vater: »Nein, es wäre deiner Mutter nicht recht.« Onkel Benny sagte: »Es ist noch nie etwas Gutes aus einem Mädchen geworden, das Bier getrunken hat.«

Genau das sagte Garnet, die gleichen Worte.

Ich schrubbte dann den Fußboden und putzte die Fenster und warf vergammeltes Essen weg und legte die Schränke mit frischem Papier aus, ich arbeitete mit gekränkter und angestrengter Miene. Owen grunzte mir zu, um zu zeigen, daß er ein Mann war, und streckte die Füße hochmütig aus und schob sie stückweise weg, wenn ich sagte: »Geh weg! Ich will hier scheuern. *Geh weg.*« Manchmal trat ich nach ihm, oder er stellte mir ein Bein, und dann traten und schlugen wir uns. Onkel Benny lachte auf seine vertraute glucksende schamvolle Art, aber mein Vater hieß Owen aufhören, gegen ein Mädchen zu kämpfen, hieß ihn hinausgehen.

Mein Vater behandelte mich höflich, er lobte meinen Hausputz, aber er scherzte nie mit mir, wie er es mit den Mädchen tat, die in der Flats Road wohnten, zum Beispiel mit dem Mädchen der Potters, das die Schule nach der achten Klasse verlassen hatte und in die Handschuhfabrik in Porterfield arbeiten gegangen war. Er war mit mir einverstanden, und er war irgendwie durch mich verletzt. Dachte er, mein Ehrgeiz zeige einen Mangel an Stolz?

Mein Vater schlief auf der Küchencouch, nicht oben, wo er früher geschlafen hatte. Auf dem Wandbrett darüber neben dem Radio und der Tintenflasche standen drei Bücher – H. G. Wells' ›Die Geschichte unserer Welt‹, ›Robinson Crusoe‹ und eine Sammlung von James Thurber. Er las die gleichen Bücher immer wieder, um einzuschlafen. Er sprach nie über das, was er las.

Ich ging am frühen Abend in die Stadt zurück, wenn die Sonne, obwohl sie noch eine Stunde oder mehr vom Untergang entfernt war, einen langen Schatten auf die Schotterstraße vor mir warf. Ich betrachtete diese fremde langgestreckte Gestalt mit dem weit entfernten kleinen runden Kopf (eines Nachmittags, als nichts zu tun war, hatte ich mir die Haare abgeschnitten), und sie schien mir der Schatten eines vornehmen exotischen afrikanischen Mädchens zu sein. Ich blickte nie auf die Häuser der Flats Road, ich blickte nie auf die Wagen, die mir begegneten und Staub aufwirbelten, ich sah nichts als meinen eigenen Schatten, der über den Schotter glitt.

Ich kam spät am Abend heim mit Schmerzen an unerwarteten Stellen – ich hatte immer Schmerzen quer über dem Brustkorb und in den Schultern gehabt –, verschwitzt und erschrocken über meinen eigenen Geruch, und meine Mutter saß aufrecht im Bett, das Licht schien ungehindert durch ihr Haar auf ihre zarte Kopfhaut, ihre Tasse Tee war auf dem Tisch neben dem Bett kalt geworden, ebenso wie die Tassen voll Tee, die früher am Tag oder am Tag davor stehen gelassen worden waren – manchmal standen sie, bis die Milch darin sauer wurde –, und sie las mir aus den Vorlesungsverzeichnissen vor, die sie sich hatte schicken lassen.

»Ich will dir sagen, was *ich* nehmen würde –« Sie machte sich keine Sorgen mehr wegen Garnet, er verblaßte im hellen Licht meiner Zukunft. »Ich würde Astronomie nehmen und Griechisch. Griechisch, ich hatte immer den heimlichen Wunsch, Griechisch zu lernen.« Astronomie, Griechisch, slawische Sprachen, Philosophie der Aufklärung – sie schleuderte es mir entgegen, während ich noch in der Tür stand. Solche Worte verweilten nicht in meinem Kopf. Ich mußte statt dessen an die dunklen, schütteren Haare auf Garnets Unterarmen denken, die so glatt und parallel lagen, daß es für mich aussah, als seien sie gekämmt worden, an die Knöchel seiner schmalen Handgelenke, den ruhigen ernsten Blick, mit dem er den Lastwagen fuhr, einen besonderen Ausdruck, der Dringlichkeit und einen feinen Sinn für das Praktische vereinte, mit dem er mich in den Busch oder das Flußufer entlang führte, während er einen Platz zum Hinlegen suchte. Manchmal warteten wir nicht einmal, bis es richtig dunkel war. Ich hatte keine Angst, entdeckt zu werden, wie ich auch keine Angst vor einer Schwangerschaft hatte. Alles was wir taten, schien außerhalb des Bereichs anderer Leute oder gewöhnlicher Konsequenzen stattzufinden.

Ich sprach mit mir über mich selbst und nannte mich *sie. Sie ist verliebt. Sie ist eben von ihrem Liebhaber zurückgekommen. Sie hat sich ihrem Liebhaber hingegeben. Es läuft ihr Samen an den Beinen herunter.* Oft war mir mitten am Tag, als müßte ich gleich die Augen schließen und hinsinken, wo ich war, und einschlafen.

Sobald die Prüfungen vorbei waren, waren Jerry Storey und seine Mutter zu einer Autoreise durch die Vereinigten Staaten aufgebrochen. Den ganzen Sommer über bekam ich in unregelmäßigen Abständen Postkarten mit Ansichten von Washington, D. C., Richmond, Virginia, dem Mississippi, dem Yellowstone-Park mit einer kurzen Mitteilung, die in fröhlicher Blockschrift auf die Rückseite der Karte geschrieben war: REISEN WEITER DURCH DAS LAND DER FREIEN, WERDEN VON MOTELINHABERN, WERKSTÄTTEN ETC. GENEPPT, LEBEN VON HAMBURGERN UND EKELHAFTEM US-BIER, LESEN IN RESTAURANTS IMMER ›DAS KAPITAL‹, UM DIE EINGEBORENEN ZU VERBLÜFFEN. EINGEBORENE REAGIEREN NICHT!

Naomi würde heiraten. Sie rief mich an und sagte es mir und bat mich, zu ihr zu kommen. Die Mason Street war noch genau gleich, abgesehen davon, daß das Haus von Miss Farris von einem frisch verheirateten Paar bewohnt wurde, das es blau wie die Eier einer Wanderdrossel angestrichen hatte.

»Hallo, Fremde«, sagte Naomi vorwurfsvoll, als ob der Bruch in unserer Freundschaft allein meine Idee gewesen wäre. »Du gehst mit Garnet French aus, stimmt's?«

»Woher weißt du?«

»Denkst du, du kannst es geheim halten? Bist du inzwischen Baptistin? Jedenfalls ist er ein Fortschritt nach Jerry Storey.«

»Wen wirst du heiraten?«

»Du kennst ihn nicht«, sagte Naomi niedergeschlagen. »Er ist aus Tupperton. Nein, er stammt aus Barrie, aber jetzt arbeitet er in der Nähe von Tupperton.«

»Was macht er?« fragte ich und wollte einfach höflich sein, Interesse zeigen, aber Naomi blickte finster.

»Na, er ist kein großes Genie oder so was. Er ist nicht auf der Universität gewesen. Er arbeitet für die Bell-Telefon-Gesellschaft. Er ist Streckenarbeiter. Sein Name ist Scott Geoghagen.«

»Scott – wie?«

»Geoghagen.« Sie buchstabierte es. »Ich sollte mich am besten daran gewöhnen, es wird ja mein Name sein. Naomi Geoghagen. Vor vier Monaten war das ein Name, den ich nie auch nur gehört hatte. Ich bin mit jemand ganz anderem ausgegangen, als ich ihn kennenlernte. Stuart Claymore. Er hat einen neuen Plymouth, jetzt wo ich nicht mehr mit ihm ausgehe. Komm mit nach oben, dann zeige ich dir meine Sachen.«

Wir gingen die Treppe hinauf, vorbei an der Tür ihres Vaters.

»Wie geht's ihm?«

»Wem, ihm? Der hat so viele Löcher im Kopf, daß die Vögel ihre Eier reinlegen.«

Ihre Mutter erschien oben an der Treppe und begleitete uns in Naomis Zimmer.

»Wir haben beschlossen, nur eine stille Hochzeit zu machen«, sagte sie. »Was ist denn schon eine große Hochzeit? Das ist doch nur eine Schau.«

»Du mußt meine Brautjungfer sein«, sagte Naomi. »Schließlich bist du meine älteste Freundin.«

»Wann soll es denn sein?«

»Nächsten Samstag in einer Woche«, sagte ihre Mutter. »Wir wollen es im Garten unter einer Pergola machen, wenn das Wetter anhält. Wir bekommen Stühle von der United Church geliehen, und der Frauenbund wird für das Nötige sorgen, nicht daß wir viel brauchten. Du wirst ein Kleid brauchen, Del. Das von Naomi ist hellblau. Zeig ihr dein Kleid, Naomi. Korallenrot wäre gut für dich.«

Naomi zeigte mir ihr Kleid und ihre Ausstattung für die Hochzeitsreise und ihre Unterwäsche und ihr Hochzeitsnachthemd. Sie wurde dabei etwas heiterer. Dann machte sie ihre Brauttruhe auf und noch eine andere Truhe und mehrere Schubladen und nahm Schachteln aus dem Schrank und zeigte mir all die Dinge, die sie erworben hatte, um ein Heim auszustatten und zu führen. Ich dachte unglücklich, daß ich als ihre Brautjungfer eine Geschenkparty für sie geben und einen Stuhl mit rosa Kreppapierstreifen dekorieren und die Rinde von belegten Broten abschneiden und Rosen aus Radieschen und Kringel aus Karotten würde machen müssen. Sie hatte einfache Kopfkissenbezüge gekauft und bestickte jeden einzelnen mit Blumengirlanden und Obstkörbchen und kleinen Mädchen mit Hüten und Gießkannen.

»Bella Phippen wird dir ein Nadelkissen schenken«, sagte ich mit einem Gefühl der Trauer um unsere alten Zeiten nach der Schule in der Bibliothek.

Naomi war erfreut über den Gedanken. »Ich hoffe, es ist grün oder gelb oder orange, weil das die Farben sind, die ich für meine Einrichtung plane.« Sie zeigte mir Deckchen, die sie in diesen Farben gehäkelt hatte. Einige davon hatte sie mit einer Zuckerwasserlösung gestärkt, so daß sie an den Rändern wie Körbe hochstanden.

Ihre Mutter war nach unten gegangen. Naomi faltete alles zusammen und schloß die Schubladen und Schachteln und sagte zu mir: »Was hast du über mich gehört?«

»Was?«

»Ich weiß. Es gibt eine Menge Leute in dieser Stadt, die verdammt große Mäuler haben.«

Sie setzte sich schwer auf ihr Bett, und ihr Hintern machte eine große Mulde. Ich erinnerte mich an die Matratze und wie wir, wenn ich die Nacht über bei ihr blieb, immer in die Mitte rollten und aufwachten und einander traten und stießen.

»Ich bin schwanger, weißt du. Schau mich nicht so dumm an. Alle tun es. Nur hat nicht jeder das Pech, schwanger zu werden. Alle tun es. Es wird noch so, als ob man sich einfach guten Tag sagt.« Die Füße auf dem Boden, legte sie sich auf das Bett zurück, legte die Hände hinter den Kopf und schielte nach dem Licht. »Diese Lampe ist voller Insekten.«

»Ich weiß. Ich habe es auch getan«, sagte ich.

Sie setzte sich auf. »*Du* hast es getan? Mit wem? *Jerry Storey.* Er wüßte nicht wie. Garnet?«

»Ja.«

Sie ließ sich zurückfallen. »Na, wie hat es dir gefallen?« Es klang mißtrauisch.

»Wunderbar.«

»Es wird besser, wenn es länger dauert. Das erste Mal hat es so schrecklich weh getan. Es war auch nicht Scott. Er hatte ein Ding an, weißt du. *Weh getan!* Wir hätten ein bißchen Vaseline haben sollen. Wo soll man Vaseline herkriegen mitten in der Nacht draußen im Busch? Wie ist es bei dir zum ersten Mal gewesen?«

Ich erzählte ihr von den Pfingstrosen, dem Blut auf dem Boden, der Katze, die einen Vogel getötet hatte. Wir lagen auf dem Bauch quer über dem Bett und erzählten einander alles, skandalöse Einzelheiten. Nach all der Zeit erzählte ich Naomi sogar von Mr. Chamberlain und daß seiner der erste gewesen war, den ich je gesehen hatte, und was er damit machte. Ich wurde entschädigt, daß sie mit der Faust auf das Bett schlug, lachte und sagte: »Jesus, ich habe bisher noch nie jemand so etwas machen sehen!« Nach einiger Zeit wurde sie allerdings wieder verdrießlich, setzte sich auf und betrachtete ihren Bauch.

»Du hast immerhin Glück. Du solltest besser anfangen, etwas zu benutzen. Du solltest lieber vorsichtig sein. Allerdings, nichts ist sicher. Diese niederträchtigen Kondome platzen manchmal. Zuerst als ich wußte, daß ich schwanger war, habe ich Chinin genommen. Ich habe Ulmenschleim und verdammte Abführmittel und Brustbeeren genommen und in einem Senfbad gesessen, bis ich dachte, ich würde zu einem heißen Würstchen. Nichts wirkt.«

»Hast du nicht deine Mutter gefragt?«

»Das war ihre Idee, das Senfbad. Sie weiß nicht soviel, wie sie sagt.«

»Du mußt doch nicht heiraten. Du könntest nach Toronto gehen –«

»Klar, in ein Heim der Heilsarmee. Jesus loben!« stammelte sie und fügte etwas sprunghaft im Hinblick auf den Senf und das Chinin hinzu: »Jedenfalls finde ich, es wäre nicht richtig, mein Baby fremden Leuten zu geben.«

»Ja gut, aber wenn du doch nicht heiraten willst –«

»Wer sagt denn, daß ich nicht will? Ich hab all dies Zeug zusammengetragen, ich kann genausogut heiraten. Man wird immer depressiv am Anfang, wenn man schwanger ist, das machen die Hormone. Ich habe auch noch die gottverfluchteste Verstopfung.«

Sie begleitete mich bis zum Gehsteig. Sie stand da und schaute die Straßen auf und ab, die Hände auf den Hüften, den Bauch in ihrem alten karierten Kleid herausgestreckt. Ich konnte sie mir verheiratet vorstellen, eine herrische, geplagte, zufriedene junge Mutter, die nach ihren Kindern ausschaut, um sie zum Zubettgehen oder zum Haareflechten oder sonst etwas hereinzurufen. »Tschüß, Nichtjungfrau«, sagte sie liebevoll.

Als ich unter den Straßenlampen den halben Block hinaufgegangen war, schrie sie: »He, Del!« und lief mir schwerfällig nach, keuchend und lachend, und als sie mich erreicht hatte, legte sie die Hände an den Mund und sagte mit lautem Flüstern: »Verlaß dich auch nicht aufs Unterbrechen!«

»Sicher nicht!«

»Die Kerle kriegen ihn nie rechtzeitig raus!«

Dann ging jede von uns in ihre eigene Richtung, wir drehten uns um und winkten zwei- oder dreimal, spaßhaft übertreibend, wie wir es immer gemacht hatten.

Garnet und ich gingen nach dem Abendessen nach Third Bridge zum Schwimmen. Wir liebten uns zuerst in dem hohen Gras, nachdem wir eine Weile herumgesucht hatten, um einen von Disteln freien Platz zu finden, liefen dann, uns ungeschickt gegenseitig festhaltend, einen Weg hinunter, der nur für eine Person gemacht war, und hielten auf dem ganzen Weg immer wieder an, um uns zu küssen. Die Art der Küsse veränderte sich stark von vorher zu nachher; wenigstens die von Garnet, die von leidenschaftlich zu tröstend, von flehend zu nachsichtig übergingen. Wie schnell erholte er sich, nachdem er aufgeschrien hatte, wie er es immer tat, und die Augen nach oben verdreht hatte und am ganzen Körper zitterte und in mich hineinsank wie eine erschossene Möwe! Manchmal fragte ich ihn, kaum daß er wieder zu Atem gekommen war, an was er denke, und er sagte: »Ich habe mir gerade überlegt, wie ich dieses Halstuch festmache –« Aber dieses Mal sagte er: »Daran, wann wir heiraten.«

Naomi war jetzt verheiratet und wohnte in Tupperton. Der Höhepunkt des Sommers war vorbei. Die Ebereschen trugen schon Beeren. Nach Wochen mit wenig Regen war der Fluß gesunken und zeigte üppige Halbinseln von Wasserpest, die aussahen, als seien sie fest genug, daß man darauf gehen konnte.

Wir gingen ins Wasser, sanken im Schlamm ein, bis wir die steinige, sandige Bucht erreichten. Die Ergebnisse der Prüfung waren in dieser Woche bekanntgegeben worden. Ich hatte bestanden. Ich hatte mein Stipendium nicht gewonnen. Ich hatte nicht eine einzige erstrangige Zensur bekommen.

»Würdest du gern ein Baby haben?«

»Ja«, sagte ich. Das Wasser, das fast so warm war wie die Luft, erreichte meine wunden, zerstochenen Hinterbacken. Ich war müde vom Lieben, ich fühlte mich warm und träge, wie ein großer sich ausbreitender Kohlkopf, als mein Rükken, meine Arme, meine Brust ins Wasser tauchten, wie große Kohlblätter, die sich lösen und auf der Erde ausbreiten.

Woher konnte eine solche Lüge kommen? Es war keine Lüge.

»Du mußt zuerst in die Kirche eintreten«, sagte er schüchtern. »Du mußt dich taufen lassen.«

Ich fiel mit ausgebreiteten Armen aufs Wasser. Schmeißfliegen schwirrten zielstrebig und waagerecht auf der Höhe meiner Augen.

»Weißt du, wie sie es in unserer Kirche machen? Das Taufen?«

»Wie?«

»Sie tunken einen richtig unter Wasser. Sie haben einen abgedeckten Behälter hinter der Kanzel. Dort machen sie es. Aber es ist besser, es in einem Fluß zu machen, mehrere Leute auf einmal.«

Er warf sich ins Wasser und schwamm mir nach und versuchte, einen meiner Füße zu packen.

»Wann wirst du es machen? Könnte noch diesen Monat sein.«

Ich drehte mich auf den Rücken und ließ mich treiben und spritzte ihm Wasser ins Gesicht.

»Irgendwann mußt du gerettet werden.«

Der Fluß war ruhig wie ein Teich; man konnte nicht sehen, in welche Richtung die Strömung ging. Er zeigte das Spiegelbild des gegenüberliegenden Ufers, die Gemeinde Fairmile, dunkel vor Kiefern und Fichten und Zedern.

»Warum muß ich das?«

»Du weißt, warum.«
»Warum?«
Er holte mich ein und faßte mich an den Schultern, drückte mich sanft im Wasser auf und ab. »Ich sollte dich jetzt taufen und es hinter mich bringen. Ich sollte dich jetzt taufen.«
Ich lachte.
»Ich will nicht getauft werden. Das bringt nichts, wenn ich nicht getauft werden will.« Obwohl es so leicht, einfach ein Scherz gewesen wäre, nachzugeben, war ich dazu nicht imstande. Er sagte immer wieder: »Ich taufe dich!« und tauchte mich immer unsanfter auf und ab, und ich wehrte mich, lachte und schüttelte den Kopf. Allmählich, mit dem heftigen Kampf, ließ das Lachen nach, und das breite, entschlossene, schmerzliche Grinsen auf unseren Gesichtern verhärtete sich.
»Du denkst, du bist zu gut dafür«, sagte er leise.
»Das stimmt nicht!«
»Du denkst, du bist zu gut für alles. Für jeden von *uns.*«
»Das stimmt nicht!«
»Also, dann laß dich taufen!« Er drückte mich in einem Überraschungsangriff ganz unter Wasser. Ich kam spuckend und schnaubend wieder hoch.
»Das nächste Mal kommst du nicht so leicht davon! Ich werde dich so lang unten halten, bis du sagst, daß du es machen willst! Sag, daß du getauft werden willst, oder ich taufe dich trotzdem –«
Er drückte mich wieder unter Wasser, aber dieses Mal hatte ich damit gerechnet. Ich hielt den Atem an und kämpfte gegen ihn. Ich kämpfte kräftig und ganz natürlich wie jeder, der unter Wasser festgehalten wird, und ohne zu überlegen, wer mich festhielt. Aber als er mich gerade lange genug auftauchen ließ, um ihn sagen zu hören: »Sag jetzt, daß du es tun willst«, sah ich sein Gesicht, das von dem Wasser, das ich gegen ihn gespritzt hatte, überströmt war, und ich empfand Verwunderung, nicht darüber, daß ich mit Garnet kämpfte, sondern darüber, daß irgend jemand einen solchen Fehler gemacht haben könnte, zu denken, er habe wirkliche Macht über mich. Ich war zu verwundert, um ärgerlich zu sein, ich vergaß, erschrocken zu sein, es schien mir unmöglich, daß er nicht verstehen sollte, daß alle Macht, die ich ihm gewährte, zum Spiel war, daß er selbst – zum Spiel war, daß

ich vorhatte, ihn auf immer in die goldene Haut des Liebhabers eingenäht zu bewahren, auch wenn ich fünf Minuten vorher davon gesprochen hatte, ihn zu heiraten. Das war mir klar wie der Tag, und ich öffnete den Mund, um ihm etwas zu sagen, das es ihm klar machte, und ich sah, daß er bereits alles wußte; was er wußte, war, daß ich seinen ehrlichen Opfern mit trügerischen Opfern begegnet war, ob ich es wußte oder nicht, und meine Komplexität und Schauspielerei gegen seine ehrliche Absicht ausgespielt hatte.

Du denkst, du bist zu gut dafür.

»Also sag, daß du es tun willst!« Sein dunkles, liebenswertes, aber verschlossenes Gesicht, zerstört vom Zorn, ein hilfloses Gefühl der Schmach. Ich schämte mich dieser Beschimpfung, mußte aber daran festhalten, weil es nur um mein Anderssein, meine Vorbehalte, mein Leben ging. Ich dachte an ihn, wie er den Mann vor der Bierhalle immer wieder getreten hatte. Ich hatte gedacht, ich wollte über ihn Bescheid wissen, aber ich hatte es nicht wirklich gewollt, daß seine Geheimnisse oder seine Gewalttätigkeiten oder er selbst aus dem Zusammenhang dieses besonderen und märchenhaften und, wie es jetzt schien, möglicherweise verhängnisvollen Spiels herausgenommen wurden.

Man stelle sich vor, daß man in einem Traum freiwillig in ein Loch springt und lacht, während die Leute weiches, kitzelndes Gras auf einen werfen, daß man dann, wenn Mund und Augen zugedeckt sind, begreift, daß es keineswegs ein Spiel ist, oder wenn es eines ist, es ein Spiel ist, das verlangt, daß man lebendig begraben wird. Ich kämpfte unter Wasser genauso, wie jeder in einem solchen Traum kämpfen würde, mit einem Gefühl der Verzweiflung, das nicht ganz unmittelbar war, das sich durch Schichten der Ungläubigkeit hinaufarbeiten mußte. Dennoch dachte ich, er würde mich vielleicht ertränken. Ich dachte es wirklich. Ich dachte, ich kämpfte um mein Leben.

Als er mich wieder an die Oberfläche kommen ließ, versuchte er mich in die übliche Taufstellung zu bringen, indem er meinen Oberkörper nach hinten bog, und das war ein Fehler. Es gelang mir, ihn in den Unterleib zu treten – nicht in die Genitalien, obwohl es mir gleich gewesen wäre, ich wußte nicht und kümmerte mich nicht darum, wohin ich trat –, und diese Tritte waren kräftig genug, um ihn dazu zu bringen, loszulassen, er taumelte, und ich kam frei. Sobald etwas Wasser zwischen uns lag, wurde die Sinnlosigkeit und der Schrecken unseres Kampfes klar, und er konnte nicht wieder aufgenommen werden. Er kam nicht zu mir. Ich ging ungehindert langsam aus dem Wasser, das zu dieser Jahreszeit überall kaum höher als bis zu den Achselhöhlen reichte. Ich zitterte, keuchte, trank die Luft.

Im Schutz des Lastwagens zog ich mich sofort an, wobei ich Schwierigkeiten hatte, meine Beine durch die Beine meiner Shorts zu stecken, und ich versuchte den Atem anzuhalten, um mich zu beruhigen, so daß ich die Knöpfe meiner Bluse zumachen konnte.

Garnet rief mich.

»Ich bring dich heim.«

»Ich will zu Fuß gehen.«

»Ich komme am Montagabend und hole dich ab.«

Ich antwortete nicht. Ich vermutete, daß das aus Höflichkeit gesagt wurde. Er würde nicht kommen. Wenn wir älter gewesen wären, hätten wir sicher weitergemacht, über den Preis der Versöhnung gestritten, erklärt und gerechtfertigt und vielleicht verziehen und das alles weiter mit uns in die Zukunft geschleppt, aber wie die Dinge lagen, waren wir der Kindheit noch nahe genug, um an den absoluten Ernst und die Endgültigkeit mancher Kämpfe zu glauben, an die Unverzeihbarkeit mancher Angriffe. Wir hatten einer im anderen gesehen, was wir nicht ertragen konnten, und wir hatten keine Vorstellung davon, daß Menschen dies sehen und doch weitermachen können und hassen und kämpfen und einander auf verschiedene Weise zu töten versuchen, und sich dann ein bißchen mehr lieben.

Ich folgte der Wagenspur, die zur Straße führte, und nach einer Weile beruhigte und stärkte mich das Gehen; meine Beine waren nicht mehr so schrecklich schwach. Ich ging die Third Concession hinunter, die bei der Friedhofstraße herauskam. Ich hatte insgesamt etwa dreieinhalb Meilen zu gehen.

Ich kürzte über den Friedhof ab. Es wurde dunkel. Der August war vom Mittsommer ebenso weit entfernt wie der April, eine Tatsache, an die man sich immer schwer erinnert. Ich sah einen Jungen und ein Mädchen – ich konnte nicht erkennen, wer sie waren – auf dem geschorenen Gras neben dem Grabmal der Mundys liegen, auf dessen dunkle Betonwände Naomi und ich einst eine Inschrift gesetzt hatten, die wir uns ausgedacht hatten und für verrückt und komisch hielten und an die ich mich nicht mehr ganz erinnern konnte:

»Hier liegt die ganze Familie Mundy tot und begraben,
Weil sie sonntags immer in die Suppenterrine
gepinkelt haben –«

Ich sah auf dieses im Gras des Friedhofs liegende Liebespaar ohne Neid oder Neugier. Als ich nach Jubilee hineinkam, gehörte die Welt mir wieder. Bäume, Häuser, Zäune, Straßen kamen mir in ihren eigenen nüchternen und vertrauten Umrissen wieder zurück. Ohne Verbindung mit dem Leben der Liebe, ohne Färbung durch die Liebe nimmt die Welt wieder ihre eigene, ihre natürliche und gefühllose Bedeutung an. Das ist zuerst ein Schlag, dann ein eigenartiger Trost. Und schon fühlte ich, wie mein altes Selbst – mein altes umherirrendes, ironisches, isoliertes Selbst – wieder zu atmen begann und sich reckte und ordnete, obwohl es in der törichten Qual des Verlustes gänzlich von meinem zerschlagenen und bestürzten Körper umgeben war.

Meine Mutter war schon im Bett. Als ich das Stipendium nicht gewonnen hatte, war etwas, das sie nie in Frage gestellt hatte – ihre Hoffnungen auf die Zukunft durch ihre Kinder –, zusammengebrochen. Sie war mit der Möglichkeit konfrontiert, daß Owen und ich nichts tun und schließlich auch nichts werden würden, daß wir mittelmäßig oder von der gefürchteten, stolzen, erschreckenden Perversität der Familie meines Vaters infiziert waren. Da war Owen, der draußen in der Flats Road lebte und sich angewöhnt hatte, wie Onkel Benny zu sprechen, und verkündete, er wolle die Schule verlassen. Da war ich, die mit Garnet French ausging und sich weigerte, darüber zu sprechen und das Stipendium nicht bekommen hatte.

»Du wirst tun müssen, was du willst«, sagte sie bitter.

Aber konnte man das so leicht wissen? Ich ging in die Küche und machte mir eine große Portion Bratkartoffeln mit Zwiebeln und Tomaten und Eiern, die ich im Stehen gierig und betrübt aus der Pfanne aß. Ich war frei, und ich war nicht frei. Ich war erleichtert, und ich war niedergeschlagen. Angenommen also, ich wäre nie erwacht? Angenommen, ich hätte mich aufs Wasser legen und im Wawanash taufen lassen?

Ich bedachte diese Möglichkeit, als ob sie noch – so wie die Blätterschatten und die Wasserflecken in seinem Haus und die Wohltat seines Körpers – auf Jahre hinaus bestünde.

Er kam am Montag nicht. Ich wartete, um zu sehen, ob er käme. Ich kämmte mir das Haar und wartete, auf klassische Weise, hinter den Gardinen in unserem Wohnzimmer. Ich wußte nicht, was ich tun würde, wenn er käme; der Schmerz der Sehnsucht, seinen Lastwagen, sein Gesicht zu sehen, verschlang alles andere. Ich wollte an der baptistischen Kirche vorbeigehen, um zu sehen, ob sein Lastwagen dort stand. Wenn ich das getan hätte, und wenn er dort gestanden hätte, wäre ich vielleicht starr wie eine Schlafwandlerin hineingegangen. Ich kam bis zu unserer Veranda. Mir wurde bewußt, daß ich weinte, daß ich in einem gleichförmigen Rhythmus wimmerte wie Kinder, die eine Verletzung auskosten. Ich drehte mich um, ging zurück in den Flur, um in dem trüben Spiegel mein verzerrtes nasses Gesicht zu betrachten. Ohne daß der Schmerz nachließ, beobachtete ich mich selbst; ich war erstaunt, daß diese leidende Person ich sein sollte, denn ich war es überhaupt nicht; ich beobachtete, ich litt. In den Spiegel hinein sagte ich eine Zeile aus *Tennysons Werken,* die meine Mutter besaß und die ein Geschenk von ihrer alten Lehrerin Miss Rush waren. Ich sagte sie mit vollkommener Aufrichtigkeit, vollkommener Ironie. *Er kommt nicht, sagte sie.*

Aus ›Mariana‹, einem der dümmsten Gedichte, die ich je gelesen habe. Es ließ meine Tränen nur stärker fließen. Während ich mich immer noch beobachtete, ging ich zurück in die Küche und machte mir eine Tasse Kaffee und trug sie ins Eßzimmer, wo die Zeitung immer noch auf dem Tisch lag. Meine Mutter hatte das Kreuzworträtsel herausgerissen und mit ins Bett genommen. Ich schlug sie bei den Stellenangeboten auf und holte einen Bleistift, damit ich jeden Job einkreisen konnte, der in Frage kam. Ich zwang mich, zu verstehen, was ich las, und nach einiger Zeit empfand ich eine gelinde, fühlbare Dankbarkeit für diese gedruckten Worte, diese unbekannten Möglichkeiten. Städte existierten; Telefonbeamte wurden gesucht; die Zukunft konnte ohne Liebe oder Stipendien bestanden werden. Jetzt endlich glaubte ich, ich würde ohne Phantasien oder Selbsttäuschung, abgetrennt von den Fehlern und der Verwirrung der Vergangenheit, ernst und einfach, einen kleinen Koffer in der Hand, in einen Bus einsteigend wie die Mädchen in Filmen, die ihr Zuhause, Klöster, Liebhaber verließen, mein wirkliches Leben beginnen können.

Garnet French, Garnet French, Garnet French.

Wirkliches Leben.

Epilog: Der Fotograf

»Diese Stadt ist voller Selbstmörder«, das gehörte zu den Dingen, die meine Mutter oft sagte, und lange Zeit trug ich diese geheimnisvolle, dogmatische Behauptung mit mir herum und glaubte, sie sei wahr – das heißt, ich glaubte, Jubilee habe viel mehr Selbstmörder als andere Orte, so wie Porterfield seine Schlägereien und Betrunkenen hatte, und daß die Selbstmörder unsere Stadt kennzeichneten wie die Kuppel unser Rathaus. Später wurde meine Haltung gegenüber allem, was meine Mutter sagte, skeptisch und verächtlich, und ich führte an, daß es in Jubilee tatsächlich sehr wenige Selbstmörder gab, daß ihre Zahl sicherlich den statistischen Durchschnitt nicht übersteigen konnte, und ich forderte meine Mutter auf, sie aufzuzählen. Sie ging im Geist systematisch die verschiedenen Straßen der Stadt durch und sagte: »– hat sich erhängt, während seine Frau und seine Familie in der Kirche waren, – ging nach dem Frühstück aus dem Zimmer und schoß sich in den Kopf –«, aber es gab tatsächlich nicht so viele; ich war der Wahrheit wahrscheinlich näher als sie.

Es gab zwei Selbstmorde durch Ertränken, wenn man Miss Farris, meine alte Lehrerin, dazuzählte. Der andere war Marion Sherriff, bei deren Familie meine Mutter und auch andere mit einem Hauch von Stolz verweilten und sagten: »Na ja, das ist eine Familie, die ihr Teil an Schicksalsschlägen abbekommen hat!« Der eine Bruder war an Alkoholismus zugrunde gegangen, einer war in der Anstalt in Tupperton, und Marion war in den Wawanash gegangen. Die Leute sagten immer, daß sie hineinging, obwohl sie bei Miss Farris sagten, sie habe sich hineingestürzt. Da niemand gesehen hatte, wie sie es machten, muß der Unterschied aus der Verschiedenheit der Frauen selbst herrühren, da Miss Farris in allem, was sie tat, impulsiv und dramatisch und Marion Sherriff überlegt und bedacht war.

Wenigstens sah sie so auf dem Bild aus, das im Hauptflur des Gymnasiums über dem Kasten mit dem Marion A. Sherriff-Sportpreis hing, einem Silberpokal, der jedes Jahr einmal herausgenommen und der besten Sportlerin der Schule überreicht und dann wieder zurückgestellt wurde, nachdem der

Name des Mädchens darauf eingraviert worden war. Auf dem Bild hielt Marion Sherriff einen Tennisschläger in der Hand und trug einen weißen Faltenrock und einen weißen Pullover mit zwei dunklen Streifen um das V des Ausschnitts. Sie hatte das Haar in der Mitte gescheitelt, unkleidsam von den Schläfen zurückgesteckt; sie war untersetzt und ernst.

»Schwanger natürlich«, sagte Fern Dogherty oft, und Naomi sagte es, alle sagten es außer meiner Mutter.

»Irgendein Kerl hat sie in Schwierigkeiten gebracht und sie dann sitzen lassen«, sagte Fern überzeugt. »Warum soll sie sich sonst ertränken, ein Mädchen von siebzehn?«

Es kam eine Zeit, da alle Bücher der Bibliothek im Rathaus mir nicht mehr genügten, ich mußte meine eigenen haben. Ich erkannte, daß das einzige, was ich mit meinem Leben anfangen könnte, wäre, einen Roman zu schreiben. Ich suchte mir die Familie Sherriff aus, um über sie zu schreiben; was mit ihnen geschehen war, hatte sie auf besondere Weise isoliert und dazu prädestiniert, als Romanstoff zu dienen. Ich änderte den Familiennamen von Sherriff in Halloway und machte den toten Vater vom Ladeninhaber zum Richter. Ich wußte aus meiner Lektüre, daß man in Richterfamilien genau wie bei Großgrundbesitzern mit Entartung und Wahnsinn rechnen konnte. Die Mutter konnte ich so lassen, wie sie war, so, wie ich sie in den Tagen, als ich in die anglikanische Kirche ging, gesehen hatte, und wie sie dort auftrat, dürr und prächtig mit ihren würdevollen trompetenden Gebeten. Ich nahm sie aber aus ihrem Haus heraus und beförderte sie aus dem senffarben verputzten Haus hinter dem Gebäude des ›Herald-Advance‹, wo sie immer gewohnt hatten und wo Mrs. Sherriff auch jetzt noch einen kleinen Rasen und sauber gejätete Blumenbeete versorgte, in ein Haus meiner eigenen Erfindung, ein mit Türmchen versehenes Backsteinhaus mit langen schmalen Fenstern und einer Toreinfahrt und einer großen Menge umgebenden Gesträuchs, das in widernatürlicher Weise so geschnitten war, daß es wie Hähne, Hunde und Füchse aussah.

Niemand wußte von diesem Roman. Ich hatte kein Bedürfnis, davon zu erzählen. Ich arbeitete einige wenige Teile davon aus und legte sie beiseite, aber bald sah ich, daß es falsch war, sobald ich versuchte, irgend etwas niederzuschreiben; was ich niederschrieb, konnte die Schönheit und Geschlossenheit des Romans in meinem Kopf entstellen.

Ich trug ihn – die Vorstellung von ihm – überall mit mir, als wäre er eine der Zauberdosen, die eine Person im Märchen in die Hände bekommt: Man berührt sie, und die Schwierigkeiten sind verschwunden. Ich nahm ihn mit, wenn Jerry Storey und ich draußen auf den Eisenbahnschienen gingen und er mir erzählte, daß eines Tages, wenn die Welt fortdauerte, neugeborene Babys mit elektrischen Wellen stimuliert werden könnten und dann fähig wären, Musik wie die von Beethoven oder Verdi, was immer auch verlangt wurde, zu komponieren. Er erläuterte, wie Menschen ihre Intelligenz und ihre Begabungen und Neigungen und Wünsche, in vernünftigen Maßstäben, eingebaut bekommen könnten; warum nicht?

»Wie in ›Schöne neue Welt‹?« fragte ich ihn, und er fragte, was das sei.

Ich sagte es ihm, und er antwortete zurückhaltend: »Ich weiß nicht, ich lese nie Science-fiction.«

Ich hielt mich einfach an die Idee meines Romans, und ich fühlte mich besser; sie schien das, was er sagte, unbedeutend zu machen, selbst wenn es stimmte. Er fing an, gefühlvolle Lieder mit deutschem Akzent zu singen und versuchte, im Stechschritt auf den Schienen zu gehen und rutschte ab, wie ich es vorausgesehen hatte.

»Glaube mir, wenn all diese entzückenden jungen Reize –«
In meinem Roman hatte ich mich von dem älteren Bruder, dem Alkoholiker, befreit; drei tragische Schicksale waren zuviel, selbst für ein Buch, und sicherlich mehr, als ich handhaben konnte. Den jüngeren Bruder sah ich als sanft und liebevoll, voll angriffslustiger Unschuld; rosiges sommersprossiges Gesicht, ein wehrloser, dicklicher Körper. In der Schule geschurigelt, unfähig, Rechnen oder Erdkunde zu lernen, würde er nur einmal im Jahr glücklich sein, wenn er, mit seligem Lächeln, auf dem Kirmes-Karussell immer wieder im Kreis fahren durfte. (Ich hatte das natürlich von Frankie Hall, dem erwachsenen Schwachsinnigen, der früher draußen in der Flats Road gewohnt hatte und jetzt tot war; er durfte immer umsonst fahren, den ganzen Tag lang, und er winkte den Leuten mit königlicher Lässigkeit zu, obwohl er zu anderen Zeiten nie irgend jemand erkannte.) Die Jungen hänselten ihn wegen seiner Schwester – *Caroline!* Sie hieß Caroline. Sie kam mir völlig fertig in den Sinn, spottend und verstohlen, und löschte die plumpe Marion, die Tennisspielerin, völlig aus. War sie eine Hexe? War sie eine Nymphomanin? Nichts so Einfaches!

Sie war eigensinnig und leicht wie ein Blatt, und sie glitt durch die Straßen von Jubilee, als versuchte sie, seitlich durch einen Riß in einer unsichtbaren Wand zu schlüpfen. Sie hatte langes schwarzes Haar. Sie wandte ihre Gaben in unberechenbarer Weise bei Männern an – nicht bei gutaussehenden jungen Männern, die ein Recht auf sie zu haben glaubten, nicht bei mürrischen Gymnasial-Helden, Sportlern, denen die Gewohnheiten des Eroberns in die blutwarmen Gesichter geschrieben war, sondern bei mittelalterlichen, müden Ehemännern, bei geschlagenen Geschäftsleuten, die durch die Stadt gingen, gelegentlich sogar bei den Häßlichen und leicht Übergeschnappten. Aber ihre Großmut narrte sie, ihr bittersüßes Fleisch von der Farbe geschälter Mandeln ließ die Männer schnell niederbrennen und hinterließ einen Geschmack nach Tod. Sie war das Opfer, das auf vergammelten unbequemen Grabsteinen zum Sex ausgestreckt lag, das gegen die grausame Rinde der Bäume gestoßen wurde, dessen zerbrechlicher Körper in den Schlamm und Hühnerdreck von Scheunen gepreßt wurde und das tödliche Gewicht der Männer ertrug, aber es war eher sie, die überlebte, als die Männer.

Eines Tages kam ein Mann in die Schule, um Fotos aufzunehmen. Sie sah ihn zuerst in sein schwarzes Fotografentuch gehüllt, ein Höcker von grau-schwarzem verschabtem Stoff hinter dem Stativ, das große Auge, die schwarzen Ziehharmonikafalten der altmodischen Kamera. Als er auftauchte, wie sah er aus? Schwarzes, in der Mitte gescheiteltes Haar, auf beiden Seiten zurückgekämmt, Schuppen, Brust und Schultern ziemlich schmal und eine teigige, schuppige Haut – und trotz des Anscheins von Unsauberkeit und schlechter Gesundheit eine sündhafte, fließende Energie ausstrahlend, ein helles, erbarmungsloses Lächeln.

Er hatte keinen Namen in dem Buch. Er wurde immer nur *Der Fotograf* genannt. Er fuhr in einem hohen, eckigen Wagen durchs Land, dessen Verdeck aus flatterndem schwarzem Stoff war. Die Bilder, die er aufnahm, stellten sich als ungewöhnlich, ja sogar erschreckend heraus. Die Leute entdeckten, daß sie auf seinen Bildern um zwanzig oder dreißig Jahre gealtert waren. Leute mittleren Alters sahen in ihren eigenen Zügen die schreckliche, zunehmende, unausweichliche Ähnlichkeit mit ihren toten Eltern; junge, frische Mädchen und Männer zeigten, was für hagere oder abgestumpfte oder dumme Gesichter sie haben würden, wenn sie fünfzig sein würden. Bräute sahen schwanger aus, Kinder drüsenkrank. Er war daher kein beliebter Fotograf, obwohl er billig war. Dennoch wollte niemand ihm sein Geschäft verwehren; alle hatten Angst vor ihm. Kinder ließen sich in den Graben fallen, wenn sein Wagen auf der Straße daherkam. Aber Caroline lief ihm nach, sie wanderte über die heißen Straßen und schaute nach ihm aus, sie wartete und lauerte auf ihn und bot sich ihm an, ohne die leise Verachtung, die gleichgültige Bereitschaft, die sie anderen Männern gegenüber zeigte, sondern mit drängender Begierde, mit Hoffnung und Schreien. Und eines Tages (als sie schon fühlen konnte, daß ihre Gebärmutter *wie ein harter gelber Kürbis in ihrem Bauch* angeschwollen war), fand sie den Wagen umgestürzt in der Nähe einer Brücke, umgestürzt in einen Graben neben einem trockenen Bachbett. Er war leer. Er war fort. In dieser Nacht ging sie in den Wawanash.

Das war alles. Abgesehen davon, daß ihr armer Bruder, als er nach ihrem Tod das Bild ansah, das Der Fotograf von der Schulklasse seiner Schwester aufgenommen hatte, sah, daß auf diesem Bild *Carolines Augen weiß* waren.

Ich hatte diese Verwicklungen nicht alle selbst ausgearbeitet, aber ich spürte, daß sie vielfältig und voller Möglichkeiten waren.

Für diesen Roman hatte ich auch Jubilee verändert oder einzelne Züge herausgegriffen und andere beiseite gelassen. Es wurde eine ältere, dunklere, mehr im Verfall begriffene Stadt voll ungestrichener Bretterzäune, die mit zerfetzten Plakaten für Zirkusse, herbstliche Jahrmärkte, Wahlen bedeckt waren, die vor langem gekommen und gegangen waren. Die Leute waren alle sehr dünn, wie Caroline, oder fett wie Luftballons. Ihre Sprache war schleppend und ausweichend und von grotesker Dummheit; ihre Gemeinplätze strotzten vor Verrücktheiten. Das Jahr war schon auf der Höhe des Sommers – weiße, unmenschliche Hitze, Hunde, die wie tot auf den Gehsteigen lagen, zitternde Luft, die wie Gallerte über der leeren Landstraße lag. (Aber wie sollte dann – denn verzögernde Überlegungen über die Umstände tauchten gelegentlich auf und beunruhigten mich – wie sollte dann genug Wasser im Wawanash sein? Statt mit gebeugtem Kopf unter dem unbarmherzigen Mondlicht ergeben in seine Tiefen zu schreiten, würde Caroline sich flach auf das Gesicht legen müssen, als ertränkte sie sich in der Badewanne). Alles Bilder. Ich schien die Gründe, warum die Dinge geschahen, verschwommen zu kennen, konnte sie aber nicht erklären; ich erwartete, daß alles später klar werden würde. Die Hauptsache war, daß es mir wahr erschien, nicht wirklich, aber wahr, als hätte ich solche Menschen und solch eine Geschichte entdeckt und nicht erfunden, als läge diese Stadt dicht hinter der, durch die ich jeden Tag ging.

Ich schenkte den wirklichen Sherriffs nicht mehr viel Aufmerksamkeit, nachdem ich sie zu fiktiven Zwecken verändert hatte. Bobby Sherriff, der Sohn, der in der Anstalt gewesen war, kam auf eine Weile nach Hause – es schien, als sei das etwas, das früher geschehen war –, und man konnte ihn in Jubilee herumgehen und mit den Leuten schwatzen sehen. Ich war ihm nahe genug gekommen, um seine weiche, ehrerbietige, gemächliche Stimme zu hören, ich hatte beobachtet, daß er immer frisch rasiert und glatt aussah, Kleider von guter Qualität trug, daß er klein war, untersetzt, und mit der sorglosen Miene des Vergnügens einherging, die diejenigen annehmen, die nichts zu tun haben. Ich brachte ihn kaum mit meinem wahnsinnigen Halloway-Bruder in Verbindung.

Auf dem Rückweg von unseren Spaziergängen konnten Jerry Storey und ich Jubilee deutlich sehen, nachdem jetzt die Blätter nicht mehr an den Bäumen waren; es lag vor uns in einem unkomplizierten Muster aus Straßen, die nach Schlachten und Damen und Monarchen und Pionieren benannt waren. Einmal, als wir über die Eisenbahnbrücke gingen, fuhr ein Wagen voller Leute aus unserer Schulklasse unter uns durch und hupte, und ich hatte eine Vision, die wie von außen kam, wie seltsam das war – Jerry, der eine Zukunft voraussah und willkommen hieß, die Jubilee und das Leben darin vernichten würde, und ich, die insgeheim vorhatte, es zu einer schwarzen Legende zu machen und in einem Roman festzuhalten, und die Stadt, die Menschen, die ja eigentlich die Stadt waren und unbekümmert hupten – um alle zu verspotten, die an einem Sonntagnachmittag zu Fuß gingen und nicht fuhren – und die nie wissen würden, welche Gefahr ihnen von uns drohte.

Im letzten Sommer, den ich in Jubilee verbrachte, ging ich etwa ab Mitte Juli jeden Morgen zwischen neun und zehn in die Stadt. Ich ging bis zum ›Herald-Advance‹, schaute dort ins Schaufenster und ging nach Hause. Ich wartete auf die Ergebnisse der Bezirksprüfungen, die ich im Juni geschrieben hatte. Die Ergebnisse würden wir mit der Post bekommen, aber zur Zeitung kamen sie immer etwa einen Tag früher und wurden im Schaufenster ausgehängt. Wenn sie mit der Morgenpost nicht eingetroffen waren, würden sie an diesem Tag nicht mehr kommen. Jeden Morgen, wenn ich sah, daß kein Blatt Papier in dem Fenster hing, sondern nur die Kartoffel, die wie eine Taube geformt war und die Pork Childs in seinem Garten ausgegraben hatte, auf dem Fensterbrett lag und einsam auf die Gurke, auf die verwachsene Karotte oder den ballonartigen Kürbis wartete, die unweigerlich irgendwann folgen würden, war mir, als sei mir ein Aufschub gewährt worden. Ich konnte einen weiteren Tag in Frieden leben. Ich wußte, daß ich bei diesen Prüfungen schlecht abgeschnitten hatte. Ich war durch die Liebe gehindert gewesen, und es war unwahrscheinlich, daß ich ein Stipendium bekam, mit dem ich und alle anderen seit Jahren gerechnet hatten und das mich von Jubilee fortbringen würde.

Nachdem ich eines Morgens beim ›Herald-Advance‹ gewesen war, ging ich am Haus der Sherriffs vorbei, statt wie gewöhnlich auf der Hauptstraße zurückzugehen, und Bobby Sherriff, der am Hauseingang stand, überraschte mich, indem er »Guten Morgen« sagte.

»Guten Morgen.«

»Könnte ich dich überreden, in meinen Garten zu kommen und ein Stück Kuchen zu probieren? Sagte die Spinne zur Fliege, was?« Seine Höflichkeit wirkte bescheiden und, wie ich fand, ironisch. »Mutter ist mit dem Sechs-Uhr-Zug nach Toronto gefahren, also dachte ich, jetzt bin ich sowieso schon auf, warum soll ich nicht versuchen, einen Kuchen zu backen?«

Er hielt das Tor auf. Ich wußte nicht, wie ich da wieder herauskommen sollte. Ich folgte ihm die Stufen hinauf.

»Es ist angenehm und kühl auf der Veranda. Setz dich hier drüben hin. Möchtest du ein Glas Limonade? Ich bin ganz groß im Limonademachen.«

Also saß ich auf der Veranda des Sherriff-Hauses und hoffte, daß niemand vorbeikommen und mich sehen würde, und Bobby Sherriff brachte mir auf einem kleinen Teller ein

Stück Kuchen, dazu eine Kuchengabel und eine gestickte Serviette. Er ging wieder hinein und brachte mir ein Glas Limonade mit Eiswürfeln, Minzeblättern und einer Maraschinokirsche. Er entschuldigte sich, daß er den Kuchen und die Limonade nicht gleichzeitig auf einem Tablett gebracht hatte; er erklärte mir, wo die Tabletts im Schrank lagen, unter einem großen Stoß Teller, so daß es schwer war, eins herauszunehmen, und, so sagte er, er würde lieber bei mir sitzen, als auf den Knien liegen und in einem dunklen alten Schrank herumwühlen. Dann entschuldigte er sich wegen des Kuchens und sagte, er sei kein großer Bäcker, er probiere nur gern von Zeit zu Zeit ein Rezept aus, und er wisse, daß er mir keinen Kuchen ohne Guß anbieten dürfe, aber er habe die Kunst des Kuchengusses nie beherrscht, er verlasse sich da auf seine Mutter – und so sehe er also jetzt aus. Er sagte, er hoffe, daß ich Minzblätter in der Limonade möge – als ob die meisten Leute darin sehr heikel wären –, und daß man nie wissen könne, ob sie die Blätter herausnehmen würden. Er benahm sich, als sei es ein Akt großer Höflichkeit, eine unerwartete Gnade von mir, daß ich überhaupt hier saß und aß und trank.

Auf dem Bretterboden der Veranda, der grau gestrichen war und breite Spalten hatte, lag ein Stück Teppich. Er sah aus wie ein alter Flurläufer, der für drinnen zu zerschlissen war. Es gab zwei braune Korbstühle mit verschossenen, unförmigen Kretonnekissen, auf denen wir saßen, und einen runden Korbtisch. Auf dem Tisch stand ein Porzellankrug oder eine Vase ohne Blumen, aber mit einem winzigen roten Wappen und dem Union Jack. Ein Souvenir, wie sie verkauft worden waren, als der König und die Königin 1939 Kanada besuchten; man sah ihre jugendlichen, herrschaftlichen Gesichter, die ein gütiges Licht ausstrahlten, genau wie im Klassenzimmer der achten Klasse des Gymnasiums. Ein solcher Gegenstand auf dem Tisch bedeutete nicht, daß die Sherriffs besonders patriotisch waren. Man konnte diese Souvenirs in vielen Häusern von Jubilee finden. Das war es. Die Alltäglichkeit der Dinge führte dazu, daß ich mich plötzlich besann, mich erinnerte. *Dies war das Haus der Sherriffs.* Ich konnte durch das Fliegengitter ein kleines Stück des Flurs und braun und rosa gemusterte Tapete sehen. Dies war die Tür, durch die Marion gegangen war. Als sie zur Schule ging. Als sie zum Tennisspielen ging. Als sie zum Wawanash ging. Marion war Caroline. Sie war alles, was ich zu Anfang gehabt hatte; ihr Tun und ihre Verschwiegenheit. Daran hatte ich nicht gedacht, als ich den Hof der Sherriffs betrat oder als ich auf der Veranda saß und wartete, bis Bobby mir den Kuchen brachte. Ich hatte nicht an meinen Roman gedacht. Ich dachte jetzt kaum noch daran. Ich gestand mir nie ein, daß ich ihn verloren hatte, ich glaubte, er sei sorgfältig aufbewahrt, um irgendwann in der Zukunft wieder hervorgeholt zu werden. Die Wahrheit war, daß er irgendeinen Schaden erlitten hatte, von dem ich wußte, daß er irreparabel war. Er hatte Schaden erlitten; Caroline und die anderen Halloways und ihre Stadt hatten an Glaubwürdigkeit verloren; ich hatte das Vertrauen verloren. Aber ich wollte nicht darüber nachdenken, und ich tat es auch nicht.

Aber jetzt erinnerte ich mich voll Überraschung, wie ich ihn geplant hatte, das ganze geheimnisvolle und, wie sich herausstellte, unzuverlässige Gefüge, das von diesem Haus, von den Sherriffs ausging, ein paar armselige Tatsachen und alles, was nicht erzählt wurde.

»Ich kenne dich«, sagte Bobby Sherriff schüchtern. »Hast du geglaubt, ich weiß nicht, wer du bist? Du bist das Mädchen, das ein Stipendium für die Universität bekommt.«

»Ich hab es noch nicht.«

»Du bist ein kluges Mädchen.«

Und was geschah, so fragte ich mich, mit Marion? Nicht mit Caroline. *Was geschah mit Marion?* Was geschah mit Bobby Sherriff, wenn er mit dem Kuchenbacken aufhören und wieder in die Anstalt zurück mußte? Solche Fragen bleiben bestehen trotz der Romane. Wenn man so geschickt, so kraftvoll mit der Wirklichkeit umgegangen ist, ist es ein Schock, zurückzukommen und sie immer noch vorzufinden. Würde Bobby Sherriff mir jetzt einen Einblick in den Wahnsinn geben? Würde er mit seiner höflichen verbindlichen Stimme sagen: »Napoleon war mein Vater«? Würde er durch einen Spalt der Fußbodenbretter spucken und sagen: »Ich sende Regen über die Wüste Gobi«? Taten sie so was?

»Du weißt, ich bin aufs College gegangen. An der Universität von Toronto. Trinity College. Ja.«

»Ich habe keine Stipendien gewonnen«, fuhr er gleich darauf fort, als hätte ich ihn gefragt. »Ich war Durchschnitt. Mutter dachte, man könnte aus mir einen Rechtsanwalt machen. Es war ein Opfer, mich hinzuschicken. Die Depression, du weißt, daß während der Depression niemand mehr Geld hatte. Jetzt scheinen alle welches zu haben. Ja, seit dem Krieg. Sie kaufen alle. Fergus Colby, von Colby Motors, der hat mir die Listen gezeigt, wo die Leute ihre Namen einsetzen, um Oldsmobiles, neue Chevrolets zu bekommen.

Wenn du aufs College gehst, mußt du auf deine Ernährung achten. Das ist sehr wichtig. Am College neigt jeder dazu, viel Kohlehydrate zu essen, weil das satt macht und billig ist. Ich kannte ein Mädchen, das immer in seinem Zimmer kochte. Sie lebte nur von Makkaroni und Brot. Makkaroni und Brot! Ich glaube, das Essen war schuld an meinem Zusammenbruch. Es war nichts für das Gehirn. Man muß sein Gehirn ernähren, wenn man sein Gehirn benutzen will. Gut dafür sind die B-Vitamine. Vitamin B_1, Vitamin B_2, Vitamin B_{12}. Davon hast du gehört, oder? Du bekommst sie im unpolierten Reis, im groben Mehl – langweile ich dich?«

»Nein«, sagte ich schuldbewußt. »Nein, nein.«

»Sonst müßte ich dich um Entschuldigung bitten. Ich lasse mich von diesem Thema mitreißen, ich weiß. Ich glaube, meine eigenen Probleme – alle meine Probleme seit meiner Kindheit – hängen mit Unterernährung zusammen. Daß ich so angestrengt gelernt habe und dem Gehirn nichts dafür bieten konnte. Natürlich hatte ich nie einen außergewöhnlich intelligenten Kopf, das habe ich nie behauptet.«

Ich beobachtete ihn aufmerksam, damit er nicht wieder fragte, ob er mich langweile. Er trug ein weiches, gut gebügeltes gelbes Sporthemd mit offenem Kragen. Seine Haut war rosig. Er glich entfernt Carolines Bruder, zu dem ich ihn gemacht hatte. Ich konnte sein Rasierwasser riechen. Seltsam zu denken, daß er sich rasierte, daß er Haare im Gesicht hatte wie andere Männer und einen Penis in der Hose. Ich stellte mir vor, daß er sich aufrollte, feucht und zart. Er lächelte mir liebenswürdig zu, sprach vernünftig; konnte er lesen, was ich dachte? Es mußte ein Geheimnis um den Irrsinn sein, irgendeine Gabe, die damit verbunden war, etwas, was ich nicht kannte.

Er erzählte mir, daß sogar Ratten sich weigerten, weißes Mehl zu fressen wegen der Bleichmittel, der Chemikalien, die darin waren. Ich nickte und sah hinter seinem Kopf Mr. Fouks aus der Hintertür des ›Herald-Advance‹ treten, einen Papierkorb in einen Verbrennungsofen entleeren und schwerfällig wieder hineingehen. Diese Rückwand hatte keine Fenster; sie hatte allerlei Flecken, bröckelnde Backsteine, einen langen Riß, der diagonal herunterlief, kurz vor der Mitte anfing und an der unteren Ecke gleich neben dem Laden der Chainways endete.

Um zehn würden die Banken öffnen, die Kanadische Handelsbank und die Dominobank gegenüber. Um halb eins würde ein Bus von Owen Sound nach London im Süden durch die Stadt fahren. Wenn jemand mitfahren wollte, würde eine Fahne vor Haines Restaurant aufgezogen sein.

Bobby Sherriff sprach über Ratten und weißes Mehl. Das Foto seiner Schwester hing im Flur des Gymnasiums, gleich neben dem unaufhörlich zischenden Trinkbrunnen. Ihr Gesicht war eigensinnig, verschlossen, gesenkt, so daß sich Schatten in ihren Augen festgesetzt hatten. Das Leben der Menschen, in Jubilee wie anderswo, war dumpf, einfach, überraschend und unergründlich – tiefe Höhlen mit Küchenlinoleum gepflastert.

Damals kam mir nicht der Gedanke, daß ich eines Tages begierig auf Jubilee sein würde. Eigensinnig und besessen wie Onkel Craig, der draußen in Jenkin's Bend seine Geschichte schrieb, würde ich mir wünschen, alles niederzuschreiben.

Ich würde versuchen, Listen anzulegen. Eine Liste aller Läden und Geschäfte an der Hauptstraße und ihrer Besitzer, eine Liste von Familiennamen, Namen auf den Grabsteinen auf dem Friedhof und auch die Inschriften darunter. Eine Liste der Filmtitel, die von 1938 bis 1950 im Lyceum-Kino gespielt wurden. Namen auf dem Ehrenmal (mehr aus dem Ersten Weltkrieg als aus dem Zweiten). Die Namen der Straßen und ihre Lage zueinander.

Der Wunsch nach Genauigkeit, den wir in eine derartige Aufgabe hineinlegen, ist verrückt, verzweifelt.

Und keine Liste konnte enthalten, was ich eigentlich wollte, denn was ich wollte, war alles, jede Schicht von Sprache und Gedanken, jeden Lichtstreifen auf Rinde oder Wände, jeden Geruch, jedes Schlagloch, jeden Schmerz, Riß, Täuschung, die noch anhielten und zusammenhielten – hell, unzerstörbar. Im Augenblick schaute ich nicht sehr genau auf diese Stadt. Bobby Sherriff sprach gedankenverloren zu mir, während er mir die Gabel, die Serviette und den leeren Teller abnahm.

»Glaub mir«, sagte er, »ich wünsche dir Glück im Leben.«

Dann tat er das einzige Außergewöhnliche, das er je für mich tat. Mit diesen Dingen in den Händen hob er sich auf die Zehenspitzen wie eine Tänzerin, wie eine beleibte Ballerina. Diese Bewegung, die von seinem kleinen Lächeln begleitet war, schien ein Scherz zu sein, den er weniger mit mir teilte, als für mich machte, und er schien auch eine knappe Bedeutung, eine abgelöste Bedeutung zu haben – als sollte es ein Buchstabe oder ein ganzes Wort in einem Alphabet sein, das ich nicht kannte.

Die Wünsche der Leute und ihre anderen Zuwendungen waren etwas, was ich damals selbstverständlich und ein bißchen zerstreut annahm, als wären sie nicht mehr, als was mir zustand.

»Ja«, sagte ich statt danke.